# DREAMWORKS

# DRAGONS
## RIDERS OF BERK

## VOLUME TWO

# DANGERS OF THE DEEP

# DREAMWORKS

# DRAGONS

## RIDERS OF BERK

## VOLUME TWO

# DANGERS OF THE DEEP

**SCRIPT**
**SIMON FURMAN**

**PENCILS**
**IWAN NAZIF**

**INKS**
**IWAN NAZIF**
**& LEE TOWNSEND**

**COLORING**
**NESTOR PEREYRA**
**DIGIKORE**
**& JOHN CHARLES**

**LETTERING**
**DAVID MANLEY-LEACH**

**TITAN**
COMICS

# DREAMWORKS

# DRAGONS

## RIDERS OF BERK

## TITAN EDITORIAL

**Senior Editor**
MARTIN EDEN

**Production Manager**
OBI ONOURA

**Production Supervisors**
PETER JAMES,
JACKIE FLOOK

**Studio Manager**
SELINA JUNEJA

**Circulation Manager**
STEVE TOTHILL

**Marketing Manager**
RICKY CLAYDON

**Publishing Manager**
DARRYL TOTHILL

**Publishing Director**
CHRIS TEATHER

**Operations Director**
LEIGH BAULCH

**Executive Director**
VIVIAN CHEUNG

**Publisher**
NICK LANDAU

Snotlout and
Hookfang

Astrid and Stormfly

ISBN: 9781782760771
Published by Titan Comics,
a division of Titan Publishing Group Ltd.
144 Southwark St. London, SE1 0UP

10 9 8 7 6 5 4 3 2 1
First printed in the China in August 2014.
A CIP catalogue record for this title is available from the British Library.
Titan Comics. TC0159

Special thanks to Corinne Combs, Alyssa Mauney and all at DreamWorks. Also to Andre Siregar at Glass House Graphics.

It's a busy life in Berk, the home of Hiccup… plus lots of dragons and Vikings! Hiccup and his friends must juggle their hectic lives betweeen practising at the Dragon Training Academy and watching out for untrained dragons and brand new enemies…

*Tuffnut and Ruffnut*
*& Belch and Barf*

*Fishlegs and*
*Meatlug*

*Hiccup and*
*Toothless*

**PLUS**
*Stoick (Hiccup's father)*
*& Gobber… and beware:*
*Alvin the Treacherous*
*and his Outcast Tribe may*
*lurk in these pages!*

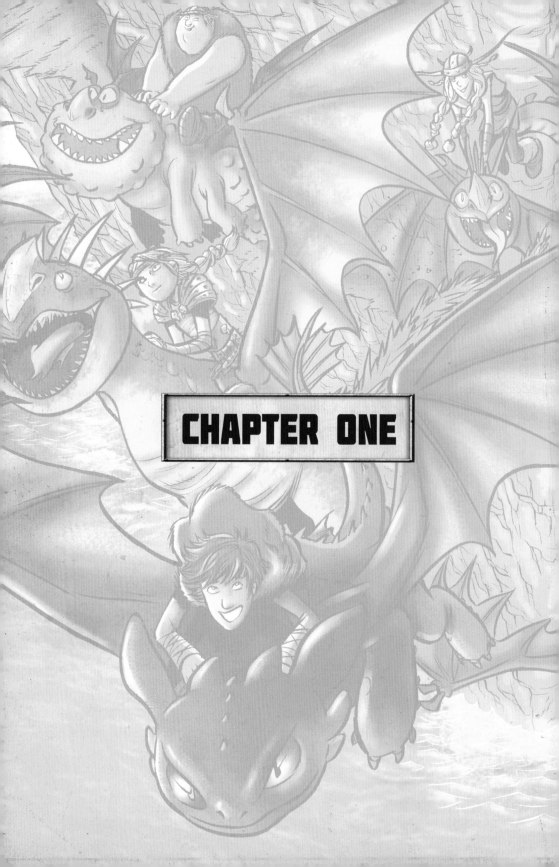

# CHAPTER ONE

"THIS IS *BERK*."

"A BIT OF ROCK IN A VERY LARGE OCEAN."

"BUT WE'RE *PROUD* OF OUR ROCK."

"PROUD AND VERY *DEFENSIVE*."

"IT MAY NOT LOOK MUCH, BUT IT'S OURS, AND GENERALLY--"

"--WE AIM TO KEEP IT."

LOOK *TOOTHLESS*!

THE *CATCH* IS IN. C'MON.

THERE'S ALWAYS A *FEW* SPARE FISH FOR A *HUNGRY* DRAGON TO GRAB.

THLAP!

"... *BIG* TROUBLE."

WHAT ARE WE GOING TO DO?

FISH RESERVES ARE AT AN *ALL-TIME* LOW!

AND WINTER'S COMING!

*BANG!*

WHAT DO I TELL *THORA*? THE WOMAN CAN *KILL* WITH A SKILLET PAN AT TEN PACES!

IT'S THEM *DRAGONS* --

THEY'VE *POACHED* OUR FISH RESERVES.

... *15* MOUTHS TO FEED AND NOT A SOLITARY SPRAT BETWEEN 'EM!

ORDER, ORDER!

THEY'RE *VIKINGS.* THEY DON'T DO *ORDER.*

HMH.

*SILENCE!*

PWAH! SPUT--

HHH. ASTRID -- ANYTHING?

SEE FOR YOURSELF...

THAT IT, HUH?

I CAN'T UNDERSTAND IT. CAN YOU?

NOPE. IT'S A MYSTERY.

AND IT LOOKS LIKE...

... WHATEVER TIME WE HAD TO SOLVE IT IS UP!

THE FLEET! IT'S SETTING SAIL FOR THE VEIL OF MISTS...

ALL THE GROWN-UPS ARE LEAVING US HERE!

# CHAPTER TWO

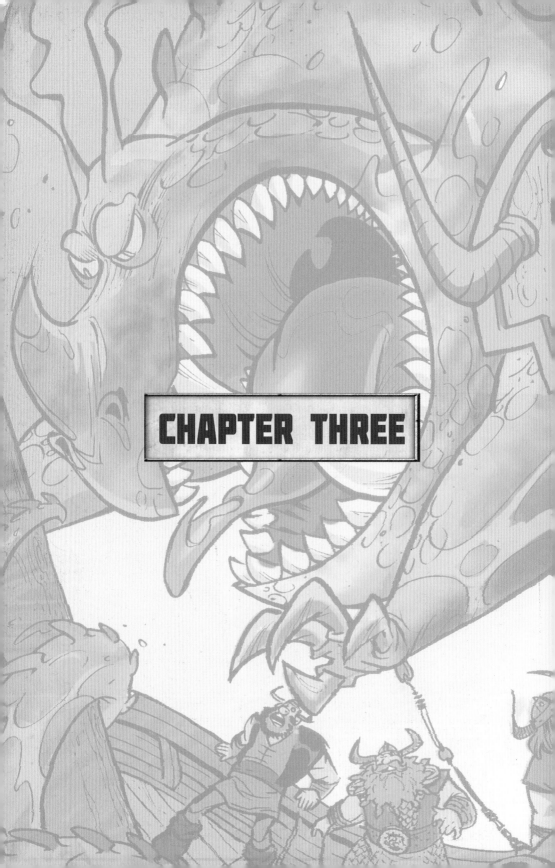

# CHAPTER THREE

Сильвен Райнер

ЖЕНЩИНА - МИФ

# ЭВИТА

## Подлинная жизнь Эвы Перон

Смоленск "Русич"
1998

УДК 840-31
ББК 84(4Фр)
Р 18

*Серия основана в 1995 году*
**Перевод с французского Т. Шестопал**
**Редактор С. Борзенков**

**Райнер С.**

Р18    Эвита. Подлинная жизнь Эвы Перон / Пер. с фр. Т. Шестопал. — Смоленск: Русич, 1998. — 448 с. — («Женщина-миф»).

ISBN 5-88590-875-3.
ISBN 2-84187-058-8.

Книга С. Райнер рассказывает о легендарной Эвите Перон — жене президента Аргентины Хуана Перона, самой богатой и влиятельной женщине Латинской Америки 40—50 годов. С самых низов общества ей удалось подняться к вершинам политической власти, обрести известность во всем мире, прославиться своей благотворительной деятельностью.

Эту удивительную женщину, прожившую короткую, но яркую жизнь, отличали неукротимая энергия, небывалая целеустремленность, неудержимая страсть к роскоши и драгоценностям.

УДК 840-31
ББК 84(4Фр)

«Evita» by Silvain Reiner
© L'Archipel, 1997
© Перевод. Т. Шестопал, 1997
© Разработка серии, составление.
   «Русич», 1998.
© Оформление. А. А. Шашкевич, 1998

ISBN 5-88590-875-3
ISBN 2-84187-058-8

Фатальность – это именно то,
чего мы хотим.

Ромен Роллан

Земля! не закрой моей крови, и
да не будет места воплю моему.

Книга Иова, гл. 16, стих 18

# ПРОЛОГ

## Служанка из Чивилькоя

### 1

Б ыки в Чивилькое, провинции Буэнос-Айреса, золотисто-персикового цвета. Эти царственные животные рдеют подобно горящим углям среди принадлежащих им зеленых просторов. Они щиплют траву, не приближаясь к окружающей пастбища колючей изгороди. И мужчины, и женщины этой деревни сами находятся в зависимости от колючей изгороди, они тоже пленники прерии.

Чивилькой находится в двухстах пятидесяти километрах от столицы, но на самом деле затерялся на краю света. Дороги, ведущие сюда, неожиданно превращаются в трясину.

Эстансия Хуана Дуарте в Чивилькое утопает в океане зелени. За гераниями и пальмами скрывается это жилище с огромными кроватями и тяжелой мебелью времен испанского завоевания. За несколько лет до первой мировой войны на этой ферме появилась молоденькая баскская служанка по имени Ху-

9

ана Ибаргурен. Она была дочерью конюха и покинула страну суровую, но светлую, ради заморского миража. Бежала от одиночества в родном краю, чтобы погрузиться в нечеловеческое одиночество безграничных просторов, где взгляду не на чем остановиться.

Край, где люди живут бок о бок с животными, скованные одной цепью с быками, обреченными на убой. Царство зелени, которое не обогатило никого, кроме кучки помещиков. Земля принадлежит им. Остальным — поденщикам, подручным, погонщикам и скотникам — не остается другого оправдания в жизни, кроме заботы о рогатой скотине.

Служанка Хуана Ибаргурен оказалась в западне этой крепости среди высоких трав. Эмигрант, не нашедший золота своих мечтаний в земле обетованной, не осмеливается ни вернуться домой с пустыми руками, ни вырваться во второй раз. Он больше не верит в земной рай.

Хуана Ибаргурен была слишком горда, чтобы оставаться всю жизнь служанкой, не питая никаких надежд. Единственным сокровищем, которое стоило завоевать, был сам фермер. Он был женат. Серьезным препятствием это не являлось. Хуана была тщедушной женщиной небольшого роста, но сила воли заменяла ей красоту. Проходя по большому двору фермы, она игриво поводила худенькими плечами.

Фермер Дуарте не имел ничего общего с могущественными южноамериканскими скотоводами, чьи земли занимали целые провинции. Хуан Дуарте довольствовался тем малым, что имел. Доход позволял ему регулярно напиваться вдрызг в соседней деревушке Лос-Тольдос, где находилась пульперия — бакалейная лавочка с буфетом для любителей выпить. Перед пульперией пролегала большая пыльная дорога, а вокруг на многие километры только жвачные животные, целый лес ног коров и быков.

В пульперии нет ни столов, ни стульев. Стойка тянется вдоль стен большой квадратной комнаты. Ждут своего часа копченые окорока, подвешенные на железных крючьях. В многочисленных горшках хранятся сладости, миндаль, пряности, которые взвешивают на медных весах, всегда начищенных до блеска. Стеллажи уставлены бочонками с вином. На полу, выложенном блестящими желтыми камнями, ни соринки. Справа от низкой двери стоит плевательница. Стены пульперии аккуратно выбелены. Многие клиенты приходят босиком, в расстегнутых до пупа рубахах, но никто из посетителей заведения не смеет нарушить тишины и порядка. На бочонке со спиртным сидит ребенок. Иногда он набирает пригоршню зерна и бросает во двор курам.

В конце концов Дуарте стал проводить больше времени здесь, чем на ферме. Лениво развалившись на скамье, он пощипывал струны сонной гитары. Однажды вечером, возвращаясь из пульперии в большем подпитии, чем обычно, он наткнулся на живую, страстную женщину. Не случайно оказалась она на его ночном пути, прямая и непреклонная.

В этот момент Хуана победила пампу, ее безбрежность и молчание. Оставалось лишь подождать, пока обольщенный и покоренный фермер не выгонит из дому свою законную жену. Для этого требовалось терпение и животное упрямство.

На ферме разгорелась жестокая борьба. Пятерых незаконнорожденных детей подарила хозяину эстансии служанка с небесно-голубым взором. Когда 7 мая 1919 года последнее дитя любви или, вернее, честолюбия, Мария Эва, появилась на свет, хозяйкой дома стала бывшая служанка Хуана. Отныне она отдавала приказания вместо того, чтобы их получать. Из своей собственной плоти создала она этот успех. Маленькая посудомойка превратилась в неумолимую хозяйку.

## 2

Хуана Дуарте не беспокоило общественное мнение. Он всегда спасался бегством от неприятных новостей и слухов. Он отправлялся в пульперию, чтобы найти убежище в своей мечте. Новая жена не беспокоилась из-за его пьянства. Хуана всей душой отдалась радости командовать в новой роли хозяйки дома. Она управляла фермой с величавостью конкистадора, а когда муж слишком поздно возвращался домой, ни единым словом не попрекала его. Хуана встречала его с улыбкой и вновь обретала скромные манеры служанки, но происходило это за закрытыми дверьми, подальше от посторонних взглядов. Она накрывала стол чистой скатертью и подавала ужин: жареную требуху и вдоволь мате — парагвайского чая в тыквенной бутылке, снабженной серебряной трубкой для вдыхания аромата.

Окутанный пеленой алкогольного тумана, Хуан продолжал считать себя единственным хозяином фермы Чивилькой. Хуане он полностью доверял. Теперь она с гордостью украшала шиньон длинной шпилькой из цветного стекла. Хуан уверял себя, что по-прежнему остается хозяином, только избавлен от неприятных обязанностей. Не прикасаясь ни к еде, ни к чайному настою, он кротко засыпал прямо за столом.

Хуан пил, чтобы преодолеть монотонность жизни, а также изнуряющее присутствие тысяч голов скота. С некоторых пор к этой скуке и оцепенению присоединилось едкое шипение молвы, поддерживаемое на сотню верст в округе его бывшей женой. Она не пожелала покинуть эти края, будто побитая собака, не понимающая, что должна бежать прочь.

Так, переходя от дремоты к дремоте, опустошая стакан за стаканом, в один прекрасный день Хуан Дуарте без чувств рухнул на стойку пульперии. Его поспешно отвезли на ферму и бросили на кровать. На этот раз он не проснулся от надсадного мычания быков и коров.

Фермер Дуарте слишком долго не обращал внимания на свои владения и слишком погряз в долгах, поэтому его смерть не означала ничего другого, кроме большого переезда. Кредиторы налетели на ферму Дуарте в самый день похорон ее владельца. Горе семьи не смягчило корысти заимодавцев, а поспешный вынос мебели не смог тронуть сердца. Примчалась и изгнанная законная супруга, заливаясь слезами больше всех остальных. Хуана с трудом пережила вторжение, ошеломленно наблюдая за бывшей супругой, которая сдувала пылинки с покойника, чтобы изгнать из жилища дух разврата. Наконец она отыскала самый красивый платок и повязала Дуарте на шею, как делала это, когда он убегал сломя голову, торопясь напиться. Затем, окинув взором эстансию, заметила детей служанки, принаряженных бастардов. Ужас охватил ее при мысли, что Хуан Дуарте войдет в вечность, волоча за собой маленьких свидетелей греха.

Жители деревни толклись в доме, болтая и угощаясь, забегая на минутку помолиться в комнату, где лежал усопший, поспешно возвращаясь к пирушке и разговорам, которые велись шепотом, чтобы не нарушить эту атмосферу непринужденного общения с покойником. Законная супруга, воспользовавшись суматохой, приманила сладостями ненавистных детей и заперла их, одного за другим, в погребе. Новую хозяйку попросили следовать за кортежем вместе со слугами.

Земля и щебень посыпались на гроб Хуана Дуарте. Законная супруга закуталась в черную шаль и исчезла, торжественно скрестив длинные пальцы на своем бесплодном животе. Что касается бывшей служанки, то она поспешила освободить своих пятерых незаконнорожденных детей, запертых в погребе эстансии.

Быки уходили длинными вереницами в сопровождении конных погонщиков, чтобы раствориться в безбрежных просторах прерий. Судебный исполнитель опечатывал замки. Ребятишки с перепачканными сладостями мордашками недоуменно хлопали глазами, пугаясь отзвуков своих голосов в пустынном доме.

### 3

Бывшая служанка, ставшая вдовой с пятью детьми на руках и без гроша за душой, извлекла из этой драмы лишь одну навязчивую идею: не оказаться снова в услужении.

Муниципалитет Лос-Тольдоса предложил ей на некоторое время помощь, но эта поддержка переводила молодую женщину в низший класс общества. Хуана решила во что бы то ни стало вырваться из мира слуг, ведь они составляли целый легион в мире джунглей, где имелось лишь два слоя общества: собственники и все остальные.

Хуана осела в Хунине — городе, расположенном ближе всего к месту ее прежнего величия. Там она не теряла зря времени. Хуан Дуарте принадлежал к партии радикалов, и один из его друзей по партии не замедлил угодить в западню, привлеченный жеманными улыбками сеньоры. Он похлопотал и добился освобождения небольшого помещения на бойкой улочке, которое из игорного дома вскоре превратилось в уютный семейный пансион. Улица оказалась довольно убогой, но из кухни вдовы по округе разносились соблазнительные ароматы.

Радости, даруемые хорошей кухней, мягкие подушки, миловидные лица детей и, прежде всего, полные обещаний глаза их матери делали пансион Дуарте особенно притягательным для провинциального городка Хунина. Каждому, кто допускал небрежное отношение к своему внешнему виду, вход в пансион Дуарте был запрещен. Скоро большинство клиентов составили армейские чины и неженатые чиновники. Для мадам Дуарте это был не просто коммерческий расчет, а настоятельная потребность войти в круг людей, имеющих определенный вес в обществе. При виде человека низкого сословия она краснела, словно ей напоминали о преступлении. Обитатели близлежащих кварталов чувствовали эту неприязнь, но так как эта женщина редко показывалась на улице и немедленно устанавливала определенную дистанцию в отношениях между собой и своими менее удачливыми соседями, задеть ее можно было лишь косвенно — напоминая всем о незаконном рождении ее пятерых детей.

Дело вдовы Дуарте не страдало из-за сомнительного прошлого (может быть, даже придавало ей некую пикантность в глазах всех этих респектабельных господ), однако навредить можно было и ее потомству. Дети Дуарте ходили в школу, и невозможно было изолировать их от других детей. Камни начинали сыпаться на них дождем в самые неожиданные моменты во время игры или в минуты задумчивости. На них показывали пальцами даже за пределами квартала.

Мадам Дуарте утешала, вытирала слезы, лечила ушибы, зашивала умышленно разорванную одежду. И ничуть не обескураженная притеснениями, которым подвергались ее дети, еще ожесточеннее бросалась в битву. Дело стоило того: ей предстояло завоевать такое положение в обществе, которое позволяло бы рассчитывать на безоговорочное уважение со стороны окружающих. Апофеозом ее эмансипации могло стать лишь замужество дочерей. Нужно было свести их с лучшими женихами города. Тогда победа будет полной. Мадам Дуарте могла бы в мире и спокойствии радоваться приветствиям своих клиентов-офицеров и чистоте своих тарелок. Удачное замужество дочерей было вторым этапом на пути восхождения бывшей служанки.

Элиза, ее старшая дочь, нашла работу секретарши в одной из контор Хунина. Когда она, усталая, возвращалась вечером домой, мать заклинала ее стряхнуть усталость и уделить внимание постояльцам, не все из которых, быть может, блистали красотой и элегантностью, но все имели хорошее положение в обществе.

Элиза качала головой.

— Да, мама. Он взял меня за руку.

— Хорошенько запомни, — повторяла мадам Дуарте. — Не позволяй ему завладеть ничем... кроме перчатки!

— Мама, я ни на кого даже не взглянула, — утверждала белокурая Бланка.

Арминда, которой было тогда всего пятнадцать лет, спрашивала с простодушием, внушавшим беспокойство:

16

— Как мне поступить, если сержант захочет меня поцеловать?

Только двенадцатилетняя Эвита не допускалась на эти вечерние совещания. Однако она пряталась за дверью и подслушивала без зазрения совести, сжимая в кулачке губную помаду, похищенную в комнате старшей сестры.

Арминда перешивала сестренке лифчик, который стал ей слишком узок. Мать пыталась поправить дело, оттянув его вниз, но тогда открывался вырез и расстегивались пуговицы на уровне груди. Часто нитки ослабевали, и не выдерживал длинный голубой шнурок, который Эва с трудом вдевала в свой лифчик из тика. Мать собиралась купить ей новые наряды, такие же, как у остальных сестер.

Арминда по приказу матери, а также потому, что лучше всех умела выполнять такую работу, подрубала нижние юбки, сидя в уголке обеденной залы. Клиенты устремляли отчаянные взоры на эту пенистую волну женского белья, в ворохе которого они представляли себе очаровательное взросление дочерей Дуарте. Хороший тон, который с таким трудом установила мадам Дуарте в своем пансионе, отступал перед этой демонстрацией прозрачных дамских финтифлюшек.

В двенадцать лет Эвита наряжалась словно взрослая дама, заимствуя у сестер и матери нижнее белье, платья, шляпки и другие атрибуты шокирующей обольстительности. Она играла со своим физическим преображением, со своим неблагодарным возрастом, будто исполняла большую роль на сцене. Во время трапез она спускалась по лесенке, что вела в обеденный зал, походкой звезды мюзик-холла в ревю на

Бродвее. Ошеломленные постояльцы наблюдали, как она с наигранной небрежностью приподнимает юбки выше колен.

То, чего не могли позволить себе старшие дочери Дуарте, чтобы не прослыть по крайней мере ветреницами, девчушка двенадцати лет, вроде Эвиты, могла совершать безнаказанно. Однако, кроме подобных появлений в столовой, Эвита, взрослеющая на глазах, не допускала никаких отклонений от приличий. Она садилась перед своей тарелкой прямо и чинно.

Неосознанное возбуждение, вызываемое девчушкой, парадоксальным образом приносило в конце концов свои плоды. Оно подталкивало мужчин, проживавших в пансионе, к взрослым дочерям мамаши Дуарте. Маленькая Эвита невольно превращалась в этой ситуации в нечто вроде балаганного зазывалы. Она электризовала мужчин, превращала нерешительных и вялых кандидатов в мужья в неистовых воздыхателей.

А когда постояльцы пансиона в сумерках бросали взгляды за окно, они могли разглядеть, как сушится в саду на веревке женское белье, медленно колыхаясь на ветру, словно мираж...

## 4

На двусмысленных и торжественных путях, ведущих, как представляла себе мамаша Дуарте, к замужеству, Эвита была единственной строптивой ученицей. Она упражнялась в кокетстве и на этом останавливалась.

Мускулистые руки, свежие запахи земли, которыми веяло от проходивших мимо мужчин, постукивание их сапог ее не интересовали. Эвита уединялась в саду или в уголке кухни, чтобы полистать журналы о кино. Строгая юбка сидела на ней безупречно. Время от времени, когда она переворачивала страницы, на запястье позвякивали браслеты сестер. Она снимала туфли на высоких каблуках и вновь становилась ребенком на те часы, пока читала о блестящей жизни кинозвезд, королев нынешнего времени, власть которых простиралась далеко за пределы их стран.

Тем временем мадам Дуарте продолжала заботиться о своих дочерях, как о племенном скоте. В конце концов Элиза, старшая, оказалась предметом страстного влечения аргентинского офицера, который проживал в пансионе и мог добиться Элизы, лишь женившись на ней. Так и случилось. Элиза вышла замуж за своего офицера. Бланка, обладавшая от природы белокурыми волосами и личиком пухлой мадонны, стала второй из сестер, которой довелось пройти под сводами церкви в качестве невесты. Супруг полностью удовлетворял тщеславным ожиданиям мамы Дуарте. Хусто Родригес считался довольно крупным землевладельцем и разъезжал в сверкающем «форде».

Разве можно было отрицать, что путь к восхождению опирался на прочные основания? И все-таки третья дочь, Арминда, сбилась с пути. Она упала в объятия, но не хозяина универмага, где работала продавщицей, а молодого лифтера. На сей раз мадам Дуарте не имела возможности организовывать свидания и надзирать за встречами наедине, поэтому непоправимое произошло. Пришлось оставить Арминду в руках простолюдина.

Мадам Дуарте не стала чрезмерно сокрушаться по этому поводу. Белокурая Бланка командовала отныне целой армией слуг. Когда вдова Дуарте гостила у своей дочери, услужливая когорта до такой степени раболепно склонялась перед нею, что она едва не плакала от счастья.

Оставалось пристроить лишь маленькую Эвиту и Хуана, который пока что довольствовался тем, что заигрывал с девушками. Беспокойство вызывала только Эвита. Она тщетно боролась с непокорными прядями каштановых волос в надежде обрести такие же косы, как у Бланки. Глаза, темные от затаенных мечтаний, пустых и изменчивых, были так густо накрашены, что тушь поминутно размазывалась. Эвита не старалась привлечь внимание именитых господ с целью подвести их к мысли о женитьбе, а помышляла лишь о том, как бы вскружить им голову единственно ради удовольствия бескорыстно продемонстрировать свои возможности. С раннего детства она не искала спасения в юбках матери, когда ее колотили на улице другие дети, а в ответ на каждое оскорбление отчаянно дралась и царапалась.

В отличие от сестер Эвита не блистала хорошими манерами, послушанием, нежностью и мягкостью характера. Она приводила мать в отчаяние своим решительным и упорным отказом понять, что девушке предопределено судьбой выйти замуж. Веселость Эвиты была наигранной. Ее кокетство, дурашливое и лишенное сексуальной призывности, не могло подготовить к замужеству. Мадам Дуарте подумывала, как бы вместо того, чтобы выдавать дочь замуж, сделать ее своей помощницей. Все больше ощущалась необходимость в помощи в делах по содержанию пансиона. Мадам Дуарте, удовлетворенная и смягчившаяся, перестала мечтать о высотах матримониальных достижений для маленькой Эвиты. Неистовое тщеславие перестало поддерживать ее в повседневной работе, она все быстрее уставала и призывала Эвиту на помощь, когда нужно было убрать в комнатах или подать еду постояльцам.

Эвита мечтала.

Она не ждала мужа. Не ждала выражений чувств ни от одного мужчины. Болтовня поклонников торжествующих сестер внезапно сливалась в ее представлении с шепотом леса. Она не ждала какого-то определенного мужчину. Она ждала сотен, тысяч поклонников, которые сложат к ее ногам не только свое имущество, но и свои жизни. Эвита не ограничивалась пределами небольшого городка Хунина. Ей недостаточно было, подобно ее сестре Бланке, владеть эстансией и заставлять ходить по струнке человек двадцать пеонов. Она не мечтала о том, чтобы стать владелицей имения или фермершей. Эвита страстно стремилась в большой город.

Потребность покорять, чтобы не чувствовать себя покоренной, мысленно уводила Эвиту далеко от бесславных трудов в этом домашнем пансионе, направляя к огням и шуму столицы. Притворство и благоговение матери перед господами из высшего света навсегда отвратило ее от последних, а заодно и от всех остальных. Эвита была по горло сыта пансионом, запахами кухни и стирки. Она не желала оставаться девочкой на побегушках у матери. Ей надоело отбиваться, даже в шутку, от мужчин в коридорах пансиона. Она уходила в свою комнату и запирала дверь на ключ, чтобы поглощать в одиночестве истории любви и завоеваний, которыми были полны журналы о кино. Каждая фотография этих женщин, нежившихся в волнах лести, расточаемой толпой, воспевала отвагу и силу, мифическую тайну небывалого обольщения...

Эвита приколола над своей кроватью фотографию молодой красавицы-блондинки из Голливуда, вокруг развесила платья, оставленные дома тремя замужними сестрами. Первые две делали подарки неудачно вышедшей замуж Арминде, и все три убеждали маленькую Эвиту обзавестись мужем, чтобы заслужить такие же подарки.

— Смотри, — говорила Бланка. — Смотри!

Она пригласила Эвиту погостить в своих владениях неподалеку от Хунина. Это было сделано с целью прославления института брака. Но Эвита расхаживала среди этих благ без улыбки, даже не высказав восхищения.

Бланка показывала младшей сестре не только загоны, заполненные скотом, не только слуг, не покладая рук хлопотавших по дому, но и десятки пар обуви, что само по себе было признаком изобилия. Но для обладания этими стадами и гардеробом нужно было безропотно покориться одному-единственному мужчине, выбрать себе мужа.

После таких визитов Эвита закрывалась в своей комнате. Склонность к затворничеству в конце концов начала беспокоить маму Дуарте. Однажды она завладела ключом от комнаты дочери и проникла в эту тайную часовню, ожидая обнаружить какой-нибудь причудливый сладострастный образ, недосягаемую любовь. Однако Эвита запиралась в своей комнате всего лишь для того, чтобы обожать кинозвезду — эту платиновую блондинку, которая заставляла сильнее биться сердца поклонников и которой суждено было умереть в двадцать четыре года от перитонита после того, как она отказалась от операции.

Стены были увешаны изображениями прекрасной голливудской знаменитости: в вечернем платье, в купальном костюме, в брюках из белого полотна. Эвита пыталась есть, одеваться и улыбаться под воздействием призрачного очарования кинозвезды Джин Харлоу.

Когда Эвита прихорашивалась перед зеркалом, она казалась себе не менее привлекательной, чем голливудская фея. Она думала, что имеет право на такие же почести. Но чтобы их добиться, нужно было покинуть Хунин, уехать в Буэнос-Айрес. У Эвиты и мысли не возникало, что существуют школы, где учатся играть комедии и драмы, что нужно избежать многих опасностей, чтобы добиться этого блистательного признания. Ей представлялось, что достаточно лишь одного движения для осуществления мечты: спуститься по лестнице, подобной той, что вела в обеденный зал, где постояльцы прерывали свои невнятные разговоры и переставали стучать вилками, завидев девушку в безвкусно-пышном наряде.

## 5

В 1935 году Эвита приехала в Буэнос-Айрес. Мария Эва Дуарте бежала от безбрежных просторов, чтобы оказаться в тупике.

Она не очарована проспектами, ведущими за пределы города к жизни, не скованной никакими ограничениями. Она стремится в самую сутолоку толпы. Буэнос-Айрес ночью — это люди, тесно прижатые друг к другу, люди, которые смеются и плачут, устремив взгляды на белое полотно или на освещенную сцену. Именно для того, чтобы предстать перед этими полуночниками, молоденькая девушка из Хунина проделала долгий путь.

Она ищет достойную работу. В аргентинской столице двадцать пять театров, девять радиостанций, семь кинокомпаний и десятка два продюсеров. Эва начинает с того, что красит волосы в золотистый цвет, стараясь походить одновременно на свою сестру Бланку и на Джин Харлоу, а заканчивает тем, что превращает свое лицо в подобие личика невесты толпы, той самой Мэри Пикфорд, облик которой американские дельцы так неверно истолковали. Большие, широко раскрытые глаза, печально сложенный соблазнительный ротик, прядь волос с выбившимся из прически локоном. Невеста толпы — это значит хрупкость и невинность. Но крашеной блондинке из Хунина даже в шестнадцать лет не удавалось убедительно изображать наивность. В этой невинной девушке не было ничего от девственницы. В ней угадывалась такая же непреклонная решимость, как в пятидесятилетней женщине, которая с головой окунается в дела, чтобы развеять свою ипохондрию.

В шестнадцать лет Эвита явила миру жесткий взгляд и плотно сжатый рот. Отказы не умеряют ее амбиций. Резкое замечание о ее игре, когда она показывается какому-нибудь импресарио или директору театра, вместо того, чтобы вызвать слезы, лишь разжигает в ней огонь ненависти.

Она шагает по большому городу с уверенностью дочери крестьян, которая старается собрать свое стадо и которую удары копытами или рогами не могут напугать. Она ищет роль. Ее волосы отливают неестественным металлическим блеском. После шести месяцев напрасных хождений она еще не отказалась от маски Мэри Пикфорд.

Ей говорят, что она слишком мала ростом. Ей это известно. Понадобится немного храбрости и терпения, чтобы научиться обманывать природу. Но именно природу нужно склонить и сокрушить, когда знаешь, чего хочешь. Для начала объявлена война против фатальной цифры: метр пятьдесят пять. Она надеется еще вырасти. Врачи уверяют, что это невозможно. Каждое утро, вскочив с постели, она проделывает упражнения, растягивает свои члены, едва не разрывая мышцы.

Пансион, где живет Эвита, находится в Боке, портовом районе. Отсюда она убегает рано утром и переводит дыхание только на Авенида Корриентес, подальше от скопления низших сословий. В ожидании результатов изнурительных тренировок она продолжает подыскивать сцену, на которую ее примут. Этот пьедестал сам по себе компенсирует предательство, совершенное природой по отношению к ней...

Эва поднимает волны волос вверх. На вершине этого сооружения пристраивает большой гребень. Потом покупает туфли на необыкновенно высоких каблуках. Цена такой экстравагантности — месячная плата за пансион.

Она ужинает в своей комнате, съедает один бутерброд за вечер. Но лишения по-разному сказываются на людях. Для молоденькой девушки, и без того худенькой и хрупкой, экономия на питании немедленно оборачивается кругами под глазами, появлением морщин на лбу. Маленькая невеста толпы начинает походить на зрелую женщину, которая безуспешно пытается молодиться. Притворство в конце концов оборачивается против притворщицы.

В одно прекрасное утро маска Мэри Пикфорд спадает. Эта Мэри Пикфорд — всего лишь вышедший из моды идеал, пригодный разве что для дряхлых старушек. В мае 1936 года Эвита Дуарте прохаживается по Авенида Корриентес расслабленной походкой. Взгляд — стрела, но отнюдь не бог любви метает эту стрелу.

Эве Дуарте, не отличающейся томностью, а, напротив, имеющей властный характер, не удается играть комедию или драму. Как только ей дают роль, вместо того, чтобы вложить в нее чувство, пропустить ее через себя, Эвита играет в утрированной манере. Она принимается выкрикивать слова роли, не играет, а бросает вызов.

— Не волнуйтесь! — умоляет режиссер.

Раз за разом, вопя и изнемогая, она портит каждую сцену. Это не актриса. В самых мягких, самых блеклых словах она заставляет вибрировать безмерную ярость.

Пастушка, сирота, светская дама, пожирательница мужчин, интриганка, существо жестокое или ничтожная пустышка, никогда не находит она верную ноту для этих столь различных амплуа. Она знает лишь одну роль — свою. Она может воплотить лишь свою жажду славы.

В историческом костюме или в современном декольтированном платье, она остается той же маленькой грустной девочкой из Хунина, которая уединяется в своей комнате, украшенной, как часовня. Она по-прежнему предана любви неосязаемой и безоговорочной.

В ослепительном сиянии огней рампы комедианты кажутся веселыми. Лишь Эвита трагична. За два года в Буэнос-Айресе ей так и не удалось преуспеть. Живет она на деньги, которые регулярно посылает мама Дуарте, чтобы поддержать дочь. Эвита охотно создала бы себе новый облик, но какой? Она еще и не помышляет о том, чтобы выбрать свой собственный.

Однажды она бродит за городом. Река Рио-де-Ла-Плата разлилась, в районе бушует ненастье, воды в дельте вышли из берегов. С наступлением ночи армия помогла эвакуировать тысячи людей. Река унесла сотни фруктовых деревьев, отягощенных плодами. Быстрое течение увлекает за собой всяческие обломки и многочисленные трупы животных: лошадей, собак, кошек, домашней птицы. Солдаты на небольших лодках стараются подцепить их баграми, чтобы доставить на сушу. Эвита на берегу созерцает эту ужасную картину, не в силах отвести глаз. Под проливным дождем животных втаскивают на борт. Эва, которую прежде ничто никогда не волновало, заливается слезами. Какое охватывает отчаяние, когда ты значишь так ничтожно мало, почти ничего, словно бессловесная скотина.

## 6

Собираясь подняться на сцену, Эва Дуарте вспомнила о том, что произошло однажды в Хунине во время театрального представления, подготовленного кюре для развлечения прихожан. Это была незатейливая одноактная пьеска на религиозную тему, в которой роль Богородицы доверили Бланке из-за ее роста, белокурых локонов и безмятежности. Эвите тоже удалось получить роль, но это было всего лишь незначительное место в хоре.

Какое-то время все шло хорошо. Но когда Бланка появилась на сцене в подобии портшеза, с диадемой на белокурых волосах, в платье из газа, волнами ниспадавшем до полу, Эвита не смогла сдержаться. Она налетела на Бланку, сорвала с нее диадему и прочую мишуру богини и принялась вместо нее яростно декламировать слова роли, которую не учила, но слышала и запомнила словно по волшебству. Зрители, оцепеневшие от изумления, подумали, что это один из эпизодов представления, а не самовольный захват роли. Скандал разразился лишь в конце дня.

Спустя семь лет в Буэнос-Айресе имело место такое же бесчинство. Во время прослушивания кандидаток на роль Марии-Антуанетты в исторической пьесе Эвиту охватила ярость при виде успеха соперницы. Она набросилась на победившую претендентку и расцарапала ей лицо, вопя от ненависти.

Оскорбительная вспыльчивость Эвиты порой заставляла поверить в ее достоинства. Но когда ей предоставляли второй шанс, все повторялось вновь. В результате неистовый темперамент Эвиты никогда не позволял ей одержать победу. Излишнее красноречие, которым она страдала, делало ее речь невразумительной. В обществе мужчин, которые пытались за ней ухаживать, красноречие оборачивалось вдруг угрюмой скованностью. Мужчины редко утруждали себя попытками обвести вокруг пальца такую фурию. Но если любопытство брало верх, если они бестрепетно шли на приступ ее плохого настроения, Эва Дуарте слушала собеседников с оторопелым видом, словно не понимала, почему они так настойчивы.

Однажды в течение недели у нее состоялось три свидания с разными людьми, и это можно было считать событием. Первое — с фатоватым бездарным актером. Эвита лелеяла надежду, что ему удастся, наконец, продвинуть ее.

— Вы будете моим импресарио, — сказал он. — Вы сможете их убедить... Когда я добьюсь успеха в театре, я женюсь на вас.

Он не понял, почему губы молодой женщины задрожали. Эвита поднялась из-за стола, хотя они только приступили к еде, и швырнула салфетку в лицо этому человеку, как будто он предложил ей что-то неприличное.

Банкир и импресарио, с которыми она согласилась пообедать на той же неделе, не говорили с ней о театре. Эвита отвернулась от них, не оскорбленная, а испуганная, как будто мать пришла за нею, чтобы отвести на кухню пансиона в Хунине.

Когда Хуан Дуарте приехал в Буэнос-Айрес, чтобы составить компанию сестре /а на деле — присмотреть за ней по приказу мамы Дуарте, которая давно уже тревожилась о незамужней дочери/, за плечами у него не было никакой работы. В свои двадцать пять лет Хуан Дуарте жил на то, что давала ему мать.

Высокий, с насмешливой улыбкой на губах, Хуан отличался ленивой расслабленностью отца, но у него отцовские повадки приобрели циничный оттенок. Девушки из зажиточных семейств прибегали в пансион Дуарте, чтобы увидеть его, спросить о нем. Такая популярность проливала бальзам на сердце мамы Дуарте, которой никогда и в голову не приходило упрекать сына за безделье. Эвита очень быстро поняла: от него помощи не дождешься, скорее всего этот широкоплечий парень с высокомерной улыбкой станет для нее дополнительной обузой.

Хуансито позволяет тащить себя на буксире. Все его утомляет, все вызывает скуку. Он соглашается продавать мыло с лотка в портовых кварталах. Занятие уличной торговлей немного развлекает его, вызывая легкое ощущение авантюры и опасности, но по двадцать раз на день он возвращается в свою комнату, чтобы отдохнуть. Малейшая трудность нагоняет на него сон.

Зато Эвита спит все меньше и меньше. Цветным мелком она пишет на стене комнаты, какое свидание предстоит ей завтра: «импрессарио Моро Гонсалес». Ночью она едва сомкнула глаза. Ничто не может отвлечь ее внимание. Вот там стена, обещающая надежду на завтра.

Стена предрекает удачу: Моро Гонсалес, четыре часа, кафе «Бельграно». Два дня спустя это имя стерто. Стена снова становится серой, грязной, испещренной пятнами сырости. Стена вопиет об отчаянии, провозглашает конец света.

Жители Бока Горда, старого порта Буэнос-Айреса, начинают узнавать Эву Дуарте. На нее неудачи действуют иначе, чем на ее товарок, которые, не добившись успеха в театре или кино, опускаются на дно, куда их сметает проституция и алкоголизм. Раз не удалось подняться до уровня актрисы, Эвита решает пробиться на сцену другим путем.

В Буэнос-Айресе было много ночных клубов. Не составляло труда добиться права провести пять-десять минут на их сценах, исполняя песенки. Достаточно научиться аккомпанировать себе на гитаре, не стараясь выходить за рамки жанра. Для настоящей актрисы необходимость обратиться к мюзик-холлу была бы, вероятно, крушением, но в кабаре открывалась перспектива, неудержимо привлекавшая Эвиту. Ей предоставлялась возможность предстать перед аудиторией, в сто раз более многочисленной, чем публика театральных залов.

В ночные клубы «Золотой порт», «Гонг», «Табарис», «Амбассад» Эвита проникла без труда. Эти заведения не придавали большого значения выбору зрелища. Представление всегда служило лишь фоном для аристократов, которые приходили, чтобы провести время в обществе себе подобных. Посетители пили, вели застольные беседы, ковырялись в тарелках. Нужно было развлечь их между двумя кусочками изысканного блюда, не обременяя излишней назойливостью.

Перед этой избранной публикой Эвита испытала необычайный подъем. Выступая здесь, Эвита имела больше шансов, чем кто бы то ни было, так как ей был неведом страх. Страх и трепет — это биение сердец людей восторженных, влюбленных, тех, кто охвачен творческим волнением. Ничего подобного не посещало душу Эвы Дуарте. Она была чужда искусству, как голодающий отлучен от гастрономических радостей. Для нее огни рампы сливались с блеском высшего общества.

На сцене элегантных ночных клубов Эве Дуарте казалось, что она вознесена на пьедестал перед людьми, о встрече с которыми давно мечтала. Лицо ее озарялось сиянием. У Эвиты возникало ощущение, что она не просто зарабатывает на жизнь, а проникает, наконец, в заветное хранилище сокровищ. Она пела, стараясь изо всех сил, от всего сердца. Постепенно исчезли крикливость и необузданность в ее манере исполнения. Мечта о голубой крови так чудодейственно преобразила Эвиту, что она не видела зала, не слышала звона посуды. Отважное спокойствие с успехом заменило лирический талант и вознесло ее выше всех прочих статистов, дрожавших от волнения при одной лишь мысли о появлении перед подобной публикой.

Эвите понадобилось несколько недель, чтобы осознать свою ошибку. Эти люди, заполнявшие роскошные залы, ее не видели. Они не были ее гостями, ее публикой. Казалось, никто не может тронуть их сердца. Иногда они кивали издалека, сидя за своими волшебными столами, но их улыбки, которые Эве казались ободряющими, превращались вдруг в равнодушные гримасы пресыщенных сибаритов. Точно так же улыбались они фарфоровой посуде и ярким огням.

Ночные клубы, удивительным образом успокоившие на время ее ненасытную жажду успеха, стали для Эвы Дуарте источником тоски и терзаний. Дамы с обнаженными плечами, увешанные сверкающими драгоценностями, стали казаться ей смертельными врагами, которых она мечтала растерзать.

Высшее аргентинское общество с удовольствием демонстрирует свое богатство. Чтобы попасть в этот мир, беззаботный и мрачный одновременно, недостаточно быть смазливой блондинкой, пощипывающей струны гитары. Нужно обладать табунами лошадей, тысячами голов скота, сотнями гектаров земли и драгоценными украшениями в неисчислимом количестве. «Сиркуло де Армас» — клуб, куда допускаются только владельцы первых ста состояний страны, и никакой талант, никакое изящество, не подкрепленные солидными капиталами, не могут предоставить сюда пропуск.

## 7

Центр Буэнос-Айреса пересекает совершенно прямая улица длиной в двадцать один километр. В самом сердце этого центра, в квартале резиденций и контор, находится крошечный пятачок — гордость столицы, сверкающая своими безжалостными огнями. Отели «Альвеар» и «Ла Пласа» наблюдают, как собравшаяся здесь аристократическая толпа рассаживается на катера, чтобы отправиться в Пунта дель Эсте на пляж с разноцветными матрасами, где неумолчно звенит смех дикарей-миллионеров.

Убедившись в конце концов, что не может пробиться в высшее общество, Эва Дуарте обращает свой взор на самых бедных тружеников, портовый люд и обитателей трущоб. Она начинает демонстративно посещать тех, кого еще вчера избегала. Проводит время в их кабачках, пробует их вино и колбасу. Грязные воды порта становятся вдруг милее ее взору, чем опаловая волна, набегающая на песок пляжа Пунта дель Эсте. Эвита замедляет шаг перед деревянными домами, покрытыми волнистой жестью, перед кабачками, где жарят рыбу и мясо, перед уличными художниками, которые с любовью живописуют язвы общества, а сами питаются лягушками и дарами моря.

Эвита самозабвенно смешивается с простым людом. С ее стороны это месть, но те, кому она мстит, не обращают на это никакого внимания, как не обращали внимания на песни и улыбки, которые она им доверчиво расточала. И все-таки Эвита окунулась в гущу народа не потому, что отказалась от погони за славой. Интерес к народу — всего лишь ее снобизм, болезненный и неистовый.

Обитатели двадцати пяти домов, составляющих артистический район Буэнос-Айреса, не избавились от Эвиты, пустившейся на поиски славы с целомудрием монашки и алчностью торговки. Теперь она не заботится ни о чем, кроме сохранения своей формы и похудания. Она не пьет, не курит, не флиртует, оставаясь суровой и холодной. Оставляет у массажиста жалкий гонорар статистки.

Хотя Эвита не завоевала ночной Буэнос-Айрес своими артистическими подвигами, но, по крайней мере, стала знаменитостью мира приемных и кулуаров благодаря острому язычку. Эва Дуарте манипулирует жаргоном злачных мест, как самая прожженная проститутка. Мужчины должны преклоняться перед гордячкой со змеиным языком. Эва Дуарте из Чивилькоя никогда не станет служить им подстилкой.

Начинающие актрисы жили обычно по двое в одной комнате, и не столько ради экономии, сколько из-за стремления делиться своими надеждами и переживаниями с наперсницей. Эва Дуарте делила комнату с городской девушкой, своей ровесницей по имени Ампаро Флореллес.

Восемнадцатилетняя Ампаро была повыше Эвиты, обладала более округлыми формами и веселым нравом. Свободное время Ампаро не проводила в постели, как Эвита, а стирала, шила и штопала, пела, создавая атмосферу домашней жизни. Любой пустяк переполнял ее радостью: письмо подруги, взгляд незнакомца, птица на карнизе. Именно Ампаро подбадривала Эвиту, заставляла ее вовремя поужинать, заниматься собственной внешностью. Ампаро наполняла весельем маленькую комнату, с рвением наводила порядок, не чувствуя себя при этом служанкой Эвиты.

— Ты сегодня собираешься есть?

— Я не голодна, — отвечала Эвита. — Моя мать очень располнела. Я не хочу стать такой же.

— Полные женщины нравятся всем. Нужно поесть. Чего тебе хотелось бы?

Не дождавшись ответа, Ампаро поспешно набрасывала пальто, исчезала и возвращалась с оливками и анчоусами. Эва улыбалась и милостиво позволяла угостить себя.

Каждый вечер они перебирали события дня. Что принесет день грядущий — надежду или неудачу? Устроившись у подоконника, они подолгу смотрели вечерами на огни судов в маслянистом океанском заливе. Ампаро уже сыграла небольшой эпизод в кино, и один ловкий импресарио пообещал ей новую, более значительную роль. Она терпеливо ждала, а однажды вечером, расплакавшись, призналась, что беременна. Ампаро никак не могла примириться с такой тривиальной неприятностью, ведь соблазнитель, добиваясь благосклонности девушки, заронил в ее душу несбыточную надежду.

Ампаро знала, что ребенок, который уже давал о себе знать, помешает ей добиться исполнения мечты в мире театра и кино. Однако, словно все это было шуткой, она ожидала, что кошмар рассеется так же легко, как и произошел. Утешая себя, Ампаро мечтала о фотостудии, где будет стоять кресло с ее именем.

— Ты выйдешь замуж? — спросила Эвита.

— Он не хочет, да и я тоже.

— Отдашь ребенка своим родителям?

— Они не захотят меня больше видеть, — вздыхала Ампаро. — Тебе хорошо, ты никого не любишь... Никого, кроме своего брата Хуана...

В шкафу Ампаро ревниво хранила платье из золотой парчи, которое мечтала надеть в день премьеры. Много раз она не могла устоять против искушения уступить желанию облачиться в эту парчу, наивно веря, будто великий день уже наступил. Когда она замечала фотографа, то начинала говорить громче. Робко заявляла, что ее отец миллионер, хотя всем было известно — он переносил тюки товаров в порту. Ампаро надеялась выиграть конкурс на радио, но ее обошел десятилетний комедиант-фокусник.

Однажды вечером Ампаро исчезла в своем золотистом парчовом платье, накинув сверху пальто, а на следующий день несколько газетных строк известили о ее судьбе. Ловушка захлопнулась. Ампаро бросилась под поезд метро.

## 8

В 1939 году Эва Дуарте отправилась в Голливуд. Так, безнадежно больной, разуверившись в помощи врачей, костоправов и шарлатанов, решается на паломничество в Лурд.

Она проделала это путешествие в компании с другими кандидатами на завоевание славы, среди которых были гном-акробат, давно повзрослевшая скрипачка-вундеркинд и подающая надежды танцовщица. Со всеми заключил в Буэнос-Айресе контракт импресарио Харум Часки. Компания «Метро-Голдвин-Майер» запланировала съемки большого музыкального фильма, действие которого разворачивается в Аргентине. На место был послан открыватель талантов; руководители компании питали надежду, что он привезет по крайней мере немного местного колорита.

В Голливуде, оказавшись в студии проб, где ее принялись фотографировать под разными углами, Эва решила, что выиграла партию. Но когда ей снова принесли фотографии, испещренные пометками синим карандашом, она упрямо отказалась поверить в обоснованность предлагаемых изменений. Она отказалась разрушить свою башню из волос. Не пожелала, чтобы ей подпиливали зубы, отвергла предложение убрать небольшую выпуклость, которая портила форму носа.

Эвита не научилась ни ходить в соответствии с полученными указаниями, ни петь с тем взглядом и интонацией, каких от нее требовали. Единственное, на что она соглашалась, — это улыбаться, улыбаться, улыбаться.

Творцы звезд рассматривали будущую знаменитость не как человеческое существо, а как тесто, из которого можно вылепить все, что угодно, по своему усмотрению. Эва Дуарте, которая стремилась войти во дворец славы в собственных башмаках, была отстранена от состязаний.

Мама Дуарте прислала денег на обратный билет из средств, заработанных в респектабельном пансионе в Хунине.

Ранним утром, уже обещавшим жаркий день, Авенида Коррьентес была пуста. Эвита шагала в одиночестве, напряженная и непреклонная. Директора, вершители судеб артистов, просыпались поздно. За собственную участь им не приходилось беспокоиться. Эва не горела желанием вновь увидеть большой зал, отделанный поддельным мрамором, с потолком в пятнах и несвежими атласными гардинами.

Она спрашивала себя, сохранилась ли большая коробка с румянами, которую она объявила своей, вставив в крышку собственные фотографии в купальном костюме на фоне большой, ослепительно белой американской машины. Напрасно Эвита стучала в дверь брата Хуана. Наверное, он крепко спал или развлекался с очередной девицей.

Никто еще не произнес в ее присутствии волшебное слово «Голливуд», никто не задал головокружительный вопрос: «Сеньора возвращается из Голливуда?» Заметно ли ее поражение, замаскированное обтекаемой формулировкой «отсутствие ввиду болезни»?

Богатые кварталы пригородов Буэнос-Айреса простираются до дельты реки в тридцати километрах от города. Густая растительность, желтоватый тихий поток — настоящий рай для занятий парусным спортом на яхтах или игры в теннис на прибрежных кортах. Но совсем рядом, на равнине, раскинулся каменистый пригород, где молодежь до изнеможения кружит на велосипедах по обочинам пыльных дорог, а старики греются на солнышке, покачиваясь на расшатанных стульях.

Отныне Эва избегает появляться на той Авенида Коррьентес, где девушки проводят время на высоких табуретах у стоек баров, бестрепетно выставляя напоказ ноги, обтянутые шелковыми чулками, чтобы привлечь внимание юношей из богатых семей.

А сама Эва старается понравиться толпе, населяющей старый порт, толпе, которая так сердечно ее принимает.

## 9

Эва бросила себе на колени мертвый груз — большой пакет фотографий, где она представала во всевозможных позах, но с одной и той же ослепительной улыбкой. Хуан выслушал сестру, с рыданиями бросившуюся в его объятия.

— Ну, ладно! — сказал он. — Раз ты им не нужна, тебе остается лишь найти себе мужчину. Может быть, нам обоим это придется кстати. Богача, который заставит нас забыть о нищете. Все! Люди в этом городе больше не моются! К дьяволу мыло!

И он пнул коробки, в каждой из которых находилось двадцать кусков мыла, завернутых в серебряную бумагу.

Согласившись принять крещение славой за границей и вернувшись из этой экспедиции с пустыми руками, Эвита натолкнулась на еще более глухой барьер. Карьере был нанесен, быть может, непоправимый урон.

Эва Дуарте провела несколько дней в своей комнате в квартале Бока Горда. Никто не пожелал поселиться здесь вместе с нею после самоубийства Ампаро. Эва была настолько обессилена, что не вставала с постели даже ради самых неотложных дел. Полуодетая, она лежала без движения, не испытывая ни голода, ни жажды, не видя снов. Именно тогда ей пришла в голову мысль об Ампаро, которая тоже провела несколько дней в абсолютном бездействии, прежде чем броситься под поезд метро.

Эва вдруг осознала, что образ Ампаро словно

гипнотизирует ее, как будто только теперь до нее дошло, что же произошло с ее подругой. И воспоминание об Ампаро, погубленной ложной мечтой в расцвете юности, неожиданно придало ей силы. Эва смогла покинуть комнату.

То, что стыдливо называли «несчастный случай», произошло на станции «Бельграно». Эвита в оцепенении смотрела на рельсы и грохочущие колеса. Потом покинула станцию и, почувствовав головокружение, вошла в кафе. Зачем Ампаро позволила этим глупым железным колесам испортить свое прекрасное платье из золотой парчи? Эва Дуарте долго сидела в кафе, не двигаясь, не слыша мужских голосов, не отвечая на непристойные замечания.

В этом кафе, как и во многих других, стоял радиоприемник, передававший легкую музыку и новости. Эва почувствовала, что слова, исходящие из аппарата, придают ей сил. Если мир кино, театра, мюзикхолла закрыт для нее под тем предлогом, что ей не удается влезть в шкуру другого человека, если она не умеет быть кем-то другим, значит, ей остается только эта коробочка, нашедшая распространение повсюду, даже в жилище бедняка, коробочка, откуда вырываются фанфары мира.

Радио было убежищем для актеров, не нашедших признания в других сферах. Несомненно, для Эвиты радио было последним шансом остаться в большом городе, избежать бездны замужества, оказаться на виду. Ее голос услышат повсюду. Она сможет кричать, а для нее важнее всего было иметь возможность кричать, кричать без конца и без цели...

Эвита оставила на столе почти нетронутый стакан сидра — впервые в жизни она попробовала спиртное — но, когда она выходила из кафе, глаза у нее были пьяными...

# 10

Попытать счастья — это значит занять очередь, пройти по коридору, смешавшись с другими девушками, которые тоже ждут чуда.

Эвита входила в приемную среди остальных соискательниц. Ей давали текст для прочтения, записывали ее голос. А на следующий день говорили, что она может оставить свой адрес. В настоящий момент штат станции укомплектован.

И все же вновь и вновь повторялся один и тот же диалог:

— Речь идет о театральном коллективе.

— Наш коллектив укомплектован.

— Я хочу видеть директора.

— Это невозможно. Он принимает только по предварительной договоренности.

— Я хочу видеть его секретаря.

— Это не поможет. Сначала вам нужно сделать пробу.

Она предпочла бы не делать никаких проб. Результат всегда одинаков: преобразованный микрофоном, ее голос ничем не отличался от голоса, которым она говорила на сцене.

— Почему вы кричите, сеньора? Попробуйте шептать.

На Радио-Бельграно ее ждало то же самое разочарование. Проба, неодобрение техников, Эва Дуарте в гневе встает и требует приема у директора, как будто с нею обошлись невежливо. Приговор, подтверждавший ее посредственность как артистки, она считала оскорблением. Одним из многочисленных оскорблений по отношению к простым людям, оскорблениям, в которых виноваты богачи.

— Я хочу видеть директора! — вскричала Эвита,

когда после очередной пробы голоса ей посоветовали оставить свой адрес. — Я хочу видеть господина директора!

Радио-Бельграно — большая частная радиостанция Буэнос-Айреса. Она находится в богатом квартале, окружена большим парком. Директор этой частной радиостанции, Хаим Янкелевич, человек, вышедший из низов, привык действовать на американский манер. Сначала у него была небольшая велосипедная мастерская. В 1923 году во время чемпионата мира по футболу он скупил все детекторные приемники в Буэнос-Айресе, рассчитывая извлечь прибыль из всеобщего психоза. В Аргентине основным национальным развлечением является футбол. В дни всеобщего спортивного ликования Янкелевич сдал напрокат свои приемники и продолжал сдавать и в дальнейшем. Основу его состояния заложил именно этот смелый поступок. В 1943 году он вознес Янкелевича на пост директора и владельца Радио-Бельграно.

Янкелевич был человеком открытым, не лишенным фантазии. Когда он узнал, что какая-то неизвестная актриса настаивает на встрече с ним, и не робко, а нахально, то вместо того, чтобы отослать ее, как поступил бы любой из его коллег, он решил принять ее ради развлечения. Их первая встреча была сухой и краткой.

Эва Дуарте бросила:

— Ваши пробы обман! Нам не дают даже пяти минут для выступления!

— Хорошо! Мы еще раз проведем эту пробу, — любезно сказал Янкелевич. — Я пройду вместе с вами в студию записи.

Коссио, руководитель театральных передач Радио-Бельграно, получил указание дать Эвите столько времени, сколько ей нужно, чтобы выразить себя, и позволить ей сделать столько проб, сколько будет необходимо, прежде чем отвергать ее с полным знанием дела.

Через несколько дней Хуан Коссио пришел с докладом в кабинет Янкелевича.

Эва Дуарте не читала текст и тем более не играла его: она просто с цепи срывалась. Ей предложили эпизодические роли, пока она не найдет нужные интонации и не подладит голос. Но она требовала большие роли в исторических пьесах. Эва хотела воплотить Марию Стюарт, Марию-Антуанетту, Екатерину Великую, Изабеллу Испанскую. Она отстаивала свое право на главные роли с убежденностью голодного, считающего, что имеет право на белый хлеб.

## 11

Руководитель передач пригрозил, что уволится, если ему навяжут Эву Дуарте. Он заявил, что девушка едва годится на то, чтобы выкрикивать рекламные лозунги.

Хаим Янкелевич призвал к себе Эву Дуарте и поведал ей, как сильно он сожалеет, что не может предоставить ей место в коллективе радиотеатра. Эта девушка жестоко обманывалась относительно своего призвания, но она проявила смелость, порывистость, упрямство. Янкелевич решился предложить ей другое амплуа. Замялся на минуту, потом проговорил с широкой улыбкой:

— Хотите быть моей секретаршей?

Эва сурово посмотрела на него, будто услышала предложение пойти на преступление.

— Это легкая работа, — продолжал Янкелевич. — Вам будут платить больше, чем в нашем радиотеатре.

Вы займетесь моими деловыми контактами, разберете мои бумаги. В подчинении у вас будет машинистка...

Маленькая блондинка смерила директора гневным взглядом.

— Вашей секретаршей?

— Да, моей личной секретаршей.

— Что вы под этим подразумеваете?

— Секретарша — это секретарша, — добродушно пояснил Янкелевич, уже не так уверенно поглаживая рукой лысину.

Но блондиночка раскричалась, вскочив на ноги:

— Я актриса! Я не чья-нибудь секретарша! Я актриса Эва Дуарте и не собираюсь быть вашей игрушкой!

— Вы меня неправильно поняли, — сказал Янкелевич, оглушенный этим взрывом.

Просительница собралась уходить, но потрясенный ее агрессивностью Янкелевич попросил ее снова сесть.

— Если вам не нравится это место, что бы вам пришлось по душе? Чем вы интересуетесь, кроме театра?

Она не интересовалась ничем другим. Она хотела заниматься театром.

Неожиданно у Янкелевича возникла идея:

— Вам нравится атаковать? Вы хотите борьбы? Хотите, чтобы вас услышали? Что вы скажете насчет социальной передачи по вечерам? Пять минут для народа...

Слово «народ» заставило ее вздрогнуть от радости. Когда говорят «народ», то сразу представляют себе трибуну, торжественные речи. А потом слезы. Возможность кричать и возможность заставлять плакать. Ничего иного ей от театра и не нужно было.

— Вы хотите участвовать в пятиминутной социальной передаче? — повторил Янкелевич.

Эва не отвечала, живя предчувствием своей новой мечты. Никаких королей и знаменитых авантюристок, она останется одна на сцене, и реплики ей будет подавать лишь эта шевелящаяся темная масса, дрожащая и печальная — народ. Она будет исповедовать обездоленных, заставит толпу испытать сострадание к их участи, она станет примадонной несчастных, их святой покровительницей, их феей. Она сможет мстить, угрожать, обещать и стенать в постоянной роли, созданной для нее.

## 12

Сначала в социальной передаче Радио-Бельграно принимал участие пожилой актер и актриса лирического плана, которые как бы обрамляли Эву Дуарте, женщину из народа. Требовалось рассказывать с дрожью в голосе о мелких, средних и больших бедах, постигших ту или иную семью. Эва получала письма от несчастных, но отбирала их специальная служба Радио-Бельграно.

Эвита говорила в микрофон: «С Хименесом произошел несчастный случай на работе, и он хотел бы получить книги, чтобы было чем заняться во время вынужденного отдыха...» Кто-то просил инвалидную коляску, еще кто-то рассказывал о пожилом человеке, оказавшемся у него на попечении, не будучи членом его семьи. Где можно было бы найти помощь?

Между двумя сообщениями о народных горестях пожилой актер монотонно пересказывал несколько шуток, а лирическая актриса нежным голоском пела куплетик-другой. Нужно было заставить слушателей поверить, что речь идет лишь о горестях отдельных людей, и именно дорогие слушатели могут развеять эти беды в порыве щедрости.

Этот маленький сентиментальный ручеек необходимо было расширить во что бы то ни стало, пока он не загрохочет, как ревущий поток. Эва Дуарте вкладывала столько огня и пыла в рассказы об унижениях, которым подвергаются простые люди, что в течение нескольких недель одержала несколько сугубо личных побед. Прежде всего она добилась права самой производить отбор писем, которые будут комментироваться перед микрофоном. Потом вытеснила из передачи обоих партнеров: старика-актера и певицу.

Отныне Эва одна воспевала нищету. Неважно, каким отдельно взятым случаем собиралась она поделиться со слушателями: шла ли речь о приданом для новорожденного, появившегося на свет в обездоленной семье, или о комнате для рабочих, которые жили в сломанном грузовике у обочины дороги. Эва Дуарте, казалось, все принимала на свой счет, требовала для самой себя. Крик народа безжалостно раздирал ей горло, исторгался ею так же легко и неотвратимо, словно она сама познала все беды мира. Вместе с тем Эва всегда старалась избегать бедности. В сущности, по-настоящему она никогда не знала нужды.

Очень скоро социальная передача Радио-Бельграно становится единственным в своем роде театром Эвы Дуарте. Единственная главная роль — Эва Дуарте. Тысячи статистов находятся достаточно далеко от нее, чтобы не мешать ей исполнять свою роль. Народ — ее зрители, она обращается к ним после ужина, привлекает их внимание и с легкостью заставляет трепетать сердца без посредничества театрального администратора. Она вдруг становится «голосом», а это нечто гораздо более сильное и волнующее, чем просто актриса, добившаяся успеха.

Этот голос звучит то вкрадчиво, то намекает на что-то, то гремит, приводя в смятение сердца людей, как будто во всей стране только этот голос может помочь им.

Иногда Эвита превращает эту церемонию в подобие любовного дуэта. Она приводит в студию и усаживает перед микрофоном какого-нибудь бродягу, безработного или чернорабочего, который смущается и говорит шепотом. Но затем именно Эвита бросает проклятие.

Сотрудники Радио-Бельграно очень быстро начинают утверждать, что передача Эвы Дуарте смешна. Они требуют изгнания этой скверной комедиантки, которая нашла наконец-то применение своим амбициям и напыщенности. Те, кто защищают идею отстранения сеньориты Дуарте, критикуют ее голос и неуравновешенность. Но Янкелевич неизменно отвечает, улыбаясь:

— Отобрать у Эвы передачу, все равно, что отнять у нее ребенка.

Эва Дуарте создает из бедняка героя. Она хочет быть глашатаем этого героизма повседневной похлебки. Она не только берет на себя роль советчицы тех, кому посчастливилось высказать свои печали с ее помощью, но и сама начинает верить в то, что является их покровительницей. Она далека от того, чтобы принизить себя до уровня, на котором находится в действительности: дикторша, не знающая удержу.

Каждый вечер в двадцать пятнадцать Эва Дуарте выполняет на Радио-Бельграно работу, похожую на священнодействие. Доставшиеся ей пять минут становятся десятью минутами, потом получасом. Ее цель — добиться ежевечернего часа для своего социального варева. Так она может доказать свою любовь к народу, не сливаясь в одно целое с ним. Эва держит свою аудиторию на расстоянии, одновременно прижимая к своему сердцу. Она поднимает до себя этот народ, чтобы бросить в лицо богачам не только упрек, но в скором времени и угрозу.

Эва Дуарте не смешивается больше с простым людом Бока Горда в роли наблюдательницы. Теперь ее обязанностью стала небольшая пролетарская прогулка в порт. Эва уже ведет себя как знаменитость, отправляющаяся перед премьерой показаться своим верным поклонникам. Она еще не раздает автографов, но записывает имена в блокнотик и с загадочной улыбкой рассыпает обещания.

Народ стал для нее объектом проявления инстинкта материнства, выходящего за всякие рамки, за пределы, установленные природой. Это дает ей право на небольшой кабинет, на собственный ключ от двери этого кабинета, на поздравления.

Эва Дуарте не стала, как множество других провинциалок, устремившихся в город, добычей судьбы, затерявшейся в толпе. Напротив, эта световолосая девушка сама нашла свою добычу — не одного мужчину, как того хотела мама Дуарте, а множество людей, весь униженный народ.

# Часть первая

## Бараны и кондоры

### 1

**В**тот день на пляже проходил конкурс красоты. Девицы в купальниках шествовали по трамплину, принимая эффектные позы. Как раз в это время туча самолетов с красными опознавательными знаками стремительно атаковала. Ничего не понимающие американские моряки размахивали руками, приветствуя сошедшие с ума самолеты. Они думали, что проходят маневры, очень похожие на настоящую войну.

Рука мисс Гавайи, поднятая в горделивом приветствии, вдруг улетела в сторону моря, словно потерянный винт самолета. Венок из цветов, который ей только что надели на шею, осыпался, роняя обожженные лепестки. Игроки в гольф бросились врассыпную с клюшками в руках. Это было воскресенье 7 декабря 1941 года, и священник, устанавливавший алтарь на открытом воздухе, чтобы отслужить мессу, увидел, как изображение Христа разлетелось вдребезги у него в руках. Отборные силы американского военно-морского флота пошли ко дну на рейде Пирл-Харбора...

Многие аргентинцы обрадовались, узнав о бойне в Пирл-Харборе. В Буэнос-Айресе это побоище было воспринято как победа танго над джазом.

Через восемь дней после этого разгрома создалось впечатление, будто Аргентина втянулась в эпопею сближения с фашизмом по той простой причине, что янки были только что поражены в самое сердце. Аргентинский президент Рамон Кастильо объявил, что Буэнос-Айрес находится на осадном положении. Таким образом он ориентировал свою страну на «Ось» под давлением верхушки армии, где почти все офицеры были связаны с тайным обществом ГОУ, ожидавшим развития событий. Офицеры, входившие в ГОУ, пили шампанское 8 декабря 1941 года, на следующий день после Пирл-Харбора. Нападение японцев воодушевило военных, словно сообщение об их собственной победе. Они ожидали, что Соединенные Штаты будут поставлены на колени, исчезнут. Офицеры восприняли гитлеровский идеал не только потому, что он олицетворял собой захватывающее мужество, но и потому, что надеялись в один прекрасный день покорить Северную Америку, а главное — Соединенные Штаты, престиж, нахальство и блеск которых порождали у них комплексы не то чистильщиков сапог у богатых хозяев жизни, не то наемных танцоров — партнеров престарелых дам. Они тоже были американцами, но это слово лишь напоминало о безудержных и восторженных восхвалениях других американцев, тех, что находятся этажом выше.

В 1889 году появилось понятие «панамериканизм». С тех пор, стремясь внедрить свою цивилизацию и свой образ жизни на южноамериканском континенте, Соединенные Штаты всегда наталкивались на Аргентину, независимо от того, было ли это стремление бескорыстным или эгоистическим. Аргентина бряцала своей военной мощью и своей собственной теорией «американисмо», направленной на создание южноамериканского блока, возглавляемого Аргентиной.

Когда в 1940 году Соединенные Штаты предложили военную помощь Бразилии, аргентинские забияки были уязвлены. С 1940 года военная аргентинская элита с нетерпением ждала победы Гитлера, чтобы под его эгидой стать во главе южноамериканского континента, который должен был послужить плацдармом для Гитлера при завоевании страны дяди Сэма.

Человек, которому предназначалось начать эту операцию, уже сдувал в полумраке пылинки со своей униформы гитлеровского гауляйтера. Это был статный моложавый офицер, приятный в обхождении и чрезвычайно ценивший хорошие манеры. Он с необыкновенным достоинством преподносил исповедуемые им гнусные теории фашизма. Так метрдотель пальцами, пропахшими чесноком, подает сахарницу с видом человека, отдающего свое сердце. Этого сторонника тайной нацистской армии в Аргентине, именуемой ГОУ, звали Хуан Доминго Перон.

Аргентинские военные всегда были верными слугами бывших крестьян, которые владели миллионами голов скота и необозримыми пастбищами. Землевладельцы и представляли собственно Аргентину. Их патриотизм измерялся количеством гектаров земли, которой они владели.

Радикальная партия, впервые в аргентинской истории пришедшая к власти в 1916 году, воплощала реванш большого города по отношению к сотне фермеров-аристократов, издавна управлявших нацией под вывеской «консерваторов». К несчастью, представитель новой власти в Каса Росада, лидер радикальной партии Иполито Иригойен, пообещавший руководить страной по-новому в противовес прежним торговцам скотом, сразу же почувствовал упоение властью и отгородился от народа, наслаждаясь преимуществами своего положения.

Этот старик с маниакальными наклонностями стал заложником своих секретарей, которые требовали тысячи песо за организацию встречи с президентом. Бородатого коррупционера на президентском посту прозвали в народе «Пелудо» — Крот.

Он провозглашал одну философию: «Хорошие должности для всех!» — было от чего прийти в восторг нации, радостно ринувшейся на завоевание «положения в обществе». Радикальное движение превратилось в бюро по трудоустройству, поощряя всеобщую погоню за портфелями, что до сих пор было прерогативой, ревниво охраняемой землевладельцами-аристократами.

Тогда консерваторы привели в действие армию, так как выяснилось, что чистка необходима. В 1930 году Крот, погрязший в махинациях и делишках с предоставлением незаконных льгот, увидел, как гипсовый бюст его собственной персоны сбрасывают на плиточный пол резиденции Каса Росада.

«Революция» вломилась в открытую дверь. Старый привратник, такой же хилый, как и изгнанный президент, без возражений отдал ключ от Дома Правительства военным, которые повелительно потребовали ключи, возвышаясь над ним на своих лошадях.

Генерал Хосе Урибуру занял место Крота.

Консерваторы, вновь пришедшие к власти, повели себя так, будто не лишались этой власти на шестнадцать лет. Они вновь обрели свои прежние привычки, за которые их изгнал когда-то глас народа. Плохое правление Иригойена не подтолкнуло их подвергнуть что-либо справедливому пересмотру, откорректировать устаревшие методы погонщиков скота, не обремененных сомнениями.

Национальной сторожевой собакой стал генерал Урибуру, восхваляющий фашизм, а затем другой генерал, Хусто, разделяющий эти же идеи. Позже консерваторы добровольно решили поставить у власти радикала, опасаясь, что народное движение снова сметет их, но в тени президента от радикальной партии оставить вице-президента консерватора. Ортис, богатый адвокат радикальных убеждений, стал президентом, а консерватор Рамон Кастильо — вице-президентом. Однако Ортис, увидевший во время своей избирательной кампании детей, родители которых никогда не имели возможности купить мяса, и землянки, служившие жилищами многочисленным семьям, по возвращении в Буэнос-Айрес заявил, что все это нужно изменить, посеяв тем самым панику среди тех, кто помог ему вскарабкаться на вершину власти, рассчитывая сделать президента своим послушным орудием.

Консерваторы все же получили его голову, не убивая его, что не представлялось возможным, и не провоцируя еще один военный поход на Каса Росада, а устраивая банкет за банкетом. Ортис слишком любил поесть. Диабет заставил его покинуть пост в 1940 году, и тогда Кастильо взял власть в свои руки. Тур избирательной кампании снова был выигран.

Но в 1943 году правящий класс собственников начал задумываться о гитлеровской неразберихе.

Власть имущие приготовили даже кое-какие любезности в адрес будущих победителей по той очевидной причине, что, не уничтоженные и не смещенные немцами, они оставались старыми добрыми партнерами...

Партия консерваторов, хотя ее члены и были нацистами в душе, дела ставила превыше всего. Кастильо был вынужден изменить характер своих публичных деклараций и не начинать больше речи призывами к всеобщему мужеству. На его штабной карте с контурами европейского поля битвы черные булавки изображали Германию, противостоящую красным и синим булавкам — России и англосаксам. Теперь эти булавки начинали колоть ему пальцы, стоило дотронуться до них. После безудержного бахвальства по поводу немцев и их крестового похода он публично заявил, что нейтралитет для Аргентины будет лишь благом.

Для ГОУ наступил подходящий момент для того, чтобы по приказу Фаупеля, немецкого генерала, тайно доставленного в Буэнос-Айрес на подводной лодке, появиться на сцене, ужесточить ситуацию и завладеть командными рычагами наперекор всем...

Впервые в истории Аргентины военные становились у руля власти без горячего одобрения крупных землевладельцев, аристократии, которая хотела считаться не только самой древней, но и самой элегантной и самой могущественной аристократией современности...

## 2

4 июня 1943 года генерал Артуро Раусон, руководивший Школой кавалерии, получил приказ ГОУ двинуться к Каса Росада.

Раусон — молчаливый человек с голубыми глазами и тонкими усиками. Раусон производит смотр лошадей и кавалеристов. День очень холодный. Блестят шпаги. Раусон прыгает в седло и дает колонне знак к отправке. Лошади бьют копытами, перебирают ногами.

На всем пути генералу аплодируют. Мрачная медлительность шествия внушает доверие толпе. Раусона будоражат приветственные возгласы, он не заставляет коня ускорить шаг, а продолжает кланяться направо и налево. Добравшись, наконец, со своими кадетами до проспекта Санта-Фэ и продвигаясь к резиденции Каса Росада, видневшейся вдали, генерал уже мнит себя равным Александру Великому. В начале пути стоял лишь Артуро Раусон, генерал, которому тайное руководство доверило небольшую парадную роль и выполнение определенного приказа. По прибытии на место Раусон Великий спешился с внушительностью Сципиона Африканского, вернувшегося из завоевательного похода. Он требует к себе привратника Каса Росада и готовится красивым голосом отчеканить Рамону Кастильо приказ о подчинении.

Но привратник Каса Росада по указанию Кастильо несет ключи от правительственного дворца торопливо, как вышколенный слуга. Раусон узнает, что президент уже сбежал на небольшом военном корабле. Раусон, несомненно расстроенный отсутствием электрических огней и легкостью, с которой отворились двери, без особой радости поднялся по лестнице, ведущей на балкон Каса Росада. Он не сумел быстро опомниться от аплодисментов, сопровождавших шествие отряда, и не мог так легко отмахнуться от одобрения толпы, собравшейся по обе стороны дороги, жадной до любого зрелища, даже чреватого опасностями.

Раусон вышел на балкон Каса Росада. Он должен был всего лишь объявить — в этом состояла его миссия, — что Рамон Кастильо уходит со своего поста и уступает место новым энергичным людям из ГОУ. Но, опьяненный славой, он сначала принялся большими глотками пить вино аплодисментов, вспыхнувших с новой силой при его появлении. Наконец, под непрестанные крики толпы Раусон сделал широкий жест, назначая себя преемником Кастильо. Другого решения для него не существовало.

Раусон разместил свое войско вокруг Каса Росада. Хозяином прошелся по дворцу. Опьянение длилось недолго: как только рассеялась шумная толпа, он остался один на один со своим безмолвным величием. Правление Артуро Раусона длилось двадцать восемь часов.

Потом его отстранили от командования кавалерийским полком и поспешно отправили послом в Бразилию. Раусону объяснили, что он должен почитать за счастье эту награду, и если его не бросили в темницу, то только, чтобы не портить красоту «революции»!

## 3

Президентом стал генерал Педро Рамирес, министр обороны, на которого пал выбор ГОУ. В свою очередь он назначил новым министром обороны Перона.

Едва утвердившись на самом высоком посту в государстве, Рамирес заявил, что только Аргентина и Бразилия могут претендовать на главенствующую роль на южноамериканском континенте. Беглый взгляд, не скрывающий симпатии к союзникам, в сторону Бразилии.

Новые люди, вставшие у кормила власти в Буэнос-Айресе, неустанно заявляли о героической миссии Германии. Предводители «Оси», не интересуясь особо личностью Рамиреса и намерениями тех, кто его поддерживал, при вступлении нового президента на высокий пост направили ему поздравительную телеграмму и признали этот захват власти. Только несколько месяцев спустя Англия и Соединенные Штаты узнали, что Аргентине еще несколько лет тому назад, до 1 сентября 1939 года, была отведена роль первой гитлеровской страны в Южном полушарии. «Кастелассо», дворцовая революция 4 июня 1943 года, была всего лишь мирным осуществлением плана «Оси». А по приемнику узнали и имя исполнителя: полковник Перон.

Аргентинская армия предпочитала якшаться со всяким сбродом под гитлеровскими знаменами, лишь бы не подчиняться олигархии двухсот семей землевладельцев, суровых и мрачных. В лице Кастильо военная секта ГОУ сокрушила не только президента, который начал сомневаться в нацистах, но и глашатая аристократов-землевладельцев.

Перон все чаще и чаще выступал вместо Рамиреса.

— Друзья, — говорил он, — нации больше не могут обороняться в одиночку. Эра наций сменяется эрой континентов. Германия объединяет европейский континент. На нас возлагается великая задача объединить южноамериканский континент...

Все это могло вызвать некоторое воодушевление и, может быть, подъем национального духа, если бы немцы одержали победу. Но когти нацистам подпилили, они уже теряли большие куски России и Африки. Призывы Перона и Рамиреса к чистоте и величию падали в пустоту. Аргентинский народ проникался сочувствием к подвигам участников Сопротивления оккупированных стран, в то время как Перон разбрасывал одни и те же цветы красноречия в передачах радио Буэнос-Айреса.

В конце концов руководство ГОУ пришло к выводу, что необходимо срочно менять тактику. Если не удается поднять или хотя бы заинтересовать массы, прославляя Германию, то как удержать народ в руках? Не проще ли овладеть массами, восхваляя и будоража их самих? Начиная с 1942 года происходило мощное движение провинций по направлению к Буэнос-Айресу при том, что приток извне был вялым, а иммиграция отсутствовала вообще. Буэнос-Айрес, по примеру больших городов, которые копировал, стал промышленной столицей, уже не являясь более местом отдыха и развлечений богачей. Армия, находящаяся у власти, вдруг приглушила прославление нацистского сверхчеловека и предприняла попытку сделать сверхчеловека из обывателя, из скромного труженика.

Военные устанавливали количество рабочих часов на предприятиях, а также давали указания насчет длины женских юбок. Они больше не восхваляли аскетизм нацистов, но и не собирались отказываться от воинствующего ханжества и паясничанья.

От людей требовалась добродетель, начиная со школьной скамьи. Когда-то папский нунций был выслан из Аргентины за то, что отстаивал религиозное обучение в школах. С 1884 года говорить школьникам о Христе и его учении считалось преступлением. Офицеры издали декрет, по которому религиозное воспитание становилось отныне обязательным в школе и в армии. Любовь к «Оси» стала платонической, и, чтобы провозгласить изменение морали и нравов, на новых почтовых марках поместили новый лозунг: «Честность, Справедливость, Долг».

## 4

Эва Дуарте окончательно рассталась со своей мечтой стать звездой театра или кино. Она цепляется за микрофон и за бедняков. Если ей запрещают воплощать героинь — из-за сговора импресарио, считает она, — ладно! Она станет знаменитостью сама, без их помощи. Сейчас она глашатай бедноты. Она громогласно заявляет на Радио-Бельграно о достоинствах угнетенного народа. Она не нашла большой роли, достойной ее персоны, но намерена создать эту роль из множества фрагментов, пользуясь всеми известными пьесами. Эвита оставляет амбициозные устремления предстать героиней на сцене, чтобы самой стать персонажем.

Неожиданно ее речи в защиту угнетенного класса совпадают со звуком колокола, в который бьет правительство гитлеровского толка. Потеряв надежду опереться на победу нацистов, власти решили притвориться, что озабочены участью трудящихся.

Новое правительство поспешило выбить на фронтоне новоиспеченного отделения секретариата труда следующие слова: «Мы стремимся ликвидировать классовую борьбу...» Свастика дала трещину. Нужна новая эмблема. Вместо орла — коленчатый вал и серп.

Эва Дуарте разыгрывает принадлежность к народу, мечтая в глубине души быть аристократкой. Так идет она навстречу другому лицедею, который играет по команде ту же роль, что и она. Двое актеров соединятся, будут беседовать о своем возвышенном занятии — благе народа. Каждый из них хочет играть главную роль в этой пьесе и каждый думает, что другой лишь помощник, опора, и пользоваться ею следует неспешно.

Пьеса совершенно новая. Для двоих вполне хватит места в этом светском балете над блюдом с чечевицей. Смущенный взгляд становится понимающим, встретившись с другим смущенным взглядом, остановившимся на лачуге без водопровода или с крышей, прохудившейся в самом неподходящем месте — над детскими кроватками. Многочисленная публика всегда присутствует на этом представлении. Это те, кто слушает историю своей собственной жизни со слезами на глазах, затаив дыхание.

Людская масса, которую олигархи считают ничтожной и трусливой, чванливо выпячивает грудь, когда ей начинают говорить о ее душе. Народ слушает похвалы себе, восхваления в свой адрес. Лохмотья, жилище, открытое всем ветрам, — все то, что вчера считалось подозрительным, сегодня становится предметом умиления. Страдания народа превращаются в раны Христовы. От них больше не отворачиваются, перед ними простираются ниц.

Эта публика более многочисленна и почтительна, чем посетители ночных клубов, продолжающие курить и пить шампанское в то время, как вы исполняете свою песенку. Это действительно та публика, что нужна Эве Дуарте.

Аргентина, колониальная империя Испании, сначала представляла собой равнины без конца и без края, на которых паслись неисчислимые стада лошадей и буйволов. Люди в пампе принялись укрощать диких лошадей и забивать быков, чтобы выжить.

В те времена, чтобы считаться королем, достаточно было иметь коня и тесак. В Аргентине, поставлявшей огромное количество кожи, гаучо обладал самым высшим статусом — забойщика скота на бойне. Он стал более жестоким, чем мародер-индеец, который отныне скитался как пария по своей исконной стране в поисках старинных богов и прежних очагов. Животные резвились на просторе. Сбор кож стал национальным занятием.

Когда испанскому владычеству пришел конец и во главе каждой провинции, получившей самоуправление, встал каудильо, появились предводители, которые были всего лишь наиболее энергичными гаучо. Они сохранили образ мыслей человека, вооруженного ножом. Они так же легко расправлялись с норовистыми противниками, как вырезали язык у забитого животного. Так, первыми хозяевами страны стали главари банд. Как только одному из предводителей этой нации головорезов требовались деньги, он принимал решение продать несколько кусков огромного пространства, которое никому не принадлежало.

Страна была поделена на участки. Платить можно было натурой. За несколько лошадей приобретали участок земли, для разметки которого порой нужно было шагать целый час. Век спустя этот участок становился настоящим царством для потомков первого владельца. Прошел еще век, и Аргентина была стреножена. Животные оказались в загонах, а люди — под гнетом фермеров, управлявших своей собственной империей...

## 5

Перон родился в ста километрах от Буэнос-Айреса в богатой пампе. Большую часть населения города Лобоса, то есть города «волков», составляли богатые фермеры и важные персоны. К тому времени, когда в октябре 1895 года на свет появился Хуан Доминго, семейство Перонов пришло в упадок. Марио Перон, его отец, стал служить с тех пор у более удачливых фермеров.

Разорился он не из-за мотовства. Напротив, Марио, в чьих жилах текла итальянская кровь предков, носивших фамилию Перони, был честным труженником, быть может, несколько ограниченным, заключенным в тесные рамки небом и временем, своими животными, своим полем. Он женился на молодой женщине с примесью индейской крови, по слухам, страдавшей приступами меланхолии. Ничто не могло вывести ее из задумчивости. Все, что она видела, становилось предлогом для того, чтобы унестись мыслью в высокие сферы: фотография, ткань, слетевший с дерева лист. Никак не могла она избавиться от тоски. Напрасно осыпал Марио любимую жену все более роскошными подарками. Мадам Перон сохраняла отсутствующий вид, лишь слегка вздрагивали веки. Став матерью, она не обращала внимания на своих двоих сыновей, и они росли без ее ласки.

На всю жизнь у Марио Перона осталось впечатление, что эта женщина так и осталась непокоренной. Отсюда и разорительные подарки, которыми он ее осыпал в надежде получить на одну улыбку больше. Но жена его принадлежала божественным далям, и никакой бриллиант не мог вернуть ее на землю. В результате Марио Перон потерял свои земли и стада. Разорение погнало семью Перонов с двумя детьми, старшим Марио и младшим Хуаном, на территорию Санта-Крус у южных пределов американского континента.

Баранов с фермы Перона работники оскопили, пользуясь собственными зубами, а телят — щипцами. Вечером на кухне эстансии они лакомятся плодами своих трудов, в то время как окровавленные барашки жалобно блеют в коралях. Загон расположен неподалеку, и часто какая-нибудь овца пытается лизнуть через железную проволоку стонущего ягненка. Тысячи баранов много дней проделывают долгий путь в облаках пыли. Собаки набрасываются на раненых животных и перегрызают им глотки на обочине дороги. Они пьют мутную воду из реки, дожидаясь, когда подгулявшие гаучо снова сядут на коней и двинутся в путь. Море животных медленно катится по направлению к холодильным камерам. В аккуратных строениях витает нескончаемый запах смерти. Потоки воды непрерывно смывают кровь, текущую рекой. Лачуги рабочих, рассеянные вокруг бойни, пропитаны запахом смерти.

На морском берегу чайки камнем падают вниз, дерутся между собой из-за отбросов, сбрасываемых в море. А на окраинах поселка смерти с одной стороны отправляют бочонки с жиром и выпотрошенные замороженные бараньи туши, покрытые марлей, а с другой стороны принимают новых животных, пригоняемых бесчисленными стадами. Дрожащие животные скапливаются в конце длинных дощатых коридоров, где под общим натиском они вынуждены продвигаться вперед, чтобы их внезапно поразила сверкающая молния ножа.

Кондоры мерно бьют своими мощными крыльями. Время от времени они набрасываются на кроликов и кошек, не брезгуя и падалью. Огромными воздушными стадами бесконечно кружат они, то приближаясь, то удаляясь. Круги все сужаются, птицы долго планируют, нацеливаясь, выслеживая, рыская, вновь поднимаясь ввысь, чтобы наконец ринуться вниз в яростном урагане крыльев, красных гребней и окровавленных клювов, нападая на детенышей животных.

Оглушительно хлопая гигантскими крыльями, они изолируют свою жертву, ослепляют ее, потрошат и разрывают на куски, стервенея от кровавой плоти. Потом птицы снова поднимаются ввысь широкими кругами, удаляясь все дальше и дальше от этих кладбищ, от этих останков, которые шевелит ветер, словно желая наполнить их новой жизненной силой.

Маленький Хуан Перон без страха смотрит на эту картину; такие спектакли разыгрываются ежедневно среди обломков скал. Иногда валуны срываются со склонов и откатываются на сотни метров, не придавив никого, лишь примяв траву...

Поправив свои дела в жестоком краю, где требуются спартанские усилия, чтобы заработать на жизнь, Марио Перон поскорее увозит семью в менее зловещий край.

Он приобретает ранчо неподалеку от Буэнос-Айреса.

Дед Хуана по отцу выполнял в своей деревне обязанности костоправа. Его называли «врачом». Это лестное звание издавна составляло гордость семьи. Чтобы избавиться от унижения, пережитого в период временных неудач, когда ему пришлось пойти на службу к другим, Марио Перон решил, что старший из его сыновей унаследует ранчо, а из второго захотел сделать образованного человека. Теперь, вновь обретя состояние, он мог себе это позволить: облагородить младшего учением.

Но основное достоинство Хуана — его мускулы. Его единственная радость — бицепсы, и это вполне соответствует его крестьянской наследственности. Порой в его взгляде зарождается отстраненность, бегство в туманную даль, доставшееся от матери, но кулак сохраняет добротную костистую мощь отцовской длани. Когда в школе на него нападали, он действовал ногами и коленями, как будто ему чудилось, что над головой у него кружит черная птица, а он должен бежать, не размахивая руками, а плотно прижав их к бокам, бежать подальше от песчаной бури, в которой кружат кондоры.

## 6

В десять лет Хуан Доминго сменил школу. Было решено направить его по военной части. Мальчик не отличался выдающимися способностями, но был непобедим в гимнастике. Патагония закалила его.

Хуан Доминго был замкнутым подростком, отгородившимся от мира в своей душе. Ему вдалбливали в голову роскошь слов. Некоторых, самых громких.

Дети на улицах провинциальных городов часто бесплатно выполняли поручения взрослых. Перон никому не оказывал услуг. Мечты тихо струились в нем, как сочится кровь из открытой раны. Он никому не доверялся. У него не было другого предназначения, другой роли на земле, кроме как впитывать науку своих преподавателей военного дела, быть может, не находя в этом особой радости, но и не имея ни малейшего желания опровергать эту науку.

В восемнадцать лет Хуан Доминго Перон — лейтенант в аргентинской военной Академии. И в офицерской школе, и в Высшей военной школе учителями Хуана Перона были немцы; он почитает лишь немецкую стратегию, благоговеет перед немецким будущим. Едва зарождаются в Германии звуки фанфар, прославляющих свастику, и начинаются марши коричнево-черных колонн с факелами, как сердце этого питомца войны начинает учащенно биться. В изучении германских победоносных войн молодой человек находит пищу для обожания.

Утопия, окрашенная кровью.

Когда Хуан приезжает в увольнение на отцовское ранчо, Марио Перон держится с ним сурово. Его сын обладает нежными чертами лица, как у его матери, и крепкой статью дровосека, доставшейся от отца. Хуан мрачен во время своих кратких визитов к родным, но за пределами семьи вновь обретает свое единственное оружие — улыбку знаменитости из мира кино.

В 1927 году ему исполнилось тридцать два года. Хуан Перон исполнял обязанности личного секретаря дивизионного генерала Франсиско Медины, которому не понравился из-за своей излишней мягкости, не свойственной настоящим военным. Слишком обходительный, слишком вежливый, в конце концов он начал генералу надоедать. Медина отверг этот сомнительный эрзац вояки.

Хуан Перон стал преподавателем в военной школе. Он монотонно рассказывал о заслугах Цезаря и Наполеона, но с жаром повествовал о Клаузевице, Мольтке, Шлиффене и о том самом Зеекте, который восстановил немецкую армию под носом у победителей.

Перон, пользовавшийся популярностью в военной школе благодаря своим утонченным манерам, влюбленный в теории Клаузевица, не терял безмятежности взгляда, излагая эти теории. Он был мягок с учениками, объяснял степенно, не горячась, принципы тактики уничтожения, и стерильная улыбка примадонны не сходила с его лица.

Перон приглашен на обед к одному из преподавателей военной школы. Красивый дом с террасой, холл увешан громоздкими картинами с батальными сценами.

Статная и миловидная дочь хозяина дома прикована к инвалидному креслу. Хуан Перон становится частым гостем. Он взволнован шушуканьем, царящим в доме, покорен интеллектом отца и кротостью его дочери. Хуан Доминго часто торопится опередить жест отца и подкатывает кресло к столу, наливает девушке вина, испрашивает разрешения нарезать мясо на ее тарелке.

Эта сцена разворачивается в 1935 году. Перон только что отметил свое сорокалетие. В сущности, никто бы не дал ему этих лет. Выглядит он вечным юношей. В сорок лет Перон еще не женат, но при этом не скрывает никакого изъяна, никакого тайного порока. Жена, по мнению полковника Перона, не является ни воплощением прелести, ни идеалом. Она — помеха в повседневной жизни.

Но такая отстраненность от женщин рискованна: того и гляди начнут роиться смутные слухи. А ведь нужно, чтобы весь мир был с тобой заодно, никого нельзя огорчить, поэтому следует воспользоваться случаем и погрузиться в терпкое сладострастие женитьбы, не заразившись страстью. Женитьба на прекрасной калеке — вот средство заслужить уважение и обрести завершенность. Ее отец — великодушный друг, который приглашает его к себе, наставник, формирующий его взгляды; Перон убеждает себя, что ему ничего не стоит доставить другу радость.

Когда однажды вечером полковник сообщает хозяину дома о своих намерениях, тот вскакивает с места:

— Я не позволю вам сделать это!

Полковник умиротворяюще улыбается и шепчет:

— Амиго...

Наконец, отец успокаивается, а полковника охватывает вдохновение. Он говорит, мечтает вслух, превозносит очарование той, на руку которой претендует. Никогда ни один влюбленный не восхвалял женщину лучше, чем он. Для него эта девушка, недвижимая, как кусок гранита, более реальна, чем любая другая молодая и пылкая подруга. Кротко улыбающаяся, она полностью зависит от мужчины. Предмет мечтаний, который подкатывают в кресле то к одному окну, то к другому. Жена, которая не может последовать за вами, так что вы не испытываете угрызений совести, оставляя ее одну в своей темнице, а мимолетный поцелуй значит для нее так же много, как какая-нибудь сладострастная оргия.

Молодая женщина в инвалидной коляске, которую он не возжелал — было бы преступлением возжелать ее, — окидывает полковника нежным взглядом. А он тепло предлагает ей дружбу далекого и великодушного мира. Нужно защитить ее. В обмен она не навяжет вам никакой обузы, только нежные взоры. Это потрясающее братство не ведет к каким-либо последствиям. Арминда Феркес не представляет опасности для своего мужа-полковника. Взяв ее в жены, он убивал двух зайцев. Перон доставлял удовольствие своему наставнику и становился героем-стоиком в глазах остальных.

Брачная церемония была совершена конфиденциально в той самой комнате, где всегда жила девушка. Отныне Хуан стал женатым человеком и мог заставить смолкнуть зловредные слухи.

## 7

«Супруга» с нетерпением ждала возвращения полковника. Страдания, вызванные этим ожиданием, были не менее тяжкими, чем страдания женщины, ожидающей разрешения от бремени. Полковник давно уже пространно объяснил, какой он сделает выбор. Он хотел дьяволенка, девочку, игривую и капризную.

Документы на удочерение были готовы, оставалось лишь проставить в них имя. Сиротский приют находился в десяти километрах от столицы, и Перон снова совершил эту прогулку, но на этот раз в машине, предоставлявшейся в распоряжение офицеров.

Перон нашел то, что искал, уже при первом визите, однако сделал вид, что колеблется, взвешивает в раздумье недостатки и достоинства. Та девочка, которую он выбрал, была похожа скорее на ожесточившегося мальчишку. Ей было всего восемь лет. Пока в секретариате приюта выполнялись формальности и девочку вводили в курс дела, Хуан Перон расхаживал взад и вперед у дверей приюта. Девочка восприняла новость спокойно, как будто ей объявляли о предстоящей прогулке. Она широко улыбнулась. Ничего больше.

Час спустя полковник впустил ее одну в дом женщины в инвалидном кресле. Сам скромно остался снаружи, дожидаясь конца излияний.

Наконец-то он обзавелся женой и ребенком, не вложив в это ничего от своей личности.

Когда его жена испустила дух между окном и кроватью, полковник опечалился, но в то же время испытал облегчение. Он потерял свое благопристойное прикрытие. Арминда Феркес не успела понять, что она представляла собой для полковника. Она стыдливо упивалась его присутствием, его тенью.

Полковник неожиданно стал вдовцом Пероном. Это слово было так же чуждо ему, как и слово «муж».

Вдовец и нелюдим по натуре, он сохранял свою репутацию вечного «первого любовника».

## 8

Нацистский пират «Адмирал Граф Шпее» 13 декабря 1939 года был застигнут врасплох британскими крейсерами в Рио-де-Ла-Плата. Понадобилось пятнадцать часов, чтобы вынудить немецкий корабль, уже потопивший немало союзнических судов, искать убежище в нейтральном порту Монтевидео. В течение пяти дней германский консул вел борьбу, стараясь добиться права продлить заход в порт на время ремонта. Так как Уругвай никоим образом не хотел нарушать нейтралитет в пользу нацистов, Гитлер лично отдал приказ из Берлина потопить «Графа Шпее», которого в открытом море поджидал британский флот, чтобы пустить ко дну.

Вечером 17 декабря, в час, когда Монтевидео пробуждается для ночной жизни и окна кабаре зажигаются синими и красными огнями, на середине Рио-де-Ла-Платы раздались взрывы, взметнулись ввысь языки пламени. Британские крейсеры даже не успели послать ни одной торпеды. Чрезвычайно быстро корабль превратился в костер и завалился на бок.

Девятьсот пятьдесят членов команды «Графа Шпее» во главе с капитаном Лангсдорфом, единственным хозяином на борту, на следующий день в полдень высадились в порту Буэнос-Айреса. Утром 20 декабря крупные заголовки газет известили, что капитан корабля Ганс Лангсдорф покончил с собой. Капитан, который не остался на борту тонущего корабля, решил все же защитить немецкую честь самыми крайними мерами. Он пустил себе пулю в лоб в номере гостиницы. С некоторым опозданием, разумеется, но эта деталь лишь придавала еще больше романтизма поступку, что должно было произвести впечатление на толпу.

События разворачивались в «Отеле Иммигрантов» в Буэнос-Айресе. Управляющий Виг был немцем, обосновавшимся в Аргентине с 1936 года, но никогда не подававшим прошения о натурализации. Он часто посещал немецкое консульство, и когда его спросили, кто нашел труп капитана, заявил, что капитана обнаружил его матрос-ординарец Фишер.

Германский посол фон Терманн изолировал Фишера. Никому ни из гостиницы, ни со стороны не позволили проникнуть в комнату, где лишил себя жизни Лангсдорф. Только Фишер и немецкий военно-морской атташе присутствовали при положении самоубийцы в гроб. Капитан Лангсдорф вошел в эту гостиницу с двумя рубашками и дорожным несессером. Откуда у него взялся белоснежный парадный мундир с золотым шитьем, в котором он, наконец, упокоился, как сообщала пресс-служба немецкого посольства? Судебно-медицинский эксперт не констатировал кончину. Посол фон Терманн оказал большое давление на аргентинские власти и потребовал, чтобы те проявили хоть какое-то почтение к несчастью и позволили немцам самим деликатно заняться расследованием этого харакири национального героя.

Лангсдорф был похоронен с королевскими почестями. Батальон аргентинских морских пехотинцев отдал ему честь. Более пяти тысяч зевак следовали за катафалком, усыпанным цветами. Кортеж насчитывал более трехсот автомобилей.

Опечатанный гроб капитана с вышибленными мозгами в 1941 году был отправлен в Германию на борту шведского судна, а затем официально захоронен в фамильном склепе Гурлау в Восточной Пруссии. Но когда в конце войны офицеры-союзники пришли на могилу Лангсдорфа, чтобы отдать почести побежденному, то увидели там пустой гроб, послуживший созданию чудовищного спектакля. Эта постановка сыграла важную роль в пропаганде Германии в Буэнос-Айресе.

Только один аргентинец знал о ложной смерти Лангсдорфа. Это был полковник Перон. Он прятал капитана в своих апартаментах на вилле Посадас. В течение нескольких дней довелось ему с восторгом слушать рассказы невозмутимого пирата, повествовавшего с помощью обыкновенных спичек, разложенных на столе, о своих победах над англичанами.

## 9

Тезис Хуана Перона, в соответствии с которым поражение Германии в 1918 году было вызвано отсутствием южноамериканского блока Аргентины, Чили и Бразилии для помощи немцам, привлек внимание генерала Фаупеля, немецкого офицера, вдохновлявшего своим присутствием Франко, когда тот добивался победы в гражданской войне в Испании. В период между двумя войнами Фаупель стал руководителем немецких офицеров, служивших инструкторами в аргентинской армии.

Хосе Урибуру основал в Аргентине свой Гражданский легион, члены которого носили коричневые рубашки. Они принимали участие в военных маневрах. Они были вооружены и обучены, чтобы когда-нибудь послужить опорой нацистам на аргентинской земле. Самое большое противодействие установлению казарменного строя в Латинской Америке и ее включению в южный блок на деньги нацистов шло от Чили и Уругвая. Такой была ситуация в 1936 году.

Именно в это время Перон готовился выполнить свою первую миссию на службе у учителей, которые без труда перешли из ранга преподавателей Академии в ранг хозяев.

Необходимо было добиться объединения Аргентины, Бразилии и Чили для создания южноамериканского блока, называемого еще «южным» блоком. Этот блок должен играть для начала роль угрозы, нависшей над Северной Америкой с целью помешать той выступить против Гитлера, если у его противников в Соединенных Штатах возникнет такое искушение. Тогда у Гитлера были бы развязаны руки в Европе. Мировой конфликт мог принести Аргентине волну процветания, а аргентинской армии — возможность прославиться, случай, которого военные тщетно ждали больше века.

Таким образом, Хуан Перон отправился в Чили, облеченный миссией, которая заключалась в проникновении и шпионаже. Агрессивное богатство Аргентины всегда настораживало чилийцев, у них часто возникал естественный вопрос: не пожелают ли аргентинцы приумножить свое благосостояние за счет чилийской пшеницы и чилийских баранов? Чили, несмотря на внушительную армию и военно-морской флот, оставалась страной бедной и изолированной. Объединение Аргентины, Бразилии и Чили просуществовало со времен первой мировой войны до 1925 года. Тесного союза между этими странами так и не сложилось, это было достаточно условное соглашение.

Аргентина взяла тогда на себя инициативу в развитии политических движений в Южной Америке и руководствовалась одной лишь целью — поддерживая союз Аргентина—Бразилия—Чили, создать противовес возрастающему влиянию Соединенных Штатов.

На границе Аргентины и Чили, там, где проходит горная гряда Анд, возвышается гигантская статуя Христа. Она была воздвигнута в знак уз дружбы, скрепляющих огромную страну Чили и огромную страну Аргентину.

Испанский конкистадор Педро де Вальдивия не смог покорить индейцев, которые испокон веков проживали в Чили. Арауканы до конца девятнадцатого века сохраняли за собой выжженную, продуваемую ветрами пустыню, девственные леса и долины, омываемые дождями.

Хуан Перон счел обстановку в Сантьяго подходящей: вполне европейский город, холмы, деревья, виноградники. Ласковая атмосфера Сантьяго размягчающе действовала на Перона, но он прибыл сюда, чтобы завязать связи с жесткими людьми. Статуя в Андах хоть и изображала Христа, но символизировала дружбу между вояками.

Открытие месторождения нитратов в пустыне Атакама в 1839 году породило настоящую лихорадку не только в Чили, но и в Боливии и Перу. В тот день, когда нитраты стали означать богатство, разразилась война. Она длилась четыре года и закончилась победой Чили. Эта победа заставила аргентинских военных проникнуться уважением к Чили. Отсюда и каменный Христос в горах — дань уважения военных заслуг коллегами из соседней страны.

Так или иначе, Чили была способна постоять за свои интересы, но этот факт заговорщики ГОУ и их вдохновители отказывались принимать во внимание.

Они постарались также забыть о том, что Чили — единственная страна, в которой до первой мировой войны добывались природные нитраты. В ее безраздельном владении находилось сырье, служившее одновременно удобрением для крестьянских полей и взрывчатым веществом для военных. Но именно немец нарушил эту эйфорию: доктор Хабер изобрел процесс извлечения азота из воздуха, что позволило получать синтетические нитраты. Это открытие привело Чили на край пропасти. Страна жила подобно рантье среди других наций, предоставляя прочим странам возможность рыться в своей земле за завидную арендную плату. Открытие немецкого ученого камнем лежало на сердце чилийской нации.

Теперь Перон собирался тайно пропагандировать святой союз с Германией. Но чилийцы научились противостоять неудачам, на склонах Анд они продолжали добывать нитраты, которыми удобряли землю. Они не обленились, как аргентинцы на богатых просторах своей безбрежной равнины. Они искали пути выхода.

Перон встретился с фон Марэ, основателем нацистской партии в Чили. Эти люди, «насистас», ожидая возможности вовлечь Чили в авантюру, важно вышагивали в серых рубашках, синих брюках, кепи с козырьками и дубинками наготове. Приверженцы этого движения носили значки с изображением молнии, удивительно похожим на фрагмент свастики. У тридцатишестилетнего фон Марэ были глубоко запавшие глаза, очень густые ресницы, говорил он громким, резким голосом, притоптывая ногами и разводя руками, будто играл на невидимом аккордеоне. Мать его была немкой, и он шесть лет прожил в Германии, но отказывался изъясняться на каком-либо языке, кроме испанского. Трогательная родинка у уголка рта даже его ругательствам придавала двусмысленную мягкость, а порой и особую язвительность.

— Долго мы ждать не намерены, — сказал фон Марэ Перону. — Если Германия станет колебаться, мы двинемся вперед... Сила — наш долг.

Фон Марэ так нервничал, что действительно два года спустя, в 1938 году, еще до того, как из Берлина был получен сигнал к действию, он решил высвободить немного отравы, переполнявшей его войско. Полицейский, стоявший на посту у президентского дворца, был зверски избит нацистом, отделившимся от проходившей мимо группы. По мнению нацистов, полицейский позволил себе состроить неодобрительную мину.

Алессандри, президент Чили, наблюдал за этой драмой из окна. Вместо того чтобы поднять по тревоге президентскую охрану, нажав на кнопку звонка, он выбежал на улицу и без чьей-либо помощи оттащил умирающего полицейского под арку дворца. Только потом президент выпустил своих «карабинерос».

Нацисты укрылись в соседнем небоскребе, где находились конторы социального обеспечения. Небоскреб был взят штурмом, а шестьдесят нацистов, забаррикадировавшихся там, уничтожены.

Хуан Перон приехал в Чили не с одноразовым поручением, а в качестве военного атташе. Он часто встречался с Алессандри, который всегда недовольно ворчал, проходя в свой кабинет мимо большой фотографии Гитлера. Президент прогуливался с палкой в руке, в сопровождении собаки, одинокий, насупленный, и нередко сухо бросал своему собеседнику, которого принимал сугубо конфиденциально, что нет смысла «доставлять удовольствие самому большому злодею». Он говорил о Гитлере.

Хуан Перон все-таки надеялся добиться поддержки Алессандри, которого он столкнул с фон Марэ, а затем продолжить свою миссию проникновения в Бразилию.

Он не обратил внимания на одно замечание Алессандри:

— Наша нация представляет собой смесь шотландцев, басков, англичан, итальянцев, немцев, испанцев. И вы, аргентинцы, в этом похожи на нас. Разве это смешение не более счастливо, чем исконные расы? Немцы и у нас, и повсюду продолжают тянуть одеяло на себя.

В Чили немцы действительно жили обособленно, как инородное тело. У них были свои клубы, свои школы, свои магазины; они фотографировали немецкими фотоаппаратами и хоронили своих усопших под немецкими могильными плитами. Офицеры чилийской армии были настроены пронемецки по той простой причине, что, как и аргентинские офицеры, учились военному делу у немецких преподавателей.

Алессандри, чувствуя, с каким успехом Хуан Перон ведет пропагандистскую кампанию за союз между двумя странами под эгидой свастики, решил избавиться от него.

В сорок один год Перон проявлял слишком много отеческих и дружеских чувств по отношению к подросткам обоих полов. Этот человек, пользуясь авторитетом высокого воинского поста, любил посещать спортивные залы для молодежи, где занимались соблазнительные девушки в коротких белых брючках или загорелые юноши с подрагивающими мускулами. Военный вел себя довольно подозрительно: он ловил улыбки молодых людей, не скрывая радости гурмана всякий раз, когда приближался к мальчикам и девочкам четырнадцати лет.

Повод был найден. Чилийское правительство потребовало от правительства Аргентины отозвать военного атташе Хуана Доминго Перона по причине его явной безнравственности.

## 10

На проспекте Санта-Фэ в Буэнос-Айресе между мастерской дамского портного и современным молочным магазином затерялось обветшалое строение, в дверях которого непрерывно сновали чиновники и адвокаты. Именно сюда призвали Перона после его возвращения из Чили руководители немецкого проникновения в Аргентину.

На третьем этаже заседал трибунал, больше напоминавший собрание важных персон, томящихся в светском салоне. Но здесь никогда не бывало радушной хозяйки, не велись светские беседы. Перон встретился в этой комнате с генералами Фаупелем и Фредериком Вольфом, а также с неизменным Заудштеде, представителем гестапо.

Перон думал, что эта встреча понадобилась для корректировки тактики после его поспешного возвращения из Чили. Несомненно, ему собирались предложить продолжение секретных переговоров в Бразилии. Вольф задавал обычные вопросы о деятельности Хуана Перона. В данный момент речь шла лишь о докладе, и ни о чем ином. Перон послушно отвечал. Он никогда не выдавал своих чувств или настроений. Только усталость после долгого путешествия или долгого бодрствования делала его лицо менее доброжелательным.

Когда Хуан Перон уверился, судя по вопросам и одобрению собеседников, что вновь обрел их доверие, и забыто все, вплоть до причины его выдворения из Чили, поднялся Фредерик Вольф и принялся вопить как ненормальный, не воспринимая своего собственного крика.

Испуская очередной вопль, Вольф обрушивал на стол оба кулака. Единственное, что смог уловить Перон из этого какофонического грохота, так это свой приговор. С ним обошлись, как с недостойным сыном. Вина его состояла в том, что он дал повод для своего выдворения из Чили.

Главный нацистский штаб в Аргентине не любил пользоваться услугами неловких исполнителей. Хуан Доминго Перон был вычеркнут из их списков.

## 11

Попав в немилость у гитлеровских служб, Хуан Перон, разумеется, решил найти понимание у Муссолини. В конце 1938 года ему удалось получить назначение военным атташе в Рим.

В то время тучи над Европой сгустились, и кое-где уже засверкали молнии. Гитлер захватывает Австрию. 30 марта в Сенате Муссолини заявляет, что в Италии имеется четыре миллиона бойцов, готовых к отправке на передовую, и восемь миллионов, подлежащих мобилизации. Все будоражат свои войска, свои боевые колесницы, своих богов. Заводы во всех странах увлеченно производят орудия смерти.

2 мая 1938 года Гитлер прибывает с визитом в Италию, и Муссолини показывает ему в Неаполе маневры военно-морского флота. Девяносто подводных лодок всплывают на поверхность моря по единому сигналу. Четыре тысячи труб сопровождают в Риме отъезд Гитлера. Весь этот фарс ударяет в голову. Хуан Перон впервые испытывает истинное вооду-

шевление. Людские толпы, армии, опасность — та самая пища, которой он так жаждал.

По Испании уже шествует война. Воюет Франко. Воюет Гитлер. В нетерпении бьет копытом о землю Муссолини. Только Аргентина жиреет и не хочет собираться в единый кулак.

22 мая 1939 года Рим и Берлин подписывают железный пакт. Каждый раз после захвата очередной страны Гитлер посылает дружеское сообщение Муссолини, который начинает злиться. Он тоже хотел бы хватать, разрывать на части, получать свою долю добычи. Гитлер натравливает на мир орду, дрожащую от вожделения при каждом слове, которое он бросает с высоты трибуны. Муссолини вопит: «Надо посылать народ в битву пинками под зад... Неважно, кто победит...»

Перон наэлектризован этой энергией. Он не пропускает ни одного выступления Муссолини, который принял его и заявил, что Аргентина должна занять ведущее место в великом союзе наций.

Перон одновременно учится — он никогда не пренебрегал учебой — изучает поведение дуче на балконе дворца в Венеции. Муссолини принимает позу тенора в последнем акте. Выпячивает грудь, выдвигает подбородок, выбрасывает руки вперед, поднимает их, сотрясая небо кулаками. Дуче обнимает толпу, прижимает к своему сердцу, гневно отбрасывает от себя, рубит с плеча, убивает наповал. Хуан Перон наблюдает. Как прекрасно было бы самому пережить эти сцены на балконе. Темная масса толпы вопит, потом снова замолкает, а Перон с трудом справляется с головокружением.

Иногда он делает в блокноте набросок — один из жестов дуче, как будто копирует фигуру, украшающую нос корабля. Перон чувствует себя поднимаю

79

щимся в возвышенные сферы. Этот тропический темперамент на фоне величественных римских руин! Перон восхищается, ликует, полный признательности: ему не понадобятся, подобно дуче, каблуки, чтобы казаться выше и выглядеть более внушительно перед толпой людей, завладеть сердцами которых ему предстоит. Перон видит, как марширует перед ним армия, чеканя шаг, катясь в пропасть с песнями и цветами. Жить среди опасностей!

Перон приписан к одной из армий, базирующихся в Тироле. Его пехотное подразделение размещается в Абруцци, но если Перон узнает об очередном выступлении Муссолини, то немедленно покидает свой пост, чтобы отправиться в Рим. Он составляет свою антологию речей Муссолини и одновременно занимается в альпийской лыжной школе в Валле-д'Аоста. Он забыл чилийский позор и обидное охлаждение немцев. Муссолини пообещал вступиться за него. Это всего лишь временная размолвка, не более того.

Хуан Перон становится популярным, потому что с полной самоотдачей участвует во всех маневрах, не удовлетворяясь тем, чтобы просто поднимать и опускать полевой бинокль, как это делают другие военные атташе.

На посольских приемах и на вечеринках военных аргентинец Хуан Перон выделяется своим неизменно хорошим расположением духа. Он пришел к главному убеждению, что жизнь — волнующая игра. В мире существует некий заговор, и Перон не стоит в стороне. Да и как остаться бездеятельным в этом мощном воинственном подъеме? С первого же дня Хуан Перон выбрал, признал своего учителя и аплодировал его голосу.

Хуан Доминго не думал, что его игра могла таить в себе хоть какой-то риск. Немцы были слишком сильны, их коалиция слишком могущественна, а натиск неодолим. Они не завоевывали территории метр за метром, они обрушивались подобно молнии, предводительствуемые не ученым или гением, а медиумом. Война, наконец-то, обрела новое измерение. С таким предводителем штабные карты перелистывались так же быстро, как листки календаря.

Возможность играть жизнями других людей, не рискуя своей, внушала бодрость. Для Перона слово «заговорщик» сияло ярким пламенем, но замышлял он заговор с осторожностью чиновника...

## 12

В эти сентябрьские дни 1939 года аргентинцы все так же весело гуляют толпами по бесконечно длинным проспектам с перекрестками, на которых высятся статуи генералов. Голубые, желтые и красные домики квартала Ла Бока все так же украшены белоснежным бельем, вывешенным для просушки; элегантные компании продолжают собираться на террасах, где кухня на открытом воздухе соседствует с бассейном. Хозяин дома с улыбкой расхаживает среди гостей, протягивая им насаженные на длинную вилку «чурраско» — нанизанные один на другой толстые куски жареной говядины, баранины и свинины.

А тем временем 2 сентября 1939 года становится известно о только что свершившемся без объявления войны захвате Польши. Небольшое наступление французской армии на фронте близ Варндта для немцев равносильно укусу комара.

Для аргентинской армии это как гром среди ясного неба. Германия выпускает на волю свой железный поток, Германия одним махом подминает под себя Польшу, Германия вскоре завоюет весь мир. В этот момент Перон уже военный атташе в Берлине. Две недели тому назад он встречался с Гитлером.

— Я нахожу ваши доклады очень интересными, — сказал фюрер Перону. — Я хочу, чтобы вы продолжали доводить их до нашего сведения.

Жить среди опасностей! Хуан Перон присутствует при падении Парижа в качестве почетного наблюдателя вместе с германским штабом, расположившимся в Клермоне, неподалеку от передовой; дальше начинались густые леса и обширные парки Иль-де-Франс.

## 13

Перон вернулся в Аргентину осенью 1940 года. Война осталась каплей чернил на кончике его пера, да и револьвер для проворного полковника служит скорее элегантным аксессуаром, чем средством устрашения.

После возвращения из путешествия по странам с диктаторскими режимами — он побывал также в Венгрии, Испании, Португалии — Перона посылают в один из полков, находящихся в Андах. Здесь под палящим солнцем обучаются батальоны стрелков. Генерал Эдельмиро Фаррель, командующий этим горным гарнизоном, становится другом Перона. Тот вводит генерала в ГОУ.

Под предлогом «ознакомительной поездки» Хуан Перон путешествует по всей Аргентине, посещает различные армейские подразделения. Тесно общаясь с новобранцами якобы для того, чтобы делить с ними хлеб-соль, знать их заботы, Перон ведет подрывную работу. Он путешествует со своим старым товарищем Филомено Веласко, окончившим военную школу в том же 1913 году, что и сам Перон. В ГОУ не умолкали разговоры о «крестовом походе», о «духовном обновлении». В программе было три основных пункта. Армия — самое чистое и благородное, что есть в стране. Армия — группа людей, наиболее подготовленных для того, чтобы нести на своих плечах бремя власти. Армия — тот самый инструмент, который решит судьбу страны. Совершенно естественным образом напрашивался вывод, который и сделал Хуан Перон: «Борьба Гитлера, как в мирное, так и в военное время, будет нашим руководством к действию...»

Лозунгом объединения группы офицеров под флагом ГОУ стал девиз: «Правительство, порядок, единство». К организации примкнули даже офицеры военно-морского флота и авиации. Хотя она насчитывала в своих рядах и генералов, и адмиралов, но именно полковник Перон возглавил движение, как решил, наконец-то, Гитлер.

Присоединяясь к ГОУ, офицер оставлял у Перона заявление без проставленной даты, в котором сообщал о своем намерении выйти из аргентинской армии, так как ее пассивность и отмалчивание более не соответствуют его идеалам. Таким образом Перон мог вписать нужную дату в этот документ — дату восстания, которое в один прекрасный день станет неизбежным, чтобы помешать аргентинцам устремиться к свободе.

Немецкий банк в Буэнос-Айресе располагал тайным счетом на имя Хуана Перона, что позволяло незамедлительно вознаграждать тех, кто заявлял о своей солидарности с ГОУ. Так, благодаря подписанному документу и вознаграждению, аргентинская армия становилась армией наемной в своей собственной стране. Простой полковник Перон должен был неожиданно возникнуть в необходимый момент со званием «гауляйтера» Аргентины. Он находился у власти, еще не выйдя из подполья.

В то время, как миссией посла Германии в Соединенных Штатах было лишь поддержание духа изоляционизма путем распространения поэм о мире, в Буэнос-Айресе основной задачей немецкого посла фон Терманна стала организация партий в покер у себя дома между аргентинскими и немецкими офицерами. Именно в доме фон Терманна был дан исходный толчок энтузиазму членов ГОУ не путем пропаганды или дискуссий, не в результате показа легкомысленных фильмов или распространения наркотиков. Все оказалось намного проще: всего лишь невинные партии в покер, разве что игра велась крапленых картами.

Немецкие офицеры находились там при исполнении служебных обязанностей. Это означало, что они получили приказ проигрывать, проигрывать во что бы то ни стало. Таким образом в течение одного только вечера огромные суммы перекочевывали из карманов германских офицеров в карманы аргентинских офицеров.

Стоило понаблюдать за этим необычным зрелищем, когда перед каждой такой дружеской встречей фон Терманн выстраивал своих офицеров в очередь перед сейфом, чтобы выдать им пачки песо, которые те проиграют вечером!

# Часть вторая

## Морок над Буэнос-Айресом

**1**

В 1940 году именно в Аргентине действует самая сильная немецкая организация Южной Америки. Тридцать тысяч немецких листовок распространяется в Буэнос-Айресе каждый день. Есть немецкая торговая палата, немецкая больница, молодежные организации и национал-социалистическая партия, бросающая народу лозунги: «Внимание, внимание! Немцы, принимающие близко к сердцу благо вашей страны! Аргентинцы, которым надоела страна слабая и угасающая, и которые хотят видеть свою страну такой же могучей и почитаемой, как наша! Слушайте нашу победную песнь. Сегодня нам принадлежит Германия, а завтра нам будет принадлежать весь мир...» Германское посольство расходует в Аргентине в шесть раз больше средств, чем американское. Щедрые обещания и жесткие угрозы тесно переплетаются в немецких листовках. Германские агенты становятся лучшими друзьями американских моряков с кораблей, заходящих в порт. Немцы, издавна проживающие в Аргентине, являются представителями американских фирм: немецкие экспортеры финансируют таким образом пятую колонну Германии в тылу врага.

Аргентина обучает пять тысяч пилотов, располагая всего четырьмястами боевыми самолетами. Фильм «Победа на Западе» постоянно идет во всех кинотеатрах. В этом фильме люди видят, как бравые солдаты третьего рейха и немецкие танки вонзаются подобно ножу в сердце Западной Европы.

Аргентинские немцы никогда не приспосабливались к местным условиям, как другие иммигранты. Они остаются туристами, но туристами, которые готовятся к войне. На миллион триста тысяч этнических немцев, рассеянных по всей Аргентине, всего сорок три тысячи действительно родились в Германии. Сто тридцать одна нацистская организация объединяет всех, начиная от детей в яслях до стариков на отдыхе. Под предлогом спортивных тренировок или концертов немцы регулярно собираются вместе, каждый раз поздравляя друг друга с ночной бомбардировкой Лондона. Непреклонно вскидывают руки перед мрачной фотографией сумасшедшего капрала, портреты которого наводняют гостиные, кабинеты, комнаты. Двести три школы Буэнос-Айреса — откровенно немецкие, и свастика, словно клещи, служит единственным ореолом учителям, когда они поднимаются на кафедру.

Вдали от кровавой резни они начинают неистово гордиться тем, что являются немцами в Аргентине. «Это страны, томящиеся по хозяину», — изрек Гитлер, говоря о Латинской Америке, замечательном полигоне для развития немецкого изобилия. Немцы в Аргентине остаются дисциплинированной армией, которой нужна лишь униформа, чтобы раскрылось ее подлинное лицо.

Идея расового превосходства нашла здесь благоприятный отклик. Наиболее экзальтированные интеллектуалы Буэнос-Айреса считают венесуэльцев дикарями, а бразильцев грязными неграми.

Настоящий белый — это аргентинец.

## 2

Загорается маленькая красная лампочка. Эва Дуарте берет слово перед микрофоном Радио-Бельграно. Сначала пять минут, потом четверть часа программы стали сегодня социальным часом. Содержание передачи изменилось. Голос Эвы Дуарте смягчился и уже не звучит, как протяжный гневный вопль. Это скорее жалоба, длинный и скучный рассказ, но не о бедах людей, а о заслугах и достоинствах одного из них.

Сначала это казалось вполне естественным. Господин Хуан Перон, полковник аргентинской армии, занял пост заместителя министра в министерстве труда. Несколько минут своей социальной передачи Радио-Бельграно вполне могло между делом посвящать ему. Но эти несколько минут растягиваются, передача усложняется, обогащается. Программа без конца разрастается благодаря существованию господина Перона. Можно сказать, что маленькая белокурая дикторша потеряла нить своей передачи, цель которой состояла в стенаниях по поводу народных горестей. Народ стирается одним махом, и вместо него появляется нечто вроде высокого улыбающегося спортсмена, которому Эвита неизвестно почему поет хвалу. Это начинает походить на объяснение в любви посредством микрофона.

Собеседник, к которому обращается Эва Дуарте, всегда отсутствует. Он огромен и туманен, как сам народ. Он реет во всем своем мишурном блеске над пеленой испарины от пота рабочих портового дока. Он возникает в очагах бедняков подобно благоуханному дыму. Он проходит между рядами рабочих, устало покидающих завод, чтобы помочь им распрямиться, поднять головы, чтобы одарить их своей улыбкой, внушающей доверие и успокоение.

В заклинаниях дикторши Радио-Бельграно есть слова, но нет никакого действия. Требовательный голос становится нежным и сладострастным. Неистовство Эвы Дуарте куда-то прячется. Человек из народа, о красоте и пылкости которого она трезвонит, больше напоминает заклинателя змей. Страсть Эвы Дуарте к народу, кажется, окончательно обращена к полковнику, восседающему в просторном официальном кабинете с деревянными панелями. Она курит ему фимиам, как будто нашла, наконец, мужчину своей мечты.

Эва преподносит Хуана Перона трудящимся с той же настойчивостью, с какой когда-то мама Дуарте убеждала ее в необходимости обзавестись супругом. Всегда трепещущая, всегда экзальтированная, в любую минуту готовая расплакаться, эта молодая женщина с прошлым, не дающим ей покоя, передает свой трепет и экзальтацию слушателям. Хуан Перон становится ангелом домашних очагов, и в социальном часе слышится мощное биение его крыльев.

Голос Эвы Дуарте никогда не был голосом простой дикторши. Разве она дикторша? Это всего лишь ширма, камуфляж, навязанный ей окружающими. Эва никогда не смогла бы милым ясным голоском высказывать банальности, излагать кем-то написанный текст, как требует того ее профессия на всех широтах. Она не смогла бы остаться просто безымянным голосом, отделенным от тела; любое слово пламенеет у нее на языке. Та женщина, что умела одернуть и буквально содрать кожу с грубиянов, позволявших себе отпустить непристойное замечание насчет ее походки, та женщина, что привыкла озлобленно защищаться, такой и остается перед микрофоном Радио-Бельграно.

Она утверждает, что для угнетенных, живущих впроголодь, начинается новая жизнь. Человек, который несет им ключ от лучшего мира, великолепный солдат. Он собирается завоевать лучшую жизнь для бедных.со стойкостью солдата, и горе тому, кто воспротивится этому походу в рай.

Если Эве Дуарте не удалось когда-то покорить публику с помощью своих изображений, размноженных на экранах, то теперь она покорит всех словами, уносимыми ветром!

## 3

4 июля 1943 года Эва Дуарте направляется в маленькую комнатку на Радио-Бельграно, которую делит с другими актрисами и дикторами. Она хватает трубку телефона и искоса поглядывает на смущенных и недоверчивых коллег, собравшихся вокруг. Маленькая актриса набирает номер телефона, предварительно посоветовав им холодным тоном:

— Слушайте!

И только тогда бросает в аппарат:

— Каса Росада? Я хотела бы поговорить с господином президентом.

Затем:

— Алло, Президенте? Это вы, Педро? Говорит Эва Дуарте!

Она слушает. Протягивает трубку своим коллегам. Потрясенные, испуганные, они слышат, как хрипловатый голос приглашает сеньориту Дуарте поужинать. В тот же вечер Хаим Янкелевич, узнав о слухах в его студии, вдвое увеличил жалованье Эве Дуарте.

Тем временем Хуан Перон пунктуально получает указания в посольстве Германии. Каждый день, подобно дневальному, рапортующему дежурному офицеру, аргентинский полковник является к нацистскому генералу. Хотя Перон предан нацистам безоговорочно и без задних мыслей, в салоне, куда его вводят инкогнито, ему могут и не предложить чаю. Чем с большими затруднениями сталкивается Германия, тем суровее ее представители относятся к своим подручным. Добросовестный полковник едва успевает сесть, как его незамедлительно подвергают перекрестному огню вопросов и указаний. Перон, со своей стороны, не сомневается в победе Германии. Он все более любезен со своими хозяевами, все более убежден в удачном завершении их дела.

Любезность Перона кажется подозрительной генералу Фаупелю. Он считает, что под этой любезностью скрывается желание сойти с орбиты, где неукротимо сверкает великая Германия. Однако есть человек, который обращается с Пероном еще холоднее, чем Фаупель. Это Эва Дуарте. С тех пор как Эва попала с помощью Хуана Перона в милость к военным, которые стали министрами после воплощения системы ГОУ в жизнь, она убеждает себя в том, что наконец-то преодолела позорный барьер, отделявший ее от «другого мира».

Она влетает, как бомба, в кабинет Янкелевича и бросает ему в лицо:

— Знаете ли вы, что в один прекрасный день можете стать министром?

— Мне так не кажется, — говорит Янкелевич, которого забавляет эта новая химера.

— Мы с полковником устроим хорошую чистку в этой стране.

— Что вы хотите этим сказать?

— Мы превратим Ла Боку в жилой квартал. Рабочие тоже имеют право на элегантность. Мы дадим рабочим оперный театр.

— Очень хорошо, — отвечает Янкелевич. — А чем же я могу быть вам полезен?

— Для начала, — заявляет Эвита без тени смущения, — вы дадите указание Хуану Коссио доверить мне роли, в которых он мне отказывает вот уже три года!

— Екатерину Великую? — предполагает Янкелевич, добродушно улыбаясь.

Но Эва Дуарте не замечает иронии. Лицо у нее каменеет. Она опускает кулак на письменный стол шефа. Каждый раз, когда она излагает очередное свое мнение, этот кулак поднимается и опускается, будто молоточек, который забивает в конце концов гвоздь. Она с серьезным видом провозглашает:

— Да, Екатерина Великая... И Лола Монтес... И леди Гамильтон... И императрица Шарлотта...

Таким образом в октябре 1943 года, в то время как окровавленная и изголодавшаяся Европа ждала освобождения, Эва Дуарте познала вкус своего освобождения. Ее мечта воплотить образы великих дам истории высвобождалась наконец из клейкого кокона мифомании.

Однажды вечером слушатели Радио-Бельграно с удивлением услышали в своих приемниках резкий, отрывистый голос. Тот самый, что привычно чеканил во время социального часа слова о несчастьях рабочих и об их требованиях; этот же голос все в том же регистре неудержимой ярости вселялся в исторических персонажей...

# 4

Американцы перебрасывают свои войска из Северной Африки на Сицилию. В октябре 1943 года подошва итальянского сапога очистилась от немцев, цеплявшихся за этот плацдарм. В Тарентском порту кишмя кишат корабли союзников. Король Виктор Эммануил водворяется в Бриндизи вместе со своим премьер-министром Бадольо. Все скомпрометированы в ходе беспорядочного бегства фашистов. Тем временем ГОУ в Аргентине находится у власти и с нетерпением ждет, когда же союзники окончательно завязнут в этой авантюре и попадутся в западню. Аргентинские нацисты не говорят: «Англо-американские войска высадились в гитлеровской твердыне...» Они утверждают: «Союзники клюнули на приманку, высадившись в Италии... Теперь их песенка спета... Гитлер явит миру свое секретное оружие и сбросит в море всех врагов Германии».

В это же время Янкелевич на Радио-Бельграно начинает гордиться маленькой блондинкой Дуарте, которая посещает полковников, стоящих у власти. Однажды это может принести пользу. Благодаря худенькой дикторше с лающей манерой произносить текст, прикидывал Янкелевич, Радио-Бельграно, несомненно, займет самое лучшее место среди остальных станций, прибившись к людям, находящимся у власти. Эвита открыто появляется с президентом Рамиресом в ночных клубах, где когда-то пренебрегали ее бездарным пением под гитару. Теперь владельцы кабаре оторопело приветствуют бывшую певичку. Янкелевич, не зная, кто из этой своры полковников обладает тайной печатью для будущей славы, обхаживает некоего полковника Гильберта. Перон продолжает оставаться в тени, ведь он всегда был незнакомцем для масс.

Однако президент Рамирес, занимающий к тому же пост министра обороны, на самом деле играет фишками, которые ему не принадлежат. Рамирес для Перона всего лишь пешка, исполняющая указания о расстановке в правительстве людей ГОУ на ключевые посты. Сам Перон временно остается безличным персонажем, но именно он сдает карты в большой игре с невозмутимостью шулера, который чувствует себя под хорошим прикрытием.

Друзья Эвы Дуарте недоумевают по поводу ее контактов с полковником, а друзья полковника удивляются этому странному сговору между военным и бывшей певичкой из мюзик-холла. Однако, как известно, военные во всех странах мира всегда поддерживали отношения с девицами из театра. Актриса создана для полковника, а полковник — для актрисы. Оба обожают блеск, и фальшивое золото на театральном костюме актрисы сверкает так же ярко, как и медали на мундире военного.

Тем не менее, друзья полковника Перона не скрывают недовольства, видя, как сближается эта пара. Интрижка с актрисой не добавляет авторитета человеку, претендующему на один из высших постов в государстве. Полковник и актриса: одно лишь это противопоставление содержит в себе что-то жалкое, привкус сладострастия, постыдного и тайного.

И все-таки трудно представить себе что-то более аскетичное, чем встречи Хуана и Эвиты. Женщина в этом дуэте превосходно может исполнять роль полковника, тогда как умеренное использование своего обаяния весьма роднит его с актрисой.

Вот и полковник. Он входит в фехтовальный зал. Меняет мундир на нагрудник фехтовальщика. Учитель фехтования низко склоняется перед Пероном. Мужчины приветствуют друг друга, поднося эфес к подбородку. Учитель сразу же переходит в наступление. Перон уклоняется гибким движением знаменитости, ожидающей оваций. За три минуты до конца — укол. Оставшиеся три минуты боя заставляют вас трепетать в течение ста восьмидесяти секунд и надеяться на сто восемьдесят ударов. Но вот и ответный удар шпаги. Атака отбита. Далее следует оборона в ближнем бою. Перон обливается потом под черной сеткой маски. Учитель щелчком поднимает свою маску. Он приближается с протянутой рукой.

— Полковник Перон, вы снова победили!

Широко улыбаясь, Перон оборачивается к Эве, которая наблюдает за поединком, скрестив руки на груди.

Во время своих долгих блужданий по аргентинскому Бродвею Эва Дуарте встречалась лишь с такими же сбившимися с ног искателями счастья, как она сама, но теперь она сталкивается, наконец, с явлением, которое называют «человеком с будущим». Она впивается мертвой хваткой в заместителя министра труда. Сорокавосьмилетний вдовец приводит ее в исступление.

Эвита служит ему связной. Она ведет Перона к народу, а народ к Перону. Теперь сценой ей служит не Авенида Коррьентес, а Каса Росада. Знаменитый импресарио, которого нужно убедить, носит отныне имя Перон. И роль, которой нужно добиться во что бы то ни стало, — это роль соучастницы. Янкелевич снова повысил Эвите жалованье.

В конце концов она покидает район Бока Горда, порт и смрадное людское скопище. Эвита оставляет позади рой статистов с изможденными лицами и поднимается в привилегированный жилой квартал Росадас. В богатом доме с меблированными квартирами секция «А» будет принадлежать ей. Секция «Б», соседняя, — Перону.

## 5

Грязная комнатушка в портовом квартале никогда реально не существовала для Эвы. Она была так поглощена погоней за славой, что ей некогда было уделять внимание своему жилищу или страдать от его убожества. Восемь лет, проведенных в портовом квартале, ничего для нее не значили. Эта комната была всего лишь перроном, на котором Эвита ожидала будущего. Никто не горюет по поводу плохо подметенной вокзальной платформы, ее просто не замечают. Взгляды устремлены к горизонту.

Эвита чувствовала себя в этом роскошном жилище квартала Росадас так естественно, словно всегда была здесь у себя дома. В мечтах своих она давно уже жила здесь. Изменения были ничтожно малы. Розовый туман прорван. Из жилища своей мечты Эва Дуарте никогда не выезжала, даже под самыми жестокими ударами суровой действительности.

Отныне самым важным для нее было не сладострастное упоение комфортом, которым провинциалке редко удается пользоваться, а слава, что олицетворяла собой эта квартира в глазах ее окружения. Только стена отделяла ее от полковника Перона, заместителя министра труда; стена, преодолеть которую можно было за две секунды. Эта прекрасная квартира означала победу не над нищетой, а прежде всего победу над безвестностью.

Однажды весь город заговорит об этом, неважно как! Город будет обсуждать подробности. Этого достаточно. Город будет говорить о ней и о нем, разделенных тонким экраном респектабельности.

Они часто посещали друг друга, как переходят из одного кабинета в другой на одном и том же предприятии. Потом следовала бесконечная болтовня, скучная и напыщенная. Он ронял несколько слов. Она разглагольствовала непрерывно.

Перону по-прежнему льстила экзальтация Эвиты, выбравшей его объектом восхищения. В глубине души полковник Перон был польщен возбуждением Эвиты. Он терпел эту экзальтацию, потому что временами ему казалось, будто перед ним сидит девочка-подросток. Только ранней юности можно простить эти преувеличения, эти озарения, эти воззвания и призывы!

Хуан Доминго мог отблагодарить Эвиту за ее преклонение никак иначе, кроме как открыть ей то, чего он до сих пор касался только вскользь: своей роли в системе ГОУ. Он сделал это признание. Действительно, становилось все невыносимее выслушивать безумные похвалы, что расточала ему Эвита на протяжении их встреч. Он ощущал настоятельную необходимость хоть немного соответствовать, наконец, тому «гиганту» Перону, созданному Эвитой, который так не походил на Перона бесцветного, сдержанного и учтивого, что непрестанно представал перед ее взором.

# 6

Привратник роскошного дома, в котором проживают Эвита и полковник, — долговязый парень по имени Хосе Эспехо. Он выполняет обязанности лифтера и успевает бегать по соседним улицам, выполняя поручения сеньориты Дуарте. Ему досталась большая слава первого слуги Эвы. Это первый мужчина, которым она может командовать без всяких кривотолков со стороны окружающих. Хосе Эспехо старательно делает покупки по поручению Эвиты. Он из кожи вон лезет из-за каждого пустяка.

Маму Дуарте в Хунине приводит в восторг сообщение о том, что дочь вхожа в приличное общество. Этот Хуан Перон в глазах мамы Дуарте представляет собой тип почетного постояльца.

В Голливуде маленькую аргентинскую «герл» с трудом убедили в необходимости взять под руку известного человека, но не спутника жизни, а некоего манекена, который ведет к успеху, видного человека, человека сегодняшнего дня, придающего необходимый разбег, а затем уходящего в тень. Теперь Эвита тем более горда своим человеком сегодняшнего дня, что смотрит на него не сверху вниз, а считает равным себе. Кроме того, этот человек доверил ей свои надежды и планы. Его слава начнется в тот момент, когда союзники капитулируют перед Гитлером. Но Эвита не может оставаться такой же спокойной, как Хуан. С безумным нетерпением она ждет не дождется того дня, когда ее полковник получит неограниченную власть.

Всего через неделю после встречи с Пероном у микрофона Радио-Бельграно Эвита появляется с полковником на светском пляже Буэнос-Айреса. Ей больше не приходится терпеть толкотню на улицах и в автобусах, не нужно осаживать нахалов. Эва Дуарте вырвалась из толпы. Отныне она каждый день приезжает на Радио-Бельграно в министерском роллс-ройсе, как генерал на большие маневры.

Они бродят вдвоем по кафе и барам на набережных. Удивительно непринужденно Перон садится, курит и пьет, обсуждает погоду с усталыми людьми.

Он их выслушивает, загорается их гневом, проникается их маленькими радостями. Перон несет им надежду на то, что правительство наконец-то заинтересуется проблемами простых людей.

Блондинка крепко ухватилась за фалды полковника. Военные думают, что здесь имеет место сентиментальное увлечение. Маленькая Эва Дуарте их забавляет. Полковник все-таки имеет право на прихоть. Дикторша быстро исчезнет из его жизни. Месяц или два, несколько месяцев самое большее!

В то же время эти двое, которые иногда берутся за руки, почти не смотрят друг на друга, потому что их взгляды прикованы к намеченной цели. Они ждут момента, когда можно будет выйти из тени, прославиться. Эвита, испробовавшая все, чтобы стать звездой, потерпела неудачу. Но она все так же готова на все, лишь бы попасть на почетное место. Гордость подстегивает ее. Радио-Бельграно стало для Эвиты трамплином. Ее следующий трамплин — это Перон. Эвита с нетерпением ждет, когда же полковник подожжет пороховой заряд. А пороховой погреб называется отныне — народ.

С некоторым трудом эта предприимчивая женщина проникла в комнату слишком застенчивого полковника. Но больше она оттуда не выходит. Она обосновывается у него, втирается в доверие, становится его постоянной спутницей. Кажется, ее миссия состоит лишь в том, чтобы помочь Перону занять высокий пост. Она ждет его восхождения, как скромная служанка. Можно было бы сказать: это обыкновенная влюбленная женщина. Но влюбленная в кого или во что? Эвита строит планы, развивая свой миф, еще пребывающий в зачаточном состоянии.

На двери висела табличка: «Хуан Атилио Брамулья, адвокат».

— Войдите, — раздался густой голос.

Эвита молча вошла и почтительно поклонилась,
словно больная, пришедшая за помощью к светилу
науки. В руках у нее было три розы, всего три розы
в прозрачной бумаге.

Эва уже встречалась с адвокатом. Он приходил,
впрочем, без особого энтузиазма, выступить у микрофона Радио-Бельграно. Адвокат не пожелал, чтобы
вопросы ему задавала Эвита. Он сам прочитал скоро-
говоркой небольшой текст. Брамулья был идейным
предводителем, а также адвокатом крупнейшего профсоюза железнодорожников.

Эвита поставила три розы в вазочку на столе
адвоката. Она явно с ним кокетничала. Он сознавал
это и чувствовал себя неловко. Эвита адвокату не
нравилась, но он сказал себе, что важнее всего работа, его миссия в профсоюзе железнодорожников, а
личные антипатии не должны приниматься в расчет,
когда речь идет об успехе дела. Выступить на Радио-
Бельграно — это успех, даже если осуществляется
под покровительством этой нервной женщины, на-
пряженный взгляд которой приводил его в замеша-
тельство. Мягкость Эвиты казалась ему тем более
тревожной, что была напускной, фальшивой, неесте-
ственной.

В Латинской Америке люди, которые мечтали
освободить рабочий класс, были не рабочими, а вы-
ходцами из среднего класса. Южноамериканский ра-

бочий не мог вести иной борьбы, кроме борьбы за кусок хлеба, и это ограничивало его кругозор. Социалистические движения Северной Америки и Европы боролись за то, чтобы сделать рабочего хозяином. В Южной Америке стояла другая задача, почти невыполнимая, — искоренить рефлекс вечного раболепия, свойственный рабочему.

В конце прошлого века рабочие массы в Аргентине не понимали, что пророки-социалисты обещают власть и могущество им, не имеющим даже своей постели. На протяжении многих лет анархисты и социалисты, изгнанные из Европы, искали для себя армии трудящихся. В Латинской Америке не было профсоюзов; существовали лишь корпоративные ассоциации, на самом деле представлявшие собой лишь списки рабочих, трудившихся на хозяев. Так, ассоциация докеров Монтевидео существовала с 1809 года, и допускались туда только негры.

Первый настоящий профсоюз в Латинской Америке был создан в Буэнос-Айресе в 1878 году. Это был Союз типографских рабочих. Этот профсоюз обязал хозяев ввести в газетных типографиях восьмичасовой рабочий день. В 1880-х годах было проведено несколько забастовок по причине инфляции. Рабочие требовали оплаты в золоте. Это была первая большая демонстрация силы профсоюза. Между тем, последователи Бакунина, проповедовавшие силу убеждения бомб, и марксисты, ратовавшие за движение масс, начали препираться и не нашли общего языка в рамках аргентинского социализма.

Первый праздник трудящихся в Аргентине состоялся 1 мая 1890 года. В демонстрации приняли участие полторы тысячи человек. Газета «Ла Насьон» заявила на следующий день: «На этом смехотворном празднике присутствовало мало аргентинцев. Поздравим себя с этим обстоятельством. Рабочего стоит приветствовать на его рабочем месте, а не на улице с красным флагом в руке...»

В декабре 1890 года международный комитет трудящихся, учрежденный по случаю празднования 1-го мая, создал свою газету «Эль Обреро» — «Рабочий». К концу заседания первого Конгресса федерации в зал вбежал, с трудом переводя дыхание, французский делегат Шарль Моли. Он извинился за опоздание и сообщил, что только что у него родилась дочь, которую он тут же наградил несуразным именем Социалистка-Марксистка Моли... Это железобетонное имя навсегда преграждало ей доступ в гостиные. Когда француз объявил о своем решении, зал взорвался энтузиазмом. Это имя казалось символом рождения нового мира. Милая мышка родила нечто громадное.

Федерация просуществовала два года и исчезла, с самого начала ослабленная бесплодными спорами между анархистами и европейскими социалистами. Кроме оплаты в золоте и восьмичасового дня, аргентинские профсоюзы 1880-х годов потребовали создания благоприятных условий для натурализации и более справедливого распределения налогового бремени. Но все эти прагматические требования не представляли собой настоящую мечту, способную поднять массы.

«Когда богача уничтожают, бедному достается его имущество...» Эти примитивные социальные идеи Эвита излагает Брамулье. Напрасно покачивает он головой, отвергая этот вздор. Адвокат пытается сохранить невозмутимость под яростным напором этой маленькой женщины, но не может в очередной раз отказаться от встречи при ее посредничестве с полковником Пероном из департамента труда и благосостояния.

Между адвокатом Атилио Брамульей и полковником Пероном шахматная доска. Пешки на шахматной доске — рабочие. Брамулья признает, что Конфедерации трудящихся не хватает политических идей, недостает убежденных деятелей. Несомненно, радикал Иригойен был насквозь прогнившим типом, но когда его убрали в 1930 году, Конфедерация нарушила свою клятву и не начала всеобщую забастовку. Конфедерации не хватает энергичных людей. Она, конечно, существует, развивается, но лишь бесполезной численностью, а не огнем, который мог бы воспламенить это скопление единомышленников.

Перон излагает, наконец, свою мысль.

— Вы рассуждаете как руководитель, — говорит он Брамулье и добавляет: — Впрочем, вы действительно руководитель... Пятьсот тысяч солдат... Я хочу сказать, пятьсот тысяч членов профсоюза под вашим руководством!

— Не считая их братьев, свояков, жен и детей, — замечает Брамулья.

— Да, целая армия, — одобрительно соглашается Перон.

— Может быть, еще более значительная, чем ваша, — говорит Брамулья.

В этот момент Эвита, сидящая с трагическим выражением лица рядом с собеседниками, встряхивается и восклицает:

— Если вы договоритесь, если согласитесь действовать вместе, перед вами не будет преград. Армия должна идти бок о бок с миром трудящихся...

Брамулья в замешательстве покачивает головой.

— Армия всегда смотрела на нас косо. На нас все еще лежит печать дружбы с коррумпированными радикалами из прежнего правительства...

Перон берет собеседника за локоть.

— Сейчас не время для вражды...

Далее следует одна из его любимых фраз.

— Начиная с сегодняшнего дня ваши заботы станут моими заботами, господин Брамулья, — говорит Перон.

При этом Перон и Эвита многозначительно смотрят друг на друга, как двое соратников по партии. Они оставили свои семьи, оставили мир. Они свободны на своем уединенном острове, и Брамулья их первый гость на этой тайной территории, их первый сообщник, сознает он это или нет. Взгляды всех троих обращены к одной и той же реке, сверкающей позади домов за городом, — к власти.

Мужчины чокаются. Эвита молча смотрит на них, в горле у нее пересохло. Небесно-голубой мундир полковника резко контрастирует со строгим темным костюмом адвоката. Полковник неожиданно вытирает губы тыльной стороной ладони, словно желая показать свою близость к массам трудящихся. Адвокат, бывший социалист, аккуратно промокает рот платочком, будто демонстрируя, что достоин фантастического интереса, который проявляет к нему заместитель министра в чине полковника.

Профсоюзный деятель поддерживает военного! Это неслыханно! Именно Эвита только что скрепила этот союз. Напряженно скрестив руки, бледнея от усталости, смотрит она вдаль, не обращая внимания на мужчин, вжавшихся в кресла под грузом новых перспектив...

## 7

Три месяца спустя после «революции» 4 июня 1943 года на зловонных бойнях Бериссо недалеко от Буэнос-Айреса.

После окончания первой мировой войны отправной точкой для общественных беспорядков всегда были скотобойни. Рабочие мясоперерабатывающей промышленности были по большей части иностранцами, и их умело обрабатывали коммунисты и анархисты. Предводители накаляли своих подопечных добела, чтобы вырвать их из апатичного состояния.

Несмотря на потоки крови с терпким запахом, непрестанно заполняющей желоба, и жестокую атмосферу смерти, рабочие заводов по производству мясных консервов были людьми мягкими и спокойными. Однако тяжелый труд доводил их до такого состояния, что достаточно было искры, чтобы бросить их на борьбу с хозяевами.

Они покидали бойни поздно вечером, по горло сытые кровью животных, одурманенные жаром, нагнетаемым бесконечной агонией, и возвращались к себе, только чтобы забыться тяжелым сном душегубов. Хозяева рассчитывали на это всеобщее изнеможение, удерживая плату на смехотворном уровне. Они не без оснований полагали, что мужчины с молотами для убоя скота вполне утоляют те животные чувства, которые возникают у них во время работы, и их мысли вряд ли обратятся к чему-то другому помимо скота. Так кровь продолжала сбегать по стокам Бериссо, а хозяева пребывали в мире и покое.

Но в 1943 году ветер в Европе переменился в пользу союзников. На востоке атаки немцев разбивались об ураганный артиллерийский огонь. Вермахт потерял в июле три тысячи танков и полторы тысячи самолетов. Немецкая армия отступила в массовом порядке на пятьсот километров. Поражения у Эль Аламейна, под Сталинградом, в Тунисе, капитуляция Италии заставили Гитлера защищать свое безумие, окружив его стеной. Так Европа стала нацистской крепостью.

Забойщиков Бериссо тоже коснулся этот эпический ветер. Рабы в Европе поднимались на борьбу. Европа еще оставалась пленницей, но уже готовилась к победе. Это была их родина, родина рабочих мясоперерабатывающих заводов. Вечером они засыпали у своих радиоприемников, но отдельные ноты звуков этого далекого горна продолжали пробиваться к их сознанию. Отзвуки великой битвы проникали в их сердца.

Флегматичные труженики Бериссо слыли опасными. Их окровавленные руки играли определенную психологическую роль в мире аргентинских рабочих. Когда в массах трудящихся назревало недовольство, взоры обращались к парням Бериссо, которые должны были воплотить это возмущение. Предполагалось, что одно их участие в движении могло заставить хозяев уступить. Физическая сила этих суровых людей была залогом успеха.

Конечно, стоило изрядного труда вывести забойщиков из апатии, но когда, наконец, обращенные к ним призывы затрагивали сердца этих людей, ничто не могло их остановить. Они бестолково устремлялись вперед. Как правило, все кончалось тем, что бунтовщики забывали о своих требованиях, как случается в слишком жарко натопленных кафе, где достаточно разбиться бутылке, чтобы завязалась всеобщая пьяная драка.

Хозяева Бериссо, сталкиваясь с забастовочным движением своих людских стад, имели обыкновение призывать на помощь армию; полиция казалась им недостаточно внушительной. Войска усмиряли забастовку, а хозяевам не приходилось выкладывать ни единого гроша в конце маскарада. На протяжении многих лет армия неизменно подавляла забастовки, начинавшиеся в Бериссо. Никогда не возникало даже мысли, что может существовать другое средство против периодической забастовочной лихорадки, сотрясавшей мир труда. Хозяева не соглашались на повышение оплаты под предлогом риска удушения отрасли, а забойщики возвращались на свои скотобойни, разукрасив лбы лейкопластырями.

Так было всегда. Казалось, ничто не изменит жизнь на скотобойнях. Люди и животные мучительно умирали с одной и той же обреченностью. Шум, производимый падающим телом, был самым привычным звуком. Сама кровь производила не больше впечатления, чем ручеек краски из прохудившейся банки.

Мычание нетерпеливых животных, покинутых между жизнью и смертью, гулко разносилось под сводами завода мясных консервов. Делегаты отправились сообщить хозяевам, что работа прекращена повсюду и не возобновится, пока оплата труда не будет повышена на двадцать песо в неделю. Смехотворная сумма, но согласиться — значило признать себя побежденным. Профсоюзный делегат получил ответ, что сначала следует возобновить работу, и только потом хозяева решат, могут ли они согласиться на рассмотрение этой странной просьбы. Забойщики скота, которым была знакома эта старая песня, спокойно принялись играть в карты. Казалось, их нисколько не отвлекал отчаянный призыв быков, теснимых время от времени новыми партиями скота в загоне рядом с бойней.

Это было четвертого сентября. Понедельник, два часа дня. Два часа спустя рабочие все еще безмятежно играли в карты, радуясь непривычному отдыху. Тогда-то и услышали они шум. Что-то вроде гудения, как будто где-то бьется насекомое под банкой, которой закрыл его шалун. Потом забулькала вода в пожарных шлангах, словно поблизости случился пожар.

В самом деле прибыли пожарные в воинственно сверкающих касках. Они напоминали детей, увлеченных игрой. Но огня нигде не наблюдалось. Рабочие продолжали мирно перебрасываться в картишки. Ставкой им служили пуговицы от штанов.

Сначала, когда на них нацелились пожарные шланги, рабочие Бериссо подумали, что это шутка, какое-нибудь идиотское пари. Но были сразу же сбиты длинными струями ледяной воды. Когда вода случайно попадала на быков в загоне, они взбрыкивали под этим неожиданным дождем, словно на корриде. Ослепленные шквалом воды, забойщики бросились на нападающих. Мокрые рубашки облепили тела, будто они только что вышли из реки.

Позади ряда пожарных, которые начали отступать под градом камней, рабочих ждала кавалерия. Пожарным пришлось бросить шланги, жалко извергающие во всех направлениях бесполезные фонтанчики воды. Забастовщики скользили на слякоти под ногами и падали прямо под копыта лошадей.

Среди рабочих поднялся один человек. Он умолял их одуматься, но все увещевания оказались напрасны. Рабочие Бериссо продвигались вперед, отступали под ударами полицейских дубинок. Потом грянул залп, еще и еще один. И тогда забойщики, вооруженные молотами — своими рабочими инструментами, — устремились на военных и принялись без труда дробить ноги лошадям и хладнокровно забивать молодых кавалеристов, используя свои навыки мясников. Человеческая кровь забурлила в желобах Бериссо, смешиваясь с застывшей кровью скота.

Слезоточивый газ не остановил сражение. Обливаясь слезами, наполовину ослепленные рабочие Бериссо не прекратили размахивать молотами. Спотыкаясь, они приближались вплотную к противнику, с которым сталкивались в давке, чтобы определить, свой перед ними или чужой.

Лишь на следующий день заместителю министра труда сообщили об этой стычке. Убитых и с той и с другой стороны быстро убрали. Солдаты, павшие в карательной экспедиции, были упомянуты в сводках среди прибылей и убытков армейского ведомства...

# 8

Перон прибыл в Бериссо и предстал перед профсоюзным лидером рабочих скотобоен Сиприано Рейесом, гигантом с тщательно ухоженными руками. Перон с неизменной улыбкой осмотрел кровавые аллеи между двойным рядом выпотрошенных и подвешенных на крюки туш. Затем преувеличенно любезный полковник по-дружески положил руку на плечо Рейеса.

Хозяева скотобойни не верили своим глазам. Представитель правительства, военный, полковник, так нежно обходился с Сиприано Рейесом, тем, кого они считали опасным человеком без родины. Никаких споров, только обмен любезностями. Перон уклонился от необходимости давать указания как рабочим, так и хозяевам. Последние, ошеломленные занятой им позицией, решили, что представитель правительства полностью согласен с профсоюзным лидером Рейесом.

Этот визит вежливости таил в себе немую угрозу для хозяев Бериссо. По крайней мере, именно так истолковали они прогулку полковника и поспешили заключить соглашение с бунтовщиками. Требуемая прибавка была предоставлена без всякого торга. Вдовы забастовщиков получили денежную компенсацию. Это было первое мирное соглашение с хозяевами в бурной истории скотобоен.

Визит полковника породил мощный профсоюз — Федерацию работников мясоперерабатывающей промышленности. Армия сторонников Хуана Доминго Перона пополнилась грозной силой: забойщиками скота.

Политика рукопожатий и улыбок, которая никогда до сих пор не применялась гражданским правительством, а уж тем более военными, давала потрясающие результаты. Бериссо стал политическим экспериментом, положившим начало системе. Перон все чаще и чаще появлялся на рабочих собраниях. В Росарио, как и в Санта-Фэ, пара Дуарте-Перон оказывала милости людям, обреченным на каторжный труд.

Хуан Перон курил вместе с отверженными их дешевые сигареты. Поднимал за их здоровье стаканы слишком терпкого вина, обжигавшего горло. Он излучал простодушие и искренность, переходя от самого откровенного веселья к суровой серьезности, когда начиналось перечисление подлых уловок и коварных действий капиталистов.

Слушая Радио-Бельграно, бедняки упивались напыщенными словами, порождавшими надежду. Бедняки любят слушать, как на всех волнах кричат об их драме. Они проникаются сознанием собственной значимости. В семь часов вечера они ужинают перед своими радиоприемниками, стараясь не жевать слишком громко, чтобы меньше шуметь. Приказывают детям замолчать. Ложки едва слышно скребут по дну тарелок. Говорит блондинка из Хунина. Отныне программа Эвиты на Радио-Бельграно в семь часов приобретает масштабы пролетарской оперы. Народ-король прославляется с оглушительным колокольным звоном. Насквозь лживая история красавца-полковника окутана романтической дымкой в представлении слушателей, этих вечных иммигрантов, мечтающих вырваться из нужды. Единственная роскошь в их жизни — это радио, доносящее свой голос до самой убогой лачуги, до самого отдаленного жалкого ложа. Каждое тремоло Эвы Дуарте бьет прямо в средоточие тоски ее слушателей.

Перон отправляется в нищий пригород Буэнос-Айреса, чтобы торжественно открыть программу благотворительности. Эвита его поздравляет. Пожилая дама целует Перону руку. Поцелуй звучит в эфире оглушительно, как удар мяча. Эвита вытягивается в струнку перед микрофоном и провозглашает: «Вот новый гений, который станет отцом бедняков!»

Никто не смеется. Все слушают, затаив дыхание и утирая слезы. Иммигранты, приехавшие в Аргентину в поисках земного рая, ждут, что с минуты на минуту он откроется перед ними по мановению руки. Теперь этот рай манит их не как несбыточная мечта, а как грядущая реальность. Они плачут над самими собой обильными умиленными слезами. Но сердца «голондринас» — сезонных рабочих — трепещут, потому что им обещают не работу, а войну против богачей.

Никакая развлекательная передача, никакая трансляция из мюзик-холла не собирала до сих пор такое количество слушателей, как социальный час под соусом Дуарте...

Отныне Эвита обретает новый символ власти. Она становится мадонной трущоб.

# 9

В семь часов вечера Хуан Перон неизменно запирается в своем кабинете в секретариате министерства. Включает радиоприемник. Затем удобно устраивается в кресле и сосредоточенно слушает, скрестив руки на груди.

«Каждый день я буду рассказывать вам, что он сделал, чтобы улучшить вашу жизнь».

Голос Эвы Дуарте властно громыхает в полированном звуковом ящике. Она напоминает о существовании Перона, неустанно возвещает об этом стране. Эвита демонстрирует Перона, обваливает его в муке, подрумянивает в жире... На высокой ноте дыхание у нее перехватывает. Хуан Перон улыбается и решается, наконец, не спеша закурить сигарету.

В пустом кабинете звучат непрерывные восхваления. Перон не выдерживает, он чувствует, что тает. Откуда в нем такой источник доброты? Ему хочется увидеть себя со стороны, познакомиться с собой. Благодетель... Значит, он плохо знал самого себя? Хуан Перон влюбляется в Хуана Перона при посредстве передач Радио-Бельграно. Тем более, что ему вот-вот стукнет пятьдесят, безжалостный возраст, когда нужно постараться забыть о приближающейся смерти.

В ответ на благоговение, которое публично выказывает ему Эвита, Перон проявляет по отношению к ней такое же почтение в присутствии свидетелей. Как правило, он соглашается со всеми ее предложениями. Но абсолютное уважение, проявляемое Эвитой Дуарте к Перону на публике и по радио, сменяется почти пренебрежением, стоит ей оказаться дома. У себя в квартире она демонстрирует лишь скуку, как будто ее перонистское обожание лишь товар, предназначенный для всеобщего потребления, в то время как саму ее тошнит от полковника.

Машина заместителя министра едет по извилистой дороге у отвесных стен Анд. На высоте четыре тысячи метров мотор работает с перебоями. Гора, взметнувшаяся ввысь над облаками, живет своей неведомой жизнью. Иногда в пропасть падает камень, осыпается скала, слышится громыхание в лощине.

Городок Сан-Хуан жмется к скалам под чистым ясным небом. Солнце заливает ярким светом долину, украшенную оливковыми деревьями и виноградниками. Но над этим пейзажем, овеянным библейским очарованием, не раздаются больше живые ритмичные песни Анд, не звучат танцевальные напевы с четко отбиваемым тактом, столь далекие от меланхолических песен пампы.

Жителям Сан-Хуана, которые иногда продавали кусок своей земли, чтобы иметь возможность достойно отправиться в последний путь, теперь больше нечего продавать. Похоронные процессии начинаются прямо от порогов их домов.

Народ толпится на улицах Сан-Хуана не для того, чтобы выбрать королеву праздника сбора винограда, а чтобы подвести итог разрушений 15 августа 1944 года. За несколько секунд землетрясение унесло жизни пятнадцати тысяч людей.

Перон идет среди руин, раненых, проходит мимо сложенных в кучи и накрытых брезентом трупов жертв, что громоздятся, будто горы песка. Перон берет на руки ребенка. Он не боится испачкаться в развалинах.

Земля треснула, словно рыхлый пирог. Казалось, дьявол вселился в неодушевленные предметы, рушащиеся из уцелевших домов, и в обезумевших от страха животных. Полицейские разгребают завалы черепицы, осколков битого стекла, кухонной утвари, удерживая толпу на расстоянии предостерегающими жестами. Дубинки не падают у них из рук лишь в силу привычки. Из одного развороченного грузовика высовывается рука, словно призывая к себе людей.

Эта катастрофа стала для Перона поводом для грандиозного пропагандистского спектакля. Даже в Голливуде не смогли бы создать такую огромную декорацию.

Эвита на Радио-Бельграно больше не сдерживается. Землетрясение — вот ее единственный сюжет. Стихийное бедствие затмило налеты на еврейские кварталы в Буэнос-Айресе и появляющиеся на стенах надписи: «Сегодня нужно убить еврея, а завтра уругвайца...»

Во время отсутствия президента Педро Рамиреса в течение продолжительного рождественского отпуска Хуан Перон 5 декабря 1943 года произнес большую речь. Он заявил, что хозяева и рабочие должны прийти к соглашению с государством и что нужно помешать самоубийственной трате энергии.

Эта речь вывела Рамиреса из себя. Он уже и без того с трудом переносил популярность, которую создала Хуану Перону маленькая интриганка с Радио-Бельграно. По телефону Рамирес потребовал от Перона впредь воздерживаться от публичных заявлений, не сообщив об этом предварительно ему, президенту. Он уже забыл, что именно заговор ГОУ обеспечил ему этот высокий пост. Хотя Перон и считался его подчиненным в глазах окружающих, но на деле оставался тайным вождем и командиром. В любом случае, самое худшее произошло. Земля дрогнула. Хуан Перон только что завершил поездку в Сан-Хуан, где, подбадривая пострадавших, высказал идею о создании кассы взаимопомощи, пополняемой за счет национальной солидарности. Рамирес проиграл по многим пунктам.

За двадцать четыре часа благодаря Радио-Бельграно и мелодраматическим способностям Эвиты полковник Перон, известный ранее лишь слушателям социального часа, стал для широкой публики спасителем Сан-Хуана.

Приют для индейских сирот из Сан-Хуана, основанный Пероном, скоро стал походить на семейный очаг, где собрались его собственные дети. Маленькие дети потеряли своих родителей во время землетрясения. Их спасли, забрав с высоких гор, из хижин, где еще дымился навоз лам, подальше от воспоминаний о нищих суровых отцах, о матерях в шляпах-котелках, не расстававшихся с шалями и трубками. Этим детям больше не нужно было пасти огромные стада на ледяном ветру. Теперь девочки играли с куклами, подаренными полковником в пончо, и распевали религиозные гимны. Индейские дети, как и их родители, рисовали объект, которому поклонялись, выявляя его подлинную реальность. Иногда они хранили рисунок в амулете, который носили на шее.

Индейский народ, который мог теперь расположиться на своей земле только при захоронении, приклеив комок жевательного табака, вынутый изо рта, к кучке камней среди поля, этот народ передал своим детям чувство благоговения перед неосязаемыми и неумолимыми силами. Индейские дети мелом рисовали на стенах приюта круг и три черточки внутри, изображавшие по их разумению глаза и рот. Это было добродушное лицо спасителя, того самого Хуана Доминго, о котором так беспокоился Рамирес с начала 1944 года.

# 10

В феврале 1944 года популярность пары Дуарте-Перон окончательно вывела Рамиреса из равновесия. Он решил сбить спесь со своего подчиненного. Землетрясение не должно было стать его личным достоянием. Полковнику никто не предоставлял исключительное право эксплуатировать катастрофы.

Рамирес выразил также недовольство тем фактом, что ГОУ не призвала Перона к порядку. Президенту делать это было не с руки, поскольку Перон являлся его тайным командиром. Короче говоря, досада Рамиреса, нагнетаемая некоторыми членами ГОУ, которые пытались отделаться от нацистской клятвы в тот момент, когда начиналось крушение Германии, достигла стадии, требующей решительных поступков. 21 февраля 1944 года он объявил о роспуске ГОУ. Армейские эмиссары потребовали, чтобы он сместил Перона с правительственного поста.

Организация ГОУ, следуя указаниям из Берлина, решила ликвидировать Рамиреса. Государственный переворот, подобный организованному в Буэнос-Айресе, только что был осуществлен в Боливии с немалой пользой для «Оси».

Военные не стали мешкать. В ночь с 23 на 24 февраля 1944 года шестеро офицеров из ГОУ прошли по коридорам Каса Росада. Привратнику и слугам хватило одного выразительного жеста. Охрана сама собой растворилась в ночи. Офицеры вошли в большой кабинет президента, не сомневаясь, что найдут его там в столь поздний час. Действительно, Рамирес усиленно работал, подписывая документы.

Заговорщики, вооруженные револьверами, наставили на Рамиреса дула своих «пушек». Без каких-либо комментариев один из них придвинул к столу кресло, уселся рядом с президентом и принялся диктовать. Рамирес даже не отстранился от стола, не сменил чернил. Под дулами шести револьверов он подписал документ, в котором сообщалось о его болезни. Отягощенный слишком большой ответственностью, он добровольно передавал власть генералу Эдельмиро Фаррелю.

Однажды вечером обескураженный полковник объявил Эвите:

— Надо мной издеваются, называя сутенером голодранцев-дескамисадос!

На что Эвита ответила:

— Богачи гнусно обращаются со всеми, кто достоин жить в этой стране. Каждое оскорбление следовало бы превратить в знамя...

Огорченное лицо Хуана Перона посветлело. «Дескамисадос»! Люди без рубашек! Отличаясь аналитическим складом ума, Перон сразу же вспомнил легендарное значение этого слова, родственного авторитетному термину «санкюлоты». Слово удачи; слово, стоящее той полновесной золотой монеты, что была уплачена за него; слово, начертанное на знаменах Французской революции. Дескамисадос — те, у кого нет рубашек. Одно из слов-молний, одно из тех действенных слов, которыми бередят души людей.

Перон соколом взмывает ввысь при слове «дескамисадос». Раз его попрекают интересом к голодранцам, пусть насмешка станет символом его славы. Кое-какие ключевые фразы уже прокручиваются в его голове, начинают формироваться в стройную систему. «Я предпочитаю вас, с вашими распахнутыми на груди рубашками, олигархам, у которых по сто костюмов...»

Дескамисадос! Это проклятое, замечательное слово брошено в лицо публике. Оно таит в себе неизвестный доселе исступленный восторг. Это слово соединяет пару Дуарте-Перон прочнее, чем совместное открытие новой земли. Наконец они завладели чем-то своим, словом, которое будет служить только им и которое никто не сможет у них оспаривать, обвиняя в использовании его значения и престижа. Они не хотят становиться во главе пролетариев, рабочих, нищих, бродяг, изгнанников, отверженных. Они хотят стать святыми покровителями бедняков, дескамисадос.

Толпе новое слово всегда кажется твердым обещанием, гарантией наступления новой эры...

Подбросившие новое словцо Перону могут в этом раскаяться. У них позаимствовано остроумное словечко-каламбур для того, чтобы превратить его в бомбу.

## 11

Эвита не проявляла ни малейшей радости при виде новых платьев и сумочек, которые дарил ей Хуан Перон... Это были аксессуары, и так принадлежавшие ей по праву.

Нельзя было утверждать, что Эва Дуарте абсолютно не знала сомнений. Она жила, не выходя за рамки созданного ею мифа. Сердце ее было закрыто для любого вторжения. Свой первый успех у Перона она воспринимала как посвящение. Она мечтала о таком огромном успехе, что немыслимо было бы украсть его у кого-то. Ни одна самая модная актриса не могла претендовать на корону заурядной актрисы Дуарте. Однако каждый успех модной актрисы в Буэнос-Айресе отзывался все же уколом в самое сердце для Эвиты.

Итальянская кампания завершилась в Риме, открытом городе, безумной и кровавой тризной. Нацисты терпят поражение за поражением. Гитлер появляется после покушения на публике с кислой гримасой бодрости. Одна рука у него на перевязи, а свободной он треплет по щекам мальчишек из последнего оплота солдат рейха, которых он хочет бросить в небытие. Атлантический вал трещит по швам, а тем временем высокопоставленных заговорщиков подвешивают на мясницких крюках...

В августе 1944 года освобожден Париж, и женщины Буэнос-Айреса проходят по улицам в бурных демонстрациях. Эвита не принимает участия в этом ликовании, вызывающем недовольство ГОУ. Полицейские ничего не могут поделать с потоком женщин на улицах. Участницы демонстрации пытаются насвистывать «Марсельезу». Мечта Эвиты отдаляется и ветшает, будто изъеденная молью. Немецкие войска отступают, погибая среди оставленных ими руин, а мужчина-идеал Эвиты бессильно дряхлеет, предоставленный самому себе. Могущественным покровителям самим приходится несладко. Хозяева покинули его, словно ребенка, потерявшегося в темном лесу власти. Напрасно пытается Эдельмиро Фаррель распустить все партии, напрасно притесняет демократов, проснувшихся в своем подполье. Несмотря на драконовские меры ГОУ, аргентинские военные дрожат над своими венками, которые засыхают еще до того, как появится возможность вынуть их из тайников.

На лице Перона застывает растерянная улыбка.

Эвита не знает, как удержать всю эту вселенную, что ускользает, едва оказавшись у нее в руках...

Ветер свободы веет над миром, но аргентинские полковники все меньше и меньше заботятся о том, чтобы следовать моде. Они провозглашают себя жандармами цивилизации и собираются хлестать собак, пока те не станут достойны своих хозяев.

— Если понадобится тирания, чтобы навязать народу свободу, мы будем тиранами! — заявляет Фаррель.

Но Эвита больше не дремлет среди этих ретивых поборников порядка, которые втихаря пытаются приспособиться к новым веяниям. Эвита боится. Время работает не на Гитлера, а против него и его приспешников. С каждой минутой опустошаются песочные часы диктатур, тонкой струйкой сыплется песок. Отныне каждая бомба, упавшая на Берлин, наносит Эвите удар в самое сердце. Что станет с ее великим человеком из ГОУ, если его хозяева падут? Эва Дуарте с жалостью смотрит на Хуана Доминго Перона, который становится все более слабым и беспомощным, опускаясь с высоты своего величия.

Все чаще аргентинские кадеты проходят маршем по улицам Буэнос-Айреса. Перон с тревогой следит за тем, как союзники приближаются к Берлину, а день, когда он сможет выйти из тени в качестве верховного главнокомандующего и гауляйтера Аргентины, неотвратимо отдаляется. Однако сам он в это время быстро поднимается по зримым ступенькам власти.

С 4 мая 1944 года Перон постоянный министр обороны, а с 7 июля — вице-президент Аргентины. Кроме того, он сохраняет за собой пост министра труда и благосостояния. Перон понимает, что секретное положение более не служит повышению его авторитета. Он выходит из тени, сметая все на своем пути. Ненасытная потребность утолить жажду власти нарастает с каждым днем, а надежды заговорщиков становятся все безумнее. Хозяин больше не дает о себе знать, хозяин исчезает, теряя богатства и приспешников. Верным слугам больше не приходится ждать указаний, и они устраиваются, кто как может. Так поступают Перон, Фаррель и их соратники по ГОУ.

В то же время их взоры еще обращены к секретной базе ракет Фау-2. Именно в Пенемюнде втайне бьется сердце реванша. Именно к Пенемюнде обращены затуманенные великой мечтой взоры аргентинских генералов и полковников. Большая ракета уже взорвалась в балтийском небе 3 октября 1942 года, оставив позади нечто вроде замерзшей молнии. Шведы заинтересовались этим явлением. Не было ни малейшего сомнения, что эта молния свидетельствовала о грядущем научном апокалипсисе.

6 июня 1944 года произошла высадка войск союзников в Европу, и всего лишь шесть дней спустя первые ракеты полетели к Лондону.

Эвита ждет с таким же огромным беспокойством, как и члены ГОУ. Они не должны упустить свой шанс. А она не должна упустить будущего главу Аргентины и всей Южной Америки. Эвита не хочет потерпеть неудачу в путешествии в страну власти, как это произошло в Голливуде.

Несмотря на то, что Германия терпит поражения на всех фронтах, президент Фаррель и Перон за его спиной устанавливают нацистский порядок в Буэнос-Айресе. Замороченные ложными идеями, они решают перевернуть действительность и ведут себя так, будто Гитлер победил, а чтобы обрести твердую почву под ногами, обращаются к Конфедерации профсоюзов.

# 12

За головокружительным номером Эвы на Радио-Бельграно следят не живописные индейцы и не «понгос», жующие коку. Ее аудиторию составляют белые представители аргентинского плебса, которые отличаются от большинства нищих пролетариев Латинской Америки. Они не вьючные животные на земле хозяина, но все же сохраняют образ мыслей рабов, наемной рабочей силы. Небоскребы, кабаре, шикарные городские машины — их вожделенный рай, от которого, как заявляют напрямик власти, их следует держать подальше с помощью армии. Однако Хуан Перон и дикторша высказывают вдруг претензии. По их словам, у рабочих несправедливо отбирают этот рай. Быть может, рабочий захотел бы пользоваться таким же почетом, как инженер или кюре? Они уже на полпути к свободе и обретают ее самостоятельно в мечте, в танце, в песне. Нельзя предложить им избавления более решительного, чем то, что обещает Эвита. Не выборов и законов желает этот народ, а чудес...

Эва Дуарте и Хуан Перон живут лишь встречами с руководителями профсоюзов. Аргентинская Конфедерация труда разделялась на две ветви: одна интеллектуального направления, другая — коммунистического толка. Конфедерация номер один, оказавшаяся под покровительством Перона, вскоре подчинила себе как новые, так и старые профсоюзы: Союз железнодорожников «Унион Ферровия» и профсоюз машинистов «Фратернидад».

Перон оставил свою естественную среду — армию. Анхель Борленги, руководитель профсоюза работников торговли, и Сиприано Рейес, лидер рабочих мясоперерабатывающих заводов, больше не расставались с парочкой Дуарте-Перон. Происходил непрерывный круговорот: от социального часа к товарищу полковнику, от товарища полковника — к социальному часу.

Перон предложил правительственные посты рабочим лидерам. Для начала они отклонили эти подарки. Ничего необычного лидеры и их пролетарские армии не требовали: постоянный министр труда, система социального страхования в масштабах всей нации, страхование от несчастных случаев на производстве, пенсии для стариков, ликвидация трущоб. Перон обещал им все это в ближайшее время, а также предложил то, чего они не просили. Воинские почести... Распахнутые двери оперы один вечер в неделю...

Хуан Перон путал нужды рабочего класса с желаниями провинциалочки, отягощенной прошлым, проведенным в услужении у матери. Прожектора славы слепили глаза Эвы Дуарте. Хуан Перон стал вице-президентом, и она уже видела себя второй дамой страны. Тогда-то она и коснулась сути, заговорив о женитьбе. Перон попытался приостановить Эвиту, стараясь не потерять ее. Он выкрутился, таинственно заговорив о тактике. Жениться сейчас, будучи вице-президентом? Нет, говорил он, надо подождать, пока он не станет президентом. Поторопиться со свадьбой — значит подвергнуть риску шанс получить президентский пост. Эвита сразу же склонилась перед этим аргументом. Речь шла лишь о том, чтобы немного подождать.

Чтобы облегчить ожидание, Перон преподнес Эвите без всяких просьб с ее стороны ослепительную мечту, заставившую ее юной девушкой бежать в столицу...

Эвита получила одновременно два предложения

заключить контракты с киностудиями. Перон советовал без колебаний принять эти предложения, рассчитывая таким образом удалить Эвиту из политики, швырнуть ее в театральное болото, где она, несомненно, увязнет навсегда.

Поступили два предложения, одно от компании «Эль Тигр», другое от Южноамериканской кинокомпании. Тайной вице-президентше предлагали единственную роль, которой она отныне была достойна — роль знаменитости...

## 13

Эва неожиданно оказывается в начале пути, у истоков своего дебюта. Она забрасывает рабочих, пренебрегает Пероном, избегает швейцара Эспехо и думает только о кино. Старая мечта бушует в ней.

В первом фильме «Цирковая кавалькада» рассказывалось о приключениях девушки из цирка. Она удачно выходит замуж, встретив среди зрителей знатного господина, очарованного ее пикантной юностью. Цирковая артистка предает шапито. Она покидает цирк, повергая в глубокую печаль весь персонал: и людей, и животных. Но юная циркачка не может до конца смириться с необходимостью покинуть клоуна, который с этих пор тоскует, со слезами прыгая через обручи, затянутые бумагой. Разочаровавшись в позолоченной клетке брака, пресытившись кадиллаками и дворцами, она возвращается в цирковой фургон к вольной жизни.

В этой зрелищной ленте, снятой специалистом по салонным фильмам Марио Софичи, Эвита предстает перед зрителем в балетной пачке. Светлые волосы, обычно прилизанные в гладкой прическе, распущены. Взгляд кажется наивным, как будто она снова, словно по волшебству, превратилась в девочку из Хунина, покоряющую страну чудес. Кино освобождает Эвиту от всей дребедени и пустословия ее жизни в 1945 году, лишает холодности женщины у врат власти. На экране она вновь становится увядающей девушкой, неловкой и грустной, преданной своим мечтам.

Остальное не имеет значения. Для продюсеров важно лишь то, что им удалось заполучить настоящую политическую звезду. Они надеются сделать деньги на любопытстве, которое возбуждает «полковничиха», как ее уже повсюду называют. Достаточно продать пленку, где запечатлена Эва, а для этого не обязательно делать из нее актрису. Сюжет фильма всего лишь предлог. Речь идет о том, чтобы показать на экране Эву Дуарте, ведущую Радио-Бельграно и подругу Перона. Эва в купальнике, Эва смеется, Эва плачет, Эва с богатыми, Эва с бедными, Эва и ее доброе сердце...

Известность Эвиты заменяет ей талант. В Буэнос-Айресе 1945 года ею завладели кинопродюсеры, как несколько лет ранее их коллеги в Голливуде присвоили себе феноменальных малюток Дионн, чтобы эксплуатировать в мелодраме их непомерную популярность.

Едва закончив сниматься в розовой мечте, какой казалась Эвите «Цирковая кавалькада», она продолжает съемки на студии «Сан-Мигель» все у того же Софичи. Следующий фильм — история молодой женщины, растрачивающей красоту и богатство в приключениях, главным образом светских. Марио Софичи обращается с Эвитой как со звездой. Наконец-то у нее появилось кресло, на котором большими буквами написано ее имя. Именно из-за этой условности когда-то покончила с собой Ампаро, делившая с ней комнату. Эва Дуарте приезжает на студию в роллс-ройсе вице-президента Аргентины. Съемки организуются в зависимости от времени ее появления.

Режиссер едва осмеливается сделать замечание по поводу ее игры. Иногда он с почтительностью мажордома дает ей указания. После каждого отснятого эпизода с подчеркнуто довольным видом потирает руки. Торопится поздравить Эву. Он ждет того момента, когда вечером на пороге студии появляется полковник, чтобы сопровождать Эву. Тогда все работники студии собираются, чтобы встретить Перона. Актеры и техники стоят навытяжку перед элегантным посетителем.

Эвита снялась в роли знаменитости. Люди вокруг нее волнуются и суетятся, веселятся и стараются отрешиться от своих печалей, а на ее устах застыла неподвижная благоуханная улыбка кинематографической дивы. Эва обрела ту мягкость, которой добивались от нее в Голливуде, безуспешно преодолевая ее упрямое сопротивление. Во время демонстрации копии одного из двух фильмов никто не смеет вслух признать, что эта новая знаменитость похожа на марионетку в натуральную величину, от пустого взгляда которой пробирает дрожь.

Куда подевался священный гнев Эвиты, ее пылкость, жестикуляция? Став, наконец, звездой, она оказалась всего лишь безжизненной химерой, причудой природы. Она вяло демонстрирует свою напыщенную театральность, делает вид, что танцует, изображает смех или гнев, но при этом не перестает следить краем глаза за камерой. Камера сбивает ее с мысли и портит настроение своим жужжанием индустриального кошмара. Мечта Эвиты стать кинозвездой — всего лишь жалкий зародыш, принявший нездоровые пропорции. Этот мираж остается лишь уничтожить.

Продюсеры поняли это еще раньше, чем Эвита. Одну копию последней картины дарят Перону, а негативы обоих фильмов смывают. Сама Эвита попросила об этом. Она не может конкурировать на киноэкране со знаменитостями Голливуда — Грир Гарсон, Марлен, Долорес дель Рио. Значит, она превзойдет их на другом поприще. Впредь Эву Дуарте увидят на экране только в кинохронике.

# Часть третья

## Человек с острова Мартин-Гарсия

### 1

Эве Дуарте нужна победа в столице. Она устроила аутодафе своим разбитым иллюзиям, заставив сжечь два бездарных фильма, в которых ее вынудили сняться по ошибке. Быть аргентинской кинозвездой в 1945 году, когда заканчивается мировая война, когда говорят о чем угодно, кроме кино, — это же насмешка! Бури реальной жизни сметают на своем пути любые вымышленные страсти, даже если они запечатлены на цветной кинопленке.

Эвита покинула студию «Сан-Мигель» с вновь вспыхнувшей в душе ненавистью. Кино предало ее, как предали богачи, как предавали ее все с самого рождения.

Эва Дуарте не нашла на студии «Сан-Мигель» роли себе под стать. Но самой ей не удастся заставить себя отказаться от безрассудной страсти к кино. Жертвой иллюзий Эвы Дуарте станет Аргентина. Она собирается превратить эту страну в безбрежное пространство воды, предназначенной для того, чтобы плескаться у ее ног. Вся эта страна должна стать единой фотостудией, где все суетятся только вокруг нее. Эвита может согласиться лишь на главную женскую роль, но не на роль покинутой любовницы или певички в модных барах, а роль соблазнительницы народа, околдовывающей бедные души, настоящей невесты мира отверженных.

Кино осталось позади, и Эвита поспешно возвращается к Хуану Перону. Нужно поскорее сформировать его позицию, отбить у него всякую охоту удалиться на покой и покориться судьбе. До сих пор Перон безропотно следовал ее рекомендациям с послушанием первого ученика. Эту склонность к покорности Эвита должна обратить себе на пользу.

Союзники выиграли войну. Нет больше надежды на секретные резервы могущества «Оси». Не приходится ждать помощи от тех, кто только что одержал победу и над которыми прежде без конца глумились. В августе, когда взорвалась бомба над Хиросимой, в Буэнос-Айресе происходят студенческие волнения.

Никому больше не нужна заезженная музыка фаррелей и перонов. Повсюду терпят крах диктаторские режимы. Тирании не могут предложить своим легионам ничего, кроме звериного оскала мучительной смерти.

Перон и Фаррель еще пытаются уверить друг друга, что могут построить свое будущее на этих чудовищных руинах. 16 августа 1945 года президент Фаррель объявляет в стране чрезвычайное положение. Указ позволяет заполнять тюрьмы, сжигать газеты, расстреливать без суда и следствия. Его цель — возродить колдовскую силу власти.

Немецкая клика, прошедшая маршем по оккупированным столицам, кажется, поднялась из могил, чтобы объявиться в Буэнос-Айресе. Люди в касках ритмично бьют в барабаны. Рокот барабанов и топот ног сливаются в леденящие душу звуки, которые обращены, похоже, лишь к стенам. Эта дьявольская музыка СС возвещает о приходе царства страха.

Все партии, начиная от радикалов и кончая коммунистами, решают выступить единым фронтом против диктатуры ГОУ. Система, установленная в Аргентине Гитлером, должна рухнуть, раз сам фюрер лежит под развалинами Берлина и своего бункера.

19 сентября по улицам Буэнос-Айреса прокатилась бурным потоком демонстрация. Полтора миллиона аргентинцев громогласно требуют конституции и свободы. Правительство Фарреля напугано. Военные обращаются к Перону и призывают его к решительным действиям. Армия не хочет лишиться своего ореола, низведенного до уровня смутного тумана, не хочет лепить корону из теста.

Перон под градом тычков, пинков и угроз решается на закрытие университетов. Этим поворотом ключа он надеется остановить разрастающийся поток свободомыслия. Студенты разбегаются по улицам под залпами полиции. Они упрямо требуют свободы, как те быки, что еще сильнее мычат у самых ворот бойни. Конная полиция разгоняет на улицах митинги и демонстрации. Появляются танки. ГОУ показывает зубы. Армия без долгих колебаний открывает огонь по толпе.

В то время как Перон в окружении внушительного полицейского прикрытия выкрикивает перед публикой залежавшиеся нацистские лозунги, Эвита повсюду следует за ним, находится рядом, нащупывая в сумочке гранату. Она обрела свое настоящее призвание. Между губной помадой, пудреницей и расческой — граната. Да, граната, и это не кинематографическая бутафория.

На этот раз Эвита играет с запозданием; она пытается изобразить безумную решимость партизан. Она партизанка, принявшая чью-то сторону? Да, она на стороне одного человека, но движет ею не любовь, а дух завоевания. А гранату Эвита носит с собой, чтобы защищать не столько свою жизнь, сколько свою роль, оказавшуюся в опасности, роль, которую у нее хотят отнять. Ее сердце так долго жаждало этой роли, а вместо нее теперь предлагают жалкий эрзац...

## 2

События в Аргентине развивались так, будто немцы взяли Лондон, Нью-Йорк, Москву. Неистовство заговорщиков становилось безудержным, поскольку рухнула их мечта. Перон при поддержке ГОУ держался за свой вожделенный пост «гауляйтера» не на волне победы немцев, а под влиянием досады, вызванной поражением, которого они никогда не ожидали и не могли допустить. Ничем Перон так не дорожил, как перспективой вознестись на самый высокий пост, и если звание аргентинского фюрера потеряло престиж, оставалось еще место президента Аргентины. Но, растерявшись под впечатлением гитлеровского отступления, он допустил ошибку. Не следовало занимать пост вице-президента. Статья 77 аргентинской конституции запрещала вице-президенту выставлять свою кандидатуру на высший государственный пост. Необходимо было исправить оплошность как можно быстрее, чтобы заделать первые бреши в системе ГОУ.

Тюрьмы Буэнос-Айреса были переполнены. Полиция применяла пытки. Улицы находились под надзором ГОУ. Международное мнение не реагировало на «восстание микробов» в Буэнос-Айресе. Европа собиралась с силами, окидывая взором свои собственные развалины, а у тех, кто выходил из войны, не было ни времени, ни желания откликнуться на конвульсии диктатуры в Аргентине.

Эвита жалась к своему полковнику. Сподвижники считали эту женщину всего лишь временной спутницей Хуана Перона. Высокие военные чины сделали вывод, что с Эвитой можно не считаться, поскольку Перон не женился на ней. Эва Дуарте казалась им не личностью, а запоздалым мимолетным увлечением полковника.

В тревожные дни народных волнений сеньор Оскар Николини, старинный приятель матери Эвиты, занял высокую должность в госаппарате. Николини предстояло сыграть роль символа, который склонил бы толпу на сторону Перона. Незначительный, слабохарактерный человек с заурядными способностями получил беспримерную награду. Людям можно было сказать: «Низкое происхождение Николини не помешало ему достичь, благодаря трудолюбию и трезвости, высших постов в государстве». Чтобы поразить общественное мнение, одновременно открывая огонь по толпе, требовался наглядный пример такого порядка. Тогда неприятные вещи забылись бы...

Перон все так же обладал своей трехглавой властью, но это больше не удовлетворяло Эвиту. Немцы проиграли войну, значит надеяться на них не приходилось. Нужно захватить власть в борьбе. Перон должен стать президентом. Это ультиматум Эвиты, а не ГОУ.

Несмотря на значительные денежные резервы, Аргентина утратила влияние на международной арене, так как, оказавшись в изоляции, до последнего дня не отрекалась от нацистов. ГОУ перестала быть цементирующей силой, скрепляющей армию в едином порыве. В глубине души эти люди остались нацистской кликой, гаучо по крови, готовыми к самому худшему. Они считали, что нет никакого смысла оставлять Фарреля и Перона во главе государства. Порождение Гитлера, они скомпрометировали себя участием в развязанной им кровопролитной игре. Достаточно было щелчка, чтобы сбросить их в мусорную корзину.

Но исполнительный Перон подчинялся теперь Эвите, которая проталкивала его вперед с неистовством, подогреваемым расстроенными нервами. Импульсивность Эвиты он пытался объяснить чертой характера, свойственной его прусскому идеалу; только так смог бы он сохранить свое достоинство как перед самим собой, так и перед армией. Его подталкивали, подгоняли, за кулисами он немного ломался, но на сцене был жесток и непреклонен, подобно робкому актеру, который, оказавшись перед публикой, в конце концов играет с подъемом, чтобы спрятать свой страх и неуверенность в себе.

В армии плохо понимали, с какой стати галантный председатель ГОУ так ожесточенно цепляется за не принадлежащее ему по праву место, без колебаний проливая кровь аргентинцев, и почему его претензии простираются так далеко в тот самый момент, когда ни в стране, ни во всем мире им не находится поддержки. Офицеры, которые хотели избежать разрушительных последствий деятельности руководства для армии, решили разделаться с этой испорченной марионеткой. В качестве предлога пришлось использовать назначение Оскара Николини. Таким образом, два дня спустя после поспешного и вызывающего продвижения безвестного Николини по государственной службе, генерал Эдуардо Авалос вызвал вице-президента Перона в свою резиденцию Кампо де Майо. Полковник Перон счел необходимым повиноваться, хотя Эвита умоляла его не трогаться с места.

Авалос принял Перона в большом зале, загроможденном доспехами, диванами, люстрами и высокими бутылками.

— Гарнизон, которым я командую, не приветствует назначение сеньора Николини. Насколько нам известно, он близкий приятель этой актрисы, за которой вы, полковник, давно ухаживаете.

Перон, казалось, проявлял нерешительность.

— И не более... Не более, — добавил Авалос.

Перон молчал, и Авалос решил смягчить тон:

— Вы зависите от нас. Умоляем вас присмотреться...

Эта внезапная слабость встряхнула Перона.

— Я несу ответственность перед народом, генерал, — заявил он с фальшивой выспренностью, надеясь, что громкие слова послужат ему опорой.

— Вчера вы несли ответственность перед фюрером и его агентами. Сегодня вы свободный человек, — осторожно заметил Авалос.

— Я несу ответственность перед народом, — упрямо повторил Перон.

— Вы не замените Гитлера в глазах народа.

— Сеньор Николини человек одаренный... Нельзя упрекать его в низком происхождении.

— Мы его не знаем.

— Я должен выполнять волю народа, генерал.

— Хорошо! — поднимаясь, сказал Авалос. — В таком случае разговор окончен. Даю вам два часа, чтобы объявить об отставке Николини.

Щелкнув каблуками, Перон удалился. Он был потрясен, унижен и с трудом сдерживал негодование. Перед ним стояла дилемма, простая и вместе с тем гибельная. Советы Эвиты противоречили приказаниям вышестоящих чинов. Он решил пойти пофехтовать, надеясь расслабиться и обрести спокойствие. Впервые учитель фехтования ранил его в руку, и несколько капель крови обагрили помост. Это дурное предзнаменование. Перона начинает бить дрожь. Он охотно уступил бы, но кому? Армии или Эвите?

— Я должен повиноваться народу, — еле слышно бормочет Хуан Перон, вяло повторяя заученный текст.

## 3

Студенты, медики, политики и армия вдруг объединяются, чтобы низвергнуть ожесточившуюся марионетку. Они понимают, наконец, что маленькая дикторша социального часа Эва Дуарте подстегивает своего протеже, толкает его в пропасть. Каждый раз, когда он проявляет неуверенность и норовит повернуть назад, она устраивает истерику. Эвита запугивает Перона, когда тот заявляет, что нужно сместить Николини в ожидании лучших времен.

Два часа спустя после ультиматума Авалоса, Николини все еще занимает пост, на который его назначили. Эва Дуарте бежит на Радио-Бельграно, чтобы проверить, насколько прочны ее позиции. Она на цыпочках тихо входит в кабинет директора и чувствует, что обстановка стремительно меняется не в ее пользу. Янкелевич встречает Эвиту с каменным лицом. Нет больше сердечности в его обращении. Он спрашивает у Эвиты, что ей угодно, даже не предложив ей сесть. Эвита холодно просит Янкелевича предоставить эфирное время для президентской кампании Хуана Перона на предстоящих выборах.

— Я должен это сделать? Во имя чего?

— Во имя народа!

— Ваш приятель продержится еще двадцать четыре часа, не больше, — говорит Янкелевич.

— Посмотрим.

— С меня достаточно! Прошу вас больше не входить в этот кабинет, пока вас не пригласят!

8 октября все настойчивее поползли слухи о том, что Перона выгнали из правительства, а Фаррель порвал со всеми воспоминаниями о ГОУ и будет править отныне, сменив паруса с учетом новых веяний в армии.

Янкелевич вызывает к себе в кабинет Хуана Коссио, ответственного за театральные передачи на Радио-Бельграно.

— Сделайте одолжение, снимите со всех ролей сеньориту Дуарте. Ее полковник потеряет все свои посты сегодня ночью. Завтра утром он станет настоящим голодранцем. Нужно пользоваться случаем. Социальный час мы сделаем и без Эвы Дуарте...

— Это актриса пятнадцатого порядка, — одобряет решение Хуан Коссио. — Давно пора уволить ее.

Радостное оживление охватывает сотрудников Радио-Бельграно при этом известии. Радиостанция считает, что избавилась, наконец, от маленькой провинциалки с жалованьем звезды. Радостно потирают руки. Открыто насмехаются, представляя себе, как ярость исказит лицо Эвиты, когда та узнает новость. И в самом деле, этим же вечером Эвита звонит из министерства обороны Коссио, чтобы узнать, все ли готово к завтрашней передаче и репетирует ли театральная группа. Коссио отвечает, что ей не стоит больше беспокоиться, потому что она уже не работает на Радио-Бельграно.

Эва сдавленным голосом спрашивает:

— А моя театральная программа?

— Ни вы, ни ваша театральная программа больше не желательны здесь ни сегодня вечером, ни завтра вечером, ни в какой-либо другой вечер.

Коссио кладет трубку.

Эва Дуарте немедленно звонит Борленги и Сиприано Рейесу. Ее увольнение с Радио-Бельграно произошло в тот вечер, когда отмечали день рождения Перона, который она празднует почти так же радостно, как если бы речь шла о завоевании кресла президента. Эва приглашает профсоюзных лидеров, и когда те приходят, сразу же подает каждому бокал.

Всем вокруг, как и шефам Радио-Бельграно, кажется, что Хуан Доминго Перон окончательно лишился своих многочисленных прибыльных постов. Но полторы тысячи руководителей местных профсоюзных организаций через своих представителей Борленги и Рейеса заверили чету Дуарте-Перон, что держат в руках армию рабочих. И ждут.

Перон встревожился, но не потому, что забрезжила надежда, а потому что снова придется принимать решение. Это уж слишком. Никогда он не чувствовал себя таким усталым.

— Сегодня у меня день рождения, — выдавливает он в конце концов из себя слабую улыбку, чтобы дать понять: он хочет на законном основании дать себе передышку, и пора бы перестать требовать от него решительных ответов.

Но вокруг него неумолимые лица, ожесточенные честолюбивыми устремлениями. Перон чувствует слабость, как бывает после долгих рыданий.

— За его здоровье и за ваше, — произносит тост Эвита и добавляет: — Перон — ваш единственный шанс. Без него вам понадобятся, быть может, десятки лет, чтобы снова приобрести какой-то вес в стране.

Надо пользоваться жизнью в полной мере и прямо сейчас...

Снова она направляет указующий перст в сторону Перона и, чеканя слова, обращается к гостям:

— Вы спасете его, а он спасет вас!

— Надо было бы все же сместить Николини, — предполагает Рейес, крупную фигуру которого скрадывает тень от сиреневого абажура.

Эвита отвечает без малейшего колебания:

— Николини останется на своем посту, как конкретное свидетельство вашего присутствия в правительстве!

Перон ослабляет узел галстука.

— В правительстве... — шепчет он с деланной улыбкой.

В огромном овальном зеркале, поддерживаемом в четырех углах позолоченными пухлыми херувимами, он видит свое усталое, обрюзгшее лицо.

— Вы согласны оказать ему поддержку? — шепотом спрашивает Эвита.

— Да, — подтверждает Рейес после кратковременного раздумья о великолепии обстановки, о роскоши, о толщине ковров, по которым он ступает. — Безусловно, да!

Перон тем временем не может решиться противостоять генералу Авалосу, так же, как тот не хочет грубо вести себя с полковником. Наконец, Перон заявляет в телефонном разговоре, что с минуты на минуту сместит Николини. Ультиматум Авалоса продлевается, растягивается и иссякает в пустых вежливых заверениях. И все-таки в ситуации ничего не меняется. Николини исчезает за кулисами и сразу же появляется снова, а по радио так и не объявляют о его смещении со своего поста. Николини возвращается совсем как чертик, которому нельзя помешать выскакивать из его коробочки. **Так происходит потому, что каждый раз, когда Перон приказывает ему убраться подобру-поздорову, тумаки,** которые беспощадно раздает Эвита, заставляют **этого чертика** выскакивать снова и снова.

Именно Эвита бросила горсть песка в зубчатую передачу!

**4**

Перон разрывается между **Эвитой** и Авалосом, он старается выиграть время. Ему **необходимо все обдумать и потихоньку отступить, никого не раздражая.**

Но колесо крутится. Нерешительный Авалос, подталкиваемый группой офицеров, **которых** он представляет, решает перейти к энергичным действиям. Сначала гонец Авалоса 9 октября **передает** Фаррелю предложение немедленно отречься от должности. Фаррель очень смущен. Он объявляет гонцу самым твердым голосом:

— Я без промедления покидаю Каса Росада. Будем вести себя по-светски. Продемонстрируем наше спокойствие другим нациям...

Авалос сразу же отправляется к Фаррелю и в свою очередь говорит ему:

— Я не хочу беспорядков и неприятностей. Рассчитываю на то, что вы уступите место без применения силы. Иначе придется отправить вас в отставку!

— Чего вы хотите? — спрашивает Фаррель час спустя у второго гонца из Каса де Майо.

— Перон представляет угрозу для всех, — говорит гонец. — Нужно сделать так, чтобы он ушел, а его подруга стала безработной **актрисой.** Страна от этого только выиграет!

Гонец Авалоса возвращается в Каса де Майо. Все

138

ждут отставки Фарреля, обещанной во второй раз. Наблюдая за перемещениями войск гарнизона Каса де Майо, Перон вдруг становится оживленно болтливым. Он сыплет историческими цитатами, свидетельствующими о величии знаменитых людей прошлого в трудные моменты.

Терпеливый Авалос возвращается к своим заботам:

— Итак?

Перон, только что переживший очередную ссору с Эвитой, неуверенно бормочет слова, которые она ему вдалбливала:

— Генерал, первый и второй дивизионы за меня. Не считая мотострелкового батальона, а также третьего армейского дивизиона, размещенного в Паране. Я им еще не отдал приказ о выступлении...

На этот раз Авалос вопит в ярости:

— Уезжайте! Уезжайте без промедления!

— Хорошо. Я сейчас подпишу.

При этих словах распахивается дверь, словно взорвалась бомба. Появляется Эвита. Она берет бумагу и комкает ее в кулаке.

— Ладно, — роняет Авалос и выходит из кабинета министра труда, не говоря больше ни слова.

Перон растерянно шепчет, повернувшись к Эвите и разводя руками, словно подтверждая невозможность иного выхода:

— После вашего поступка я больше не могу оставаться здесь. Для меня это равносильно смерти. Значит, вы хотите, чтобы я исчез?

— У вас есть долг перед народом!

— Народ не умеет сражаться. Война — это не его ремесло.

И он быстро ведет Эвиту к поджидающему внизу «паккарду». Эта машина принадлежит одному из друзей Перона, пользующемуся дипломатической неприкосновенностью. В квартиру этого друга шофер и везет Перона и Эвиту.

— Отсюда мне будет удобнее вести переговоры, — говорит Перон, входя в роскошную квартиру.

Он звонит шефу полиции Веласко, своему старому приятелю по школе. Однако час спустя отвечает уже не Веласко. Его уволили, а во главе полиции поставили Аристобуло Миттельбаха. Едва получив назначение, тот уже отправился арестовывать Хуана Перона в его комфортабельном убежище. У Перона нет времени для отступления. Он сникает, ищет глазами ручку, чтобы подписаться под документом. Он хочет поставить свою подпись и мирно удалиться. Его предшественники всякий раз, когда возникали беспорядки, торопились подписаться под отречением, лишь бы сохранить себе жизнь.

— С вами двадцать четыре самолета Гленн Мартин!

— Вы так считаете? — спрашивает Перон.

— С вами народ!

Перон улыбается, но в этот момент распахивается дверь, и он вскакивает с побагровевшим лицом.

— Господа, я не хочу кровопролития. После стольких несчастий мы не должны представить миру образ страны, напрасно проливающей кровь.

Генералы Фон дер Бекке и Пистарини, более твердые, чем Авалос и его представители, резко бросают:

— Пора... Пошли!

В этот момент они замечают Эвиту. Сгорбившись, она держится в отдалении. Охранники приближаются к Перону.

— Я не хочу ничьей смерти, — мрачно роняет он и протягивает им свой револьвер вместе с кобурой.

Но эта женщина, стоявшая до сих пор в углу

комнаты, скрестив руки, вдруг бросается вперед, как фурия. Она вопит, оскорбляет солдат, генералов, армию, полицию, весь мир. Ничто не ускользает от ее проклятия. Она топает ногами, визжит, не пролив ни одной слезы.

Нет, нет и нет! Радио-Бельграно закрыто для Эвиты, Авенида Коррьентес под запретом, слава тайного руководителя ГОУ рассыпалась в прах. Эвита не видит Муссолини, подвешенного за ноги, не видит бункера Гитлера и кучу пепла. Она видит лишь угасающие огни рампы и пустеющий зрительный зал... И никаких ролей!

Два генерала в недоумении смотрят друг на друга. Никогда в жизни не применяли они силу к женщине, разве что в алькове. Они онемели перед этим взрывом гнева. Мужчины не осмеливаются ни надавать ей пощечин, ни надеть на нее наручники. Это женщина. Следовательно, то, чем можно пренебречь, существо, созданное для отдохновения воина, но не воительница...

Они уводят Перона и оставляют в роскошной квартире сумасшедшую, которая продолжает вопить, призывая смерть на головы тех, кто хочет навсегда лишить ее возможности подняться на подмостки.

## 5

Перон, освободившийся от своей тревоги, от этой Эвиты, которая толкала его на самоубийственный поступок, ошеломленный сценой неистового бешенства, овладевшего его «подругой», с готовностью усаживается в военную машину.

Генерал Авалос без лишних проволочек устраивается в Каса Росада и присваивает себе функции министров иностранных дел, внутренних дел и обороны. Одного из своих коллег, моряка, он назначает министром военно-морского флота, финансов, правосудия и национального просвещения.

На катере «Индепенденсия» вдовца Перона доставляют не в тюрьму общего режима Вилла Девото, как он патетически требует, а на остров Мартин-Гарсия в тридцати километрах от Буэнос-Айреса, в открытом море. Перон счастлив, как будто уезжает на каникулы. Теперь он чувствует, что просто получил отставку и не подвергается опасности. Он насвистывает, окидывая взором невероятно голубое море. Перона не постигла судьба Гитлера или Муссолини. Без труда удается ему отогнать от себя картину грузовика, нагруженного трупами, который направляется в Милан с презренным грузом повергнутых властителей.

Стоя на мостике «Индепенденсии», Перон предается мечтам... Сначала лицо его серьезно, потом сквозь суровость проглядывает улыбка, широкая улыбка от всей души...

Толпа считала, что все военные заодно, и тот факт, что Авалос сместил Фарреля и Перона, потонул во мраке. К тому же, Авалос старательно избегал публичных объяснений происходящего, иначе народу пришлось бы открыть слишком много тайных ходов, в которых скомпрометированы в большей или меньшей степени были почти все воинские начальники. Таким образом, Авалос робко водворился в правительственной резиденции Каса Росада почти как партизан. Он заслужил меньше славы, чем Перон в тюрьме для важных персон.

Вокруг Каса Росада слонялись толпы народа. Взбудораженные людские толпы ждали явления божества. Неважно какого, но требовалось оно им незамедлительно. У всех стран, освободившихся от нацистского притеснения, появились свои боги в лице победоносных генералов: Монтгомери, Эйзенхауэра, Де Голля, Тито. Аргентина, не участвовавшая в войне, не проливавшая ни крови, ни слез в борьбе за правое дело, не знавшая ни оккупации, ни сопротивления, ни бомбардировок, в течение пяти лет всемирного апокалипсиса процветала как никогда. Теперь Аргентина жаждала познать восторг наций, вымиравших от голода, заглушить угрызения совести, избрать свой миф, создать напыщенный образ, впиться в обожание, раствориться в спасителе.

Потребность в эпическом герое заставляет вопить толпы на улицах Буэнос-Айреса...

Хуан Перон вновь поднимает голову. Он копается в памяти, отыскивая какой-нибудь жест или слово, которые могли бы выразить его стоицизм бравого военного. Но этот великий полководец всего лишь любитель пофехтовать по воскресеньям. Обожая маленькие радости своей жизни, он думает лишь о том, как бы их сохранить. Он опасается, что с ним будут грубо обращаться, станут морить голодом, но встречает лишь подчеркнуто вежливое отношение. Он размышляет о Гитлере, который женился на Еве Браун в своем бункере, предварительно приказав расстрелять ее брата, намеревавшегося покинуть эту железобетонную мышеловку. Фюрер, как говаривал Гитлер, обязан соблюдать безбрачие. Побежденному, ему уже не было нужды колебаться, решая вопрос о женитьбе. Чиновников службы актов гражданского состояния привезли в бункер в бронированном автомобиле под грохот разрывов советских снарядов. Потом, после обряда, не имея под рукой никого из штабных, чтобы возложить на него освободительную миссию, Гитлер выстрелил в себя из револьвера, в то время как Ева обессиленно распростерлась на диване, приняв яд. Трупы были облиты бензином и сожжены.

Все это происходило далеко, на другом конце света. Хуан Перон в своей комнате-камере на острове Мартин-Гарсия ощупывает свою постель, матрас, одеяло. Постель мягкая, простыни приятны на ощупь. Солдаты охраняют дверь, они услужливы, как ординарцы.

Утром он обнаруживает, что форма его выглажена, ботинки начищены. И речи не может быть о побеге! Остров Мартин-Гарсия для Перона уже побег. Он просит передать Авалосу личное письмо:

«Генерал, прошу у вас разрешения покинуть эту тюрьму и уехать к брату. Я принесу стране больше пользы на ферме, чем в тюрьме. Я еще могу послужить своей стране, занимаясь грубым физическим трудом, чисто сельской работой...»

На это послание никакого ответа не последовало.

Он хочет снова заслужить уважение своих начальников. Как хотелось бы ему, чтобы Эвита отказалась от мысли снова работать на Авенида Коррьентес. Он надеется также, что она не станет подстрекать профсоюзных лидеров Борленги и Рейеса. Все ему опротивели, а больше всего рабочие, которых ему приходилось, скрепя сердце, прижимать к груди. Хуан Перон жаждет покоя. Он не хочет погибать ради того, чтобы осуществить замыслы Эвиты, единственного человека, который отныне представляет для него опасность. Из-за Эвиты он рискует навсегда испортить отношения с армией. Она стремится превратить его в козла отпущения, тогда как Хуан Перон хочет лишь следовать за перипетиями истории с ловкостью светского танцора, успевая лишь храбро переходить на сторону новых хозяев.

Но в это самое время Эвита обращается с речью к своим войскам из одного из самых жалких жилищ в квартале Бока Горда.

## 6

10 октября в Буэнос-Айресе акации еще не зацветали. 17 октября почки набухают, а через неделю деревья уже окутаны буйной зеленью. Зима переходит в лето без какой-либо промежуточной стадии. С такой же быстротой должна перейти и Эвита из зимы в лето в эти первые две недели октября.

Эва Дуарте не желает больше иметь отношение к очередям, выстроившимся у ограды, которые она видела в Голливуде. Пятнадцать дней подряд изображать королеву, а в итоге снова оказаться нищей! Никто больше не обращает внимания на дурочек, помешанных на кино. Они годятся только на то, чтобы пополнять штаты магазинов манерными продавщицами, а ночные клубы — девицами для увеселения клиентов. В противном случае они навсегда останутся статистками рекламы, будут мокнуть под фальшивым дождем, прославляя плащ, и будут иметь право улыбаться, только расхваливая зубную пасту. Они смогут появляться лишь в антрактах, в тот момент, когда хлопают сиденья кресел, а зрители поворачиваются к сцене спиной.

Эвита оживляется, наблюдая за паникой. В одном из кафе она окликает Рейеса. Тот невозмутимо кивает и спрашивает:

— А нужен ли нам Перон?

— У вас есть еще кто-нибудь на примете?

— Перон потерян в глазах армии и в глазах народа. Зачем воскрешать его?

— Легче воскресить Перона, чем создать нового

145

предводителя, ждать нового человека, в котором вы были бы абсолютно уверены, как можете быть уверены в Пероне. Да я убью его своими руками, если он отшатнется от народа!

После недолгого молчания Эвита бросает:

— Вы не сможете в одиночку прийти к власти!

— А разве Перон сможет привести нас к власти?

— Я буду рядом с ним и заставлю его сдержать слово.

— Впервые мы будем бастовать для того, чтобы вытянуть оступившегося полковника из трясины, в которую тот сам вляпался...

— Рейес! Перон — ваш единственный шанс. Необходимо действовать быстро.

Эвита стремится встретиться со всеми, кто хоть в какой-то мере имеет отношение к профсоюзам, неистовствует, притягивает к себе людей своей страстностью, заинтересованностью, улыбкой. Она пылает, угрожает, нападает. Всех взяла за горло эта фурия. Профсоюзные деятели, обожающие дискутировать, не в силах спорить с Эвитой. Приходится за нею следовать!

Если профсоюзные лидеры делают нетерпеливый жест или проявляют сомнение, Эвита угрожает поднять рабочее воинство без их помощи. И действительно, улицы и кафе квартала Бока Горда кишмя кишат группами людей, которые собираются, чтобы слушать ее и одобрять все, что она говорит.

Взбудораженная Эвита выходит из одного кафе, чтобы войти в другое, заново начиная свои речи, легко возбуждая негодование этих людей. Она совершает обход бедняцких кварталов, где живут те, кого из-за пустяка выгнали на улицу, где принимают сторону раненой птицы или плачущего ребенка. В довершение ко всему Эвита явилась, потрясая своей белокурой шевелюрой, к гигантам скотобоен Бериссо. Их окровавленные руки сжимают ее нервную холодную ручку.

Они согласны, и когда Сиприано Рейес приходит осведомиться о состоянии духа своих войск, то чувствует, что рискует оказаться за бортом, если не последует за ними.

Рано утром 17 октября рабочие мясоперерабатывающих заводов, крепкие парни Бериссо, начинают поход на Буэнос-Айрес. Из всех пор их кожи сочится повседневная нужда; к их телам липнут красные фартуки. Они прибывают пешком, на грузовиках, на поездах.

Из пригородов, где урчат рефрижераторы, хлынула черная толпа. Мускулистые вожаки, живодеры, забрызганные кровью, грозно шагают, испуская крики. На час вырвались они из жестких тисков изнуряющих норм. Избавились хоть на короткое время от мух и едкой грязи. Им кажется, что они больше не ждут в нищете следующего тиража лотереи, а пинают землю, заставляя ее вертеться быстрее, чтобы безапелляционно потребовать этот шанс, выигрышный номер, который никак не выпадает. На улицу они выходят не для того, чтобы заниматься политикой, а чтобы совершить чудо своей многочисленностью и оглушительными криками. Они оккупируют город. Армия, в которой нет согласия, непонимающе взирает на людские толпы, не зная, когда и в кого стрелять.

Ранним утром 17 октября Сиприано Рейес убеждает работодателей в необходимости предоставить рабочим свободное время во второй половине дня. Многие хозяева предприятий вызвали недовольство рабочих отказом предоставить им оплачиваемый выходной день 12 октября, день, провозглашенный Пероном днем нации и национальным праздником.

Таким образом, 17 октября хозяева, испуганные разворачивающимся движением, уже без колебаний отпустили рабочих на полдня, надеясь, что этот либеральный жест в последнюю минуту сможет защитить их от беспорядков, надвигающихся с ужасающей быстротой.

Возбужденная толпа пересекает мост Рикауэло и начинает демонстрацию своей силы перед центральным военным госпиталем. Молва утверждает, что сюда должен прибыть Перон. С демонической энергией и упорством Эвита гонит вперед профсоюзных лидеров. В конце концов им передалась ее одержимость. Они продумали маршрут движения толпы, договорились с водителями автобусов, железнодорожниками и владельцами такси, чтобы те бесплатно доставили людей из пригородов в назначенное место. Безостановочно подъезжают все новые и новые группы. Перед госпиталем собираются тысячи демонстрантов.

Толпа волнуется все больше и больше. Невозможно предсказать, чем кончатся эти волнения. Толпа Буэнос-Айреса взбудоражена необычайной жаждой величия. У нее не было ни своего Сталинграда, ни Эль Аламейна, ни высадки союзников. Она хочет вознаградить себя, требуя Перона!

## 7

Посол Бразилии Лазардо, пробираясь в толпе, протягивает руку Эве Дуарте. Он видел ее лишь однажды на коктейле. Поступок бразильского посла сразу же истолковывается как знак небес. Посол, сам не зная почему, пожал руку самозваной дочери народа, несомненно, будущей королеве.

Вооруженные войска, застигнутые врасплох, бестолково суетятся. Они предпринимают попытку окружить скопление людей, но отступают, теснимые толпой. Солдаты не понимают, почему их, батальон за батальоном, бросают на улицы. Кончается тем, что они оказываются на мостовой вместе со всеми. Из стражей порядка они превращаются в праздных зевак. Толпа поглощает военных. Стрелять по этим поклонникам четы Дуарте-Перон невозможно. Военные должны были сначала раздробить толпу, разрезать на куски, отделяя от нее слои людской плоти, круша гигантского спрута, который сжимает и сковывает войска.

Голодранцы-дескамисадос узнают голос, который говорит с ними. Это Эвита, так долго благословлявшая их по радио. Ее подопечные воспитаны на стенаниях и слезах социального часа, и сам романтический образ черни выдуман тоже Эвитой. Ее красноречие заставляет трепетать разнородную людскую массу. Сегодня дикторша и ее шумливые дети, окутанные клубами фимиама, встречаются, наконец, лицом к лицу на увеселительном пикнике, похожем на любовное свидание.

Эвита самоуверенно и дерзко раздает обещания. Обещает беднякам лучшую долю, даже если придется добывать ее с помощью пушек. Она обводит их вокруг пальца с лисьей хитростью. Заставляет поднять голову и навострить уши. Ей они должны доверять и повиноваться.

Здесь рождается и обретает очертания стратегия Эвиты, пока еще сырая и зыбкая. Одним лишь словом заставляет она свои войска идти в бой. Никогда не появится у нее другой тактики, другой силы, кроме той, которую она опробует сегодня. В эти протянутые руки, покрытые шрамами и мозолями, Эвита никогда не вложит иных цветов, кроме плакатов, провозглашающих ее славу. Эвита объясняет голодранцам, что, если они выиграют сегодняшнюю битву, то никогда больше не будут низвергнуты.

«Дескамисадос» — ключевое слово, лейтмотив, концентрирующий энергию, разжигающий дух героизма. Голытьба будет яростно отстаивать не свою судьбу, а судьбу одной-единственной женщины в обмен на кое-какие мизерные уступки и скромное вознаграждение.

Воодушевленная, неистовая Эвита просит собравшихся немедленно потребовать возвращения их единственного друга Хуана Перона.

Пятьдесят тысяч тружеников собралось на площади перед президентским дворцом лицом к лицу с разобщенной армией, которая пытается понять происходящее. Мясники требуют своего предводителя — Перона. В сторону Каса дель Гобьерно, «Розового дома», летят камни.

— Перон! Перон! — скандируют тысячи глоток, дождем сыплются камни.

Волнения принимают столь угрожающие масштабы, что перепуганные члены кабинета, опасаясь, как бы эта невиданная толпа не прибегла к суду Линча, решают: только узник с острова Мартин-Гарсия сможет восстановить спокойствие.

Авалос переминается с ноги на ногу, суетится вокруг Фарреля, которого предусмотрительно оставили на посту президента. После долгих колебаний Авалос решается крикнуть в толпу с балкона:

— Я здесь не главный! Я только исполнитель, офицер вооруженных сил...

В сложившихся обстоятельствах такое заявление — грубая психологическая ошибка. Толпа хочет обрести предводителя, идола, а не какого-то непонятного повара в военной форме, который так и норовит спрятаться за спины тех, кто его нанял.

За несколько дней до развернувшихся событий Перон, бывший министр обороны, написал из своей тюрьмы искреннее письмо новому министру Авалосу. Он сообщал, что находится на острове Мартин-Гарсия, и просил предъявить ему конкретное обвинение. В противном случае он настаивал на освобождении. Это было чрезвычайно логично. Перон утверждал также, что страдает от плеврита. Просил, чтобы его поместили в госпиталь в Буэнос-Айресе. Никакого ответа. Правда, президент Фаррель послал к нему военного врача, а потом двух гражданских специалистов. Преемник Фарреля генерал Авалос заявил по радио, что Перон не арестован. В ответ Перон сразу же отправил телеграмму, в которой сухо констатировал: «На острове я нахожусь под постоянным надзором вооруженных охранников...» По приказу Фарреля 17 октября в половине четвертого утра Перона переправили в центральный военный госпиталь.

Теперь Перона перевозят из госпиталя и почтительно препровождают на балкон Каса Росада. Он оказывается между Фаррелем и Авалосом, которые непрерывно кланяются, как статисты в последней сцене оперетты. Перон тоже приветствует толпу изящным жестом, достойным маркиза.

— Я поднялся с постели, несмотря на болезнь, чтобы успокоить вас, — говорит он.

Эвита находится здесь, в этой же толпе, но они не видят друг друга. Они ведут диалог через плотную стену толпы вслепую, отпуская одни и те же комплименты народу.

— Перон! Перон! Свободу Перону! — скандирует толпа.

Перон низко кланяется. Фаррель считает необходимым приблизиться к Перону и обнять его на глазах у всех. Толпой овладевает поистине истерическое ликование. Поцелуй, дарованный Перону, эта галантность двух каннибалов выглядит словно любовное послание народу.

Полковник Перон поворачивается к толпе и шепчет в микрофон:

— Я хотел бы всех вас прижать к сердцу, как прижал бы к сердцу родную мать.

Военные и полиция тоже находятся на площади. Их оттеснили, держат на расстоянии от всеобщего торжества. Кончается тем, что силы правопорядка поддаются массовой истерии и присоединяют свои приветственные крики к крикам толпы, которую они не осмелились разогнать дубинками. Армия труда поглощает армию в военной форме, лишает ее ореола доблести.

Одиннадцать часов утра.

— Откуда вы прибыли, полковник? — кричат из толпы.

Перон продолжает бормотать в микрофон:

— Не будем вспоминать об этом...

Толпа восторженно приветствует человека, на котором лежит отпечаток античного величия. Любимые полковником рабочие пускаются в пляс прямо на улице. На Пласа де Майо бушует ликование. Дескамисадос танцуют, как гаучо вокруг противня с жарким. Они так горды, будто произвели на свет Александра Великого. Модный певец по имени Педро Картуччи, которого прозвали аргентинским Бингом Кросби, победно подхвачен толпой. Его втаскивают на балкон Каса Росада. Генералы, не желающие расстаться со своей безумной мечтой, просят его спеть «Хорст Вессель», любимую песню членов ГОУ. Но

Педро Картуччи, отлично расслышавший их пожелание, обрушивает на толпу революционную песню.

Три месяца спустя, чтобы спастись от полиции Перона, Картуччи пришлось бежать в Уругвай, переодевшись старой индианкой.

# 8

Ни к чему держать армию в Южной Америке. Границы так растянуты, что потребовались бы миллионы солдат для их охраны. Впрочем, все территориальные и пограничные разногласия рассматриваются международными трибуналами под благожелательным патронажем Соединенных Штатов, которые ни в коем случае не желают войны на континенте. Казалось бы, армия в Южной Америке могла бы заботиться о защите конституции. Но именно эта армия нарушает конституционные права граждан, стремится поставить их на колени, попирает общественное мнение, короче говоря, заявляет о своем существовании лишь сиянием пуговиц на мундирах. Армия в Латинской Америке — необъятная паразитирующая сила, задыхающаяся под маской самоуспокоенности и отыскивающая оправдание своего существования. Как правило, кончается тем, что армия начинает служить диктаторам, которые могут осыпать офицеров золотом.

Генералы на балконе Каса Росада расплывались в улыбках. Они были уверены, что успех Перона — их успех, что ГОУ возродится, что Гитлер высадится на побережье Аргентины безлунной ночью не в виде бесприютного трупа или призрака, а в ореоле триумфатора, который сдерживает свои обещания.

До встречи с Пероном на социальном часе Радио-Бельграно Эва Дуарте безрезультатно трясла погремушкой «любовь к народу» в надежде сблизиться с депутатами-социалистами. Эти люди принимали ее за мелкую интриганку и легкомысленную девицу, которая, не добившись успеха в мире кино и театра, пыталась утвердиться в политике. Депутаты, сталкивающиеся с ней ранее под лозунгом «любовь к народу», замечали в Эвите лишь сексуальный призыв, тогда как ее амбиции были лишены сексуальной окраски. Она могла завоевать лишь такого человека, который, как и она, презирал любую сексуальность.

Мужчина для нее был статистом, лишенным возможности вырваться за рамки предписанной ею роли. По этой причине признанные дамские угодники испытывали к ней откровенную неприязнь. Мужчина, по мнению Эвиты, не мог стать ни соратником, ни спутником жизни. Он навсегда оставался подчиненным, неразумным ребенком.

Такому подчиненному, огражденному от восприятия магии прекрасного пола и победившему благодаря ей и ее безумству, Эвита диктует вечером 17 октября свою волю, волю женщины, не знающей любви:

— Теперь больше нет причин откладывать женитьбу...

После кратковременной обжигающей эйфории, пережитой на балконе Каса Росада, Хуан Перон снова попал в руки Эвиты. Полковник был грустен, подавлен и растерян. Эва Дуарте требовала женитьбы, как требуют немедленной уплаты старого долга, с которым и без того уже слишком долго мешкали. Перон, желая сохранить пути к отступлению, напустил на себя мрачный вид. Те, кто встречались с ним в течение четырех дней до принятия рокового решения, видели его удрученным, словно он вновь оказался в заточении.

Перон отчаянно боролся в эти дни, как борется утопающий, потом сдался под гнетом усталости, отступил перед крикливым напором. Ему с трудом удалось убедить Эву сохранить гражданское бракосочетание в тайне на какое-то время. Он пообещал Эвите, что воображение публики можно будет поразить религиозной церемонией в великий день декабря. Для них будут звонить рождественские колокола. Они воспользуются этим звучным фоном.

В тот фатальный день 21 октября Перон испытал даже некоторое облегчение, убедив себя, что в женитьбе есть хотя бы одно преимущество: его перестанут постоянно дергать. И сдался, утешая себя таким образом.

Холодная и жесткая Эвита тенью промелькнула в той неафишируемой, но все же вполне официальной церемонии. Здесь не было места ни чувственности, ни соблазну. Сцену бракосочетания она играла так же сковано, как если бы все происходило перед кинокамерой. Это была мистическая женитьба, и Перон исполнял в ней роль манекена. Эвита же соединялась неразрывными узами с одним божеством — с толпой.

## 9

Эвита входит в кабинет Хаима Янкелевича на Радио-Бельграно. Вынимает из сумочки свидетельство о браке четырехдневной давности, которое соединяет ее с полковником Хуаном Доминго Пероном, и сует документ хозяину под нос.

После публичных объятий и поцелуев, дарованных Перону президентом Фаррелем на балконе Каса

Росада, пришла пора и Радио-Бельграно снова заполучить прекрасную Эвиту. Но триумфальное возвращение на место, с которого она была изгнана, как и подобострастные улыбки руководителей радиостанции, уже не кажутся девушке из Хунина достаточной компенсацией. Она говорит:

— Я хочу, чтобы мне заплатили за те десять дней, что меня не было на работе...

Ошеломленный такой наглостью, Янкелевич не только соглашается на это возмещение ущерба, но и предлагает Эвите значительную прибавку к жалованью.

Профсоюзы остаются оплотом Эвиты. Отныне лидеры ждут от нее оправдания своих бессмысленных действий. Брамулья и Сиприано Рейес прониклись фантазиями Эвы Дуарте. Они с нетерпением готовят первые мероприятия, оправдывающие поддержку, которую они оказали полковнику.

Выходной день, в котором отказывали хозяева рабочим, сделал для сплочения демонстрантов больше, чем все трубы, прославлявшие дело освобождения угнетенных. Этот свободный день словно в насмешку был назван «днем нации», а ведь совсем недавно нацистская Германия пережила последнее потрясение. Вновь обретенный выходной день, на лету подхваченный рабочим классом, стал солидным козырем в пользу Хуана Перона.

Перон, кумир обездоленных и искупитель бед пролетариев, в конце 1945 года высказывал те же идеи, которые пламенно провозглашала в своих импровизированных речах Эвита. Он хотел лишь покоя. Знал, что с ним покончено, что он оказался вне игры вместе с Гитлером и Муссолини. Но Эвита только что сумела возродить фальшивого кондотьера ГОУ и сама возродилась с успехом Перона.

С лица Перона не сходит двусмысленная улыбка властителя, которому возвращают корону в тот момент, когда нож гильотины готов упасть на его шею. Он улыбается широкой, неподвижной улыбкой. Но Эвита еще не успокоилась. Ей нужно венчание в церкви — настоящая свадьба, возвещающая добрую весть в сиянии славы. Эва не любит Перона и не восхищается им, а просто толкает впереди себя. Это ее маска на большом красном карнавале.

Теперь Перону обязательно понадобится красивый мундир. Он должен снова надеть свое облачение фюрера, но не нацистского, а рабочего. Фасон не важен, главное, чтобы он кружил головы! Нет больше бога вояк, есть бог рабочих... Это звучит еще лучше, еще пламеннее...

Организация ГОУ умерла. Да здравствует Всеобщая конфедерация труда! Власть все-таки стоит нескольких низких поклонов перед тремя главарями, какими бы они ни были... Три слова объявляют о рождении империи.

На исходе ночи 9 декабря 1945 года три закрытых машины подъезжают к зданию, примыкающему к советскому посольству. Здесь проживает сеньорита Дуарте по соседству с полковником Пероном.

Двое мужчин в темных, почти траурных костюмах, выходят из личного «паккарда» Перона и поднимаются в квартиру. Некоторое время спустя появляется Перон под руку с Эвитой. Эвита уже успела приобрести репутацию элегантной модницы и имела, наконец, средства, чтобы нацепить на себя сверхшикарный наряд, но на этот раз она пренебрегла такой возможностью. У нее немного мрачный, неожиданно растерянный вид.

Мужчины в черном устраивают краткое совещание. Пероны садятся в «паккард». Двое мужчин, поднимавшихся за ними в квартиру, следуют в двух других машинах вместе со своими спутниками. Машину супругов ведет шофер в ливрее. Процессия направляется к городу Ла-Плата, столице провинции Буэнос-Айрес. Венчание должно происходить в Магдалене, старой церкви, построенной в испанском стиле. Возле церкви их ждет туча журналистов и операторов с камерами. Эвита облегченно улыбается. Матери Эвиты здесь нет. По мнению невесты, она недостаточно представительна для торжественной церемонии. Нет никого из ее семьи, если не считать брата Хуана, которому Эвита подарила новый щегольский костюм. Брат — ее единственный свидетель. Она не пожелала видеть сестер. Эвита мстит им забывчивостью.

Здесь журналисты узнают, что гражданская церемония состоялась через четыре дня после триумфа 17 октября. На обеде после венчания новобрачных окружают только профсоюзные шишки. Можно подумать, что Перон принадлежит им, как будто они создали эту пару. Но Эвиту никто не создавал. Под глазами у нее круги от усталости. Она ест то слишком быстро, то слишком медленно...

Чтобы подчеркнуть смысл этой церемонии, она пригласила четверых бедняков-дескамисадос на небольшой прием с угощением после свадебного обеда. Это почетные гости, представители армии Эвиты, той армии, что принесла победу 17 октября. Они — часть толпы, прибывшей из пригородов, толпы, в которую Эвита вдохнула свою энергию и свое отчаяние, толпы, которую она толкнула в объятия Хуана Перона.

Эва жеманится и разрывается между делегатами дескамисадос, пичкает их зелеными оливками и печеньем. Ей больше не нужно собирать свою публику по крохам, печально и гневно искать ее на ночных улицах. Публика Эвиты — вся нация.

## 10

Должно быть, в первую брачную ночь молодоженов больше всего занимали проекты, споры, совещания, планы грядущих сражений, идеологические уловки. Они были лишь двумя соратниками в президентской гонке: один, сама мягкость и улыбчивость, — Хуан Перон; другая, суровая и властная, — Эва Дуарте.

В конце 1945 года Рождество для Эвиты не стало первым мирным праздником, это ее первое боевое Рождество.

Последовал строгий запрет родным навещать Эвиту в Буэнос-Айресе. Она опасалась заразиться банальностью их желаний, поздравлений, амбиций. Зараза посредственности таилась повсюду, а особенно в ее собственной семье.

Эвиты ни для кого нет дома, кроме бедняков-дескамисадос.

В правительственную резиденцию Каса Росада в центре столицы на Майской площади Перон прибывает лучезарным утром с непринужденностью школьника, который никогда не утрачивал доверия своих учителей. На верхней площадке почетной лестницы висит гобелен, на котором изображен Сан-Мартин, освободитель Аргентины, тихо угасший во Франции. Присутствие национального героя в этом здании не только задает тон, таинственным образом он проникает в вас, и вот вы уже представляете себя на гобелене, окутанным таким же величием.

В большом вестибюле стоят на часах гренадеры

Сан-Мартина в красно-голубой форме. Посетители пересекают военную канцелярию, заполненную людьми в мундирах.

Перон приступает к работе в новом просторном кабинете, на нем костюм из серой ткани в клетку. Он все так же высок ростом, все так же гибок. Все так же любезен, но подвержен дамским нервическим припадкам.

Перон сердечно улыбается, очаровывает своим обаянием. Неустанно отвечает на вопросы иностранных журналистов. Непрерывно приводит цифры, неистощим в процентах и датах. Иногда следует остроумное словцо и несколько цитат одна за другой. Отличный преподаватель на показательном уроке в присутствии ректора Академии...

Порой Перон бросает быстрый взгляд в сторону посетителя, чтобы дать понять, что он шутит. Счастливый человек, полный радости жизни.

Перон призывает водителей автобусов, грузовиков, дорожных рабочих, тех, кто трудится в лесах и на плантациях сахарного тростника, объединиться под его знаменем. В благодарность он обещает им социальное обеспечение и защиту. Перон заявляет о своих условиях. Профсоюзы ни в коем случае не должны ставить перед собой политические цели. Под политическими целями следует понимать все, что направлено против Перона.

Забастовки объявляются незаконными. Отныне рабочие обязаны доверить государству решение своих социальных и экономических проблем. Государство предлагает себя в качестве контролера профсоюзов. Оно будет выбирать профсоюзных руководителей. В любом конфликте с рабочими не существует иного арбитра, кроме государства. С этих пор профсоюзная деятельность должна строиться по военному образцу и в соответствии с военной дисциплиной.

Служащие телеграфа отказываются следовать этой программе, получившей название «Шесть пунктов». Они устраивают забастовку в подтверждение своей оппозиции государству, которое стремится стать всемогущим посредником. Им вовсе не хочется оказаться в роли учеников под надзором строгих наставников с линейкой. Они слишком хорошо знают тайные мысли наставников и подоплеку их действий.

Сотни служащих телеграфа арестованы. Их водят на работу в сопровождении полицейских.

— С этого дня мы будем осуществлять правосудие, — заявляет Перон.

Он уверен, что четыре миллиона членов профсоюза, вооруженных дубинками, готовы стать его новой армией, свежей и покладистой.

## 11

В своем кабинете Перон курит изысканные сигары и угощает ими своих отнюдь не элегантных посетителей. Он ни при каких обстоятельствах не забывает о красивых жестах, ведь дескамисадос избрали его своим тореадором.

На острове Мартин-Гарсия Перон забыл Эвиту. В Каса Росада спастись от нее невозможно. Она впивается, как клещ, в повседневную реальность. В частной жизни Эвита властно помыкает полковником с настойчивостью няньки. Перон в целях самозащиты позволяет себе своевольную полуулыбку. Они уже начинают стеснять друг друга. Ни у одного, ни у другого нет склонности к уступкам. Каждому кажется, что другой вторгается на его территорию.

Стоя за спиной у Хуана Перона, Эвита оставляет

за собой право дергать за максимальное количество веревочек. Каждый раз, когда он собирается предпринять шаг, придуманный не ею, она грозит наихудшими катастрофами — потерей поддержки профсоюзов, падением. В начале пути их сотрудничество представляет собой потрясающее единодушие, но именно Эвита задает тон Перону.

Когда их видят держащимися за руки, улыбающимися друг другу перед публикой, то меньше всего можно говорить о проявлениях чувств, скорее всего это номер двух прекрасно сыгравшихся актеров. Всегда одна рука крепко сжимает другую. И это не рука мужчины.

Романтика закончилась для Хуана и Эвы на следующий день после свадьбы.

За работу! Нельзя ослаблять хватку и дать перевести дыхание обездоленным.

Мама Дуарте теперь часто пишет и всегда плачется по поводу славы своей дочери. Эва рвет материнские письма. Ей нет дела до того, что яблони в Хунине пострадали от холодов! Она ждет лишь избрания Перона, то есть своего избрания.

После столь долгого ожидания последние часы кажутся особенно тягостными. Кроме того, Эвита чувствует себя больной и измученной. Когда ей не нужно присутствовать на приеме, она ложится в постель, но не смыкает глаз. Прислушивается к боли, гудящей в ее теле...

## 12

Толпа вопит и аплодирует. Пласа де Майо, Майская площадь перед правительственной резиденцией черна от народа. На трибуне высокий, крепкий мужчина в гражданском костюме. Рядом с ним кланяется и улыбается хрупкая элегантная блондинка. Она грациозно опускается на стул и ждет, когда мужчина закончит речь. В толпе полно полицейских, солдат и гражданских из сил правопорядка, вооруженных дубинками для усмирения бунтовщиков.

Человек на трибуне простирает вперед руки, призывая собравшихся к тишине. Это Хуан Перон. Он открывает свою избирательную кампанию.

— У нас общее будущее! Я присоединяюсь к рядам дескамисадос...

Он снимает пиджак. Засучивает до локтей рукава рубашки. Потом улыбается, словно только что победил дракона. Толпа распаляется, вопит от удовольствия, наблюдая этот мужской стриптиз.

— Да здравствует Перон! Да здравствует Перон!

Эти крики нужны полковнику, как воздух. Но в такой же степени это воздух, отнятый у Эвиты.

Перон снова требует тишины.

— Я только что ушел в отставку из армии после сорока лет верной службы. Я сделал это с единственной целью приобщиться к вашему будущему...

Перон улыбается, как друг, который познается в беде. Его загорелое лицо перечеркнуто полоской белоснежных зубов. На всякий случай, подавая прошение об отставке, он затребовал и пенсию полковника. Однако эту новость толпе не сообщает. Эвита рядом с ним улыбается, как и должна улыбаться женщина, когда ее супруг на высоте.

Для разворачивания кампании недостаточно образа счастливого молодожена, заботливого отца бедняков, нужно найти дьявола для изгнания, козла отпущения. И этим козлом отпущения станет иностранец. Надо повесить капиталистов на фонарях, которые те поставили на улицах. Надо повесить американских банкиров. Надо повесить англичан, которые делают деньги на несчастьях других народов. И, разумеется, евреев.

— Мы умеем улучшать породу скота. Мы должны найти возможность улучшить человеческую породу! — хитро провозглашает Хуан Доминго.

В Буэнос-Айресе введено чрезвычайное положение. Войска занимают город, полицейские управляют уличным движением, помахивая револьверами. На каждом углу прохожие жмутся к стенам под дулами пистолетов. Тюрьмы переполнены. Буэнос-Айрес превратился в военный лагерь, патрулируемый четырнадцатью тысячами полицейских под командованием Филомено Веласко, готового на все ради Перона. Сто тысяч солдат развязно и победоносно прогуливаются по городу, словно находятся на оккупированной территории вдали от родины. Перон не устает повторять, что его сила в четырех миллионах рабочих. Буэнос-Айрес, охваченный карнавалом войны в тот момент, когда весь мир отдыхает от сражений, представляет собой зрелище, достаточное для того, чтобы подвергнуть эти заявления сомнению. Глаза людей во всем мире еще ослеплены молниями разрушений и смерти...

Перон входит в раж. Нужно улучшить человеческую породу, сказал он, и его подручные немедленно принимаются за работу. Начинать нужно с прорежирования еврейского квартала. «Убей еврея и этим докажи, что ты истинный патриот». Такими надписями исписаны стены домов в городе. Еврейский квартал захвачен громилами, жаждущими нагнать страху на население. Улица отдана на растерзание походным ножам, которые слишком долго кромсали ветки деревьев. Полицейские на перекрестках взирают на происходящее с безразличием. Они защищают лишь причуды убийц.

На следующий день Перон осуждает излишнее рвение и бойню.

— Не надо убивать евреев, — говорит он, — потому что, поступая так, мы отделяем себя от нации.

Но удар нанесен. Эвита дрожит. Каждый имеет отношение к какому-нибудь еврею. Страх раскидывает над городом свое серое покрывало, город молчит, забивается в нору, осеняет себя крестным знамением.

Посол Соединенных Штатов Спрюилл Брейден порицает Перона. А тот моментально находит лозунг, производящий фурор: «Кого вы хотите видеть президентом Аргентины, друзья мои? Господина Брейдена, янки, или господина Хуана Перона, аргентинца?»

Таким образом голосование за Перона возводится в ранг акта патриотизма. Голосуя за Перона, народ изберет на самый высокий пост в государстве кого-то из своих. Оправданная, утешенная, вновь обретающая самоуверенность аргентинская толпа жаждет крови и победных фанфар. Приступ героизма кажется анахронизмом, но тем больший шум он производит.

Брейден вынужден покинуть Аргентину. «Этот прототип нациста после потопа, даже не замочивший ног, когда требовалась определенная храбрость, чтобы устроить этот потоп, неотступно преследует меня», — заявляет он на прощальном приеме в Палас-Отеле.

Салоны заполняются самыми именитыми представителями высшего общества. Брейден во весь голос заявляет, что, вернувшись домой, сделает все возможное, чтобы ускорить падение диктатора, возросшего на руинах диктатуры, как шампиньон. Гости, аплодировавшие этому заявлению, будут толкаться на приеме, который устроит Перон через несколько часов после своего избрания...

## 13

Агитационный поезд демократических сил покинул Буэнос-Айрес 21 января, чтобы вести кампанию против Перона в провинции. Отправление поезда было спровоцировано некоторым образом самими перонистами, которые подложили бомбу на бирже Буэнос-Айреса, приписав это покушение руководителям «красного поезда».

За первые три недели января избирательная кампания уже повлекла за собой шестьдесят восемь смертей в Буэнос-Айресе. Несмотря на это плохое предзнаменование, предводители демократического фронта Хосе Тамборини и Энрике Моска с воодушевлением отправились в поездку в вагонах, набитых листовками, брошюрами, афишами и книгами, призывающими к свободе.

На первой же остановке оскорбления перонистов, сопровождаемые градом камней, застали врасплох Тамборини и Моску. В деревнях, где они собирались остановиться, битвы между перонистами и антиперонистами приняли ожесточенный характер. Ряды перонистов и в Буэнос-Айресе, и в глубине страны состояли из новоиспеченных рабочих, недавних сельскохозяйственных поденщиков, слетевшихся на обжигающие индустриальные огни городов. Они с яростью обрушились на людей с «красного поезда», не останавливаясь перед самым зверским насилием. Они наносили ножами кровавые раны, словно рисуя на лицах демократов косую прядь волос и усики, которые те простодушно подмалевывали на портретах Перона.

Поезд забросали камнями, потом остановили, завалив рельсы стволами деревьев. Наконец, в Сальте его подорвали гранатами и подожгли. Поездка длилась всего неделю. Поезд превратился в груду металлолома. В сотне километров от Тукумана орда, напавшая на поезд, собрала среди поля тонны брошюр и книг и устроила костер, в дыму которого задыхались животные.

Тамборини, Моску и их сторонников разогнали дубинками. От огромного количества пропагандистской литературы не осталось ни единого слова. Лишившись своих книг и листовок, сопровождаемые дымом пожарища, демократы закончили свою избирательную кампанию верхом на лошадях, как пилигримы. Их выступления уже не были похожи на те цветистые речи, что были тщательно подготовлены вначале. Усталые и изнуренные, они сообщили в Тукумане и Кордове:

— Мы не хотим, чтобы каждое официальное учреждение в Аргентине стало арсеналом, поставляющим оружие бунтовщикам...

Но слова не могли повредить Перону, который только что подарил рабочим тринадцатый оплачиваемый месяц, обязав хозяев предприятий пойти на это условие.

Для него выборы были делом решенным...

В бедных кварталах Буэнос-Айреса царила атмосфера негласного праздника. Рабочие бродили в поисках недорогих развлечений. Работодатели закрыли заводы, собираясь начать борьбу против предоставления оплаты за тринадцатый месяц. Рабочие отступили, немного удивившись, потому что никогда не видели бастующих хозяев. Тринадцатый месяц был их новым приобретением, и они отказывались сражаться, собираясь лишь проголосовать за Перона в знак благодарности. Однако Перон рисковал быть устраненным по инициативе промышленников вследствие внезапной пассивности рабочих.

— Нужно послать войска, открыть заводы, сбить замки прикладами! — советовала Эвита.

Казалось, город замер после истерического возбуждения 17 октября. Рабочие сидели на кромках тротуара или играли со своими детьми, а то и отправлялись поспать после обеда.

Внезапно пригороды заполнил звон пожарных машин. Перон мобилизовал пожарных, чтобы заставить рабочих собраться перед заводами и проникнуть на их территорию силой, вместо того чтобы наслаждаться неожиданным отдыхом. Пожарные принялись со смехом обливать рабочих водой, заливать их соломенные тюфяки, подталкивая к действию. В очередной раз в сердцах этих людей старались разжечь пламя. Сформировались колонны. Перонисты двинулись вперед, вяло размахивая руками...

# Часть четвертая

## Приглашение королевы

### 1

Портреты Хуана Перона закрывают фасады зданий большого города, а слова его выведены буквально повсюду, вплоть до песка пустыни, где это сделано с помощью гусеничного транспорта. Время от времени он наряжается ковбоем или, подражая Герингу, появляется в белом мундире. В своем агитационном поезде, смахивающем на матросский притон, Перон, облаченный в тельняшку, ест, пьет и веселится. Спутники Перона по поезду в таком же восторге, как и он. Среди них — герои вермахта, покинувшие Берлин в последнюю минуту. Это чемпионы по казням через повешение, генералы и полковники в баварских кожаных штанах, расстреливавшие героев Сопротивления, поднявшие оружие против своих собственных солдат, чтобы разнообразить зрелище повседневной смерти. Эти люди составляют теперь избранный контингент гостей Перона. Они появляются в гражданских костюмах, но со значками с изображением кондора на лацканах пиджаков. Похожими значками награждались заслуженные альпинисты.

Одна из немецких подводных лодок долго блуждала в океане после капитуляции Германии, пока, наконец, не добралась до Аргентины и не дала о себе знать аргентинским властям. Весь мир считал, что лодка У-977 тайно высадила на берег Аргентины самого Гитлера.

Субмарина была завалена нечистотами. Можно было бы найти место для отходов, убрав торпеды, но капитан хотел доказать, что он не использовал оружие.

— На борту у меня нет Гитлера, — повторял капитан Шеффер, выкладывая на стол карты и бортовой журнал в окружении безмолвных бородатых людей.

С этого времени Аргентина начала открыто и гостеприимно предоставлять убежище побежденным, о чем те уже не смели и мечтать. В агитационном поезде Перона эти пионеры геноцида чувствовали себя, как на празднике. С такими мужественными соратниками, прибывшими издалека, Перону оставалось лишь закрепить хватку.

В ночь выборов вино рекой лилось на улицах. В парках жарились целиком говяжьи туши. Народ плясал до зари на этом гигантском пикнике.

Наступило 24 февраля 1946 года. Никто не осмелился противостоять Перону. Бомбой замедленного действия, подложенной Пероном, стало предоставление тринадцатого оплаченного месяца. Толпа, собравшаяся на Майской площади послушать представителей демократического фронта во главе с Тамборини, услышала лишь правдивые слова. Перон предлагал слова пылкие.

Демократический фронт представлял собой вынужденный союз между различными партиями часто прямо противоположного толка. Они потратили немало времени, чтобы добиться соглашения. Но у Перона был страстный, одержимый соратник — Эвита. Вдвоем они обрушили на толпу лавину наивных и непомерно щедрых обещаний. Обещали они не лучшую жизнь, а репрессии против инакомыслящих с помощью слезоточивого газа и полиции, а затем великое будущее нации. Это звучало заманчиво и пьяняще. Клерикалы тоже встали на сторону Перона, поскольку он противился отделению церкви от государства. Папа направил Перону еще в 1943 году благодарственное послание за то, что он установил обязательное христианское обучение в школе. Перона поддержал кардинал Копелло, а кроме того, Перон пользовался поддержкой всех оплотов «Оси». В предвыборную кампанию Перона они вложили свои деньги и свою злобу.

Что касается людей из толпы, то они плясали, ели и пили, ожидая, когда на трибуне появится их защитник и примется колотить себя в грудь. Врагов Перона еще можно было распознать, выследить на улицах, но на этот раз они замолчали надолго.

За две недели до выборов Спрюилл Брейден опубликовал голубую книжицу, где разоблачил аргентинский фашизм. Но даже оппозиция решительно запротестовала против этой лавины обвинений. Аргентинец — националист, это такая же истина, как то, что он ходит на двух ногах. Все происходящее в Аргентине — ее внутреннее дело. Такое почти мистическое определение все упорядочивало.

Кроме того, на улицах царило веселье. Этого оказалось достаточно, чтобы забыть все фальшивые ноты. Отныне Перон платил за всех присутствующих, за весь народ. Он угощал и поил допьяна. Толпа высыпала на улицы, чтобы аплодировать своему хозяину-трактирщику.

Перон завладел большинством мандатов в Сенате. Полтора миллиона голосов за Хуана и миллион двести тысяч за демократический фронт. Четырех месяцев Перону хватило, чтобы фальсифицировать выборы без всякой, впрочем, к тому необходимости. Перон принял пост президента со скромной улыбкой лучшего ученика при распределении наград...

Впервые с 1905 года социалисты не получили ни одного мандата. Дескамисадос приветствовали на заре победу воинственными криками, потрясая пустыми бутылками, как когда-то потрясали гаучо тремя камнями в кожаном мешке...

Первый же закон, за который проголосовал парламент, вовсе не относился к законам, дарующим голытьбе луну с неба. Этот закон касался уважения и чинопочитания. Законом, получившим название «дезакато», Хуан Перон заранее заткнул рты тем, кто рискнул бы высказать вопрос или сомнение. Глава страны почитаем в первую очередь и прежде всего. Любая критика, направленная против него, его правительства, любого из его сотрудников, будет рассматриваться как предательство. Такая критика должна караться каторжными работами или казнью.

— Я отстаивал независимость страны! — кричал Перон с балкона. — Выбрав меня, вы ее получили!

Перон, кланяясь, входит в банкетный зал. Эвита шуршит шелком платья и улыбается, позируя перед публикой. Устроить банкет в виде римского праздника — ее идея.

Перед каждым приглашенным на столе лежит

подарок. Украшения для женщин, часы с браслетом для мужчин. Однако все взоры обращены на драгоценности Эвиты. С некоторых пор она пристрастилась к сверкающим камням и золоту. Жены президентов Аргентины по традиции одевались скромно, но Эвита появляется на банкете декольтированной, с обнаженным плечом...

Гости, рассаживающиеся вокруг стола, посматривают на Эвиту с осуждением. В ней странным образом смешались мюзик-холл и политика. Супруга президента выставляет себя напоказ. На этот раз Эвита полностью отдается желанной роли, ради которой она столько выстрадала.

Кардинал Копелло в красном облачении держится рядом с ней, как того требует протокол. Но вид этого плеча, обнаженного так бесстыдно, оскорбляет его, и он недовольно отводит глаза. Ни разу не взглянул он на Эвиту и даже не заговорил с нею.

Обнаженное плечо — это вовсе не провокация со стороны Эвиты. Она демонстрирует его как символ успеха. В этот день она хочет чувствовать себя женщиной. Декольте, принятое в высшем обществе, — это знак освобождения.

## 2

Эвита с комфортом расположилась в ста двадцати шести комнатах и семидесяти двух коридорах президентского дворца...

Для работы Перон выбрал бывшую столовую Каса Росада. Большие окна выходят на широкие улицы, на парк Колон. По примеру Муссолини он поставил свой письменный стол в глубине огромной комнаты так, чтобы посетителю приходилось долго шагать, прежде чем добраться до него. Путь лежит по натертому блестящему паркету. Это тоже позаимствовано у Муссолини.

Перон сидит спиной к окну, перед ним карта страны. Ему кажется, что так он может охватить взглядом все свое богатство: свою пшеницу и сахарный тростник, свою нефть, свинец, медь...

На письменном столе стоит бюст освободителя Аргентины Сан-Мартина, всегда освещенный солнцем.

— Нужно, чтобы мое имя ассоциировалось с именем Сан-Мартина, чтобы в один день праздновали мой день рождения и день рождения «Либертадора», — говорит Перон Эвите.

В распоряжении Перона пятьдесят пять миллионов овец, сорок пять миллионов быков и коров, четыре миллиона свиней и семь миллионов лошадей. Океанографы заверили его, что прибрежные воды кишмя кишат рыбой.

— Я заставлю переселенцев — бретонцев, басков или португальцев, предпочитающих работать на земле и есть мясо, отправиться на море и есть рыбу! — заявляет Перон, вспомнив, что подобную идею заставить силой глотать рыбу уже выдвигал Гитлер.

В это же время Америка направляет свои доллары в Бразилию, а старейший университет страны в Кордове выступает против Перона. Но так уж повелось, что тираны всегда ухитрялись найти выход из положения в этой благодатной стране. Казалось, само богатство страны побуждает не к ведению хозяйства, а к грабежу. И сам «Либертадор» Сан-Мартин не знал точно, какой тип правления выбрать для освобожденных стран. Он советовался с Боливаром, который хотел создать по всей Латинской Америке демократические независимые государства. Сан-Мартин провел тысячи часов верхом на коне. Походы с кавалерийскими отрядами при освобождении страны вызывали у него адские боли. Он страдал артритом и без помощи посторонних сам не мог сесть в седло. «У вас будет мясо, табак и полотно, сотканное вашими женами, но если мы проиграем, мы будем голодны и босы, как наши братья индейцы...» Вот что говорил Сан-Мартин своим войскам, и Перону хотелось возродить суровость, напоминающую о героических временах. Но какие эпические подвиги может предложить аргентинцам он сам?

Перон хочет возродить дух гаучо в своих последователях, членах Всеобщей конфедерации труда. Нужно заставить мальчишек из трущоб послужить его делу, заставить их быть такими же одержимыми, как во времена Росаса. Он решает заставить англичан расплатиться за соглашение 1933 года Роска-Рунсиман, оказавшееся столь разрушительным для аргентинской торговли. Демонстрируя свое могущество, Перон отказывается продавать пшеницу Соединенным Штатам по той же цене, что продает Канада. Цена русской пшеницы оказывается в два раза ниже цены аргентинской пшеницы. Перон пользуется голодом в странах, где только что закончилась война. Это его способ отомстить победителям.

Он смотрит в будущее с оптимизмом. Все, что с ним происходит, это потрясающий подарок судьбы, чудесный десерт. Не опасаясь, что это чудо у него отберут, Перон живет в свое удовольствие, расставив повсюду верную полицию.

Любой профсоюз, подписывающий договор с работодателями, должен сначала получить одобрение правительства. Профсоюз может заключить соглашение только с одной отраслью промышленности в данной местности. Профсоюз текстильщиков и профсоюз рабочих обувной промышленности, два мощных объединения трудящихся, имели несчастье выйти из Всеобщей конфедерации труда, целиком и полностью находящейся в руках Перона. Когда они хотят договориться с хозяевами и получить разрешение правительства в соответствии с новым законом Перона, правительство отказывает им в благосклонности.

Несколько недель спустя возникают преданные Перону альтернативные профсоюзы текстильщиков и обувщиков. Они были собраны из осколков самим Пероном и для Перона. Они получают все мыслимые разрешения и с благоговением вливаются в конфедерацию.

С ноября 1945 года начинает свою деятельность новая Рабочая партия. Во главе ее стояли Сиприано Рейес и Луис Гей. Последний организовал Федерацию работников телефонной связи и добивался улучшений условий труда, строительства домов для престарелых и равных прав для женщин. В обмен на свою поддержку и понимание он ожидает решения этих проблем от Перона.

Однажды вечером Хосе Эспехо появился на пороге, нагруженный тяжелыми пакетами с покупками. Эвита взглянула на верзилу с напомаженными волосами и улыбнулась ему скорбной улыбкой королевы, раздираемой на части любовью, поднимающейся к ней из гущи толпы. Задумчивым взором Эвита окинула его униформу привратника с позолоченными пуговицами, наклонилась, сняла белую нитку с черного сукна и прошептала:

— Эспехо, что доставило бы вам удовольствие?

Эспехо покраснел, а Эва Перон задумалась. Не поиграть ли сегодня в добрую фею? Может быть, подарить ему красивый автомобиль? Потом лицо ее приняло жесткое выражение. Обеспечив себе нынешнее положение, Всеобщая конфедерация труда стала менее податливой и угодливой, а ее руководители перестали любезничать с президентшей. Эвита уже начинала страдать от этого, едва утвердившись в резиденции Каса Росада. Неприятно было сознавать, что конфедерация сбежала под крылышко Перона, а она осталась наедине со своими вожделенными покупками...

Эвита решает осуществить двойной удар: поиграть в добрую фею и поруководить миром, как на киносъемочной площадке. Она входит в кабинет Перона. Тот разговаривает по телефону, курит и смеется.

— Пришел Эспехо, — говорит Эва, прерывая разговор великого человека.

— Хорошо. Предложи ему ликера.

— Нет, ему нужно кое-что другое.

— Ладно, выбери ему подарок.

— Уже выбрала. Он возглавит Всеобщую конфедерацию труда.

Перон хмурится.

— Хосе Эспехо? — вздыхает он.

— Он отлично справится, — настаивает Эвита.

Перон погружается в глубокие размышления. Он не осмеливается признаться, что не согласен с ее решением.

— Эспехо будет делать в точности то, что я ему скажу, — говорит Эвита. — Можешь мне поверить...

Так привратник фальшивого любовного гнездышка стал президентом крупнейшей рабочей организации Аргентины. Не зря усердствовал он на службе у сеньориты Дуарте. Назначение Эспехо на пост руководителя конфедерации для Эвиты победа, сравнимая с избранием ее супруга...

# 3

Сиприано Рейес заправляет крупными скотобойнями: Бланка, Негра, Армор, Уилсон. Большой мясоперерабатывающий завод в квартале Авельянеда, это его казарма, его империя. Он двинулся в поход, чтобы сделать Перона королем. Эвита обеспечила болтовню и шумиху, а Рейес поставил войско.

Животное разделывается по цепочке. Команда Рейеса разделывает тушу на куски, рубит, сортирует. Лишь мычание вырывается из-под вентилируемых сводов. Шерсть, уши, копыта — все идет в дело. Разрубленные мясные туши замораживаются тут же рядом с набережной и готовятся к отправке. Сиприано Рейес правит между потоками крови и холодом.

Прекрасная дама Радио-Бельграно заставила забойщиков скотобоен услышать свой тоненький голосок. Они вышли по ее зову и остались довольны оказанным уважением. Но один человек продолжает мечтательно смотреть на суда-рефрижераторы. Он мечтает о больших путешествиях. Спрашивает себя, а правильно ли он поступил, подняв людей ради Перона. Он стал чиновником высокого ранга в администрации Перона. Человек действия в награду получил чиновничий пост.

Сегодня Рейес сожалеет о том, что не направил молнию в нужном ему направлении, для своей выгоды. Зачем понадобилось ему подчиняться этому подрядчику на ниве диктатур? Зачем понадобилось оживлять его кровью животных? Своей славой диктатор обязан войскам Рейеса.

Эвита Перон продолжает потрясать своим евангелием мести классу собственников. Сейчас по всей стране Сиприано Рейеса считают предводителем сторонников Перона. Он видит, как создаваемая им рабочая партия с каждым днем все больше утопает во всепоглощающем восхищении Пероном. Он видит, что его люди преклоняются перед мадонной в модных нарядах.

Рейес не теряет времени в размышлениях над своими ошибками, в сомнениях перед препятствием. Места, где умирают животные, стали средоточием перонистской власти. Рейес решает повернуть в обратном направлении, и не потому, что под мягкими манерами диктатора Перона скрываются жестокость и цинизм, а потому, что он считает, будто место Перона должно принадлежать ему. Теперь не армия помогает диктатору и поддерживает его, а Авельянеда, и посему Рейесу надлежит встать во главе страны.

Рейес решается бросить на чашу весов свое влияние и силы, намереваясь изгнать Перона. Его «матадерос» готовы последовать за ним. Для них он не только силач, обладающий колоссальной мощью, но и бывший школьный учитель. В свободные часы он пописывает стихи для собственного удовольствия. Таким образом, Рейес окутан ореолом поэзии, обладает силой и внушающим уважение умом. Он готовится встать во главе своих людей, вложить новые лозунги в их уста, захватить Майскую площадь и обратить в бегство чету, расположившуюся в резиденции Каса Росада. Он не станет требовать ухода Эвиты и Перона, а попросту выставит их за дверь.

Рейес старается объединиться с теми, кто поддерживает Перона, чтобы склонить их на свою сторону. Единственная его ошибка — демонстративная холодность по отношению к Эвите. Рейес не сумел скрыть своей неприязни, дав понять Эвите, что ей нечего больше рассчитывать на него.

Рейеса вызывают к Перону.

На этот раз Перон отбрасывает всю свою приветливость. Демонстрирует позицию главы государства, которого задели за живое. Перон требует у Рейеса объяснений по поводу попыток переубедить своих соратников, а также перонистов из других социальных слоев. Он хочет знать, что означают эти «фантазии». Такое слово он употребляет, чтобы лучше выразить сдерживаемую до сих пор неприязнь.

Рейес отказывается отвечать. Рейес непоколебим. Он понимает, что проявил неосторожность. Ему требуется лишь несколько дней, хотя бы несколько часов. Тот факт, что он разоблачен Пероном, пойдет ему на пользу, заставит его движение разворачиваться быстрее.

— Я упеку тебя в тюрьму, — бросает Перон.

— Арестуй меня, — кротко одобряет Рейес и покидает президентский дворец.

Неожиданно на ум Рейесу приходит мысль, что Перон не одинок. Если Перон наверняка проявит малодушие перед силами, которые стоят за Рейесом, то Эвита, без сомнения, может взять дело в свои руки и принудить Перона к использованию жестких мер. Достаточно потянуть его за рукав, чтобы этот мягкий человек стал свирепым зверем.

Угроза, брошенная Пероном, может стать реальностью по той лишь причине, что белокурая Эвита обратила на Рейеса свой ненавидящий взгляд. Отныне самые невинные слова Перона напоены ядом Эвиты.

Рейес убеждает себя, что у него еще есть немного времени. Нужно выступить ночью, чтобы утром уже оказаться перед президентским дворцом. Там руки, обагренные кровью животных, пустят кровь болтунам у власти.

Рейес должен действовать быстро. Его машина уже проскакивает в переулки, усыпанные опилками с боен, где он собирается выйти, чтобы собрать своих руководителей секций и начальников цехов, но в этот момент замаскированная полицейская машина прижимает его к желобу с булькающей черной кровью. Рейеса сразу же доставляют в полицейский участок, допрашивают, пытают. Потом совершенно сломленного лидера отправляют в тюрьму. Рейеса не убивают только потому, что он слишком популярен.

Торопясь объяснить арест Сиприано Рейеса, Перон во всеуслышание объявляет, что ему удалось раскрыть заговор злоумышленников, ставивших своей целью убить его и Эвиту. Когда Рейеса позднее отпустят на свободу, он уже никому не помешает. Из тюрьмы выходит калека, человек, выжатый душевно и физически. Отныне он прикован к инвалидному креслу. Такое устранение оказывается еще более удобным, чем банальное умерщвление. Мертвый Рейес, жертва и мученик, воодушевлял бы людей, в то время как Рейес живой, но угасший, бормочущий бессвязные слова, низведенный до состояния жалкой тряпки, внушает лишь ужас и отвращение... «Мои глаза не умеют прятать мысли, не умеют молчать...» — сетовал Рейес.

## 4

В восемь часов утра Авенида Альвеар заполнена людьми. Жизнь бьет ключом. Гудят американские машины. С грохотом поднимаются железные жалюзи магазинов. Толпа берет штурмом трамваи, и город оглашают крики продавцов газет.

Внезапно раздается вой сирен. Секретные агенты в гражданском заставляют прохожих выстроиться вдоль стен. Посреди улицы появляется группа полицейских на мотоциклах, с автоматами, болтающимися на груди. Они сопровождают черный бронированный лимузин с флажком Аргентины на капоте. Стекла лимузина затемнены. Два автобуса, битком набитые агентами, замыкают кортеж, смутно напоминающий отряд, готовый к бою. Это проезжает генерал Перон.

Некоторое время спустя вновь ревут сирены. Опять полицейские в гражданском оттесняют толпу. Опять проезжают мотоциклисты с автоматами, мрачный лимузин, вытянутый, как подводная лодка, полицейские автобусы. Второй кортеж ничем не отличается от первого. За темными стеклами второго «крайслера» сидит Эвита Перон.

Существуют не только два президентских кортежа, во всем похожих один на другой, но и две официальные администрации, две противоборствующие политические группировки, два треста прессы. Все аргентинские газеты и журналы каждую неделю публикуют снимки с голливудским поцелуем, которым обмениваются генерал и его жена. Но стоит фотографам удалиться, как взгляды становятся жесткими, два голоса отдают приказания. Начинается борьба, разворачивается беспощадная битва.

По мере того, как успех усиливал боязливость Перона, Эвита становилась все смелее. Все или ничего. Она не дробит на части свое тщеславие, не довольствуется собиранием позолоченных крошек большого замысла. Во весь опор гонится она за своей мечтой, закусив удила, пренебрегая осторожностью. Эвита не рассуждает, не теряет времени на лакировку победы. Она устремилась к этой победе на бешеном скакуне. Ей нет никакого дела до пейзажа вокруг, все равно, сгустились тучи или светит солнце!

Эвита все так же не делает ставку на собственную женскую привлекательность. Это само собой подразумевается. Нечего обсуждать ее красоту. Она красива, потому что вездесуща. Привлекательность богов не подлежит обсуждению. Боги не просят вас давать оценку; им нужна любовь слепая, безрассудная, абсолютная.

До 17 октября Эвита еще могла казаться мягкой или даже мечтательной. Теперь она не излагает свое мнение, а жестко навязывает его. Она судит, казнит и милует. Эвита больше не держится в тени Перона, как кошка, готовая прыгнуть в кресло хозяина, она уже уютно устроилась в нем.

Как и у мужа, у нее есть свой собственный аппарат, состоящий из секретарей, советников и прихлебателей. Она часто совершает поездки, но не разрешает мужу предпринять агитационное турне по провинции. Пресса, радио и кино становятся предметом постоянных конфликтов. Аргентинская испаноязычная киноиндустрия считается самой значительной в мире. Отныне все сценарии должны быть одобрены Эвитой. Она принимает решения, насколько глубокими должны быть чувства и насколько широкими платья кинозвезд.

Наконец-то Эвита может отомстить продюсерам за выказанное ими десять лет тому назад пренебрежение. Все труппы 1938 года разогнаны. Театры Буэнос-Айреса подверглись такому же бичеванию. Ни одна королева, имеющая такую же власть, как Эвита, не оказывала на свою столицу подобного давления.

Эвита собирается в поездку по стране. Муж, защитник бедняков, советует ей одеться не столь роскошно, как обычно. Взбешенная Эвита приказывает наполнить чемоданы самыми дорогими платьями. Она превращает свою поездку в демонстрацию «высокой моды». Эвита кричит крестьянкам, ослепленным ее великолепием:

— Совсем недавно я была одета так же, как вы! Если вы доверяете мне, если сплотитесь вокруг меня, то скоро вы все будете носить такие же платья!

Эвите не нужен этот эксперимент, чтобы понять: значительная часть ее популярности держится на экстравагантности туалетов. Генерал никак не может воспрепятствовать этой демонстрации дамских нарядов, ослепляющих простой народ. Он не забывает, что получил власть из рук этого народа. Такое ребячество входит в жестокое противоречие с его жаждой мужественности. Эвита помыкает Пероном, как ребенком, а он с помощью наивной хитрости и скрытности в свою очередь пытается возвыситься над ней. Их тщеславные устремления подобны конкуренции в сценической постановке. Каждый танцует на своих подмостках, стараясь поднять ногу немного выше, чем другой.

Эвита приняла приглашение Франко пересечь Атлантику, чтобы получить специальный орден. Она решает заполнить свой личный самолет платьями, драгоценностями и редкостными мехами.

Когда приходят счета, Перон в изумлении качает головой. Общая сумма равна сумме военного бюджета Аргентины за несколько месяцев. Перон не хочет урезать бюджет, который подкармливает армию и льстит самолюбию военных. Никогда прежде в стране так не любили военные парады и торжества. Перон должен обхаживать армию, чтобы снова обрести утраченное было расположение.

Однако Эвита отказывается вытащить хоть одну шляпную картонку из багажного отсека. Услышав первые протестующие вопли Перона, она принимает простое решение: не платить по счетам. Честь армии на данный момент спасена, честь Эвиты тоже...

## 5

В первые месяцы диктатуры своего супруга в 1946 году Эвита один-единственный раз появилась на регате в белых брюках. Высшее общество, в которое Эвита мечтала попасть после своего воцарения в президентском дворце, вместо того, чтобы принять ее с распростертыми объятиями, сразу же воспользовалось этим предлогом и объявило Эвиту Перон «неприемлемой».

Белые брюки на регате! Чего еще можно было ожидать от этой девицы Дуарте? Видимо, никогда не удастся ей преодолеть недостатки своего происхождения. Антиперонистская пресса не отказала себе в удовольствии опубликовать фотографию президентши в белых брюках со спины.

Первой контратакой Эвиты было решение обзавестись личным фотографом из ее собственной газеты под звучным названием «Демократия». «Демократический» фотограф ни на шаг не должен был отставать от Эвиты. Только он мог судить о том, как и под каким углом делать снимки. Все негативы имели силу закона. Эвита утешилась и обрадовалась, узнав от супруга, что у Гитлера и Муссолини тоже были личные фотографы.

В Буэнос-Айресе существовало Благотворительное общество, объединявшее самых богатых и известных женщин Аргентины. Миллиардерша сеньора Мария Унсуэ де Альвеар бессменно возглавляла эту организацию. Богатые женщины, нарядившись в переднички, собирались здесь, чтобы приготовить взбитые сливки для бедных малышей. При этом почетный председательский пост всегда по традиции отводился жене аргентинского президента.

Эвита мечтала получить возможность отдавать приказы этому батальону миллиардерш. С февраля 1946 года после триумфального избрания Хуана Перона она ожидала, что важные соседки придут предложить ей честь, на которую она имела полное право и которой ей хотелось бы удостоиться больше всего.

Эвита ждала двенадцать месяцев. Двенадцать месяцев лелеяла она тщеславное терпение, а потом взорвалась, охваченная священным гневом. Эвита поняла, какую пощечину она получила. Она нежелательна в аристократическом обществе. Ее бойкотировали, как на улице, где играли дети городка Хунина. Тогда Эвита решила нанести удар повыше и подальше Благотворительного общества Буэнос-Айреса. Она перестала окидывать испытующим взором розарии, затейливые рощи и озера, преобладающие на проспектах Квинтана и Альвеар, где нерасторжимо связанные между собой богатые семьи проводили время в визитах и дегустациях неведомых лакомств. Беспокойное сердце дочери служанки из Хунина взывало к мести.

Идея турне «Радуга» появилась у Эвиты еще до того, как ее пригласил Франко. Она сразу же пристала со своим планом к мужу. Перон понимал, что у него нет никаких шансов рассчитывать на хороший прием в Европе, где диктатуры сгорели дотла. Женщина лучше смогла бы заставить проглотить пилюлю его присутствия на высшем посту Аргентины. Эта женщина с ее улыбкой и шляпками раскрутила бы мельницу пропаганды. Перона не пришлось долго убеждать в полезности этого путешествия. Идея послать молодую привлекательную женщину с миссией доброй воли казалась оригинальной. Президент записал поездку в свой актив, но Эва предпринимала ее исключительно ради собственной славы.

Сначала она потребовала крейсер и сопровождение, которое могло бы сойти за небольшую армию. Наконец, нехотя согласилась полететь на самолете. Брат Хуан готовился сопровождать ее. Это был гордый и энергичный свидетель прошлого. Для него нашлось место, несмотря на пять дюжин платьев, добавившихся к багажу в последнюю минуту...

## 6

— Я приехала сюда не для того, чтобы установить «ось». Я прибыла всего лишь как радуга между двумя нашими странами...

Вот что воркует Эва Перон в июне 1947 года на Пласа де Орьенте в Мадриде. Сорок тысяч испанцев маются на жаре, чтобы послушать речь жены аргентинского диктатора. Мадридская полиция порекомендовала женщинам не надевать открытых платьев. Они пришли в черных кружевных шалях, соорудив из газет бумажные остроконечные шапочки, чтобы уберечься от жгучего солнца. Мужчинам не разрешалось появляться без пиджаков.

Эвите удалось собрать больше народа, чем самому Франко. Начало европейского турне — прогулка под радугой — проходит при самых счастливых предзнаменованиях.

Эвита приглашена на корриду в Мадриде, она сияет — это апофеоз. Возбужденная людская масса, взволнованная толпа — все это для нее одной, и ей кажется, что она оказалась на играх в Древнем Риме эпохи цезарей, где от опущенного или поднятого большого пальца руки зависят жизни людей. Эвита уверена, что весь мир жаждет ее улыбки, а ослепительные краски существуют только благодаря ей и ради нее.

Под аркой на ветерке, доносящем запахи стойла, три матадора в парадных накидках, с бледными лицами, с пересохшими глотками, в любую минуту готовы сорваться с места. Они холодеют от страха и ожидания. Красные с золотом костюмы, волевые подбородки, тонкие талии, нервные улыбки на губах. Кортеж во всем блеске приближается с точностью экспресса, но цирк непрестанно изливает свое нетерпение в недовольном шуме. Звучат трубы, жадно загораются глаза молоденьких женщин, раздается топот копыт и, наконец, распахивается занавес перед разъяренным быком. Толпа вопит. Бык нападает, а человек ускользает. Бык падает на колени, но толпа требует крови. Оле! Оле!

В ожидании Эвиты публике пришлось задыхаться от жары полчаса на солнцепеке, и от этого ожидания толпа пришла в еще большее неистовство. Эвите устраивают овацию. Она плачет от радости, прикрывшись платочком. Ярко-красная кровь этих быков напоминает Эвите о резко пахнущей темной крови, которая принесла ей славу и положение. Она была хрупкой и больной, но Испания ее возродила, влив в нее свежую кровь, полную легкости и силы.

Матадор держит шпагу в правой руке. В другой руке у него мулета. Бык опускает голову, отбрасывает красную ткань. Матадор вонзает шпагу в загривок.

Толпа стекает по ступеням, заполняет тротуары и арену. Привычно осаждает матадоров, усаживающихся в большие американские машины. Но на этот раз в осаду берут и Эвиту. Ей вручают уши и хвост быка, которые по традиции всегда достаются победителю корриды.

Франко преподносит Эвите крест, инкрустированный бриллиантами, орден Изабеллы Католической. Она принимает эту награду в роскошном норковом манто, тяжело давящем на плечи в дополнение к изнурительной жаре, царящей в городе. Для поездки в оперный театр Эвита надевает шляпу со страусиными перьями. Толпа ждет ее на улице и восторженно приветствует. Эвита отвечает на приветствия, стоя в открытой машине с поднятой рукой.

## 7

Прием в Риме был не таким великолепным. Аргентинское посольство в столице Италии истратило сотни тысяч песо, чтобы снять на время пребывания Эвиты частный особняк из сорока комнат. Выстроили роскошные лестницы, а полы выложили мрамором. Поспешно была куплена кровать в стиле рококо, а стены увешаны портретами Перона и Эвиты. Эва была счастлива. Все, что так будоражило ее воображение прежде, жилища кинозвезд, их машины — все это померкло перед сказочной действительностью. Посольство проявило предусмотрительность, выбирая особняк для временного пребывания жены президента. В маленьком дворце был очаровательный балкон, и это доставило огромную радость Эвите.

Эва не могла дождаться того момента, когда можно будет появиться на балконе. Разве не описывал ей Перон так часто появление его кумира Муссолини на балконе перед океаном людских голов? Она ждала возможности выйти на этот балкон не как начинающая актриса, которой милостиво разрешили приобщиться к огням рампы, а как властительница державы во всем своем величии.

Итак, Эвита с бьющимся сердцем появилась в блеске огней на своем балконе. На лице ее сияла улыбка. Она уже познала упоительный восторг корриды, приписала себе весь шум и теперь ждала повторения радости, от которой кругом шла голова. Широко улыбаясь, Эвита настороженно ожидала от толпы знака, чтобы одним движением руки успокоить людское волнение, вызванное восхищением. Тогда она заговорит, отдаст свое сердце народу, скажет этому народу, что любит его всей душой... И что все народы земли должны любить друг друга; подразумевалось, что они должны объединиться в любви к Эве Перон...

Внезапно Эвита оцепенела, как будто зловонную бомбу бросили ей в лицо. В ответ на ее улыбку, обещавшую такие щедроты, раздались крики, потом вопли. Сначала послышались крики нескольких фашистов, нашедших предлог немного выплеснуть переполнявшую их сердца магму, так долго сдерживаемую вынужденным молчанием поражения.

— Дуче! Дуче! — скандировали эти жалкие, тоскующие по прошлому приверженцы Муссолини.

Толпа словно ждала этого сигнала, чтобы излить свой гнев перед улыбающейся женщиной. Раздался ужасающий рев, буря негодования:

— Долой Перона! Долой Франко! Смерть фашизму!

Эвита долго ждала с застывшей на лице улыбкой, не дадут ли ей возможность оправдаться, сказать о своих добрых намерениях, но толпа возбуждалась все сильнее и сильнее, приглашая Перона присоединиться к своим братьям Гитлеру и Муссолини под веревкой и бидоном с бензином.

Эвита замерла в нерешительности. На лице ее появилось жесткое выражение. Здесь не было ни перонистской полиции с Веласко во главе, которая навела бы порядок в этой неразберихе, ни ее дорогих дескамисадос, ни преданных забойщиков из квартала Авельянеда. И тогда, потеряв всякую надежду заставить этих дикарей услышать ее слова о любви к народу, она с поникшей головой ушла со своего монументального балкона. Затаив в душе горькую обиду, Эвита решила предстать на следующий день во всем своем прекрасном гневе перед верховным понтификом и таким образом загладить оскорбление, нанесенное «народом»...

Человек, завтракавший рано утром овсяным отваром и одним яйцом, человек, ездивший в одноместной машине, потому что никто не имел права садиться рядом с ним, человек, который обедал всегда в одиночестве, никогда не приглашая гостей к столу, такой человек, по мнению Эвиты, был равен ей. Она ожидала встретиться на приеме не со святым, а с коллегой.

Эвите назначили получасовую аудиенцию. Она хотела ослепить Ватикан своим богатством. На аудиенцию она явилась в черном, как того требует папский этикет, но волосы ее были распущены до пояса. Большой бриллиант сверкал на полуобнаженной груди. Она придумала для себя облик Марии Магдалины высшего общества, склоняющей волны волос к могиле. В этот славный день притворство выглядело особенно утрированным, но Эвита уже не могла выйти из роли.

Папа наградил ее орденом, великолепной восьмиконечной звездой, украшенной бриллиантами. К сожалению, в иерархии папских наград этот орден занимал лишь второе место. Бывший президент Аргентины Хусто во время поездки в Рим получил самую высокую папскую награду — Высший орден Христа. Эвита ждала такой же награды. Ради этого она пролила на аргентинскую церковь дождь дотаций, почерпнутых из государственной казны. Эвита знала, что с Высшим орденом Христа на шее она сможет войти в широко распахнутые двери Благотворительного общества, члены которого брезгливо игнорировали ее.

Министр иностранных дел Сфорца дал большой прием в честь Эвиты, надеясь утешить ее, но главным образом желая рассмотреть поближе этот феномен. По пути на прием толпа ее освистала. Что касается американских военных, размещенных в Риме, то они свистели, желая выразить свое восхищение. Такая фамильярность со стороны людей, которых она ненавидела, выглядела еще хуже, чем оскорбление. У них был Голливуд, фабрика грез, совершенно не поддающийся ее контролю и не выказывающий ей никаких знаков уважения.

Альсид де Гаспери, итальянский президент, подарил Эвите автомобиль «альфа-ромео», а в ночь отъезда приказал погрузить мраморную волчицу в ее личный самолет. Но главная забота Эвы Перон оставалась прежней. Она стремилась пробить стену недоверия аргентинской аристократии, преодолеть молчаливую неприязнь, удостоившись триумфального приема в Париже и получив приглашение королевы Англии провести несколько дней в Букингемском дворце. Тогда она сочла бы себя удовлетворенной и снова стала бы той мягкой и терпеливой женщиной, какой представала перед окружающими в те месяцы, что последовали за встречей с Хуаном Пероном.

Без сожаления покинула Эвита античные руины, нежную зелень, нищету и пышность, роскошно украшенные храмы. Ее ждал народ Парижа, любящий великих героинь истории. Он знал Жанну д'Арк, Марию-Антуанетту, Жозефину. Он не сможет отделить от них Эвиту, продолжающую и завершающую славную череду. Эвита снова слышит биение своего сердца. Наконец-то она увидит, как расцветает в небе радуга, так настойчиво призываемая на словах... Кроме того, отец Бенитес, ее духовник-иезуит, которого она таскает за собой, как великая испанка давних времен, пообещал ей там, в городе-солнце, реванш...

## 8

21 июля 1947 года самолет Эвиты Перон приземлился на аэродроме Орли. Она думала, что народ Парижа будет встречать ее аплодисментами, а служба правопорядка поставит заграждение, чтобы сдержать пыл встречающих. Разве не покупала она все свои платья в Париже и разве не привезла изголодавшимся парижанам обещание поставок продовольствия? Говядина, говядина и еще раз говядина!

Однако в то утро в Орли, затянутом жаркой пеленой, были лишь иностранные туристы, едва глянувшие в ее сторону. Их мало интересовало, почему двое таможенников низко склонились перед этой слишком белокурой, слишком улыбчивой дамой.

Эвита ожидала увидеть на аэродроме по крайней мере президента республики при всем параде и республиканскую гвардию с оркестром. А встретил ее всего лишь озабоченный медлительный господин невысокого роста. Это был министр иностранных дел Жорж Бидо.

Скромный кортеж взял курс на Вандомскую площадь. Эвита зачарованно смотрела на проплывающий за окнами машины Париж, как актриса, обозревающая сцену, где ей предстоит выступать. Она с радостью принимала объяснения Жоржа Бидо, гида равнодушного и сдержанного, и вместе с тем время от времени не могла не обращать взора, исполненного надежды, на отца Бенитеса.

В тот момент, когда министр предлагал ей выбраться из длинной черной машины на Вандомской площади, Эвита вознеслась на вершину блаженства, заметив дюжину ребятишек из сиротского приюта. Они промямлили не в лад приветственную песню. Сомнений больше не оставалось: у Парижа есть сердце, и сердце Эвиты готово было слиться с ним. Когда стихли аплодисменты детей, Эвита, не придираясь к исполнению, наклонилась и расцеловала каждого в обе щеки.

Эвита прошла в свои апартаменты, и здесь ей вручили письмо от президента республики с приглашением посетить Рамбуйе. Тот факт, что в приглашении фигурировало слово «шато», замок, заставил Эву поверить в великое начало восстановления ее престижа. Она была разочарована, узнав вскоре, что почти все гости президента проходили через Рамбуйе и что это не являлось знаком особого почета.

Сумерки войны еще не совсем рассеялись над Парижем. Город-солнце оставлял впечатление запущенности, бедности и голода. Эвита думала, что увидит Париж тридцатых годов, как надеялась найти в Голливуде картину распахнувшегося перед ней рая.

В отель «Ритц», конечно, нахлынули журналисты. Эвита продемонстрировала свои парижские покупки: платья, меха, шляпы. Но сам Париж нельзя было положить в карман с хвастливой уверенностью нувориша.

Появившиеся в парижской прессе фотографии Эвы Перон и ее королевских покупок сопровождались развязными комментариями. Эвиту рассматривали всего лишь как мелкую экзотическую знаменитость. Левые газеты яростно бросились в атаку, видя в Эве Перон подругу диктатора, его помощницу, едва приукрашенную благопристойными манерами. Эта пресса поставила себе цель дать понять Эвите, что ее присутствие нежелательно и что лучше бы она вместо себя прислала кусок замороженной говядины.

Энтузиазм Эвиты сразу же испарился. В Рамбуйе она появилась бледная и осунувшаяся. При посещении Нотр-Дама она выглядела совершенно больной. Душа у Эвиты ни к чему не лежала, она лишь машинально делала необходимые жесты и как можно быстрее отделывалась от запланированных мероприятий.

Эвита должна была посетить Лувр и обратиться по радио к французам, но в последнюю минуту решимость ее покинула. Эвите Перон стало ясно, что говорить она будет в пустоту, и это выступление станет дополнительным ударом, который она сама нанесет себе. Она поручила отцу-иезуиту Бенитесу прочитать по радио это обращение к французам, над которым сама трудилась, как над выпечкой необыкновенного торта.

## 8

Теперь Эвита ждала приглашения от английской королевы и продлила свое несчастливое пребывание в Париже, лелея эту призрачную надежду.

Тем временем британская пресса единодушно сходилась во мнении, что жену диктатора приглашать не следует, и не только потому, что она жена жестокого тирана. Шантаж Перона относительно экспорта мяса произвел неблагоприятное впечатление на англичан, находившихся на голодном пайке. Народ действительно был настроен враждебно к Аргентине, а пресса выражала в большей степени раздражение, обусловленное скудным рационом, чем возмущение, вызванное перспективой посещения Букингемского дворца женой человека, который открыто объявлял себя последователем Гитлера в то время, когда воронки от авиабомб еще бросались в глаза на улицах Лондона.

Эвита в отеле «Ритц» не находила себе места от беспокойства. Она вдруг почувствовала такую слабость, будто потеряла что-то жизненно важное. Эта женщина никогда не смотрела на жизнь реально. Ее посещали видения. Если видения развеивались, за что могла она уцепиться? Эвита посвятила свою жизнь погоне за славой. Когда слава ускользала, а жизнь представала во всей своей наготе, все становилось ужасным.

Стремясь отвлечься и преодолеть неуверенность, Эвита начала крутить ручки радиоприемника, чтобы найти свою божественную Аргентину и узнать, как любимая страна отзывается о ее триумфальном путешествии. Ее ожидало горькое разочарование.

Радио Буэнос-Айреса не упоминало об Эвите, как будто она исчезла навсегда, испарилась в своей радуге. А вместо обязательного восхваления Эвиты, вместо приветствий в ее адрес, летящих через океан, она услышала чудовищно усиленный голос Перона. Президент Перон воспользовался отсутствием Эвиты, чтобы руководить самому и издавать какой-то писк вдали от ее бдительного ока.

Он запросто обращался ко всему миру, а ведь обещал Эвите перед отъездом не предпринимать без нее ничего важного, спокойно ждать ее возвращения.

Однако Перон громогласно говорил со всем миром с такой убежденностью, словно требовалось воодушевить несколько тысяч дескамисадос. Он клеймил капитализм и коммунизм как две проклятые, зловещие силы, заверял, что в Аргентине создается новый порядок, который не имеет ничего общего с этими двумя блоками. С легким сердцем и плотоядно облизываясь, он пророчил третью мировую войну, в которой он, Хуан Перон, сохранит абсолютный нейтралитет, а Аргентина будет уютно покоиться у него в кармане поближе к сердцу...

Эва Перон разъезжала по Парижу в дипломатической машине, принадлежавшей Пьеру Лавалю и предоставленной в ее распоряжение. Однажды неизвестные, метя в нее, разбили камнем стекло автомобиля. В конце концов еще одно неприятное происшествие в кабаре «Лидо» заставило ее решиться бежать из Парижа и ждать приглашения от королевы в другом месте.

В роскошное кабаре ее привезли друзья из посольства. Впервые Эвита надела не яркий наряд для ночного клуба, а явилась вся в черном, скованная и грустная, будто в подтверждение глубокой печали, в которую ее повергло злонамеренное своеволие супруга. Полуобнаженные красавицы, выставляющие напоказ обилие торжествующей плоти, навевали на Эвиту неприятные воспоминания о временах Авениды Коррьентес и о победах, одержанных такими же пышнотелыми девушками. Здесь, среди красоток, не имеющих других преимуществ, кроме дарованных природой, не блещущих никакими талантами, кроме умения танцевать и петь, Эвита постоянно помнила о своих искусственных ухищрениях: накладках и туфлях на высоких каблуках, которые все равно оставляли ее на до смешного низком уровне по сравнению с этими девицами.

Высшей точки ее недовольство достигло во время исполнения скетча, когда двое мужчин прогуливались и паясничали под ослиной шкурой. Исполнение было довольно искусным, и никто из публики не догадывался, что осел ненастоящий до тех пор, пока из-под трепещущей шкуры животного не появлялась рука с букетом цветов, который преподносился одной из зрительниц.

Так уж получилось, что в тот вечер зрительницей, получившей букет, к несчастью, оказалась Эвита. Для нее этот букет стал последней каплей, переполнившей чашу терпения. Она усмотрела в этом покушение на свое достоинство, оскорбление, посредством которого Париж заставлял ее уйти в тень.

## 10

В салоне министерства иностранных дел посол Аргентины и месье Бидо подписывают торговый договор, обещающий Франции пшеницу и мясо. Высокомерная мадам Перон в длинном платье из сиреневого муара с тяжелым шлейфом не удостаивает этот договор ни единым взглядом. Она ждет вручения ордена Почетного легиона, который ей и пришпиливают в тот же момент.

— Закройте дверь! — напрасно взывает Бидо, чрезвычайно раздраженный присутствием журналистов.

Эвита, напротив, расцветает. Ее хрупкие плечи едва выдерживают тяжесть бриллиантового ожерелья, огромной пластиной лежащего на груди. По ее требованию на приеме по поводу подписания договора и вручения ей ордена играет скрипичный ансамбль, но Эвита остается недовольной тем, что статисты снова и как всегда представлены посольством Аргентины и аргентинской колонией в Париже, а не «всем Парижем», который она хотела бы видеть у своих ног.

В полночь Эвита возвращается в «Ритц», бледная и одинокая. В конечном счете она получила лишь слабое удовлетворение, когда, проезжая в открытой машине, наблюдала, как за нею следуют тридцать джипов с журналистами.

В Лондоне к ее приезду готовились 30 июня. Комиссия из ста шестидесяти человек занималась организацией приема. Среди прочих светских развлечений предусматривался визит к королеве. Но 17 июня аргентинский посол заявил, что визит с 30 июня переносится на 15 июля по причине затянувшегося пребывания Эвиты в Италии. На самом деле промедление было вызвано колебаниями и вспышками гнева Эвиты.

Становится известно, что к этой новой дате королева будет в Шотландии и вообще будет очень занята. Тогда комитет разрабатывает новую программу. Обед на аэродроме, прием и обед в Гринвичском Королевском Военно-морском училище. Посещение доков, больницы, яслей. Ланч на Даунинг-стрит с Атгли. Но никакой ясности в том, что касается королевы. Нерешительность Эвиты растет.

«Смесь Хедди Ламар и Элинор Рузвельт», как пишет американская газета, «символ хлеба и мяса», как уверяет швейцарский еженедельник, Эвита перестает ждать и цеплять на свое вечернее платье банты полученных ею многочисленных орденов...

— Мое самое горячее желание — познакомиться с королевской семьей и... встретиться с бедными! — говорила Эвита в Буэнос-Айресе.

Бевин заявил в парламенте:

— Мы окажем жене государственного деятеля Аргентины прием неофициальный, но сердечный, какой мы оказываем всем нашим важным гостям.

Терпеливая и страдающая Эвита отправилась в Канны, чтобы там дожидаться особого приглашения. Полчища фотографов осаждали ее. У них возникла навязчивая идея сфотографировать Эвиту в купальном костюме. Ничего другого они от нее не требовали. Эвиту рассматривали не как главу государства, а как авантюристку, ухватившую свой шанс благодаря стройным ножкам.

Эва Перон разочаровала эту гримасничающую свору. Она не появилась ни в бикини, ни в брюках, и всегда была в темных платьях, как будто замыслила разжалобить богов достоинства и благородства своими постными одеяниями. Она ждала момента, чтобы сбросить траурные одежды и нарядиться во все цвета радуги, как только, наконец, королева Англии даст о себе знать.

И долгожданное приглашение прибыло. Королева приглашала Эву Перон, но приглашала всего лишь на чай в Букингемском дворце!

Это прозвучало как пощечина. Получить приглашение на чашку чая — это было еще более унизительно, чем не получить приглашения вовсе...

Эвита мечтала провести два-три дня с королевой, а не мелькнуть в Букингемском дворце подобно жалкой просительнице. Она приехала издалека, с другого конца света... Она не жила напротив Букингемского дворца, чтобы зайти туда на чашку чая...

Разъяренная и удрученная Эвита решила как можно быстрее вернуться домой, даже не отвечая на это оскорбительное предложение. Но в глубине души у нее оставалась надежда повернуть ветер удачи в свою сторону. На обратном пути Эвита решила остановиться в Рио-де-Жанейро, столице Бразилии, где в то время должна была состояться важная военная конференция по вопросам обороны южноамериканского континента.

Взоры всего мира были устремлены на Рио-де-Жанейро. Если Эвита туда прибудет, то отблески этого сияния, без сомнения, упадут и на нее. Разумеется, у нее одной больше очарования, чем у ста генералов, собравшихся вместе. Галантные южноамериканцы будут больше интересоваться ею, чем всем этим сборищем, а вслед за ними и остальной мир, завоеванный помимо своей воли.

## 11

Приехав в Рио-де-Жанейро, Эвита поспешила обосноваться в аргентинском посольстве, как в бункере, откуда собиралась вести свои боевые действия.

Конференция начиналась на следующий день. Действовать следовало быстро. Посол сразу же предложил раздавать от имени Эвиты пакетики со сладостями в городских приютах для детей, в школах и парках. Потом решили, что надо бы раздавать также и цветы всем девушкам, всем молодоженам, всем, идущим к первому причастию. Меры были поспешно приняты, но эти раздачи смешались с неожиданно развернувшейся рекламной кампанией новых сортов шоколада и купальников.

Рио-де-Жанейро сиял в лучах зимнего солнца, совсем не обращая внимания на приезд Эвиты. В воздухе витала легкость, побуждающая к погоне за удовольствиями. Что касается прессы, то она объявила о прибытии Эвиты в нескольких строчках, уделив все внимание открывавшейся на следующий день конференции под председательством генерала Маршалла.

Тем временем Эвита отдавала приказания своему

послу. Нужно было покрыть стены во всем Рио-де-Жанейро плакатами с ее портретом. Цветными плакатами, такими яркими, чтобы они светились в ночи, притягивали и богатых, и бедных. Посол рисковал карьерой, предпринимая в последнюю минуту такие меры ради самоутверждения Эвиты в столице Бразилии в ущерб важному американскому гостю...

Таким образом, лунной ночью накануне важного события, на которое были нацелены все южноамериканские газеты, не считая кучки кинооператоров и светских репортеров, великолепные проспекты и улицы бразильской столицы украсились изображениями надменной женщины с притворно безмятежным выражением лица и прилизанными волосами.

Тысячи и тысячи плакатов Эвы Перон старательно развесили по стенам домов Рио бригады расклейщиков, нанятых посольством Аргентины за бешеные деньги «в чрезвычайных обстоятельствах».

За час до рассвета бразильская полиция была мобилизована в полном составе, как будто дело касалось нападения гангстеров. Расклейщики рассказали о возложенной на них миссии.

Звезды едва брезжили над скоплением небоскребов. Оркестры выбрасывали сонные мелодии самбы на пустынный пляж. Полицейские без лишнего шума устремились на улицы. Ослепительные, еще влажные плакаты, один за другим были сорваны со стен. От них остались лишь еле заметные пятна. Это было равносильно тому, как если бы с Эвиты живьем содрали кожу.

## 12

Став первой аргентинской дамой, Эва Дуарте обзавелась преподавателем, чтобы исправить свой язык и произношение. Она хотела научиться кастильскому выговору, который больше всего ценился в снобистском высшем обществе Буэнос-Айреса. Но как ни выламывала она язык, это ничего не дало. Исключительная привилегия «приличных людей» осталась недоступной Эвите.

Потребность покорять и подчинять себе, потребность болезненная и смертельная, должна была отступить после сокрушительного удара, нанесенного Эвите в Европе. Испанцы говорили друг другу: «То, что не предоставляет нам план Маршалла, даст нам Перон...» Отсюда и горячий прием, оказанный Эвите в Испании. Пятьдесят тысяч долларов, выброшенных шумным толпам, пожертвования на бедных в стратегически важных точках, сбор медалей сыграли свою роль, но завершилось все в конце концов провалом.

Никакая музыка на набережной Буэнос-Айреса не могла заставить Эвиту забыть о своем поражении. Напрасно Эвиту уверяли в полном уважении к Эспехо во Всеобщей конфедерации труда. В глазах сведущих людей он так и остался ее лакеем. Все старания Эвиты добиться признания в среде аристократии потерпели крах, а ведь она отправилась в Европу за рекомендательным письмом, за пропуском в высшее общество своей страны...

Она не получила высших почестей от Ватикана. Она не ощутила сердечного расположения народов, если не считать выкриков публики на мадридской корриде. Рим ее освистал. Париж ее бойкотировал. Лондон ее оскорбил.

Тяжелое норковое манто в самую жару не спасло ее. Народы остались холодны к белокурой посланнице. В Риме лил дождь, злосчастный букет цветов появлялся под хвостом осла в парижском кабаре, и насмешки неслись вслед Эвите, когда она выходила из зала.

В довершение ко всему она отказалась от чашки отравленного чая в Букингемском дворце. Последним ударом стали тысячи плакатов с ее изображением, рывком содранных со стен Рио жаркой ночью, ночью несбывшегося триумфа.

Эвита устала. А спесивое высокомерие Благотворительного общества осталось непоколебимым и непримиримым.

# Часть пятая

## Храм благотворительности

### 1

Представители профсоюзов — всегда желанные гости на третьем этаже Центрального почтамта Буэнос-Айреса. Здесь находится приемная Эвы Перон. Супруга президента вовсе не фаворитка, существующая исключительно для развлечения великого человека. Она не удовлетворяется влиянием на власть, она ее захватывает. Эвиту называют «почетный президент»...

Эвита приезжает на Центральный почтамт в восемь часов утра, и с какой радостью, с какой поспешностью! Уходит она из приемной только в час дня и начинает наносить визиты. Перон покидает свой кабинет в восемь вечера. Они встречаются в своей фешенебельной квартире, и для обоих это становится сюрпризом, как будто они забыли о существовании друг друга. По негласной договоренности каждый закрывает глаза на деятельность другого. Перон ведет себя с женой так же церемонно, как с каким-нибудь из своих ежедневных посетителей...

С лица Перона не сходит ослепительная белозубая улыбка — он демонстрирует всем своим видом «национальное величие» так же непринужденно, как если бы рекламировал хозяйственную утварь. Стараясь завоевать дружбу ближнего, он применяет такую же тактику, как при взятии военных укреплений. Он не творит историю, он над ней потеет.

Эвита редко делает вид, что у нее есть семейный очаг. Время от времени она изображает «живописный» мазок, предназначенный для журналистов. Эва Перон обставила свой дом, купила ковер, очень дорогой... Но этот ковер даже не существует в действительности, и нога Эвиты на него не ступала. Что звучит хорошо под высокими каблуками ее туфель, так это холодный мрамор на третьем этаже Центрального почтамта.

В точности исполняя роль королевы трудящихся, от которых зависит жизнь страны, Эвита трижды в неделю принимает в своем кабинете делегацию профсоюзов.

В комнате холодно, мебель металлическая. Но приветливая улыбка Эвиты вселяет уверенность в рабочих. Своим обаянием она располагает к себе самых обездоленных. Все сосредоточенно ждут разрешения сесть. Начинает казаться, что делегаты от рабочего класса поднялись на третий этаж не для того, чтобы поделиться своими горестями, а ради визита вежливости обольстительнице.

Но внезапно улыбка тает... Эвита становится совсем другой. Слова, жесты, решения, указания выдают энергичную натуру. У нее появляются мужские интонации и манеры, и когда она рубит с плеча, все соглашаются, хотя перед ними не мужчина. Галантность посетителей Эвиты неосознанно проявляется там, где они поклялись не уступать никому: в борьбе за их права, в борьбе за жизнь... Эвита никогда не разрушает эту двусмысленность. Напротив, постоянно пользуется ею...

Железнодорожники всегда посылают свою делегацию к товарищу Эвите, а не на заседание правительства. Они знают, что от Эвиты добьются быстро и легко удовлетворения своих просьб.

Так Эвита заставляет власть свернуть на другой путь. Она пытается изолировать Перона в резиденции Каса Росада. Нужно, чтобы рабочие знали: только Эвита обещает прибавку к жалованью, и только она прибавку даст. Бесполезно использовать Хуана Перона в качестве посредника. Он довольствуется тем, что предлагает сигареты и дружески похлопывает по спине; необходимость повертеть вопрос так и этак становится у него формой правления. Он перескакивает с одного предмета на другой и больше всего боится себя скомпрометировать. Перон надеется, что в конце концов усталый мир послушно склонится перед ним.

Судьбы и чаяния рабочих сосредоточены на третьем этаже Центрального почтамта. Источник милостей, которыми осыпает прекрасная Эвита профсоюзы и рабочих, — государственная казна, питаемая из прибылей, собиравшихся в течение шести лет нацией, прозванной кладовой продовольствия.

Эвита дает всегда больше, чем у нее просят. Если требуют уменьшения железнодорожных тарифов на сорок процентов, она добивается пятидесяти процентов. Служащие телефонной связи с удивлением видят, что им предоставляют возмещение транспортных расходов на семьдесят процентов, тогда как они робко просили тридцать пять... Конфедерация труда, вне себя от радости, своим долгом считает в первую очередь откликнуться на приглашение Эвиты, когда та призывает устроить демонстрацию не столько для показа мощи трудящихся, сколько для доказательства могущества маленькой Эвиты.

Третий этаж Центрального почтамта стал подпольным министерством труда. Настоящий министр и его заместители всего лишь лакеи, открывающие двери перед Эвитой и подающие знак к началу аплодисментов...

Перон наряжается, орошает себя духами, оглядывает свой костюм, набрасывает на плечи пальто со свободно развевающимися полами а-ля Дориан Грей, но глаза у него запавшие, взгляд угрожающий... Он устал манипулировать словами.

Эвита посвящает день проявлениям своего великодушия по отношению к тем, кто тяжким трудом зарабатывает себе на жизнь, а вечером встречается с какими-нибудь важными персонами, чаще всего приехавшими из-за границы, или же с теми, кто занял теплые местечки при новом режиме. Эвита появляется на приемах небрежная и ослепительная, облаченная в роскошные платья и меха, но глаза ее затуманены усталостью, причина которой — патетическое слияние с народом.

## 2

Через год после путешествия под лозунгом «Радуги», когда Эвите не удалось добиться успеха и силой отворить двери августейшего Благотворительного общества, она, понимая, что потерпела окончательный провал, вынудила Перона устранить это общество декретом. Тогда же она решила основать и развить свое собственное благотворительное общество, воплощение не какой-то одной касты, а одной-единственной личности. Она не станет делить славу этого общества с кем бы то ни было. Важные аристократки, заявившие, что Эвита им не ровня, не только были лишены своей собственности, но и не признаны первой аргентинской дамой. Эвита решила, что никто не будет равен ей по положению. Ни одна важная дама ни из одной уважаемой семьи не могла отныне претендовать на равный статус с супругой президента.

«Ла Сосьедад де Бенефисенсия» прекратило свое существование. Фонд социальной помощи Марии-Эвы Перон занял его место.

Новое благотворительное общество ничем не напоминает прежнее. Нет никаких сборищ богатых бездельников, уставших от праздности и приходящих немного развлечься раз в неделю после обеда. Деньги, предназначенные для бедных, больше не будут собираться путем унизительных хождений от двери к двери, их распределение не будет больше происходить во время наводящих уныние личных встреч. Фонд Эвы Перон будет собирать деньги жестко, с беспощадностью рэкетиров, а распределять их помпезно, милостью Эвиты.

С этих пор помещений на третьем этаже Центрального почтамта уже не хватает. Эвита намеревается построить огромное здание в центре Буэнос-Айреса. Теперь речь идет не только о повышении оплаты труда или облегчении жизни трудящихся. Дело касается выделения крупных сумм с показной щедростью.

Благотворительное общество богатых было уничтожено, его деятельность запрещена, в том числе даже право собраний, как будто требовалось помешать заговору тайного общества. Важных дам с позором отослали домой, конфисковав имущество их общества. Пункт за пунктом выполнялись железные требования Эвиты по этому поводу. Конфискация имущества богачей — новый способ освобождения бедных.

Наконец-то Эвита чувствует, что отомстила за наглость дюжины престарелых аристократок с приклеенными улыбочками и толстыми ногами.

В 1948 году у Эвиты Перон уже не просто кабинет на одном этаже, приложение к министерству труда. Вместе с Фондом ее ведомство размещается в небоскребе. Так воплощается ее воля, шаг за шагом создающая государство в государстве.

### 3

В 1948 году Мария Унсуэ де Альвеар умерла в возрасте восьмидесяти восьми лет. Она была старейшим президентом Благотворительного общества аргентинской аристократии. Место ее вечного упокоения издавна было определено в церкви Санта-Роса де Лима, построенной семьей Альвеар и принадлежавшей ей.

Вследствие того, что королева Англии не пожелала пригласить Эвиту Перон погостить в ее дворце, тогда как без колебаний приняла жену бывшего президента Соединенных Штатов Вудро Вильсона, бывшую актрису — и актрису скандального толка, добавляла Эвита в своих жалобах, — а также из-за упорного отказа Благотворительного общества и Марии Унсуэ допустить Эвиту в свой круг, она решила, что эта запоздалая кончина не может считаться достаточным отмщением. Теперь Эвиту мучила неотвязная мысль: помешать семье Альвеар похоронить старую даму в Санта-Росе.

Эва Перон дала знать через своего представителя, что похороны достойной дамы в церкви нежелательны. Но у семьи Альвеар были влиятельные друзья в армии, и дверь захлопнули перед носом у представителя президентши. Альвеары и прочая аристократия не могли представить себе, что жена президента может так злобно и ожесточенно ополчиться против усопшей, которую едва знала. Альвеары дали понять, что деньги, потраченные Марией Альвеар на благотворительность, были не государственными, а ее собственными. На свои же деньги она построила церковь, где должна быть похоронена.

Этот ответ, полученный после новых настоятельных требований и угроз, повторявшихся в течение дня со все нараставшим опасным пылом, этот грубый отказ привел Эву в безумный гнев. Она призвала Эспехо и попросила немедленно собрать все силы конфедерации труда. Эвита хотела устроить демонстрацию, чтобы запугать Альвеаров. Демонстрацию вроде той, что проводилась против Рейеса: тысячи дескамисадос на площади, потрясающих маленькими, абсолютно одинаковыми виселицами в знак возмущения отступничеством Рейеса. Эспехо пообещал сделать все возможное, чтобы помешать похоронам.

Он собрал несколько сот самых убежденных сторонников Перона. Ночью они встали на посту перед благородным жилищем. Им было приказано обойтись без криков, воздействуя лишь своим молчанием и массой и создавая таким образом атмосферу беспокойства и страха. Однако, увидев огромные черные полотнища с грозно сверкающими золотыми сердцами в переплетении гербов усопшей, профсоюзные статисты перепугались. Паника, которую они намеревались посеять, обратилась против них. Разве могли они грозить кулаками неощутимому и всеобъемлющему присутствию покойницы, от которой оскорбления отскакивали, увлекая тех, кто досаждал ей, в небытие, благоухающее миндалем и ладаном, под черными парусами, наполненными ветром?

Толпа разбежалась, не успев даже вкусить отменного угощения, которое пообещал им Эспехо на рассвете. Они припустили прочь по сырым аллеям, а затем исчезли, не дожидаясь вознаграждения.

После такого поражения Эспехо боялся явиться к Эвите. Никогда нельзя было предсказать, каких пределов достигнет ее гнев, однажды вырвавшись на волю. Стремясь оправдать доверие, Эспехо решил придумать какой-нибудь парад, лишь бы задержать похороны. Он явился в похоронную контору и постарался осложнить церемонию невероятными угрозами возникновения уличной революции. Попытался подкупить нескольких служащих. Эспехо хотел задержать церемонию на несколько дней и тем самым доказать Эвите, что он использовал все средства.

Однако ничто не могло поколебать устои аристократической семейной похоронной конторы. Никто из подчиненных не согласился принять деньги от Эспехо. Стоило хозяину учуять неладное, как провинившийся на следующий же день оказывался на улице. Эспехо пришлось бы устраивать подкупленного могильщика на работу в конфедерацию.

Дрожащий, перепуганный Эспехо предстал перед Эвитой.

Первыми словами Эвиты было:

— Ну что, согласились, наконец, эти собаки?

Она едва смотрела на Эспехо, продолжая перебирать многочисленные футляры и коробочки, набитые драгоценностями. Громоздкая трехэтажная прическа, в которую были уложены светлые волосы, грозила раздавить ее.

Сначала Эспехо рассыпался в извинениях, потом перешел к пламенным объяснениям, какой опасностью грозил маневр, которого требовала от него Эвита. Он вовремя дал отбой, уверял Эспехо, потому что люди, похоже, не понимали сути дела. Возник риск потерять контроль над этой послушной массой. Принудить людей к демонстрации, смысла которой никто не понимал, не представлялось возможным.

Лицо Эвиты окаменело. Она собиралась разразиться криком, но неожиданно разговор прервал Перон. Он только что договорился о встрече с американской журналисткой, важной персоной, которая хотела сфотографировать Эвиту для первой страницы «Таймс».

Это спасло Эспехо на несколько часов. Но вечером Эвита призвала его к себе и прямо потребовала, чтобы он помешал погребению Марии Унсуэ в церкви Санта-Роса. В противном случае Эспехо мог надевать траур, скорбя не только по Всеобщей конфедерации, но и по Аргентине.

Агенты Эспехо, находившиеся в карауле перед внушительным особняком Альвеаров, держали его в курсе подготовки к похоронам. Тело уже забальзамировали и готовились вывезти из семейной часовни. И тогда у похолодевшего от ужаса Эспехо возникла идея.

Нужно было использовать хитрость, а не силу. А не вредно ли для здоровья людей хоронить эту женщину в церкви, которая является общественным местом? Гигиена — одна из главных забот новой конфедерации труда. Человек должен прежде всего следить за своим метаболизмом, а не топить себя в скверне политики.

Немедленно целый этаж Всеобщей конфедерации труда, десяток кабинетов, был передан в распоряжение юристов, поспешно созванных и привезенных из дому на рассвете в грузовиках, доставлявших продукты в столовые. Сонные юристы принялись ворошить кодекс законов об общественной гигиене. Наконец, им удалось раскопать старый закон, принятый сто шестьдесят пять лет назад и гласивший, что запрещается хоронить любого аргентинца за пределами кладбища.

Сияющий Хосе Эспехо сообщил Эвите о своем открытии. Она была вне себя от радости. На этот раз она могла выиграть, используя не манипулирование людскими массами, а нечто более тонкое, умственное. Сотрудники секретной полиции прибыли в тот момент, когда гроб устанавливали в длинный черный катафалк. Они довели до сведения потомков Марии Унсуэ де Альвеар официальное извлечение из эдикта, которое положило конец еще сохранявшимся притязаниям похоронить старую даму в церкви Санта-Роса де Лима.

Этим же летом, словно желая завершить свою месть аристократии, шокированной мерами, принятыми против усопшей, Эвита поставила перед Жокей-клубом в Буэнос-Айресе лоток торговца рыбой. Он продавал рыбу по самым низким ценам в городе, себе в убыток, но убыток этот с лихвой покрывался Эвитой. Рыба, раздаваемая почти бесплатно, привлекала всяческий сброд и распространяла отвратительный запах. Жокей-клуб был обложен со всех сторон.

Этот последний выпад вызвал в аристократической среде такие опасения, каких еще не возникало со времени прихода Перона к власти. Всепоглощающий панический страх, содрогание упадка... Как будто дьявол завладел браздами бесполой власти.

# 4

Греческий храм, посвященный любви и поддерживаемый десятью мраморными колоннами, не прячется в глубине парка и не окружен высокими деревьями. Этот храм любви в виде небоскреба возвышается посреди Буэнос-Айреса в окружении зданий коммерческих компаний, не обладающих той силой, что принадлежит храму любви. Более того, на крыше небоскреба находится десяток мраморных статуй, любая из которых могла бы украсить вестибюль дома патриция. На крыше статуи теснятся небольшой толпой, являя всему городу символический образ богатства Эвиты, триумф мифа.

Восемь часов утра. Из здания выходят молчаливые озабоченные молодые люди с непроницаемыми лицами. Они начинают обход универмагов, крупных коммерческих фирм и промышленных компаний. Каждый раз они желают видеть директора и просто говорят ему: «Меня прислала Эвита...» Богач должен поклониться и передать чек или наличные. Орда посланников Эвиты становится все более жадной, все более хищной. Фонду Эвиты уже недостаточно денег, поступающих из Мар-дель-Плата, города-казино Аргентины. В это средоточие национального греха — страсти к азартным играм — люди приезжают, чтобы поставить жетоны на один из тридцати семи номеров, а потом ждать конца своих несчастий. Эвите не хватает денег из государственной казны и дани, которую охотно платят Фонду профсоюзы. Эвите все мало. Эта стая молодых воронов, которую она каждый день выпускает на город, составляет предмет ее особой гордости.

Когда кто-нибудь отказывается платить контрибуцию, ответ следует быстро. Так, большая шоколадная фабрика, не откликнувшаяся на зов сердца Эвиты, подверглась набегу государственных инспекторов, которые явились проверять санитарные условия. Они объявили, что в чанах для варки шоколада найдена крысиная шерсть, и фабрика была закрыта.

Этот случай приструнил всех промышленников города. Если какая-нибудь фирма проявляла строптивость в отношении филантропии, посланец Фонда кротко вынимал из кармана плитку шоколада и начинал ее грызть. Это служило как бы паролем. Сразу же открывались сейфы. Никто больше не ускользал от налога на сердечность, и деньги текли миллионами песо в огромный греческий храм, массивный храм любви гигантского материнского сердца...

Перон не хотел, чтобы Фонд стал официальным правительственным учреждением. Он вел двойную игру. Поощрял Эвиту в ее повседневном сборе дани, в этом марш-броске солдат благотворительности по всему Буэнос-Айресу, но старался держать Фонд и его маневры подальше от президентского дворца. Причина заключалась в основном в том, что всякие мошенники пытались воспользоваться известностью и непреклонностью сборщиков Эвиты. Любителям легкой наживы достаточно было произнести соответствующим тоном: «Меня прислал Фонд Эвы Перон...» Кроме того, добровольные и наемные служащие Эвиты были так многочисленны, что в конце концов их потихоньку прозвали «сорок тысяч воров Эвиты».

Если сбор денег походил на мафиозный рэкет, то распределение принимало ангельский характер. Благотворительность во всем мире осуществляется с мрачной убежденностью в том, что несчастный непременно должен покорно благодарить или платить за свою похлебку униженной молитвой. Деньги распределяются редко, обычно дают еду и одежду. Короче говоря, все, связанное с благотворительностью, повсюду сопровождается озлобленностью и стыдом. В Фонде Эвы Перон все происходило иначе. Милосердие и благотворительность осуществлялись в концертном зале, места в котором были не только бесплатными, но прилежное посещение приносило доход зрителям. По указанию Эвиты сеансы благотворительности проводились три раза в неделю, а двери были широко открыты для бедняков.

В Фонд Эвита приезжает на «роллс-ройсе». Она никогда не надевает дважды один и тот же туалет, появляясь на публике. Предпочитает туфли из крокодиловой кожи с каблуками, украшенными драгоценными камнями.

Ее двор чудес устроен по типу начальной школы. Все разом встают, когда входит Эвита. Она садится в оранжевое кресло под большим готическим окном. На ее письменном столе стоит гигантская кружка для пожертвований. Поджидающие Эвиту женщины в черной одежде встают, приближаются к возвышению, на котором располагается стол, изображают некое подобие реверанса, повторяя движения полотера, и начинают громко рассказывать Эвите о своих несчастьях. Это женщины брошенные или обремененные мужьями-алкоголиками. Эвита слушает, хмурится, гневно скрещивает на груди руки. Она играет сцену из жизни королевы, а не современную роль. Помощники Эвиты, по-спортивному подтянутые, одетые с иголочки, невозмутимы, как манекены, послушны, как собачки. Они производят впечатление силы и опрятности. Мир должен быть хорошим и чистым, иначе в дело будет пущен хлыст. Помощники Эвиты — архангелы в двубортных пиджаках.

Кружка для пожертвований стоит перед Эвитой, и все взгляды, нетерпеливые или обожающие, скрещиваются на этом музейном экспонате...

Один из секретарей Эвиты запускает тяжелую руку с кольцами в кружку и вытаскивает банкноту в сто песо. Эвита кивком приветствует таким образом конец горестного повествования. Женщина кланяется, пускает слезу, хочет поцеловать руку Эвиты. Но Эвита с ослепительной улыбкой возражает. Встречаются и профессиональные нищенки, сбегающиеся на эти пирушки показной доброты. Эти неистребимые попрошайки — артисты коленопреклонения. Их не изгоняют из Фонда, напротив, они являются его самой уважаемой эмблемой. Эвита не пытается их удалить, и они приходят брать пищу из ее рук. Эвита гордо распрямляет плечи в своем кресле.

Одно время в Буэнос-Айресе ходили слухи, что раздаваемые Эвитой суммы смехотворно малы по сравнению с теми, что она прикарманивает, и о назначении которых никто не знает. Одной американской журналистке, поинтересовавшейся, как Эвита ведет расчеты, она сказала, пожав плечами:

— Считать — это мания капиталистов. Я даю, не считая!

## 5

Авраам Линкольн был когда-то лесорубом и носил высокую шляпу в форме горшка, а зонтик перевязывал бечевкой. Он освободил четыре миллиона негров. Перон называет себя Линкольном белой расы и претендует на миссию освободителя миллионов белых рабов.

Перон играет одну за другой мужские исторические роли так же, как Эвита в определенный момент своей жизни потребовала возможности исполнить самые яркие женские роли на Радио-Бельграно. Напрасно Перон пытался бы заставить людей поносить себя, как поносили Линкольна. Ему не посчастливилось услышать обвинения в любви к неграм, его не обзывали лошадью, аллигатором, тщетно старался он затуманить свой взор мыслью, проложить три горизонтальные морщины на лбу или добиться того, чтобы его густые брови и рот выражали аскетизм или задумчивость, благородную и суровую одновременно. Перон человек упитанный и жизнерадостный. Ничто так не радует его сердце, как аплодисменты. А аплодисменты все чаще и чаще достаются Эвите...

Перон и пальцем не пошевелит, чтобы укротить свою однообразную радость наслаждения властью. Хуан Перон не существует самостоятельно. Он действует благодаря Эвите, он стал ее творением. В их браке все перевернуто с ног на голову. Его имя искусственно, фантастическим образом раздуто слабыми легкими маленькой некультурной провинциалки, голова которой забита образами, словно почерпнутыми у мадам д'Эпиналь.

Перон утверждает свою мужественность, наряжаясь гаучо в загородном доме Сан-Висенте. Там он расхаживает по-хозяйски. Прогуливается перед послушной экзотической сворой собак, страусов и петухов. Его огромные, но безобидные шпоры звякают о камни. В то время как Перон, махнув на все рукой, прохаживается по саду в костюме гаучо, Эвита готовит омлет в присутствии фотографа одной из своих газет.

Она строит планы завтрашней битвы, предвкушает свое следующее появление на публике. Природа не успокаивает ее нервы. Эвита уединяется в загородном доме не только потому, что так поступают богатые. Для нее отдыха не существует. Ей нужно готовиться к еще большей славе, к новому скандальному мифу.

# 6

Благотворительное общество владело домом для слепых на Коррьентес. Это было обширное двухэтажное здание, окруженное садом, парком, похожим на лес, с аллеями и удобными скамейками. Слепые передвигались по парку без всяких тростей. У них повсюду были свои метки. Это была их вселенная, где они исходили каждый сантиметр, ощупали все деревья, протоптали тропинки, измерили водоемы. Никогда ни одна маргаритка на клумбах не пострадала.

Слепые ходили здесь в комнатных туфлях. Они составляли часть этого уголка природы. Их не было слышно. В парке они занимали свои естественные ниши. Они проскальзывали меж ветвей деревьев, и ветки служили им ожерельями. Природа будто раскрыла им свои объятия, чтобы вернуть чувство причастности к жизни. Они не скучали по внешнему миру, не сознавали, что лишены общества других людей. Ноты, пропетой птицей, им было достаточно для связи с миром. Благотворительное общество так устроило жизнь в этой обители, что слепые могли жить так, как им хотелось. Свобода создавалась каждым обитателем дома для себя. Один мог завтракать у себя в комнате, другой в столовой, кто-то — на поваленном дубе в чаще леса. Так же они и засыпали там, где им хотелось. Мечты их никогда не разбивались. Действительность здесь никогда не оказывалась хуже, чем мечта. Ночь никогда не оказывалась более тяжкой, чем реальность дня.

Но однажды этот мир был разбит одним движением. В тот день их созвали, собрали, вывезли из их рая. Каждому в руку вложили трость. Это было все равно, что связать их. Обитель у слепых отобрали. Всех отослали в семьи. Слепых отсылали к людям словно в наказание. Особняк на Коррьентес в одночасье стал собственностью Фонда Эвы Перон, и новые обитатели заполонили старый дом.

В особняке появились молодые женщины с огромными животами. Эве Перон нужна была благодарность и одобрение незамужних матерей, у которых были глаза, чтобы видеть ее. Слепые, не имеющие возможности оценить ее величие, оказались не к месту.

Женщины заполонили огромный парк. Клумбы были вытоптаны. Они оборвали все цветы и обвешались ими, будто хотели превратиться в живые букеты, но глаза их оставались сумрачными. Они цепляли цветы к волосам, втыкали в волосы, засовывали за корсажи. Женщины бросались в слезы из-за пустяков, танцевали без повода, обжирались. Успокаивались они лишь в своих комнатах, где на почетном месте находилась фотография их благодетельницы и, без сомнения, спрятанная под валиком кровати фотография злодея-соблазнителя.

Узнав, что в обители никогда не было другой мебели, кроме огромных столов и громоздких старинных сундуков, Эвита решила уставить особняк на Коррьентес роскошной мебелью. Уничтожив благотворительность аристократов, чтобы заменить ее своей, она задумала украсить дело милосердия бриллиантом, который будет сверкать бесконечно. В самых великолепных магазинах Буэнос-Айреса была заказана мебель, которой эти дочери народа никогда не видели даже издалека.

Когда счета доставили в Фонд, Эвита оскорбилась, но все-таки взяла на себя труд подтвердить, что речь идет о мебели для обстановки приюта брошенных молодых женщин. Она размашисто расписалась и сухо поблагодарила. Счета были оплачены, и даже сверх того, что требовалось!

## 7

На Огненной Земле разбился самолет, в Кордове произошло крушение поезда. Фонд приходит на помощь. Имя Эвиты Перон должно звучать там, где скапливаются кинокамеры и фотоаппараты, куда устремлены все взоры. Там, где произошло трагическое событие, должна появиться и Эвита Перон со своим Фондом, чтобы любопытство, вызванное происшествием, всколыхнулось учащенным сердцебиением, вызванным деятельностью Фонда во имя милосердия. Это милосердие проливается дождем на самые больные точки. Оно не может быть скромным, смиренным... Милосердие осуществляется неистово и пышно, становится грандиозной оперой во имя прославления несчастных...

Деятельность Фонда не ограничивалась Аргентиной. В 1950 году взоры всего мира были устремлены на Тель-Авив, куда съезжались эмигранты гонимой и истребляемой расы. Эвиту совсем не смутила мысль, что Перон всегда оставался верным сторонником Гитлера и даже в момент крушения германского рейха позаботился о том, чтобы бросить одержимых перонистов на еврейский квартал.

Эвита послала сборщиков к богатым евреям Буэнос-Айреса. Подразумевалось, что собранные деньги должны пойти их братьям.

Сборщик объяснял:

— Дары будут отправлены бесплатно, на аргентинских судах. Вам очень выгодно передать свой вклад через нас. Только нужно дать много и быстро...

Несколько месяцев спустя огромный корабль бросил якорь в порту Тель-Авива. На борту корабля огромными буквами было написано: «Эвита Перон».

Таким же образом бедные дети в Вашингтоне получили значительное пожертвование в виде одежды от Эвиты Перон. Президент общества помощи бедным детям Вашингтона растерялась. Она припомнила, что просила помощи для своих подопечных, но никогда ей не пришла бы в голову мысль обратиться с просьбой в Фонд Эвы Перон, носивший имя женщины, ненавидевшей Америку, но, видимо, не до такой степени, чтобы упустить случай использовать Америку для саморекламы.

Ни в коем случае не следовало принимать этот подарок, который мог причинить вред Америке, находившейся в прохладных отношениях с Аргентиной, единственным серьезным оппонентом Соединенных Штатов в южноамериканском блоке. Президент благотворительного общества побежала советоваться о своих затруднениях в департамент политики.

— Я не приняла подарок и собираюсь отослать его назад, — сказала она помощнику секретаря.

— О чем идет речь?

— О тысяче пальто, тысяче черных передников, тысяче штанишек, тысяче ранцев и тысяче карандашей и стирательных резинок...

— Не думаю, что вы поступили правильно.

— Но я ничего не просила у Эвиты Перон!

— По-моему, это ошибка, — ответил чиновник. — Мы идем к разрядке напряженности...

— Но у этой женщины нет сердца! Вместо сердца у нее всего лишь неон! И я не хочу, чтобы сироты из

Вашингтона, мои сироты, служили приманкой для этой людоедки.

— Думаю, вы должны принять подарок и найти способ нейтрализовать рекламу Эвы Перон.

Президент общества миссис Ваутерс скрепя сердце приняла груз и велела сложить его на пристани. Америка не хотела осложнять отношения с Аргентиной. Напротив, политики задумали приручить диктатора, поставленного вне мирового сообщества. Кроме того, Эвита все-таки была дамой. Следовало даже поблагодарить ее, и Вашингтон поблагодарил.

Добрая женщина, возглавлявшая благотворительное общество в Вашингтоне, успокоилась, наконец, в тот день, когда в своей речи при раздаче подарков заявила, не произнося имени Эвиты:

— Мы принимаем эти дары от милосердного Господа!

## 8

Эвите предстояло перенести операцию аппендицита. С медицинской точки зрения операция не представляла ничего серьезного, и все же для Эвиты это означало досадную задержку, трагическое промедление в натужной эпопее, которая уносила ее все дальше за пределы ее физических возможностей. Эта гонка позволяла Эвите не обращать внимания на свое хрупкое здоровье. Аппендицит заставил бы ее несколько дней провести в постели.

Для Эвиты Перон лежачее положение было невыносимо. Сон оставался тяжелой необходимостью, которой она горько попрекала природу. Ее дремота становилась туманным пережевыванием дней, наполненных звуками фанфар. Женщина в представлении Эвиты не имела права валяться на кровати, не имела права посвящать значительную часть своего времени таким никчемным занятиям, как любовь или материнство, этим каторжным работам, которые диктует природа и отвергает Эвита.

Как только Эвита узнала, что у нее приступ аппендицита, — и так как не следовало позволять залу охладеть к ней во время вынужденного отсутствия, а непредвиденный антракт должен был, наоборот, разогреть публику и заставить ее с еще большим нетерпением ждать поднятия занавеса, — новость была объявлена нации во всех информационных бюллетенях.

Эвита действительно устала, а вокруг этой безобидной операции создавалась атмосфера всеобщего беспокойства, что наполняло Эвиту несказанной радостью. Она не хотела видеть рядом ни мать, ни сестер, ни даже своего брата Хуана. Ей не нужно было другого ободрения, кроме того шума, что, подобно гулу морского прибоя, доносился до нее по радио.

Роль обогащалась важным нюансом. Теперь не она несла свою любовь городу, а сам город с его толпами приник к ножкам ее кровати. На этой кровати она ощущала свою силу, сознавала мощь своего воздействия на толпу и, забывая о Пероне, предавалась мечтам об одиночестве на вершине.

Операция была назначена на воскресенье — как будто нарочно для того, чтобы воспользоваться воскресной передышкой, столь естественно приводившей людей в состояние религиозной восторженности. До того как подействовал наркоз, Эвита прошептала:

— Я хочу жить... Да здравствует Перон!

Словно заурядная комедиантка, она торопливо повторяла слова роли, прежде чем вернуться на сцену, наскоро попудрившись за кулисами. Этот же клич, брошенный ею много лет тому назад, звучал со всех подмостков:

— Да здравствует Перон! Да здравствует Перон!

Эвите не нужно было больше доказывать свою преданность. Сезон молитв о мужчине, о спасителе скоро кончится. За больничной ширмой Эвита готовилась к потрясающему воскрешению. И в самом деле, не отвечала ли она этими скупыми словами, скомканными лихорадкой на операционном столе, этим бормотанием, вызванным наркозом, на бурные приветствия толпы за окнами больницы? Приветственные возгласы пронизывали ее, как шпага.

Бесчисленные почитатели, процессии, организованные районными отделениями Всеобщей конфедерации труда, со знаменами во главе колонн, рабочие заводов шли маршем по установленному сценарию. Был прерван национальный футбольный чемпионат, носивший, между прочим, название «Турнир Эвиты».

Чемпионы в футбольной форме, вратарь с мячом в руках, рабочие из цехов с инструментами, символизирующими их профессии, экзальтированные домашние хозяйки, толкающиеся дети, животные на поводках — весь этот безумный мир торопился образовать полноводную реку, в которую вливались все новые и новые ручейки. Человек, тонущий в толпе, чувствует себя властелином, когда эта толпа шагает вместе с ним в ногу, как будто он одновременно и тренер, и тамбур-мажор, и сотня тысяч ног, с гулом отбивающих шаг на мостовой. Эта армия, возникшая словно из-под земли, то сосредоточенная, то вопящая, собралась со множеством своих знамен перед главными церквями столицы.

Толпы заполняли пространства церквей под колоннами. Неподвижно застывшие в сжатых кулаках знамена оставались снаружи. Лишь ветер слегка шевелил полотнища. Гулкий шорох долетал тогда до церковных сводов. В своих молениях толпа оказывалась такой же сурово требовательной, как и в походах на дворец Каса Росада. Большие свечи оплывали крупными слезами. Колеблющиеся язычки пламени освещали исступленные лица. Каждый плакал о своем, и все горевали об Эвите.

...Эвита вышла из больницы похудевшая и еще более сияющая, чем раньше, как будто прошла курс омолаживания. Еще лучше, чем вчера, она знала, чего хотела. Жгучее желание непрерывно трепетало в ее душе. Эвита не дала себе никакого отдыха, никакого перерыва в работе для полного выздоровления.

Первым делом Эвита отозвала Лябугля, аргентинского посла в Лондоне. Он не заказал мессы об успешном завершении операции Эвиты, в отличие от всех остальных аргентинских послов, консулов или уполномоченных во всем мире...

## 9

Эвита направляет на свою персону энтузиазм стадионов. Повсюду, где собираются толпы, она должна завладеть ими, вознести к недоступным богам. Аргентинское духовенство вынуждено склониться перед новой непорочной девой — Эвитой Перон.

Ночи полны гитарного звона. Гитары воспевают Эвиту. Кажется, сердца влюбленных устремлены и к ней. Вместе с тем, Эвита держится фамильярно и покровительственно не только со своими слугами, но и с женщинами из народа. Другие женщины ей не ровня. Это ее двор, ее челядь. Завоевание их прав должно непременно проходить по ведомству Эвиты.

Арманда Ледесма и Долорес дель Рио становятся мишенью ненависти Эвиты. Долорес лишилась всех возможностей заключить контракт на киностудиях Буэнос-Айреса. Оскорбление, нанесенное ею Эвите, было давнишним и заключалось в том, что Долорес являлась звездой первой величины в то время, когда Эвита ничего не представляла из себя в мире кино и театра. Фильмы с участием Долорес были объявлены нежелательными в Аргентине, хотя звезда фильма «Мария Канделария» заставила аргентинский народ проливать слезы на сеансах. Эти слезы, вызванные другой женщиной, долго жгли душу Эвиты.

Что касается Нини Маршалл, звезды первой величины аргентинского радио и кино, то она имела несчастье посмеяться в кругу друзей над манерой игры Эвиты в прежние времена. Звезде пришлось спешно спасаться бегством сначала в Уругвай, а потом в Испанию.

Никто больше не поднимал паники по поводу этих мер. Давно миновали те времена, когда какой-то из депутатов оппозиции, испуганный энергией сеньоры Перон, задумал провести закон, по которому жене президента Аргентины запрещалась всякая общественная деятельность. Депутату, выдвинувшему такое предложение, пришлось в ту же ночь бежать в Уругвай.

Наконец, Эвита появляется в Опере Буэнос-Айреса. Это апофеоз. Она затмевает всех знаменитостей и сверкающие огни люстр. Актрисе Эве Дуарте больше не нужна публика, которую требуется покорить силой своего уникального искусства. Эвита завоевывает признание теми небольшими суммами, что срываются с ее трепетных пальцев и рассыпаются над головами ее верующих.

Фанатичный поклонник — гражданин назойливый, но быстро успокаивающийся, как только ему обеспечат что-то сверх хлеба насущного.

Эвита нашла для себя самое великолепное, самое богатое, самое горделивое обрамление — Оперу Буэнос-Айреса.

Тысячи зрителей машут флажками. Женщины и дети бросают Эвите цветы. На флажках, если приглядеться, можно прочесть имя Эвиты. Когда машина Эвиты въезжает на площадь перед оперным театром, полиции приходится освобождать ей проход. Вся эта масса устремляется к ней. Маленькая профессиональная Золушка, увешанная драгоценностями, вызывает оргию любопытства и восхищения.

Такие сцены Эвита подсмотрела в Голливуде. Все хотят до нее дотронуться, добиться от нее слова, рукопожатия, улыбки, оторвать клочок от одежды... Для того чтобы показать, что Эвита появляется там не как человеческое существо, женщина из правительственных кругов, а как чудодейственная фигура, ее появление ознаменовано устроением некой безумной лотереи.

На сцену бросают листочки бумаги, сложенные вчетверо. Настоящий снегопад. На этих бумажках написаны имя и адрес того человека, который бросил листок. Эти банальные послания падают бархатным ковром под ноги Эвите. Иногда приходится разгребать их метлой, чтобы не споткнуться. Эвита улыбается, говорит и время от времени сладострастно наклоняется, чтобы подобрать бумажку.

Собравшиеся оглушительными криками приветствуют ее действия. Зал заходится от восторга. Жители пригородов с замирающим дыханием ждут продолжения.

Под небесную музыку, которую потихоньку наигрывают музыканты в оркестровой яме, Эвита неспешно разворачивает листок и бесконечно долго всматривается в него. Наконец, она разглаживает бумажку тонкими пальцами с карминно-красными ногтями и важно зачитывает написанное на ней имя.

Человек, чье имя написано на бумаге, удостаивается специальной аудиенции у Эвиты в салоне Фонда. За этим следует крупный выигрыш: деньги, жилье, выгодная работа. Короче говоря, все, чего может пожелать бедняк, который был поднят, расправлен, избран одним жестом сиятельной Эвиты...

## 10

В 1949 году ужасная засуха уничтожила стада и погубила урожай. Перон больше не мог обеспечить плату продовольствием за поезда, сконструированные и изготовленные в Англии. Мяса не хватало даже для населения столицы, хотя незадолго до того Перон провозглашал: «Вам красные быки!»

Для оживления своей популярности в народе Перон решил озвучить с балкона резиденции Каса Росада другое обещание: построить торговый флот водоизмещением миллион двести тысяч тонн. Он начал с того, что назвал первое спущенное на воду судно своим именем — «Президенте Перон». Второе было посвящено опять-таки славе одного-единственного Хуана Перона, потому что увековечивало дату его освобождения — «Семнадцатое октября». День этого благоприятного поворота в своей судьбе Перон превратил в национальный праздник. И только третье судно получило имя «Эва Перон»...

Хуан Доминго хотел заставить пеонов превратиться в китобоев. Врага, более внушительного по размерам, он не смог найти в пределах досягаемости.

Начиная эту войну престижа против ненавистной Англии, Перон заказал на английских же верфях китобойное судно водоизмещением в двадцать две тысячи тонн — самое большое в мире. Назвал он его, само собой разумеется, «Хуан Перон», используя на этот раз не свой помпезный официальный титул, а обыденное имя для семейного обихода. Новому гиганту был предписан путь на Южный полюс.

Однако безработные из пампы, брошенные на это гигантское китобойное судно ради славного деяния, которое должно было послужить пропаганде личности Хуана Перона, подверглись такой жестокой качке, что морская болезнь оставила их в покое только на суше. Ни угрозы применения оружия государственной полицией, ни обещания подарков от Эвиты не смогли заставить людей вернуться на судно. Они предпочитали трудиться на своей привычной земле. Новых добровольцев найти не удалось. Пришлось оставить идею национальной охоты на китов и придумать другой отвлекающий маневр.

Задавшись целью обеспечить успех своей большой политики на море и в воздухе, Хуан Перон обратился к аргентинскому миллиардеру итальянского происхождения Альберто Додеро.

Принадлежавшая Додеро аргентинская навигационная компания перевозила тысячи полуночников из Буэнос-Айреса в Монтевидео, и обратно. Рейс из Рио-де-Ла-Плата длился всю ночь. Это был повод для бесконечного праздника. Имея в своем распоряжении четыре «роллс-ройса», шесть шоферов, два личных самолета, Додеро, если требовалось украсить один из его роскошных приемов, покупал две тысячи гладиолусов и приказывал за несколько часов высадить эти цветы в своем саду. Он обожал рулетку и часто оставлял в казино миллионы в течение одного часа, но зато все его служащие вплоть до последнего из сторожей получали долю прибыли.

Этот отпрыск семьи судовладельцев был единственным богачом, хорошо относившимся к Перонам, а они, в свою очередь, выделяли его из класса аристократии. Дружба семьи Додеро предоставила Эвите новую возможность возвыситься после череды унижений, которым подвергла ее аристократия. В лице Бетти Додеро, жены судовладельца, Эвита обрела подругу-миллиардершу, позволившую передохнуть от общества запыленных женщин из народа с их завивкой барашком.

Эта дружба дала возможность Эвите отвесить пощечину Росите Бэмберг, ставшей маркизой де Ганей. Бэмберги были одной из самых знаменитых семей аргентинских миллиардеров, сколотивших состояния на эксплуатации порта Росарио и производстве пива на пивных заводах «Куилмес». Отто Бэмберг, основатель фирмы «Куилмес», был сыном аргентинского консула в Париже. Во Франции у него были многочисленные связи. Этим и объяснялся мощный приток французских капиталов в его дело.

Однажды Бэмберги на один вечер превратили свои гостиные в аквариумы, и пораженные гости прохаживались между медузами и золотыми рыбками. Лишенная этой аквариумной сенсации, Эвита была безутешна. Во время своего пребывания в Париже она пыталась с помощью аргентинского посольства оказать давление на Роситу Бэмберг, маркизу де Ганей, чтобы та пригласила ее в свой салон и ввела таким образом в круг французской аристократии. Но Росита Бэмберг не поддалась нажиму и не пожелала видеть бывшую комедиантку в своей гостиной.

По возвращении в Буэнос-Айрес Эвита поклялась жестоко отомстить за эту выходку. Пивной завод

«Куилмес» сразу же был обвинен налоговым управлением в нарушениях и подвергся нашествию государственных ревизионных комиссий. Так бывшая комедиантка приложила все усилия, чтобы разорить вотчину миллиардеров. Бэмбергам пришлось возрождать свое дело там, где людоедка не могла их достать. Отказ Эвите в одном часе присутствия в модном парижском салоне стоил миллиардов семейству Бэмберг.

В лице Бетти Додеро Эвита приручила, наконец, настоящую миллиардершу. Они были одного роста и часто развлекались, обмениваясь нарядами. Альберто Додеро начал с того, что подарил Эве Перон серебристо-голубой «роллс-ройс» — того самого цвета, который она предпочитала. Он объяснил Эве, что «роллс-ройс» самая аристократическая из машин и вовсе не гармонирует с окружением дескамисадос.

Эвита не восприняла иронию и коротко поблагодарила, сказав лишь:

— Мне очень нравится хромированное покрытие.

Все закончилось тем, что Додеро провалил предприятие. Ему не удалось создать торговый флот, с высоты которого Перон мог бы благодушно улыбаться своим толпам. Спасаясь от гнева великого человека, он бежал ночью, как один из пьяных полуночников-гуляк с его флотилии. Сначала Додеро перенес свою деятельность в Уругвай, потом обосновался на благодатном солнышке в Каннах.

Умер изгнанник на Лазурном берегу в 1951 году. Разорительные проигрыши в рулетку не излечили его от тоски по родине.

Эвита отомстила Бетти Додеро, отказавшейся стать одной из дам ее свиты. Она распустила в газетах слух, что Бетти, знаменитая Бетти Додеро, была никем, всего лишь бывшей американской цирковой гимнасткой, выступавшей на трапеции, девушкой из кордебалета, демонстрировавшей перед публикой свои ноги...

## 11

Когда Перон отправляется на совещание с сенаторами, Эвита со своей черной собачкой на руках маячит у него за спиной. Оба встают рано и проявляют явное беспокойство. Проснувшийся первым получает шанс перехватить у другого часть аплодисментов. Перон отправляется в резиденцию, Эвита — в Фонд, и оба начинают прием. Один из них часто склонен к компромиссам, другая — надменна и непреклонна.

В конце каждой аудиенции Эвита позирует для официального фотографа. Это происходит часто, более двадцати раз за утро. Каждый раз она меняет платье со снисходительностью кинозвезды мирового масштаба, выполняющей свой долг перед публикой.

Фонд — главная часовня культа Эвиты. Она подкармливает мечту простого народа, не оставляя ему клочки своих платьев, как делают кинозвезды, а давая ему вволю бакалейных товаров и готовой одежды. Массы легче переваривают миф, когда он сопровождается хорошими чаевыми. Идол с невинными глазами вербует свою публику не только на профсоюзных подмостках, в нищих пригородах, на душных и тесных заводах, но и в церквях, загребая лопатой жар, окутывающий самые отдаленные часовни.

Эвита дает жесткий отпор мужчинам, которые пытаются сохранить кое-какую популярность в мире, где царит она. Так, она делает все, чтобы добиться опалы полковника Мерканте, давнего товарища по ГОУ и верного друга Перона. Она не прочь также подпортить международную репутацию Брамульи, представляющего Аргентину в ООН. В то же время Эвита частенько берет под защиту тех, кто чувствует за собой вину.

Один молодой посол, женатый на очень ревнивой женщине в летах, обращается с просьбой к Эвите. Он добивается отзыва своей нежеланной супруги в Буэнос-Айрес, чтобы в это время порезвиться на просторе. Эвита оказывает ему эту милость.

Министра национального просвещения, гитариста и певца Оскара Иванишевича, однажды спешно вызывают к Эвите. Один из ее протеже, Мигель Аския, президент перонистского блока в Палате депутатов, провалился на экзамене по праву в университете Буэнос-Айреса, в котором учился.

Сеньора Перон объясняет суть дела Оскару и говорит ему:

— Нужно это уладить!

Иванишевич отвечает:

— Я попрошу, чтобы сеньору Аскии разрешили пересдать экзамен. Надеюсь, во второй раз он его сдаст...

Эвита в гневе кричит:

— Я не прошу, чтобы Мигель Аския еще раз сдавал экзамен! Я хочу, чтобы у него приняли экзамен! Немедленно!

— Это невозможно, — говорит Оскар. — Существуют университетские правила...

Из-за этого ответа через несколько дней Оскару приходится уйти с поста министра.

Посол Испании имел неосторожность заявить публично, что от Перонов можно добиться чего угодно при условии, что их наградят престижными орденами или медалями. Для обоих это несокрушимый аргумент, против которого они устоять не в состоянии.

Эвита, которой донесли об этом замечании, сразу же решила устроить большой прием для представителей всех стран. Она попросила швейцара, открывавшего дверь гостям, задержать немного посла Испании и послать за ней. Когда посол вошел, она примчалась вниз, вопя так, чтобы услышали все вокруг:

— Эта старая свинья мне здесь не нужна!

В то же время, желая доказать, что народ в Аргентине торжествует повсюду, Эвита направляет в Москву послом бывшего шофера такси. По мнению Эвиты, это нанесет русским, которых она считает опасными конкурентами в завоевании любви народов, двойной удар. Посылая в Москву выходца из низов, достигшего, однако, высокого поста, она хочет дать понять русским, что они не пользуются большим уважением.

Благосклонная улыбка Эвиты становится решающим фактором во всех сферах жизни страны. Эта улыбка заменяет правительство.

В декабре 1949 года среди рабочих сахарной промышленности в провинции Тукуман разразилась страшная забастовка. Конфедерация Эспехо, верного привратника Эвиты, вмешалась, чтобы поставить во главе профсоюзной ячейки Тукумана более послушных людей. Вскоре после этих событий Фонд направил бывшим забастовщикам множество посылок. Одежда и продукты распределялись посланцем конфедерации из Буэнос-Айреса. Эти подарки должны были заткнуть рты опасным смутьянам.

# Часть шестая

## Сразить женщину

### 1

 конце октября 1950 года Хуан Перон вызвал Хосе Эспехо и спросил у него, верно ли, что на железной дороге готовится забастовка.

Хосе Эспехо ответил:

— Всегда и везде найдутся недовольные.

— Хотелось бы, чтобы этих недовольных было поменьше.

Хосе Эспехо засмеялся неестественным смешком человека, сделавшего повиновение своей благодатной профессией.

— Я постоянно в курсе дел Союза железнодорожников, — заверил он.

Успокоенный Перон отпустил Эспехо. Маленький демократический поезд когда-то действительно сгорел. Вокруг догоравшего поезда долго продолжалось бдение. Кто-то с радостью наблюдал за тем, как он горит. Были и такие, кто смотрел в оцепенении, спрашивая себя, что еще можно спасти от этого догорающего символа. Событие особенно взбудоражило детей. Им это казалось таким же увлекательным, как канун Рождества. Дети перонистов и антиперонистов радовались одинаково этому необычному зрелищу. Когда кучу железа, оставшегося от поезда, наконец, убрали с рельсов и отбросили подальше от насыпи, дети использовали обугленные останки для своих игр. Они подражали битвам взрослых, а сюжеты были одни и те же: полицейские против воров. Казалось, тлеющий пепел демократического поезда затаился и с опозданием на четыре года внезапно ожил, вспыхнув гневом аргентинских железнодорожников.

За первые годы войны Аргентина накопила запас иностранной валюты в миллиард сто миллионов долларов. Перонистское правительство начало вести политику в американском стиле, ссужая доллары в долг. Сто пятьдесят миллионов передали Франции и сто пятьдесят Италии, чтобы обеспечить себе выход на международную арену и получить возможность закупать оборудование.

Но перонистское правительство, поддавшись головокружению, которое внушали все эти миллионы долларов, не смогло обеспечить производственную базу для самостоятельного развития индустрии, позволив миллионам затеряться в песках. Сначала перонисты закупили по невероятной цене совершенно изношенные старые английские железные дороги. Ради подкрепления своих речей об экономической самостоятельности Перон заплатил сто пятьдесят миллионов фунтов за горы металлолома.

Кроме того, желая создать рабочую базу, правительство повело политику увеличения занятости. В Корпорации транспортных средств города Буэнос-

Айреса с 1939 по 1950 год количество работающих на одну машину увеличилось от шести до тринадцати человек. Приток трудящихся из сельской местности не решался как социальная проблема, а превращался в театральную массовку для выступлений Перона. Приезжих мобилизовывали для появлений на Пласа де Майо и платили по тарифам участников массовки.

Сокращалось количество рабочих часов на одного работающего, что могло только временно замаскировать крушение рынка. Это сводило на нет относительную модернизацию оборудования.

Чем же утешался Перон, предчувствуя приближение драмы?

Его машину неизменно сопровождали поклонницы. Некоторые заунывно скандировали:

— Дай нам ребенка!

Другие в экстазе добавляли:

— Мы хотим ребенка от Перона!

Каждое утро в ноябре 1950 года Перон проводил час за чтением сообщений от своих послов в разных странах. Позавтракав жареным мясом и выпив пол-бутылки шампанского, он занимался своей диктатурой, как новым видом спорта. Перон устраивал бесконечные праздники в Каса Росада ради одного лишь удовольствия лицезреть колоссальные толпы зевак. Тем временем беспорядки на железной дороге принимали характер рельсовой войны: сто восемьдесят тысяч человек могли одним махом парализовать всю страну.

Черный кондор с распростертыми крыльями, его эмблема, все-таки еще не совсем потускнел. Чтобы повысить свою популярность, в последнее время Перон не брезговал самыми неподобающими эксцентрическими выходками, самыми сомнительными шутками... Он всерьез сожалел, что не может больше показаться на балконе Каса Росада, как сделал на следующее утро после избрания. Тогда он появился перед толпой в экстравагантном халате, как боксер, выходящий на ринг с заново напудренным лицом в свете прожекторов...

Но поезда останавливались один за другим... Напрасно Перон старался закалиться в беседах со своими почетными гостями — беглыми нацистами, такими, как майор Хайнц Штойдеман, успевший вместе со своими офицерами улететь из Берлина в тот момент, когда туда входили русские. Эти задушевные беседы с низверженными богами помогали лишь ненадолго забыть о реальности, стоящей у дверей. Перон продолжал жить в дурмане ГОУ. Он считал, что совершает акт примирения, присутствуя в демократичной тенниске и в окружении полицейских на похоронах рабочего, упавшего с лесов и в последнюю минуту закамуфлированного под жертву антиперонистского выступления.

Стотысячная армия полицейских, советники из гитлеровского загробного мира, сеансы самообмана — во всем Перон старался противодействовать Эвите и все могло рухнуть в один момент. И все-таки Хуан и Эвита продолжали выставлять себя напоказ, появляясь вместе на бесчисленных плакатах. В библиотеках, на стройках, на фронтонах вокзалов и аэропортов торжествующая пара тысячи раз являет миру свои кокетливо манящие лица.

## 2

Забастовки были запрещены. Все забастовки. Но в ноябре и декабре ситуация на железной дороге продолжала ухудшаться.

Эвита поспешила послать от имени Фонда в наиболее напряженные районы многочисленные рождественские подарки. Служащие Фонда раздавали в крупных городах конфеты детям железнодорожников. Но люди требовали повышения зарплаты, а не благотворительности. Женам железнодорожников приходилось отрывать детей от раздачи. Дети плакали, женщины не понимали непреклонности мужчин, а те повсюду останавливали поезда.

Министр транспорта полковник Кастро поторопился согласиться на прибавку, чтобы предотвратить катастрофу. Поезда снова начали ходить. Но вдруг, узнав новость о повышении, дорожные рабочие, путевые обходчики и прочие двинулись в Буэнос-Айрес. Они заявили, что несправедливо повышать зарплату железнодорожникам, требуя самопожертвования от других категорий трудящихся, особенно, если это повышение достигнуто путем незаконной забастовки. Они требовали отставки руководителей профсоюзов железнодорожников.

Старательный привратник Эспехо помчался на места, чтобы заменить одних руководителей другими. Тем временем полковник Кастро был отправлен в отставку и обвинен в предательстве, а железнодорожники, понимая, что прибавка ускользает из рук, принялись бастовать с новой силой. Поезда останавливались, и Эспехо в панике вернулся в Буэнос-Айрес с предложением ответить запугиванием на запугивание.

Стараясь застопорить адскую машину забастовки, Перон быстренько устроил банкет для оставшихся ему верными членов Союза железнодорожников. В заключительной речи он заявил, не упоминая ни о повышении заработной платы, ни о разрастающихся забастовках:

— Говорят, что я лжец и вор, а жена моя уродина... Вам судить!

Перона всегда обвиняли в лжи и воровстве, но никогда никому и в голову не пришло бы сказать, что Эвита уродлива. Объявляя ее уродиной, не мстил ли Перон исподтишка своей супруге или же помещал заведомо абсурдное утверждение рядом с двумя правдивыми высказываниями, касавшимися его самого, чтобы создать впечатление, будто все в целом лишено всякого основания?

Перон ушел с этого банкета 28 декабря с неизменно довольным видом, ставшим его лучшим оружием против судьбы. Он не мог представить себе, что когда-нибудь потеряет пост, на который был чудодейственно вознесен. Возможно, он мечтал об энергии и решимости Росаса, кровавого гаучо, который сто лет назад без зазрения совести расправлялся со своими врагами. Тогда на улицах продавцы фруктов созывали народ криками: «Прекрасные персики! Приходите взглянуть на прекрасные персики...» Снимая рогожу, прикрывавшую повозки, люди, ожидавшие увидеть добрые земные плоды, с ужасом замечали свежеотрезанные предыдущей ночью головы новых противников диктатора...

Перон, вознесенный на самый верх в тот момент, когда должен был пасть, отказывался верить в то, что его могут сбросить. Первое чудо должно было повлечь за собой другие чудеса, и все в его пользу...

Во второй половине января 1951 года железнодорожники, не получившие обещанного повышения, объявили всеобщую стачку. Тут же вмешалась полиция. Сотни железнодорожников были арестованы и брошены в тюрьмы. Две тысячи рабочих были уволены за бунт. Власти применили декрет 1948 года, объявлявший срочное привлечение железнодорожников к работе в принудительном порядке. Но поезда оставались на вокзалах, и ничто не трогалось с места, кроме беспокойных толп по обочинам железных дорог.

Эспехо потерпел неудачу в своей попытке заставить забастовщиков избрать новых руководителей профсоюзов. После новогодних праздников положение осложнилось до предела. Поскольку железнодорожников не остановили подарки Эвиты, власти решили применить силу. На помощь была призвана армия...

## 3

Хуан Дуарте с давних пор занимает должность секретаря президента Перона. По поручению сестры он наблюдает за Пероном, когда рядом нет Эвиты, бдительно следящей за маниакальными мегаизлишествами супруга. Когда Эвита устает от своей благотворительности, регулярной, как ежедневная гимнастика, когда она измотана контролем за олимпийскими жестами и великодушием диктатора, которому она постоянно внушает волю к победе, тогда она находит убежище в обществе своего брата Хуана.

Хуан похож на тех мужчин, которых она ценит и которые в изобилии ее окружают. Как правило, это сильные, властные с виду люди, но ими можно вертеть, как заблагорассудится, потому что на самом деле они слабы и пусты.

Обняв брата за шею, Эвита мечтательно шепчет:
— Неважно, если иной раз обо мне говорят плохо... Только дети меня и любят...

Она не упускает случая поцеловать детишек, которые постоянно вертятся у нее под ногами. Эва гладит детей по головкам, ее бриллианты часто запутываются в их волосах, и она терпеливо высвобождает свои кольца с помощью гребешка. Именно она провела закон, дающий незаконнорожденным детям равные права с законнорожденными в получении наследства, и закон, жестоко преследующий отцов семейств, производящих на свет детей на стороне.

— Давай, — говорит она, — съездим в деревню.

Эвита хочет увидеть своих сирот, убеждая себя в том, что они видят в ней мать, женщину. В своей новехонькой чистенькой деревне она чувствует себя как дома. Эвита создала грандиозную декорацию для своей, без сомнения, самой патетической роли. При этом ей кажется, что у нее именно такое сердце, какое полыхало на полотнищах, посвященных мадонне Чивилькоя. Эти полотнища носили в церковных процессиях в ее родных местах, когда вдруг все вокруг исчезало — дороги и дома, а оставалось лишь сердце, трепещущее под порывами ветра. В свою деревню Эвита отправляется, взяв с собой скептиков.

— Раньше, — говорит она, — в Аргентине для сирот существовали лишь ледяные казармы. Дети жили там с трехлетнего возраста, имея лишь знамя над головой да форму на плечах. А посмотрите-ка сюда...

Здесь действительно есть прекрасные куклы и плюшевые медведи в изголовьях белоснежных кроваток. Дети далеко на лугу и, кажется, ни к чему не прикасались. В раковинах сухо, сады полны цветов, качаются пустые качели. О детях рассуждают, им курят фимиам, но смотрят на них издалека. Похоже, эта образцовая деревня для брошенных детей — сосуд, заполненный одной Эвитой.

Она резко поворачивается к брату, и слезы закипают у нее в глазах.

— Хотя бы об этом «Ла Прэнса» должна написать... Преступление, что они не говорят об этом...

Светлые волосы Эвиты зачесаны назад, она порывисто кладет руку на шиньон, словно так может успокоить сердцебиение. Два-три волоска отливают черным. Не поддаются окраске.

Печаль гнетет Эвиту.

— Они унаследуют все это после моей смерти, — шепчет она.

Драгоценные камни, сверкающие у нее на пальцах, тоже обещаны в наследство ее подопечным. И вдруг молодая Эвита становится похожей на старух Чивилькоя. Каждый день они обещали наследство тем, кто проходил мимо их порога, в надежде получить улыбку ребенка, каплю заинтересованности, небольшую услугу. Они обещали сказочный подарок в обмен на пятиминутный разговор, который отвлек бы их от ужасного одиночества, но когда жадная когорта дожидалась оглашения завещания одной из таких старушек, то ни для кого ничего не обнаруживалось, кроме гадкого воспоминания о неуверенной улыбке беззубого рта. Так и молодая Эвита постоянно обещает наследство всем на свете...

Но вот она берет себя в руки. Теперь ей больше не нужен Хуан Дуарте. Момент слабости, умиления прошел. Эве снова нужна толпа, ее единственная стихия, единственное достояние. Толпа, которая прикасается к ней, возрождает ее, пронизывает ее, внушает надежду на то, что след от нее останется в будущем. От народа исходят волны экстаза. Эвита спешит предложить чашку шоколада старикам, одежду из Америки детям Росарио. Только она что-то дает в этой стране.

В Каса Росада супругу президента ждут американские журналисты. Спасенная от меланхолии Эвита приезжает на встречу в машине брата. Она старается найти красивые ответы на вопросы, которыми ее осаждают журналисты. Это усилие держит Эвиту в таком напряжении, что она цепенеет, будто уже зажата между ледяными страницами истории. По-детски бросает пламенный взгляд на украшения журналисток и, неожиданно расслабившись, спрашивает приглушенным голосом:

— Какая прическа, если судить по моим фотографиям, идет мне больше всего?

## 4

Неожиданно Эвита и Хуан Перон объединяются в одном стремлении: уничтожить аргентинскую газету «Ла Прэнса».

У Эвиты нет времени для себя, для интимных отношений, она предстает беззаботной только на фотоснимках, жертвует всем, лишь бы завоевать свою публику, но не может вынести высокомерного молчания газеты «Ла Прэнса». Это единственная газета, не желающая впадать в постоянное обожание. Эвита, живущая только ради откликов в своей и зарубежной прессе, глубоко страдает... «Ла Прэнса» игнорирует даже ее подарки и любезности.

Под тяжестью макияжа опускаются ее веки, прическа возвышается надо лбом. Весь мир замирает от восхищения и страха, когда появляется Эвита Перон, уже сейчас похожая на восковую фигуру, на забальзамированную заживо женщину. «Ла Прэнса» своим молчанием строит заговор против этого живого манекена, который ничего не видя и не слыша продвигается по дороге фотографий, по дороге двадцатого века...

Начиная с 1948 года Эвита стала газетным магнатом. В ноябре она купила «Лас Нотисиас» за четыреста миллионов песо. «Демократия», владелицей которой она тоже являлась, стоила ей шестьсот в год, но зато публиковала до дюжины фотографий прекрасной Эвиты в каждом номере.

Холодная, отрешенная, окруженная фаворитами, едва пригодными, чтобы фотографироваться рядом с нею ради пластики позы, отвергающая богатых людей, богатство которых становится постыдной болезнью, потому что миллиардеры Буэнос-Айреса больше не пользуются авторитетом, эта Эвита решила унизить непокорную газету, создав издание, которое побило бы все рекорды восхваления среди прессы, занимающейся прославлением Эвиты. Концепцию издания «Аргентина» Эвита изложила еще Оскару Иванишевичу, министру просвещения, искусному гитаристу и бывшему послу в Вашингтоне, впавшему впоследствии в немилость. Каждый месяц набирался толстый сборник, представляющий американские ужасы: разнузданные банды, женские груди из резины, реклама кладбищ, стриптиз горбатых и калек. Всему этому противопоставлялись чудеса Аргентины, управляемой Эвитой: шестьсот тысяч аргентинских школьников, снабженных красивой одеждой, красивыми книжками и отличным питанием...

Напрасно Иванишевич напевал, аккомпанируя себе на гитаре: «Мы ребята-перонисты, мы кричим всегда, чувствуя локоть друг друга, с радостью в сердце: «Да здравствует Эвита, да здравствует Эвита!»

Ни эта песенка, ни пышные оды Эвите в «Аргентине» не давали забыть о молчании непокорной газеты.

Перон, со своей стороны, тоже проявлял недовольство. Выходило, что он напрасно разглагольствовал, напрасно пророчествовал, напрасно заявлял, что делает все для страны. «Ла Прэнса» не восхищалась.

— Мы благословим наших потомков, они будут счастливы благодаря нам! — провозглашает Перон. —

Я один работаю за целое правительство... Борьба ничего не стоит, если нет гармонии... Я тружусь с шести утра до десяти вечера... Нужно экспроприировать слишком богатых иностранцев... Жду того времени, когда уйду на пенсию... Мне больше не нужно, чтобы за меня голосовали... Я никогда никого не предавал, даю слово...

«Ла Прэнса» глуха к этому словоизвержению.

— Я вкладываю всю душу в аргентинцев, — говорит Перон.

Но одновременно он вложил миллионы долларов за границей. Жонглируя законами в устланных коврами гостиных Каса Росада среди драпировок, хрусталя и расписных потолков, Перон, узник этой роскоши, убаюканный приторными улыбками и поцелуями рук, тяжело роняет на пол номер упрямо молчащей газеты «Ла Прэнса». Он бросает мрачный взгляд на слуг, бывших дескамисадос в ливреях, расшитых золотом. Как неблагодарна эта «Ла Прэнса»!

Эвита же, со своей стороны, повышает голос и опускает глаза, смиренно заявляя на публике:

— Я всего лишь слабая женщина, пришедшая рассказать вам о своем крестовом походе...

«Ла Прэнса» отказывается отметить эту характерную скромность Эвиты, предназначенную для скорейшего ее обожествления.

Забившись в свой кабинет, Перон мысленно ставит себя на место Александра Великого, в своем воображении ведет вперед армии и одерживает победы. Гнетет его только один вопрос, тот же, что мучает и его супругу: почему «Ла Прэнса» упоминает на каждой странице слово «свобода»? Ему хочется ответить шуткой Муссолини: «Никто не просит у меня свободы. Люди просят у меня хлеба».

Гигантское ухо службы подслушивания направлено в темноту, гарсоны в кафе все как один доносчики, но в ожесточившемся и желчном городе «Ла Прэнса» продолжает пренебрегать ненасытной жаждой деятельности Эвиты и радужными проектами Хуана Перона, который хотел бы возродить мечту ГОУ: южный блок, священный союз стран Латинской Америки, во главе которого он встал бы уже без посредничества нацистов в качестве полноправного лидера...

Эвита вновь причитает:

— Они даже не упоминают о деревне сирот!

«Ла Прэнса» не упоминала также о ее светских приемах, хотя эта газета, имевшая читателей во всем мире, вела рубрику светской жизни, популярную во многих странах. В довершение ко всему, в конце января 1951 года вместо ожидаемых лояльных публикаций «Ла Прэнса» написала о забастовке аргентинских железнодорожников, старательно умалчиваемой всей остальной прессой. Разгневанная Эвита подтолкнула Перона к решительным действиям.

В 1948 году уже конфисковывали однажды бумагу газеты. С октября 1948 года Эвита добилась того, что реклама и мелкие объявления, публиковавшиеся в газете и служившие основой прибыли, перешли под ее контроль. Одновременно все правительственные учреждения и организации получили право размещать бесплатные объявления в газете «Ла Прэнса» тиражом в полмиллиона экземпляров, выходившей с 1869 года.

Эвита вызвала Эспехо.

— На этот раз с ними покончено. Сейчас пойдете с вашими людьми к типографии и уничтожите весь сегодняшний выпуск...

— Это невозможно, — шепчет Эспехо. — Мы не успеем...

— Нужно положить этому конец, — твердо заявляет Эвита.

— Начнем с того, что потребуем двадцать процентов прибыли от продажи газеты в нашу кассу взаимопомощи...

Но такая месть показалась Эвите недостаточно суровой. Перонисты двинулись в атаку на редакцию газеты. Перед домом на улице Чили раздались выстрелы. Полиция заявила, что нашла оружие в типографии газеты «Ла Прэнса». Газета была экспроприирована и оценена в миллион долларов, хотя стоила в двадцать раз дороже, к тому же все равно ничего не было выплачено и по этой оценке.

Гаинса Пас, директор газеты, бежал в Соединенные Штаты, а на фасаде редакции, внушительного здания в стиле рококо с большими часами на коньке крыши, установили огромное панно с надписью: «Народное благо». Вечером гирлянда из электрических лампочек утверждала: «Теперь это аргентинское...» На городских стенах были расклеены плакаты Эвиты: «Ла Прэнса» в заговоре против нации».

Действительно, «Ла Прэнса» отказывалась участвовать в прославлении режима, который покрывал, например, делишки Хуана Дуарте. Разве не занимался он открыто торговлей лицензиями на импорт? Что можно было сообщить о новом особняке на улице Теодоро Гарсиа, приобретенном Эвитой, где она плавала в своем личном бассейне, причем окна домов, выходивших на этот бассейн, были заколочены полицией?

На мученичество набивались также суфражистки со своим разноцветным знаменем, таким же пестрым, как и их шляпы. Подражая знаменитой Сесилии Грирсон, женщине-врачу из Буэнос-Айреса, жившей в девятнадцатом веке, они разворачивали подстрекательские кампании, стремясь выбраться из пучины домашнего очага, получить право голосовать, бороться за запрещение вивисекции, проституции. Но хриплые выкрики этих обманутых экзальтированных женщин, несчастных в замужестве, единственных дочерей или ущербных физически, осуждали лишь призрачные несчастья!

Эвита с папкой под мышкой и в строгом костюме ищет взамен славе пост секретаря ООН. Эвита — это королева, а не стареющая звезда, улыбающаяся стенам и дверям, ожидая, что они откроются сами по себе...

«Ла Прэнса» возродилась под руководством новых людей, позволивших Эвите появиться на всех страницах, так долго остававшихся вожделенными и ненавистными. В первом номере новой эры газеты она писала: «Когда я встречаюсь глазами с моим народом, то начинаю верить в мою сверхъестественную миссию...»

Перон все же хотел отвлечь мировое общественное мнение от неблагоприятных впечатлений, связанных с исчезновением популярной газеты. Самое резкое неодобрение высказали Соединенные Штаты, решительно порицавшие разгром газеты, имеющей мировую репутацию. Следуя своей излюбленной тактике, Перон заговорил о миролюбии США, отдал дань атомной мощи этой страны и тотчас же заговорил об аргентинских экспериментах в области изучения атома. Это должно было стать сюрпризом, способным уравновесить факт исчезновения оппозиционной газеты.

— 1952 год, — провозгласил Перон, — станет революционным годом для Аргентины, ее атомным годом. В 1954 году у нас будут атомные трамваи. Мы располагаем залежами редких металлов, необходимых для создания водородной бомбы. Мы будем тоннами ввозить бериллий. Лаборатории в Сан-Карлос-де-Барилоче, руководимые профессором Рихтером, оснащены реактором, который дает температуру в семь миллионов градусов. Мы получили космические лучи...

Немец профессор Рихтер отличился не только работой над предполагаемой аргентинской бомбой, но и весьма эффективными советами одному из бывших шефов гестапо доктору Тэуссу по устройству камеры пыток для полиции Филомено Веласко. Комната представляла собой чудовищное подобие гимнастического зала для непристойной и жестокой гимнастики. Сеанс в этой комнате продолжался с вечера до утра. Кулачные удары, электрический ток, пощечины чередовались с полными стаканами коньяка. Эти развлечения часто заканчивались смертью пациента. Месяц спустя после заявления Перона об атомном обновлении его страны доктор Рихтер был арестован под тем предлогом, что недостаточно далеко продвинулся в своих работах.

Поскольку аргентинские леса были истреблены и приходилось покупать бумагу за границей, Перон объявил, что отныне бумагу будут производить из национального достояния — сахарного тростника. Таким образом появится больше бумаги для аргентинских газет и больше восхвалений Хуана Перона в этих газетах исключительно национальной закваски.

Бразильским журналистам Перон незамедлительно заявил:

— Если в Аргентине нет оппозиционной прессы, я ее создам!

Перон улыбался. Фраза получилась великолепной. Оппозиционеры находились под замком, а свежий номер газеты «Ла Прэнса» восхвалял чету Перон с разнузданным бесстыдством!

## 5

Постоянные уверения с целью убедить рабочих в их привилегированном положении были внезапно прерваны прибытием полков для подавления забастовки.

— Никогда больше не увидят солдат, идущих против рабочих! — провозгласил когда-то Хуан Перон.

И вот Перон все-таки вынужден применить силу против самой крупной забастовки со времени его прихода к власти.

Опавшие листья тонут в луже крови. Двое железнодорожников пали на этом месте, куда кто-то украдкой принес цветы. Армия занимает город Кордова. Солдаты не осмеливаются зайти в кафе. Они пьют мате на улице, как прокаженные. Сегодня армия нужна Перону, а завтра на заре она выдвинет свои требования. Перон теряет свою рабочую армию и должен заменить ее другой армией, настоящей, сильной, постоянной, если он хочет удержаться на троне.

Противостоящие толпы уже догадываются, что произошли перемены, что предстоит низвержение икон. Рабочий, одурманенный мечтами, открывает затуманенные глаза. Солдат выходит из долгого летаргического сна. Его призывают. Может быть, для него открывается эра почестей и публично раздаваемых наград, чего он был так долго лишен в пользу рабочего.

Время от времени дети приближаются к охапкам хризантем, но солдаты отбрасывают цветы подальше. Дети и солдаты играют в кошки-мышки, их разделяют только букеты цветов, скользящие по крови на мостовой. Глаза детей слезятся от пыли, а солдаты продолжают потягивать мате. Начальник станции Кордовы мечется без видимой цели со своими знаменами. В конце концов рабочие перекрывают железнодорожные пути. Поезда не пройдут.

Солдаты делают зарядку, чтобы придать себе уверенности, а железнодорожники перекусывают прямо на рельсах, запивая из горлышек припасенных заранее бутылок. Они сидят на корточках или лежат, но не находят покоя. Иногда в окно казармы летит камень, и тогда солдат осторожно вынимает кусок стекла, дребезжащий в створке, и с отвращением выбрасывает его в мусорный бак. Солдаты стреляют в воздух. Дети и вороны бросаются врассыпную.

Дыру в окне закрывают газетой. Кое-кто из солдат бреется, кто-то меняет рубашку, ожидая команды. Сорванные плакаты с портретами Эвиты кружатся между рельсов.

Несколько железнодорожников поднимаются в товарный вагон. Это смена караула, похоронное бодрствование. Они охраняют тела убитых товарищей, защищают их, стоя вокруг со скрещенными руками. Солдаты-перонисты готовятся атаковать вагон, который заменяет бастующим часовню. Нужно завладеть телами. Нельзя оставлять их, как знамена из плоти, в руках мятежников. На товарном вагоне крупными буквами гудроном написано место назначения: «Коррьентес».

С наступлением ночи внезапно появляются грузовики с потушенными фарами. Солдаты спрыгивают на землю и с криками устремляются в темноту. Вспыхивает ослепительный свет, солдаты с оглушительными воплями стремительно бросаются к вагону, но так же быстро останавливаются. Их беспокоит тишина.

Потом они различают шепот. Солдаты открыто поднимают автоматы, держа пальцы на спусковых крючках.

Железнодорожников больше нет, остались только женщины в трауре. Стоя на коленях между рельсами, они молятся. Солдаты на мгновение замирают в нерешительности. Потом следуют резкие сухие приказы. Солдаты быстро приближаются, расталкивают женщин, отбрасывают их на насыпь. Поднимаются в оставленный вагон. Изнутри доносятся крики злобы и разочарования. Тел жертв там больше нет. Убитых товарищей унесли железнодорожники Кордовы, в спешке оставив вагон-приманку.

Рано утром приходят двое делегатов-рабочих, размахивая белой рубашкой. Это парламентеры. Они позволяют солдатам увести себя и исчезают. Через некоторое время солдаты дают несколько залпов, чтобы напугать тех, кто остался, и отступают назад.

Тщетно ждут они всплеска паники. Эта сомнамбулическая война изматывает всех, превращаясь в запутанную, непонятную свару. В небе появляются журавли. Толпа шагает молча, рука в руке. В городе опущены занавески. Кортеж проходит перед лагерем солдат.

Снова звон стекла, выстрелы. Один из военных, застрявший в толпе, испускает крик. Его сталкивают в водосточный желоб целым и невредимым. Он выбирается на четвереньках, револьвер хлопает его по ляжке. Снова раздаются выстрелы. Проснувшиеся дети торопятся на улицу. Знамена едва шевелятся в этом зябком марше. Это даже не знамена, а рубашки, привязанные к палкам.

Эвита в Буэнос-Айресе принимает важное решение: она поедет на место сама.

Эвита выходит на каждой станции и с высоты

поспешно устанавливаемой переносной трибуны читает нотации железнодорожникам, умоляет их не вести себя подобно коммунистам; она кричит, осуждает и заклинает железнодорожников не предавать ее... Эвите кажется, что она продолжает свою большую речь в ночь на 17 октября. Она надеется, что призыв к железнодорожникам обратит эту массу в новую волну народной поддержки ее персоны, так же, как на пользу пошла ей история с операцией.

Перон, обеспокоенный блестящим турне Эвиты, объявляет в Буэнос-Айресе:

— Вы, железнодорожники, не проявили ни капли благодарности... Я дал вам все, о чем вы просили. Единственное, что я вам не предоставил, это луну. И если вы ее не получили, то только потому, что никогда не просили ее у меня...

По своему обыкновению Перон выкручивается с помощью затертой остроты.

Эвита напрасно проливала слезы перед забастовщиками. Песо обесценился, за два года стал стоить в два раза меньше. Европа миновала пик голода, и аргентинская говядина не может больше обеспечить выигрышное положение для страны. Деньги, скопленные во время войны, растрачены. Армия сражается, но сражается против рабочих. Перон безуспешно объявляет газету «Ла Прэнса» собственностью народа, чтобы заставить забыть забастовку железнодорожников. Сбережения многих семей сгорают прямо в руках...

Эвита не приносит ничего, кроме своих абстрактных горестей, криков женщины, борющейся за монополию популярности. Голод среди железнодорожников интересует ее лишь в качестве прикрытия своего аппетита к славе, аппетита, непрестанно терзающего ее.

*Киноактриса Эва Дуарте*

*Встреча Хуана Перона и Эвиты на съемочной площадке*

*Эва (в центре) на радиостанции*

*Среди шахтеров, пришедших поздравить ее с днем рождения*

*Новый облик Эвиты*

*Так создавался новый имидж Эвиты*

*Выступая перед восторженной толпой...*

*Эвита в Ватикане*

Эвита в миланской «Ла Скала»

Первая Леди Аргентины

*Первая леди Буэнос-Айреса*

*Эвита по-прежнему выступает на радио... и пристально изучает прессу*

*Эвита в окружении своих поклонников футболистов*

*В гостях у питомцев детского дома в Италии*

*Эвита в обществе аргентинских политиков*

*Последнее публичное выступление Эвиты Перон*

Эвита и Франко

*Прощание Хуана Перона с Эвитой*

*Эвита и Хуан теперь вместе (1974 г.)*

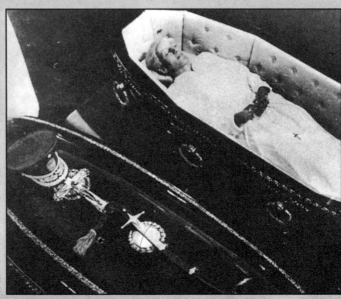

Но вдруг Эвиту скручивает боль, неподдельная боль. Из прежде покорной и немой толпы раздается крик, который непрерывно звучит в ее ушах... Крик, вырвавшийся из уст безликого монстра... «Да здравствует вдовец Перон!» Ужасное приветствие... Крик отражается от стен, сочный, перехватывающий горло хрупкой богини на высоких каблуках и с высоченной прической...

На одном дыхании Эвита советует своей отшатнувшейся публике, как невоспитанным детям:

— Не ведите себя, как коммунисты!

— Мы голодные перонисты! — раздается чей-то голос.

— Я приглашу вас к своему столу.

— Нам не нужна благотворительность, мы хотим справедливости.

Благотворительность... Справедливость... Напрасно вовсю распинается радио: «Железнодорожники вняли призыву Эвиты...» Эвита возвращается в Каса Росада, оставляя бастующих железнодорожников, неподвижно застывшие на рельсах поезда и всю вселенную в беспорядке, тщетно заглушая в сердце гнусный выкрик: «Да здравствует вдовец Перон!»

# 6

В январе 1951 года тягостная нехватка средств становится национальным бедствием Аргентины. Перон вынужден отказаться от услуг герра Танка, проектировавшего когда-то боевые самолеты для Гитлера, и нацистского специалиста по взрывчатым веществам Фрица Мандла. У президента есть собственное мнение о причинах надвигающегося кризиса. Все складывается так плохо в Аргентине потому, что никак не начинается третья мировая война, которую Перон призывает всей душой, и которая должна спасти его, помочь удержаться в кресле президента, несмотря на разбазаривание казны. Пусть разгорится, наконец, тлеющий огонь между западом и востоком, и тогда Перон снова обретет и использует пресловутое аргентинское процветание, которое обеспечивает сказочно богатая и неиссякаемая пампа.

Оргия расточительности влечет за собой банкротство. Численность офицеров в аргентинской армии возросла в три раза при правлении Перона. Каждый год армия поглощает сорок процентов национального бюджета. Офицеры получают больше, чем университетские профессора. Государство закупает мясо и пшеницу в своей стране и перепродает с прибылью, часто составляющей двести процентов, тогда как владельцам эстансий платят по расценкам, едва покрывающим их расходы. Этому грабительскому процветанию пришел конец на исходе 1948 года, когда Европа обрела прежний ритм производственной активности, уничтоженный войной.

Тех, кто помогает ему, Перон просит быть поскромнее, хотя его собственная роль в это же время непомерно раздувается. Он всегда готов войти в положение собеседника. Для него это решающий аргумент. Миллион перонистов составляет когорту его чиновников, тем не менее аргентинцам, пожелавшим выйти из дому, даже если нужно всего лишь перейти через улицу, приходится иметь при себе семь удостоверений личности, в том числе и свидетельство о благонадежности, выдаваемое правительством. Начальник полиции Веласко упорно внедряет электрическую дубинку, которую применяют в загонах и на скотобойнях, чтобы оглушать быков. Теперь такая дубинка стала национальным инструментом убеждения.

Ложное величие, провозглашаемое при каждом восходе солнца, уже не маскирует неудачи и провалы генерала-президента. Самые жгучие проблемы не удается решить с помощью подачек. Перон растерян. Пусть Бог рассудит, читается в его маленьких глазках, а рот кривится от внезапно нахлынувшего беспокойства.

Гаучо с гор превращаются в полицейских и в новенькой мешковатой форме высыпают на ступени лестницы мятежного университета. Сыплются удары. Оборудование лаборатории медицинского факультета гибнет, растоптанное сапогами. Голытьба скандирует, проходя маршем: «Не надо книг, дайте башмаки!»

На президентской сцене царит напыщенность, окрашенная церемониальной мистикой. Но бесконечный праздник дает перебои. Сил полиции уже не хватает, чтобы поддерживать национальный дух на отметке, указывающей, как в барометре, хорошую погоду. Поля не обрабатываются и превращаются в целину, стада уменьшаются, армия чиновников кормится крохами с барского стола, а рабочий люд расплачивается за некомпетентность властей. Ежедневная промывка мозгов не помогает в борьбе с инфляцией, пожирающей зарплату. Поезда, медленно трогающиеся с места после трехмесячной забастовки, заставляют дрожать стены правительственной резиденции Каса Росада.

Итак, для латания брешей используется не изменение условий жизни, а раздувание мифа, чрезвычайно активное славословие, командует которым сам Перон, нажимая на кнопку с надписью «Человек-провидец». Перон ожесточается. Он больше не политик, оттачивающий каждое слово, а актер, следящий только за внешностью. Он распаляется при мысли о полутора тысячах новых школ, открытых им в Аргентине, в которых юные мозги рассовываются по бутылочкам. Тысяча пятьсот школ стали дополнительными кузницами культа, где фабрикуется идол с судорожным будущим.

Объятия Перона все так же широко распахнуты, но не для того, чтобы заключить в них Эвиту, которой ненависть заменила и тело, и кровь. Перон раскрывает объятия толпам избирателей, тем, кто идет на выборы как на мессу, в черных перчатках и с опущенной головой.

Боги улыбаются и ждут максимального количества голосов, отданных за них. Избирательные бюллетени должны снова надуть парус, обвисший на мачте. Эвита и Перон понимают, что нужно заранее принять меры... Поезда со скрипом, но двинулись по рельсам. Перон держит объятия раскрытыми. Эвита посылает забастовщикам комплекты приданого для новорожденных и бутылки сидра. Но дела идут плохо...

Тогда в конце февраля 1951 года Эвита во главе делегации женщин-перонисток вручает своему мужу золотые часы. Это подарок народа, утверждает она, сообщая заодно, что пользуется этой церемонией, чтобы попросить его — разумеется, от имени народа — выдвинуть свою кандидатуру на самый высокий пост в государстве, несмотря на то, что конституция запрещает президенту ходатайствовать о переизбрании.

Передавая Перону часы, Эвита просит также назначить выборы на год раньше. Перон, окруженный фотографами и кинооператорами, раскрывает объятия и прижимает Эвиту к себе...

Потом с широкой улыбкой заводит эти часы, представляя себе, как трепещет вся страна, отмеривая секунды на его запястье...

В середине 1950 года, когда железнодорожники начали бунтовать и нарушать безмятежную жизнь Хуана Перона и его супруги, что у него проявлялось во все большей мечтательности во взоре, а у Эвиты, напротив, в повышенной активности, в тот момент Перон решил, что сможет поправить ситуацию, если нанесет мощный удар по церкви.

Союз Перона с церковью приобрел сомнительный характер. Чета Перон не только присвоила пышность, по традиции отводимую церкви, оба они претендовали на место, которое во все времена иерархия отводила сверхъестественному.

Пятый евхаристический конгресс должен был состояться в Росарио во второй половине октября. Святой престол поручили представлять на этом конгрессе кардиналу Эрнесто Руффини. Перон, в надежде призвать аргентинскую церковь на службу собственной персоне, поручил своему послу в Ватикане передать святому отцу, что генерал Перон был бы чрезвычайно польщен, если бы во время празднеств кардинал Руффини наградил Эвиту орденом Святого престола. Эвита еще не отказалась от мысли добиться Высшего ордена Христа, который не достался ей во время поездки в Рим. Папа уклонился от исполнения этого пожелания так же дипломатично, как оно было сформулировано.

Узнав об отказе, Эвита потребовала от Перона помешать кардиналу Руффини высадиться на берег. Перону с большим трудом удалось ее успокоить. Вскоре у Эвиты возникла другая идея, без колебаний принятая Пероном. Корабль, на борту которого находился кардинал, должен был бросить якорь на рейде Буэнос-Айреса 16 октября. Национальный перонистский праздник начинался 17 октября. В этот день Перон был освобожден и вознесен к власти вопящими бандами Эвиты. Отмечалась также пятая годовщина триумфа четы. Если бы кардинал Руффини сошел на берег в этот день, то, естественно, был бы приглашен на все церемонии. Таким образом создавалось впечатление, что он патронирует праздник перонистов от имени Ватикана. Но не успел кардинал Руффини шагнуть на трап, как представители аргентинского епископата предупредили его об опасности какого-либо благодушия в подобных обстоятельствах.

Кардинал остался на борту судна. Несомненно, он оценил бы танцы и фейерверки, но предпочел добровольно подвергнуться затворничеству на двадцать четыре часа, пока праздник не выплеснет свои последние залпы.

Едва смолкли звуки оркестров, Эвита и Хуан поняли, что кардинал уже не появится, и почувствовали себя обманутыми во второй раз. Этого оба они вынести не могли. «Кадиллак», отправленный по протоколу на дебаркадер за кардиналом, прибывшим издалека, вернулся пустым, так как кардинал остался на борту под предлогом морской болезни. Пероны скомкали прием, сократили свои беседы, оставили при себе свои гримасы. Эвита швырнула на пол парадное кресло. Слугам пришлось унести его, как раненого...

Такое отступничество лишь распалило гнев Эвиты. Перон замкнулся в беспокойном молчании. Казалось, он вгрызается в свою меланхолию, готовит представление; взгляд у него был более туманный, чем обычно. Глаза смотрели холодно.

На следующий день после праздника улыбающийся кардинал пересек притихшие проспекты, полные затоптанного конфетти, и приехал в Каса Росада.

Президентский дворец был пуст. Эвита и Хуан покинули свою резиденцию. Эвита утащила Перона подальше, рассудив, что на пощечину следует отвечать пощечиной. Кардинала Руффини принял престарелый вице-президент Хортенсио Кихано и с сокрушенным видом объявил посланцу папы, что Хуан и Эвита неожиданно решили удалиться в небольшой отпуск. На самом деле Эвита настаивала, чтобы Кихано не объяснял их отсутствие в вежливых выражениях, а холодно заявил бы, что президент и президентша уехали отдохнуть на свою ферму.

Разъяренная Эвита и пытающийся ускользнуть от неприятностей Перон действительно отправились в свою летнюю резиденцию Сан-Висенте. Там Эвита ласкала своего любимого детеныша ламы, а Перон по обыкновению прогуливался, нарядившись в костюм гаучо.

Тем не менее Перон пожелал присутствовать на церковном конгрессе. Эвита пыталась ему в этом воспрепятствовать. Она готова была запереть своего партнера, беснуясь в неутолимой ярости женщины, которой осмелились противоречить. Напрасно Перон старался ее убедить, что дипломатия всегда приносит свои плоды, что оскорбления, нанесенного Руффини, вполне достаточно. Эвита никогда не чувствовала себя вполне удовлетворенной в том, что касалось мести. Оставить Руффини оказывать почести старику Кихано, такому же ничтожному, как привратник резиденции, этого ей было мало! Следовало продемонстрировать пренебрежение всему евхаристическому конгрессу.

Перону все же удалось утихомирить Эвиту, отделаться от ее надоедливого надзора и вырваться в последний момент. Он прибыл в Росарио как раз вовремя, чтобы присутствовать на закрытии конгресса. Перон считал, что его появление в последнюю минуту в равной мере демонстрирует и его пренебрежение, и его набожность.

Перон появился среди служителей церкви с величественным и снисходительным видом, принимая поочередно множество поз, по его мнению, помогающих ему сыграть нужную роль. Душевная пустота и слабость духа не позволяли Перону выразить себя, подвластна ему была лишь роль хозяина дома, восторгающегося удавшимся приемом.

Перон вошел в собор Росарио, всем своим видом подчеркивая, как велики его сожаления. Он великолепно обставил свою речь, которую начал произносить стоя на коленях, нарочито нерешительно, серьезно, стараясь казаться как можно скромнее среди церковников, начинавших открыто отворачиваться от него. Перон заявил, что глубоко убежден в необходимости смирения, время от времени пуская слезу, которую осторожно смахивал кончиком пальца. Он говорил исключительно о братской любви, и больше ни о чем другом. Оставаться на коленях продолжительное время ему было совсем не трудно, ведь это позволяло целиком предаться пространным и витиеватым излияниям. Перону редко удавалось вкусить небесные высоты риторики, и отдавался он этому занятию всей душой.

Послушать его, так печальная участь быть человеком неизбежно должна толкнуть вас в объятия ближнего. Эта братская песнь начинала вдруг гореть двусмысленным жаром, таким же религиозно восторженным и двойственным, как та поэма, которую полковник Лоуренс посвятил арабам, причем непонятно было, почему этот ближний воспылал таким жаром. Хорошо нанизанные одно на другое слова Перона произвели благоприятное впечатление, а по хронометру ему можно было засчитать театральное выступление: тридцать семь минут в коленопреклоненном положении! Но стоило словесной мельнице остановиться, как у прелатов возникло впечатление, будто их провели вокруг пальца: город сотрясался от стука копыт конной полиции Перона.

Кардинал Руффини не забыл оскорбления, рассказ о котором обошел всех значительных представителей церкви. Впрочем, святой отец давно опасался идолопоклонства, насаждаемого в Аргентине супругами Перон в ущерб церкви.

Словно устыдившись такого резкого обращения к набожности и измятых брюк, Хуан Перон спустя полчаса после ухода из собора уже упивался изъявлениями глубокого почтения в огромном банкетном зале городской ратуши. Этот банкет давал в его честь начальник полиции города Росарио.

В окружении людей в военной форме, в атмосфере верности боевому долгу Перон снова оказался в седле и почувствовал себя хозяином. Он вновь обрел пыл всемогущества. В конце банкета он встал, намереваясь и здесь произнести речь. Перон начал вещать, выпрямившись во весь рост, потрясая при каждой фразе сжатыми кулаками. Больше и речи не было о ближнем, увиденном в свете любви, а говорилось о счетах, которые необходимо свести с этим самым ближним. Этот ближний больше не видится Перону простирающим к нему раскрытые объятия, теперь он видит его с оружием в руке, направленным против Перона...

Перон отбросил всякую дипломатию, всякое смирение и сказал, отчетливо выделяя каждое слово, что не пощадит никого из своих противников, каким бы ни было их социальное положение или одежда... По сути дела обращался он поверх толпы полицейских к прелатам, роившимся под деревьями Росарио...

Перон доводил себя угрозами до экстаза, как будто почерпнул часть ярости у Эвиты, которая советовала ему не склоняться перед церковниками, ведь один из важных представителей церкви только что унизил их. Перон словно раскаивался, что предал Эвиту, проявив эту кратковременную слабость — коленопреклонение в соборе. Он проявил вдруг непреклонность, достойную его железных учителей, заявив:

— Я ничего не оставлю моим врагам, даже правосудия!

Эти слова были с энтузиазмом приняты полицейскими, как капли святой воды...

## 8

В Кордове Перон никогда не собирал достаточно много голосов. Он решил создать здесь центр своих государственных предприятий, автомобильных и авиационных. Чтобы просветить эту провинцию, не желающую прислушиваться к его словам, Перон направил сюда немецких апостолов науки и техники, укрывшихся в Аргентине.

После войны в Аргентине оказалось семьдесят тысяч бывших военных нацистских техников, для которых покорение химической формулы или народа означало одно и то же — своего рода мистическое мероприятие. Перон предоставил полную свободу действий в Кордове этим поборникам порядка.

В солнечном городе среди гор, где бродили на свободе несметные стада коз, университет, основанный в семнадцатом веке, сверкал подобно старинному украшению среди банков, клубов, баров. Ничто не нарушало здесь духа старой Европы, даже кучка индейцев, дремлющих на выжженном плато.

За считанные годы прерии Кордовы покрылись

бетоном цехов, стеклом, сталью, цементом и высокими трубами. Черный дым наполнил этот рай, где демократия не система, не формула, а реальность жизни. При Пероне и его неизменных нацистах Кордова стала городом, где отныне царит металл. Железнодорожные пути автомобильного завода пропахали километры прерий, цеха разрастались от одного подземного помещения к другому. Раскаты металлического грохота перекатывались над головами рабочих.

Птицы, что так мирно ворковали в течение трех веков на крышах университета и собора, каждый изгиб которого увенчан колокольчиком, испуганно разлетелись. В городе появились вышколенные немецкие техники, выпрыгивающие на ходу из машин, будто солдаты, бросающиеся в атаку. В глубине выдвижных ящиков своих письменных столов они еще хранили свои железные кресты. Беглые нацисты требовали, чтобы рабочие стояли навытяжку во время обхода цехов. Собираясь в баре, построенном для немцев на заводе, они будто по забывчивости порой цепляли на себя отдельные части прежней военной формы. Они избегали встречаться с жителями Кордовы, апатичность которых им претила. В один прекрасный день иллюзия стала полной, и бывшие нацисты поверили, что находятся на оккупированной территории, на неприятельской земле.

Однажды сборочные цеха прекратили работу в знак протеста. Столкнувшись с внезапной тишиной завода, техники немецкого бюро почувствовали себя во вражеском окружении. Прекращение работы было для них подобно предательству в тылу. Они вырвали револьверы у вялых аргентинских охранников и с оружием в руках появились на пороге цехов. Рабочие отступили под угрозой оружия и заняли свои места у станков.

Минуты замешательства прошли. Немцы не решались покинуть цеха, и тогда рабочие, спрятавшись за кузова машин, за верстаки и шины, принялись швырять инструменты в пришельцев. Грохот и лязг наполнили огромные помещения, будто шла драка старыми консервными банками.

Некоторое время спустя рабочие овладели нацистской униформой, которую немцы бережно хранили в своих шкафчиках, и бросили ее в костер, разожженный во дворе одного из цехов. Этот костер походил на тот печальный огонь, что разжигают крестьяне осенью, чтобы жечь сухие ветки и жухлую траву.

Потерепев фиаско в Кордове, превращенной им из очага духовного в очаг индустриальный, Перон твердо рассчитывал удержать свои позиции в Буэнос-Айресе. Жители этого сколка Европы, каким стал Буэнос-Айрес, действительно испытывали потребность прижаться друг к другу и затеряться в людской массе. Почти автоматически они сбивались в толпу. Это был единственный способ противостоять ужасному зеленому зеву пампы, окружающей город со всех сторон, где случайное облачко становилось утешительным зрелищем, а крик птицы казался дружеским знаком. Редкие деревья в пампе не скрашивали эту пустоту. Часто гаучо убивал быка с единственной целью привязать свою лошадь к его рогам. В этом слишком обширном краю мореплаватели высаживались только для того, чтобы отыскать проход в глубь страны или золото. Они боялись погружаться в эти безбрежные просторы, потому что одиночество в Аргентине не падало со звезд, а исходило от самой земли, опутывало ноги, леденило душу.

Когда иммигрант высаживался в Буэнос-Айресе, ему хотелось покончить с авантюрами. Он с удовольствием обнаруживал в этом городе признаки цивилизации, более компактные, чем оставшиеся на родине. Страх перед зеленым пространством, куда мало кто решался отправиться на завоевание удачи, становился у всех высадившихся в Аргентине зачатком новой национальности. Радуясь почтовому отделению, полицейскому, они замыкались в жарком клубке ностальгии. Страх затеряться крупинкой в ненасытном пространстве был для итальянцев, португальцев, басков и других цементом без единой трещины.

Люди восставали против безбрежности пространства, сбиваясь в городскую толпу плечом к плечу под самым незначительным предлогом, по малейшему зову. Свой шанс больше не искали в целинной земле, какой бы плодородной она ни была, к ней окончательно поворачивались спиной, этот шанс ловили в бесчисленных лотереях, пожиравших мечты и заработки, этот шанс все более страстно надеялись получить от сладкоречивого человека, с языка которого так и капали чудесные обещания...

Мечта иммигранта, прибывшего в порт, больше не подталкивала его к новому путешествию, к следующему шагу вперед. Его ноги сладострастно впечатывались в асфальт. Мечта довольствуется тем, что есть прямо сейчас, призывает звучные слова, украшается ангелочками, астрагалами и волютами, как дома Буэнос-Айреса, которым придают вид сугубо частных и недостижимо богатых, как корабли, потерпевшие крушение, позволяют водорослям и ракушкам оплести носовую часть...

Так и толпы народа не устают от Перона, предлагающего себя на новые выборы. Толпы народа в Буэнос-Айресе не перестают ставить на Перона, какими бы ни были результаты этого выбора с изрядным душком, как не перестают ставить на национальную лотерею...

# 9

Жил один старый генерал в отставке, которому больше не на что было надеяться, кроме того, чтобы оставить однажды свое имя маленькой провинциальной улочке, обсаженной плакучими ивами.

Для него пришло время тряхнуть стариной. Это был генерал Хуан-Батиста Молина. Он занимал пост военного атташе в Берлине и даже служил в немецкой армии. В ноябре 1940 года он дал скандальный обед в Жокей-клубе в честь посла Германии. Именно тогда Аргентина, вынужденная доказывать в то время свой нейтралитет, должна была распустить немецкую военную миссию, до того дня воодушевлявшую аргентинскую армию. Генерал Молина создал в 1941 году верховный совет национализма, призванный с помощью Аргентины открыть дорогу Латинской Америке к Гитлеру. Это был старый генерал, нежно лелеявший в душе свою империалистическую мечту. У него ничего не осталось, кроме тяжелых, вышедших из моды медалей, которые он стыдливо прятал.

Молина все чаще встречался с Пероном за пределами Каса Росада. Старый генерал убеждал молодого, что армия, до сих пор следовавшая за ним с неохотой, пойдет под президентские знамена с энтузиазмом при условии, что он освободится от «дамской мелочности».

Никогда прежде армия не пользовалась такими огромными привилегиями, оставаясь в тени. Армия находилась, так сказать, во втором позолоченном подполье, сравнимом с тем, куда была загнана с 1937 по 1945 год в ожидании победы Гитлера.

Если Перон не был больше абсолютно уверен — со времени инцидентов с железнодорожниками — в своей рабочей милиции, почему бы ему не сблизиться с армией, которая только что оказала ему важную услугу, вновь обретя свой традиционный опыт в укрощении рабочих-мятежников?

На оловянных рудниках в Боливии горняки держали заряженные карабины у себя в бараках, готовые пошатнуть решимость армии, жаждущей приключений. В Аргентине никоим образом нельзя было допускать подобной ситуации.

С помощью пожилого фанатика нацистской победы с кровеносными сосудами, хрупкими, как стекло, Перон пытался вновь подчинить себе армию, вновь ввести ее в игру, но теперь уже не в качестве почетного гостя, которого принимают радушно, а держат все-таки на задворках, а в качестве полноправного хозяина.

Военные любили порассуждать и о социализме, но в этом социализме с привкусом портупеи рабочему отводилась роль переодетого солдата, призванного выполнить свой национальный наряд, задание на который дает армия.

К началу 1951 года аргентинская армия незаметно загнивала от безделья. Подарки, которыми осыпал ее Перон, превосходили, разумеется, подарки всех предыдущих правительств, но не могли заменить практической деятельности. Театральная напыщенность стала для военных жизненной необходимостью.

Южноамериканские армии, утратившие свою историческую миссию со времен войн за независимость, всегда импонировали коррупционерам у власти. Так же, как старатели, не нашедшие золота на реках, устраивались на службу, чтобы обеспечить себя, так и бездействующие военные устраивались на службу, питаясь бульоном диктатур. Сам Христофор

Колумб, оставшийся в одиночестве перед своими подчиненными, которые были недовольны скудостью добычи, крушением мечты, заведшей их столь далеко, распределил между ними земли и позволил обратить индейцев в рабов.

Оккупация Испании Наполеоном и капитуляция короля Фердинанда перед захватчиком позволили богатым креолам потребовать свободы. Зажиточные испанцы, родившиеся вдали от родины, не желали больше служить королевству, эмиссары которого регулярно прибывали сюда лишь затем, чтобы отдавать высокомерные приказы и забирать взамен львиную долю доходов. Но народные массы, находившиеся в подчиненном положении на протяжении веков, оставались мертвым грузом, противостоящим не далекому и абстрактному врагу, а тем, кто их использовал: богатым муниципальным советникам, упорно желавшим сбросить испанское ярмо.

Так Бовес, белый авантюрист, движимый ненавистью к богачам, объявил себя предводителем мулатов в Венесуэле. Во главе своих орд, вооруженных копьями, он истреблял целые семьи, взламывал со своими всадниками двери церквей, куда укрывались республиканцы, вознося молитвы. На одном балу он приказал расстрелять всех мужчин, потом заставил женщин танцевать друг с другом, затем казнил и их, а закончил бойню музыкантами.

Неимущие авантюристы становились союзниками испанской монархии, потому что хотели уничтожить богатых, даже республиканцев и освободителей. Королевские каудильо, вышедшие из народа, становились при этом жестокими эксплуататорами огромных стран. Своими шпорами они загоняли страны в кровавый феодализм.

После смерти Боливара, великого освободителя,

окончательно разгромившего испанских колонизаторов, убравшихся восвояси, освободительные армии на захотели расформировываться и, потеряв смысл существования, встали на путь грубого насилия. Освободительные армии превратились в личные гвардии разнузданных солдафонов.

Мельгарехо приводил на банкеты своего коня, заставляя помощников обслуживать животное первым, подавать коню еду на серебряном блюде.

Отныне каждый генерал хотел обладать священными правами президента страны, единственной наградой, которую считал достойной своих сомнительных услуг. Войны возродились с развлекательной целью. Для солдат независимости снять военную форму было равносильно кастрации.

Перед смертью Боливар, сокрушенный своим идеалом, воскликнул: «Те, кто послужил революции, взбороздили море...»

Казалось, став независимой, эта пустыня хранила тоску по замкнутому миру, требовала феодализма, как формы звериного братства. Удары, наносимые каудильо, были отеческими ударами. Они мешали мысли развиваться. Жестокость устанавливала свои границы. Стремление созидать разбивалось об облака, без конца плавающие в безбрежности.

Военные правили, отдавая отчет в своих действиях лишь огромной тени на коне. Народ был надежно отстранен от раздела добычи. Иностранные компании — в основном американские — принимались эксплуатировать земли этих стран, находя среди генералов-президентов ловких посредников, абсолютно преданных, но в обмен рассчитывающих на прочную поддержку. Генералы Латинской Америки стали жиреющими посредниками в героической военной форме.

Счастье не улыбнулось аргентинским военным в 1951 году. Во время бесконечных национальных праздников они оставались второстепенными статистами, постоянно уступая место голодранцам-дескамисадос. Искусно лавируя и лучезарно используя чужие мысли, Перон в конце концов сам стал армией. Тысяча восемьсот аргентинских семей, владевших территорией, превышающей территорию Англии, Бельгии и Нидерландов вместе взятых, не потеряли ни дюйма своих угодий, хотя генерал время от времени бросал угрозу перераспределения земель.

Перон со своей профессиональной белозубой улыбкой оставался единственным символом национального величия. Он обращался к нации на языке, который мог бы звучать в заново окрашенной казарме. Ни одна женщина, отмечал он, не оказывала влияния на суперменов истории. Он жестко настаивал на этом тезисе. Но военных больше не устраивал этот генерал в паре с женщиной, окруженный подстриженными комнатными собачками, с бесчисленными драгоценностями и гардеробом маньяка-коллекционера, с тщательно выверяемыми по двадцать раз на день улыбками, с молниеносной любезностью. Военные считали, что их предал, буквально по евангелию, один из своих...

Военные не желали больше терпеть и эту женщину, которая каждый вечер неизменно появлялась в Каса Росада, у которой любое упоминание о церкви или армии вызывало досаду, укол в сердце.

Пленительная дама слишком часто появлялась вместо шефа, раздавая людям подачки, как кусочки сахара своим собачкам...

Старый генерал Молина дал понять Перону, что армия готова повернуться к нему лицом, если он перестанет возиться с этой бывшей певичкой из мюзик-холла. Его коллеги утверждали, что благотворительные акции Эвиты лишают правительство Перона всяких признаков мужественности...

Как только Эвита учуяла настроения военных, у нее появилась навязчивая идея: оказаться лицом к лицу с Молиной, потребовать от него отчета, заставить объясниться. Молина отказывался от любых приглашений в Каса Росада. Тогда Эвита решила настигнуть старого генерала в его уединении. Она отправилась одна в штаб-квартиру, где заперся этот старый брюзга.

Предупрежденный о проклятиях Эвиты, генерал распустил слух, что совершенно не боится ее.

— Если эта бабенка попробует приехать в Кампо де Майо и выбросить меня на улицу...

Дважды подряд Эвита, злобно принимая вызов, являлась в гарнизон Кампо де Майо и требовала, чтобы ее пропустили к генералу, но не была принята. Часовой просто препровождал ее обратно.

После этого двойного унижения со стороны армии Перон почувствовал, что супруга пылает смертоносным жаром. Оказавшись меж двух огней, Эвитой и генералом, испуганный Перон, не зная, как избежать готовящегося взрыва, разволновался и наскоро устроил примирительный обед в Кампо де Майо.

Молина и Эвита демонстративно сделали вид, что не видят друг друга...

Эвита не преуспела ни в своем маленьком бунте, ни в идее большой смуты, но она пригрозила Хуану Перону, что настроит народ против генерала и вырвет у него из глотки знаки внимания, которые он должен оказывать супруге президента. Эвита стремилась заставить армию отступить, а Перон хотел все сгладить и примирить обе стороны на этом обеде, а кроме того, выиграть время, утопив гнев Эвиты в пошлой вежливости.

Эвита совершила свою первую большую ошибку, отправившись в одиночку к генералу Молине. Эта провокация была намечена как раз в тот момент, когда возникало все больше слабых мест в поддержке, которую Эвита могла получить от народа и от церкви. То, что первой даме Аргентины часовой два раза подряд давал от ворот поворот, и Молина осмелился на такую дерзость, доказывало, до какой степени плохо шли дела у богини голодранцев. Напрасно она рассталась с невозмутимостью народной королевы, чтобы вдруг снова опуститься до привычек артистки без ангажемента.

Давно уже Эвита пыталась добиться от армии права командовать специальным представительским полком. Ей хотелось проводить его смотр ежегодно в свой день рождения. Еще более заметная, чем всегда, сидя в пышной форме на белой лошади, она подражала бы английской королеве. Эвите уже надоели букетики душистого горошка, которые рассыпались всюду, где она появлялась. Она устала от своих парадных медсестер, распределявших от ее имени американский пенициллин, все поставки которого контролировал Фонд. Кончилось тем, что Эвиту больше не радовали плакаты с ее изображением, обрамленным рамкой в виде сердечка.

Эве Перон нужно более волнующее развлечение: командовать полком. Армейские начальники только пожимали плечами, узнав о таком нелепом требовании.

# Часть седьмая

## Большой цирк

### 1

В Голливуде Эвита отказалась когда-то от места парикмахерши или официантки в баре в ожидании своего шанса в кино. Презирая работу, связанную с услужением, даже если все вокруг убеждали в необходимости уступить, чтобы выжить, Эвита выжила своими собственными средствами. Презрение и ярость поддерживали ее.

После неудач с железнодорожниками, со старым генералом Молиной, с папским посланником, который не привез ей даже медали, после этого тройного распятия на кресте Эвита перестала ждать, надеяться и утешаться увертками и хитростями. Воля, полностью подчиненная чувству мести, продиктовала ей создать Фонд, чтобы расправиться с Благотворительным обществом. Теперь она возжелала получить пост, который в Латинской Америке никогда не занимала женщина: вице-президентство. Эвита считала это единственно возможной компенсацией за унижения прошедшего года.

Добиваясь вице-президентства, Эвита начала с ухаживания за консерваторами. Обманутая народом, как ей казалось, Эвита убеждала себя, что оказывает милость этим отжившим свое чудакам, предлагая им выдвинуть ее на пост вице-президента. Но крупные собственники и богатые фермеры пережили слишком много публичных оскорблений, слишком часто их обирал Фонд во имя святыни национальной благотворительности. Они не согласились склониться перед Эвитой, не захотели послужить ей якорем спасения.

И все же Эвита была уверена, что ей удастся убедить консерваторов. С нею во главе у них появлялась надежда снова выйти на политическую арену. Снова возобладала мания Эвиты заставить богатых склонить головы, навязать себя аристократам в качестве хозяйки, королевы. Тогда вся Аргентина принадлежала бы ей, а разве не Аргентина была самой главной силой на южноамериканском континенте? Встань она во главе континента, занимающего одну пятую часть мира, кто еще мог бы противостоять Эвите? Она устала от Фонда, исчерпала очарование кабинета в небоскребе; ей требовался трон более блестящий, в некотором роде освежающий.

Консерваторы, перед которыми Эвита предстала одновременно и высокомерной и умоляющей, один за другим отказали ей в поддержке. Они не забыли торговца рыбой перед Жокей-клубом. Этот поступок, еще более дерзкий, чем тот, что отбросил Эвиту от закрытой двери штаб-квартиры Кампо де Майо, эта дверь Жокей-клуба, властно захлопнутая у нее перед носом, стала для Эвиты знаком объявления войны. После многообещающей улыбки ей показали кулак. Консерваторы выдвинули лозунг: «Никакого вице-президентства для Эвиты».

На ответ богачей и аристократов Эвита подготовила шумный отклик.

Аргентинская элита собиралась не только в Жокей-клубе, но и в Сельском обществе. Выставка самых красивых быков года представляла собой важное светское событие: высшая каста пировала среди своих быков-победителей и красавиц в парижских нарядах. Но Эвита вдруг решила, что эти участки неправильно использовались. На том месте, где проводило свои мероприятия Сельское общество, по ее мнению следовало разместить что-нибудь более полезное.

В тот момент, когда среди быков, кобыл и цилиндров трубач собирался возвестить об открытии ежегодного праздника Сельского общества, появились бульдозеры. Заборы были повалены, цветы смяты.

Какой восторг, почти спортивный, вызывают у знатоков образцы породистых быков и коров, настоящие шкафы из плоти, где ноги, хвост и голова просто исчезают! Нарядные аристократы приветствуют «шотхорнов» и «абердин-ангусов», монстров-производителей и мясные породы как золотой дождь, который наполнит их сундуки. Эта говядина — их империя. Вполне естественно, что они ежегодно устраивают праздник в честь скота.

Впервые в аргентинской истории праздник Сельского общества был испорчен. Важных дам в роскошных туалетах и быков стоимостью в миллионы песо быстро увели подальше от мешанины досок и цветов.

Аристократы Сельского общества кричали о вандализме, твердили о покушении на конституцию. Но Эвита им хладнокровно ответила, что аргентинская конституция не ограничена четырехугольником Сельского общества, как бы обильно ни цвели в нем цветы...

# 2

Вице-президент Хуан-Гортенсио Кихано входил в ту немногочисленную группу радикалов, которые поддались обаянию Перона. Заслужив прозвище «коллаборационист», он согласился играть роль демократического прикрытия во время прихода к власти искусного фехтовальщика.

Кихано всегда заявлял: «Неважно, какие слухи распространяет обо мне кучка мелких политиканов...» Так он называл радикальную партию, к которой сам всегда принадлежал и которая не клюнула на сиропную приманку генерала.

Связка Перон — Кихано сформировалась в 1945 году, а пост вице-президента Кихано получил во время безмятежной агитационной поездки. Перон появлялся перед публикой в рубашке с отложным воротничком, наряженный моряком на отдыхе, в то время как Кихано стоял рядом с ним в чопорном смокинге. Вскоре вице-президент Кихано увидел, что его власть ограничивается ролью вышколенного швейцара в резиденции Каса Росада.

Теперь он представлял собой потрепанную и бесполезную политическую фигуру. Этот бедный оруженосец Перона, выходец из радикальной партии Иригойена, был вознесен на вершины власти случайно, как подхватывают какую-нибудь болезнь. Он родился в Курусу-Куатья, центре провинции Коррьентес, в 1884 году и сделал карьеру судьи. В кабинете Фарреля он был министром внутренних дел, а затем вице-президентом. Бесконечно преданный Перону, грубо отвергнувший ради выгоды все идеалы юности, он не имел теперь другого выхода, как проявить непоколебимую преданность — но в привычной колее.

Перон сердился на Кихано по единственной причине: ему не удалось выдать присутствие Кихано в правительстве за свидетельство широкого участия радикалов в его деятельности. Этот символ среднего класса Аргентины, шагающий рядом с Пероном, никого не мог обмануть.

Эвита вызвала к себе Кихано. Этой весной 1951 года ему было всего шестьдесят семь лет, но утомительный успех преждевременно состарил его. Действительно, он жил в двойном одиночестве. Прежние друзья-радикалы считали его предателем, новые коллеги — слугой. Все конфликты он старался разрешить учтивостью.

Эвита приняла его в салоне сердечно, как будто он был единственным человеком на земле, которого она когда-либо ценила. Она чувствовала, что Кихано не станет цепляться своими дрожащими от старости руками за огромные ручки двери Каса Росада. Он больше не являлся хозяином своих решений, какими бы незначительными они ни были. Усталость вынуждала его соглашаться еще до того, как был задан вопрос. Эвита без труда убедила Кихано оставить пост вице-президента сеньоре Перон и в благодарность прижала его к груди, как родного отца.

К сожалению, Кихано оказался не единственным препятствием на пути к посту вице-президента. Были и другие претенденты с настороженными глазами. Они внимательно следили за этим вторым по значению постом в государстве. Второй пост по мановению руки мог стать первым. Все-таки это было преддверие могущества.

Человеком, которого следовало устранить после Кихано, являлся полковник Мерканте, друг детства, а также старый соратник Перона по заговору военных. Семьи Перон и Мерканте были знакомы со времен жестокого испытания в Патагонии. Мерканте считал

Перона не только равным себе, но и товарищем по борьбе. Полковника Мерканте нельзя было завоевать чашкой чаю и двухчасовым разговором с глазу на глаз, полным приторных любезностей.

В 1946 году Мерканте уже добивался поста вице-президента, но вынужден был уйти в сторону. Его больше не устраивал пост губернатора Буэнос-Айреса. Мерканте исполнилось пятьдесят три года, и долгое время он считался правой рукой Перона. В 1943 году он стал полковником благодаря ГОУ и дворцовому перевороту. Мерканте сыграл тогда роль связного между Пероном и конфедерацией труда. Считаясь ближайшим помощником Перона, он надеялся получить все положенные награды. Впервые Мерканте почувствовал себя обойденным, когда был приглашен на свадьбу Перона и Эвиты и увидел, как старый товарищ по полку из его рук переходит в руки Эвиты. У него уводили друга, а также сутану серого кардинала. Но настоящую боль Мерканте испытал, выставив свою кандидатуру на пост вице-президента. Ему удалось пройти от рабочей партии Сиприано Рейеса, и казалось, цель будет достигнута без труда. Но именно тогда Перон, преисполненный энтузиазма по поводу чудесного поворота событий, вознесшего его к столь желанной, так долго ожидаемой власти прямо из вполне заслуженного тюремного заключения, вбил себе в голову, что весь мир с ним заодно, и особенно радикалы.

Перон задумал приобрести благосклонность радикалов, предложив одному из них пост вице-президента. Таким образом Кихано вошел в храм власти, а Мерканте был отстранен в тот самый момент, когда с полной уверенностью собирался сесть в это кресло.

В качестве компенсации Мерканте принял пост губернатора столицы. Однако его совершенно затерли. В течение долгих пяти лет он нетерпеливо грыз удила. Он яростно протестовал против пересмотра конституции 1853 года, справедливо заподозрив, что Перон хотел переделать основной закон с единственной целью баллотироваться во второй раз. Сам Мерканте считал, что без особых усилий займет место Перона после окончания шестилетнего срока президентства генерала.

Перон лелеял надежду до конца своих дней оставаться президентом, хотя часто говорил о своем плохом здоровье и великой усталости и с изменениями в конституции обеспечил себе выборы на год раньше. Это означало конец мечты Мерканте, лишившегося расположения Перона. Но президент не мог с легкостью избавиться от Мерканте, и не в память давней дружбы и воспоминаний детства, а потому что Мерканте не только завоевал уважение дескамисадос, но и в значительной степени сохранил авторитет в армии.

Оставался единственный способ убрать с дороги Мерканте — вознаградить его. Не было более достойной награды, почти равной заслугам Доминго Мерканте, полковника-популиста, чем пост вице-президента. Перон осторожно объявил Эвите, что сохраняет пост вице-президента для Мерканте, который перестанет в этом случае быть неизвестной величиной в уравнении и не будет больше представлять опасности.

Дождливым днем 31 марта Мерканте в парадном мундире направился в официальной машине к президенту. Генерал Перон призвал его в Буэнос-Айрес. На подъезде к городу автомобиль Мерканте столкнулся с неожиданно появившейся машиной, шедшей на большой скорости. Мерканте с трудом выбрался из своего автомобиля, разбитого вдребезги. Этот блестящий полковник, которого ждала большая слава, больше походил теперь на бродягу, извалявшегося в колючках. Он чудом остался в живых после этого столкновения, а виновника аварии так никогда и не нашли. Мерканте был настолько потрясен, что сразу же снял свою кандидатуру, не найдя другой причины, кроме семнадцати швов на голове.

Следующим в списке соперников Эвиты, протестовавших против ее кандидатуры и желавших захватить вожделенный пост, был Филомено Веласко, шеф федеральной полиции. Американский посол Брейден называл этого толстого кабана, напившегося крови, не иначе, как палачом. Веласко отправили в Коррьентес в надежде успокоить американцев в тот момент, когда те предоставляли Перону заем. Деньги срочно понадобились, чтобы выпутаться из трудного положения, куда завело аргентинского президента его хвастовство.

Филомено Веласко имел немало шансов получить место Кихано. Он был сообщником Перона, тесно связанным с ним, а также самым энергичным из соратников. Перон пригласил Веласко в Буэнос-Айрес, намереваясь обсудить с ним некоторые вопросы, касающиеся получения вице-президентского поста. Веласко отказался трогаться с места. Предлогом послужила болезнь, якобы приковавшая его к постели. Но в Каса Росада не питали иллюзий. Речь шла о самом настоящем неподчинении. Стало ясно, что Филомено не хочет оказаться в зоне действия счастливой парочки.

Единственный раз человек, внушавший всем окружающим страх, сам проявил слабость. Он опасался одного человека — Эвиты Перон. В сердечной телеграмме, совпадающей по времени с несчастным случаем с Мерканте, он сообщал, что будет счастлив видеть сеньору Дуарте де Перон на посту вице-президента, а сам считал себя недостойным этого поста.

Наконец-то большое кресло вице-президентши было свободно. Эвита могла начинать свою избирательную кампанию...

## 3

На огромный город опускается ночь, и в сумерках час прогулки становится религиозным часом, часом национального колдовства. Имена Эвиты и Хуана гигантскими буквами сияют со стен домов. Эти имена стираются, тонут в голубом сумраке вечера, но не исчезают совсем. Они продолжают населять сны тысяч людей. Торговец мороженым в белой блузе разъезжает на трехколесном велосипеде, внушительном, как локомотив, разбрасывая волны замороженных сливок. Взбудораженный гаучо галопом объезжает свою местность и втыкает в землю флажки, на которых написано имя Эвиты. Блестят циферблаты больших башенных часов. Дикторы радио рискуют охрипнуть, без конца повторяя: «Перон заботлив, Эвита достойна...» Визгливый голос из громкоговорителей вещает без остановки: «Хуан Перон, Эвита Перон — формула родины». Следует поток военных маршей, потом снова громкоговоритель выплевывает: «Экономическая независимость...» Все это доносится с другой планеты, из мира, чуждого ярмарочному празднику, который продолжает перемалывать ветер. Маясь от безделья, хулиганы-перонисты метят белыми крестами дома богачей.

Государство стало фантастическим рекламным агентством, подчиняющимся лишь одной команде: чете Перон. Хуан и Эвита находятся в состоянии постоянной конкуренции в этом турнире прославления, который не кончается, и используют все средства, все общественные службы, все министерства, все газеты, все радиостанции, подчиняя себе умы ошеломленных граждан.

Все спит в городе, кроме перонистской службы производства плакатов. Семнадцать миллионов аргентинцев должны высказаться за чету колдунов осенью 1951 года. Никакая сила не может уничтожить эти бесчисленные картинки, околдовывающие городские стены.

Эвита тоже в восторге от этих картинок. Перон состоит на девяносто процентов из плаща и на десять процентов — из шпаги. Плащ Эвиты развевается, а шпага поднята вверх. Четыре миллиона женщин-перонисток пляшут под ее дудку. Должны плясать и бедняки, облагодетельствованные Фондом, получившие подарки, завернутые в гигантские портреты Эвиты. Фонд и Фронт женщин созданы Эвитой, но нужно еще внедрить во Всеобщую конфедерацию труда и перонистскую партию своих людей. Президентша незаметно приобрела большую силу в стране, и напрасно Перон изображает беспечность рядом с этой женщиной, жестко выпрямившейся в роскошном туалете в окружении черных костюмов и орденских лент. Уж он-то должен знать: эта женщина не удовлетворится только драгоценностями и мехами.

Делегации профсоюзов прибывают отовсюду, требуя, чтобы Эвита стала кандидатом в вице-президенты. В один день сотни тысяч плакатов вихрем заполняют Буэнос-Айрес. Все эти плакаты требуют, умоляют Эвиту согласиться быть вознесенной на самый высокий уровень. Никогда женщина не метила так высоко, за исключением двух-трех королев в истории разных государств.

Итак, слова произнесены, кандидатура выставлена, остается лишь привести массы в движение. Начало положила конфедерация труда, организовавшая 22 августа чудовищное ралли. Почитатели Эвиты заполнили поезда, машины, грузовики, лодки; они передвигались на велосипедах, образуя огромные потоки, ехали на множестве лошадей. Все это означало, что начался великий марш на Буэнос-Айрес.

Проезд, питание, жилье и всяческие развлечения ничего не должны стоить тем, кто двинулся в город на безумный праздник. Столица, иллюминированная к прибытию паломников Эвиты, превратилась в город всеобщего ликования. Улица 9 Июля заполнилась людьми, расположившимися лагерем прямо на тротуаре, чтобы провести ночь перед эстрадой, украшенной портретами и знаменами...

## 4

Принимая посетителей в Фонде, политиков или журналистов во время работы или отдыха, Эвита не давала слова сказать собеседнику. Каким бы важным гость ни был, она его едва слушала и слышала. Больше всего ей нравился собственный голос. Эвита выработала множество способов помешать собеседникам прерывать ее: например, она сосредоточивала внимание на своих ногтях или ускоряла шаг, заставляя посетителей впопыхах догонять себя. Приглушив ненависть, она была вынуждена любезно обойтись с секретарем американского министерства иностранных дел Эдуардом Миллером, который приехал для обсуждения условий займа, предоставляемого Аргентине, но навязала ему совершенно бессмысленное посещение новой больницы. Благодаря Эвите всегда строилась какая-нибудь новая больница. В тот раз она водила Миллера за собой до тех пор, пока он не перестал требовать свободы для аргентинской прессы.

Теперь ее голос парил над городом, и ничто не могло его заглушить: ни грохот поездов, проезжающих по мостам, ни гудение самолета в небе, ни шум ярмарочных гуляний.

Процессии тащились в пыли: сельскохозяйственные рабочие, крестьяне, делегации из тропических стран в пестрых одеждах, индейцы со снежных гор на краю света, дети и старухи — все ждали поднятия занавеса. Детей катали на самолетах, маски улыбались над тавернами. Пары, улыбаясь, устремлялись к Эвите.

Один эксгибиционист ради Эвиты прыгнул с моста, крича птицам и изумленной толпе: «Эвита, вице-президент!» Другой, по имени Хуан Мартин, проделал путь в пятьсот километров, перемещаясь исключительно на бочонке, который он катил, перебирая ногами. На этом бочонке он написал белыми буквами: «Эвита, вице-президент!» Двое одноногих калек четыре дня без остановки ехали на велосипеде. Все ради нее! Супружеская пара с ребенком прошла триста тридцать километров пешком, все трое несли на спинах надпись: «Эвита, вице-президент!»

Эвита несказанно радовалась этой череде абсурдных демонстраций, которые должны были прославить ее кандидатуру. Она привела в движение гигантский человеческий цирк.

Здесь же был и Хуан Мартин в окружении верных приверженцев Эвиты. Это он, скромный бухгалтер из провинциального городка, принарядился и принялся подпрыгивать на бочонке. Когда-то он выиграл национальный чемпионат на дистанции триста километров, а теперь, перебирая по бочонку ногами в туфлях на резиновой подошве, добрался до Буэнос-

Айреса. Во время своего безумного представления он тоже выкрикивал имя Эвиты.

Двое одноногих тоже находились здесь в толпе, ожидая появления той, ради которой они четыре дня ехали на велосипеде, испуская тот же крик. Толкался среди публики и автомобилист, который захотел проделать четыреста километров задним ходом и врезался в дерево, на котором повесил табличку: «Для Эвиты, вице-президента». Эвита навестила его в больнице с цветами, и все газеты опубликовали фотографию Эвиты, улыбающейся и еще более счастливой, чем всегда. Абсурд возводился в культ.

Крестьянин Тордо тоже был здесь вместе со своей женой и дочуркой, вместе со всей кликой Эвиты, готовившейся к великому дню 22 августа. Это они прошли пешком триста тридцать километров, написав на своих пропитанных потом рубашках: «Эвита, вице-президент!» У всех в душе жила Эвита, их Эвита. Другой человек пронес через пампу двести килограммов пшеницы с той же надписью на мешке и добрался до намеченной цели едва живой.

Все это происходило перед 22 августа, датой пароксизма народного праздника, когда Эвита решила увенчать свою избирательную кампанию раздачей огромного количества велосипедов и кукол мальчикам и девочкам, чтобы привлечь их родителей на грандиозную демонстрацию. Она задумала повторить — на этот раз с выгодой для себя и большим размахом — демонстрацию 17 октября. Нашлось чем питать нетерпение этой толпы. Толпе предложили столько напитков и еды, сколько она могла поглотить. Так Эвита добивалась вице-президентства собственными методами.

Фантасмагория достигла предела. В парке Бельграно Эвита назначила свидание двумстам пятидесяти тысячам детей, которые изо всех сил выкрикивали ее имя. Возникла ужасная давка, и многие дети не сумели протиснуться, чтобы ухватить подарки. Скопление такого количества малышей для сбора голосов в пользу Эвиты повлекло за собой непредвиденную трагедию.

Обливаясь слезами, в разорванной одежде, многие дети выбирались из давки с пустыми руками. Двоих детей затоптали до смерти. Их трупы были быстро убраны, а родителям щедро заплатили за молчание. Так лотерея счастья превратилась в лотерею крови. Два маленьких тельца ради того, чтобы взойти на трон... Плохое начало...

## 5

Аргентинская толпа обожала зоопарки. Эвита приказала в тот день закрыть зоопарк, чтобы толпа не отвлекалась. Футбольный матч тоже запретили этой толпе, сходившей с ума от игры с мячом. В городе не должно было проводиться других развлечений, кроме представления Эвиты Перон.

Улица Флориды, самая ухоженная улица Буэнос-Айреса, исчезает в нагромождении перонистских фотографий, лозунгов, эмблем. Фасады высотных зданий закрыты плакатами и флагами. Улица Флориды стала открытым для публики и постоянным музеем Эвиты. В витринах среди овощей и драгоценностей улыбается Эвита. Ночью и днем дикторы в перерывах между песнями повторяют «бессмертные слова», которые изрекли Эвита и Хуан Перон. Пресыщенная и опустошенная публика пытается найти частицу правды в неестественных улыбках, в словесном потопе.

На следующий день после обеда сотни тысяч людей столпились на площади. Соседние дома были украшены стягами с надписями «Перон-Перон», а на балконах повисли гроздьями люди. И те, кто поддерживал правительство, и те, кому просто нечего было терять, потрясали знаменами процветания. Люди несли над головами плакаты, объявляющие американцев гангстерами и преступниками. Эти плакаты над толпой были оплачены на деньги из американского займа. Автомобили, снабженные громкоговорителями, непрерывно транслировали лозунги. Толпа скандировала два ключевых слова праздника: «Эвита и Перон». На самом деле первого имени вполне хватило бы для этой толпы, разгоряченной демоническими воплями, беспрестанно изрыгаемыми громкоговорителями.

Темнело. В толпе зажглись факелы, которыми размахивали как оружием, готовым вспыхнуть для больших мистических огней, разрушительных, заклинающих. Крики сливались в громовой рокот. На освещенной эстраде появился Перон. Толпа разочарованно загудела, увидев, что он один. Официальные лица заметались по эстраде.

Эвита ждала, когда атмосфера достаточно накалится, чтобы появиться в нужный момент.

Вдруг с одной из прилегающих улиц выехала длинная открытая машина и начала медленно раздвигать людское море. Одетая в плиссированную юбку и небесно-голубой свитер, Эвита, прямая, как стройное деревце, с застывшей улыбкой, с ужасающе бледным лицом приближалась к эстраде в напряженной тишине. Казалось, позвоночник у нее закован в гипс. Она поднялась на эстраду, не отвечая ни на одно из приветствий официальных лиц, не видя никого вокруг.

Толпа шумела. На сцене появился секретарь Всеобщей конфедерации труда, подобострастный Эспехо, смиренно попросил супругов не покидать Каса

Росада. Перон великодушно согласился, рассказал, что хорошего он сделал для страны и сколько сделает еще. Толпа жадно одобряла. Эвита положила дрожащую руку на микрофон. Непрестанно гремели аплодисменты, то затихая, то вспыхивая с новой силой.

— Это для меня полнейшая неожиданность, — проговорила, наконец, Эвита.

Перед огромными стягами с двойной надписью «Перон-Перон» Эвита притворно изображала скромность с непринужденностью, граничащей с идиотизмом. Ей больше не нужно было завоевывать публику актерской игрой, пусть даже и бездарной. Теперь Эвита могла стать самой собой, совершенно естественной. Она склонила голову, уронила руки, жадно вбирая в себя море стягов. Ей осталось лишь проглотить свой успех суперзвезды так же легко, как облатку на причастии.

Эвита поблагодарила. Только что она держалась сковано, неподвижно, и вдруг взорвалась. Олигархия, богачи оставались объектом ее гнева. Больше она собой не владела. Эвита погрузилась в транс, тот транс, который раньше мешал ей сыграть самую незначительную роль в театре, кино или мюзик-холле. Остался лишь крик, требование немедленного исправления существующего порядка вещей. Она не умела играть другой роли, если не требовалось изобразить кризис, яростный, бескомпромиссный гнев. Эвита проклинала тех, кто хотел разрушить все, что сделал Перон для установления справедливого социального строя.

В заключение Эвита как всегда заявила, что продолжает беззаветно служить угнетенным. Но каким угнетенным? Ведь давно уже она и Перон раструбили на весь свет, что в счастливой Аргентине больше нет жертв, нет угнетенных под солнцем, являющимся национальной эмблемой. Но толпа собралась не для того, чтобы анализировать услышанное.

— Эвита! Эвита! — гремели сотни тысяч голосов.

Поклонники Эвиты хотели знать, станет ли она их вице-президентом. В своей речи Эвита не намекнула на свою кандидатуру. Она всем своим видом демонстрировала отстранение, показную стыдливость. Пантера разыгрывала из себя невинную девочку.

Прошло несколько минут и, с радостью сознавая, что эта толпа чувствительна к вирусу, который она ей передала, Эвита неуверенным шагом снова приблизилась к микрофону, слегка склонив голову набок. Раздался ангельский шепот:

— Это ужасное решение для женщины... Друзья мои, дайте мне еще четыре дня на раздумье...

Эвита будто защищала себя перед микрофоном. Она заламывала руки, морщила лоб...

— Дайте мне еще четыре дня, — вещал хрупкий голос, который, пройдя через сотни громкоговорителей, превратился в отвратительное всхлипывание скрытой радости.

Толпа отказывала в отсрочке.

— Дайте мне подумать до завтра, — умоляла Эвита, сцепив руки перед микрофоном.

То толпа оказывалась у ног богини, то богиня валялась в ногах у толпы. Эвита нежной рукой сжимала стальной микрофон. Громкоговорители доносили до всех четырех углов Пласа де Майо ее хриплый, тревожный голос, шелест артикуляции, чуть ли не каждое биение ее сердца.

Но толпа не желала уступать. В свете прожекторов женщина, дочь баскской служанки из Чивилькоя, горькой и вечной изгнанницы, продолжала ломать руки, как жалкая рабыня, уличенная в оплошности и трепещущая от ужаса, который внушают ей хозяева.

— Дайте мне время до половины десятого сегодняшнего вечера, — лепетала она. — Я прошу у вас только два часа!

Однако умоляла Эвита без малейшего шанса на успех; она говорила со стеной. Народ вырывал ей внутренности, желая немедленно подарить своей королеве все, о чем она просила, а она стонала, словно охваченная внезапно родовыми муками.

Этот бесконечный диалог, когда толпа не могла выпутаться из затруднительного положения с Эвитой и наоборот, стал гвоздем вечера. Эвита блистала на площади. Она увековечивала нерешительность, вопросы и ответы на пылком языке влюбленных, нежность и муку. Вдохновение Эвиты и ее фантастический шепот, раздававшийся над Пласа де Майо, служили одной цели: лишить Перона влияния на толпу и продемонстрировать врагам раз и навсегда ее силу. Военным, священникам, рабочим-предателям не оставалось ничего другого, как завороженно слушать и вдыхать этот фимиам. Толпа принадлежала Эвите, и фимиам толпы курился только для нее. Теперь можно было поднять занавес новой эры, эры Эвиты...

В те времена, когда Эвита прилипла к Перону, военные из окружения диктатора были так преисполнены чувства мужского превосходства, что долго отказывались верить, что маленькая скромница действительно оказывает влияние на решения их полковника.

Теперь Эвита заламывала руки не от неуверенности, а от удовлетворенного чувства свершившейся мести. Она заманила всех вояк в западню, а вместе с ними попался и генерал в образе прекрасного рыцаря. Они вынуждены были ждать, пока Эвита и толпа, охваченные одной и той же похотью, закончат миловаться. Американские информационные агентства вполне могли притвориться, что на Майской площади собралось не больше двухсот тысяч человек и что трамваи ходили пустыми. На самом деле толпа стискивала Эвиту, словно гигантский спрут, а Эвита на эстраде, казалось, и не хотела освободиться от огромных щупалец, от этих пиявок, наполняющих ее радостью.

К тому же Перон молчал, да и на что ему было жаловаться? Когда в 1949 году реформировалась конституция, он заявил, что не собирается оставаться на посту президента в последующие шесть лет. В 1950 году он говорил об усталости, утверждал, что хочет уйти в отставку, как только будет выполнен пятилетний план, счастливые результаты которого он желал бы наблюдать, будучи на покое. Этот Цинциннат трибуны постоянно намекал на свой вполне заслуженный отдых.

И тогда на одном дыхании, под взглядом мужа, которому не оставалось ничего другого, как только изображать радость, Эвита, вызвав мертвую тишину миллионной толпы, начала шептать, наконец, в микрофон. Казалось, это признание насильно вырвали у нее. Эвита капитулировала перед требованием бурного моря людской толпы:

— Я буду вице-президентом рядом с генералом Пероном. Я сделаю то, чего хочет народ...

В огне факелов Эвита вновь обрела переполняющую сердце радость, свой сказочный дворец... Тени от тлеющих факелов, казалось, воспроизводили на ее лице марафон одноногих и человека на бочонке. Но, достигнув 22 августа вершины своей акробатики, не упадет ли сама Эвита? Нет, ей нельзя падать. Безумное шоу не должно закончиться падением. Именно постоянное вознесение поддерживает Эвиту на земле...

# 6

Ночь 22 августа, доказавшая, что Эвита умеет управлять движением толпы, таила в себе угрозу. Никогда Перон не испытывал подобного раздражения, подобной досады. Он всегда тщательно следил за тем, чтобы ни один конкурент не успел набрать вес. И вдруг самым большим соперником, поставившим под угрозу его могущество, оказывается собственная супруга, не согласившаяся на роль половины своего мужа.

Приближался день выборов, которые должны были состояться 24 февраля 1952 года, и к 11 ноября 1951 года у Хуана Перона оставалось немногим более двух месяцев, чтобы отразить угрозу. Перон сразу же подумал об армейских чинах, не выносивших Эвиту. В случае смерти генерала Перона Эвита становилась, согласно конституции, главнокомандующим. Худшее оскорбление, о котором только можно мечтать, если хочешь досадить армии, помешанной на величии мужчины. Эвита, командующая генералами! Такой угрозой следовало воспользоваться. Надо было только поддерживать недовольство армии, превратить его в открытое сопротивление.

До сих пор диктатор и его супруга находились в глухой оппозиции, постоянно стараясь нейтрализовать друг друга. Эвита, руководившая агитационной кампанией своего супруга во время избрания его президентом в 1946 году, делала все, чтобы помешать ему обращаться к избирателям по радио чаще, чем требовалось. Радио она объявила своей вотчиной.

Как избавиться от него? Как избавиться от нее? Хуан прилагал все усилия, чтобы ограничить Эвиту ролью жены. Во время борьбы с инфляцией в 1946 году он предложил ей учить по радио молодых хозяек готовить экономичные блюда. Ему не удалось навязать жене это жалкое амплуа, как и Эвите не удалось убедить Перона, что его голос не разносится над толпой и, прежде чем говорить с народом, ему следовало бы посетить уроки дикции.

Перон ломал голову, как бы безболезненно помешать Эвите стать вице-президентом, если волею народа, vox populi, она им уже была. Как все переиграть? Что предложить Эвите в качестве компенсации? Пост губернатора Буэнос-Айреса? Она не удовлетворится вульгарными чаевыми, если одной ногой уже стоит на троне. Причем, буквально утопая в золоте.

Но больше всего Перон боялся, что Эвита может догадаться о его маневрах и увидеть в нем врага номер один. Он знал, как Эвита обращается с теми, кто ее не любит. Разве не потребовала она однажды, чтобы врагов Хуана Перона клеймили каленым железом? Эта фурия, так легко управляющая толпами, опасна для президентов, вице-президентов, генералов, полковников, министров, епископов, людей, обладающих большой и малой властью, для всех, кто попал на пышную галеру власти. Для всех, кто старается вскарабкаться на эстраду, кого Эвита может спихнуть одним пинком, эта женщина опасна. Она запускает когти во власть покрепче, чем любой карьерист-мужчина. Как избавиться от нее? Начиная с 22 августа 1951 года Эвита поднялась так высоко, как не поднимался на протяжении веков никто из власть имущих в Аргентине и Латинской Америке. Еще одна ступенька, и все остальные окажутся лишь придворными Эвиты, превратятся в окружение, пляшущее под звон колокольчика. Не станет ли первой жертвой победы этой женщины сам Хуан Перон? Так как же избавиться от нее?

Вдали от разбредающейся толпы Хуан Перон, оставшись наедине с Эвитой, сверлит взглядом свою соучастницу. Он не может спокойно сказать ей: «Ты не должна принимать пост вице-президента...», ведь не смог же он поддержать Кихано, Мерканте или Веласко, метивших на это место. Когда Перон хочет заставить кого-нибудь уступить, у него имеется два испытанных средства: тайная полиция с ее заплечных дел мастерами и широкая ладонь президента на плече упрямца. Однако ни одно из этих средств нельзя применить к Эвите. Тогда какую же комбинацию использовать? Как избавиться от Эвиты до того, как она избавится от него?

Машины, трамваи, поезда и автобусы, битком набитые сторонниками Эвиты, готовы снова направиться к столице. Большой цирк готов избрать ее без голосования, единодушно. Они готовы драться за Эвиту, за ее бесполезные, но такие чудесные подарки: куклу для ребенка, велосипед, дуршлаг и улыбку, полную света... Это же Санта-Клаус круглый год! Нельзя и пальцем тронуть Эвиту, золотую надежду отчаявшихся толп!

Люди приходят к Эвите, никогда не проявляя ни усталости, ни капризов, ни злости. Фонд не прекращает кипучей деятельности и увязывает тяжелые узлы с ее подарками. Хуан Перон размышляет о том, как отобрать Фонд у Эвиты, но он не уверен, что, украв Фонд, он украдет у Эвиты также и ее толпы.

У Перона оставалось два месяца и три недели, чтобы устранить Эвиту. Всю операцию ему удалось провернуть ровно за одиннадцать дней, одиннадцать дней агонии, сначала тайной, потом ослепляюще явной. Одним выстрелом он собирался убить двух зайцев: устранить Эвиту и вновь обрести ускользающую поддержку армии.

В 1951 году Перон больше нуждался в армии, чем раньше. В последнее время вся его демагогия оказалась неубедительной. Девальвация уничтожила прибавки к зарплатам. Церковь больше не решалась прикрывать его делишки своим авторитетом. Перон должен был сменить боевого коня, вернуться к прежнему, испытанному — к армии. Перон призвал на помощь генерала Лонарди, пользовавшегося уважением и в армии, и в церкви.

## 7

Генерал Лонарди, высокий брюнет крепкого сложения в очках церковника, родился в провинции Энтре-Риос. Ему исполнилось пятьдесят пять лет. Этот набожный католик никогда не стремился к личной власти. Он всегда оставался убежденным молчаливым противником Перона. Много раз Лонарди заключали под стражу, а когда однажды отстранили от командования, ему пришлось торговать справочниками, чтобы заработать на жизнь.

Пригласив генерала Эдуардо Лонарди в Каса Росада, Перон любезно спросил у него, какой будет в настоящее время реакция армии на двойное избрание «Перон-Перон». Не дожидаясь ответа, Перон пояснил:

— Меня беспокоит настроение в армии, мой дорогой генерал. Представьте себе, что армия окажется под руководством главнокомандующего в юбке. Согласитесь, такого не случалось в истории армий мира, особенно в середине двадцатого века... Речь идет не о какой-то опасности, а о том, как избежать смехотворной катастрофы для Аргентины в международном плане...

Лонарди согласился, что армия, даже очень галантная, не может представить себе Эвиту Перон в качестве главнокомандующего, если вдруг что-то случится с Пероном. Лонарди упорно нацеливался на уход пары в полном составе, а не только на устранение от выборов нежелательной Эвиты. Перон рассуждал только об Эвите, как будто она одна являлась причиной всех его несчастий, всех неудач правителя.

— Надо смотреть фактам в лицо, — повторял Перон.

Лонарди рассудил, что речь идет о первой капитуляции, за которой неизбежно последует и капитуляция самого Перона. Падение Эвиты будет означать падение всего пропагандистского аппарата, мифического и мистического аппарата диктатора, пускающего в ход свое обаяние. Все дело в том, что его истинное обаяние — это Эвита!

— Нельзя допустить ее избрания, — уступает в конце концов Лонарди.

— Трудно будет сказать ей об этом, — улыбаясь, говорит Перон.

— Легче, чем снова вытащить вас с острова Мартин-Гарсия! — отвечает Лонарди, приободренный столь явным признанием в слабости.

Перон бледнеет, осознав намек.

— Армия пойдет против Эвиты? — спрашивает он.

— Да, — говорит Лонарди.

Генерал Лонарди видит не Эвиту, он видит систему. Уйдет, исчезнет Эвита, и в системе останется брешь, зияющая брешь, которую можно будет еще расширить...

# 8

В конце августа усадьба Сан-Висенте блистала великолепием увядающих цветов. Разноцветным вихрем взлетали птицы с сухих деревьев. Эвита Перон в пестрых брюках под леопарда и белом пиджаке с позолоченными пуговицами раскинулась в удобном кресле на солнышке. Поблекшая природа лишь обостряла радость победы. Ночь на 22 августа продолжала полными пригоршнями подбрасывать в ее душу воодушевление и восторг.

С мрачным видом подошел Перон. Со времени апофеоза Эвиты он постоянно был суровым и озабоченным. Перон нервничал. Он освобождался от своего секрета, как будто стряхивал с рукава паутину, глаза и пальцы его бегали, ничего не видя и не ухватывая.

Нужно наконец решиться.

Сделав над собой усилие, Перон заговорил с опущенными глазами, уставившись в серебряный поднос, на котором сервирован завтрак, заговорил о том, что от тайных агентов ему стало известно о заговоре, готовящемся против него в армии. Нечто огромное, неодолимое, и вся эта громада готова рухнуть на них двоих по единственной причине: армия не желает видеть Эвиту вице-президентом, возможным командующим в юбке, в случае, если что-то произойдет с ним, Хуаном Пероном.

Все это он выпалил рублеными фразами, отрывистым тоном. Потом поднял на Эвиту пустые глаза. Ей самой решать... Конечно, это так ужасно, по собственной воле отказаться от победы, но не ужаснее ли будет для них обоих оказаться раздавленными в ближайшем будущем? Борьба против всей армии, затаившейся в тени, больше невозможна... Не лучше ли остановить дорожный каток маленькой уступкой, чем, бросая вызов, исчезнуть под ним? Не лучше ли набраться терпения?

Перон говорит, выдвигает аргументы, переливает из пустого в порожнее...

Но гроза, которой он ждал, не разражается. Эвита медленно разжимает руки, и детеныш ламы падает на пол. Она вынимает изо рта сигарету и бросает ее за перила террасы. Лама пересчитывает две ступеньки и тихо стонет, совсем по-человечески. Взгляд Эвиты на мгновение загорается, потом огонь гаснет, и лицо постепенно приобретает безжизненное выражение. Согнувшись вдвое, в своем адмиральском пиджаке и леопардовых брюках, она исчезает в комнате.

Терзаемый неуверенностью, Перон ждет на террасе и, не дождавшись, бросается, как безумный, в свой кабинет. Все телефоны в доме молчат. Эвита не завладела телефоном, не стала поднимать смуту, не уехала, чтобы выпустить на волю тайные молнии послушных ей сил. Но что она делает? Где она?

Немного успокоившись, Хуан Перон приоткрывает, наконец, дверь комнаты Эвиты. Она лежит, прижав ладони к векам, как будто защищая глаза от света августовского солнца, блеклого зимнего солнца. Эта поза выдает мучительную боль. Жизненные силы не горят больше в Эвите ярким пламенем, а сумрачно тлеют, приглушенные утратой... Погрузившись в забытье, мадонна скотобоен догадывается, что за вирус распространяется у нее в крови.

У некоторых хрупких натур нервная энергия подчиняет себе сбои в организме. Затаившиеся болезни сковываются десятикратно умноженной энергией. Это естественное заграждение выставляет сама природа против разрушения.

Но если вдруг эта энергия ослабевает под ударами горя, неудачи, вместе с нею рушится и защита организма, а скрытая болезнь, о которой прежде не думали, под жаром печали раскрывается во всей красе, как ночной цветок.

## 9

Эвита медленно погружается в апатию на протяжении всей следующей недели... Она бездействует, когда на трибуне Палаты обсуждают меры защиты пингвинов Антарктики. Не появляется больше в Фонде, где обычно продиралась сквозь поджидавшую ее толпу, пожимая протянутые руки, проходила в амфитеатр среди моря огней и вспышек фотоаппаратов, принимала чеки на общественные нужды от профсоюза кинематографистов, от работников пищевой промышленности, тут же увольняла персонал приюта для бедняков за то, что с кресел не сняли чехлы, рассудив, несомненно, что бедняки недостойны таких кресел. Потом она очень быстро уезжала в длинной черной машине с двумя белыми песцами вокруг шеи и треугольными подвесками, чтобы поработать с испанским журналистом Мануэлем де Сильва, помогавшим ей писать длинный панегирик себе самой и Перону, нечто вроде вязкой унылой жалобы, озаглавленной «Смысл моей жизни». Это Перон предложил ей в январе: «Почему бы тебе не стать писательницей?», думая отвлечь Эвиту от посторонних амбициозных устремлений.

Сегодня все это мертво. Эвите даже не хочется заниматься с пронумерованными коробочками с ее бриллиантами, размещенными в специальном шкафу, как у ювелиров...

Хуан Перон снял чехлы со своих артиллерийских орудий. У Эвиты нет сил собраться, подготовить ответный удар. Это сражение оказалось ей не по силам в тот самый момент, когда она отдыхала от только что выигранной битвы, вознесшей ее на вершину. Пугает ее худоба, пустота взгляда.

Перон пытается отвлечь Эвиту. Убийца с бархатными руками и с каменным сердцем хочет заставить ее забыться. Он предлагает Эвите вернуться в кино, не в качестве кинозвезды на этот раз, а представляя историю своей жизни. Он звонит Сесилу Де Миллу в Голливуд и Андре Кайату во Францию. Просит их немедленно приехать в Буэнос-Айрес, предлагает колоссальные суммы за фильм о жизни Эвиты. С помощью этого маленького блестящего подарка Перон надеется расшевелить Эвиту, потому что до сих пор побаивается гнева этой сокрушенной женщины. Этот фильм о ней — букет цветов, который он преподносит, чтобы замаскировать свое предательство. Но великие иностранные режиссеры отказываются от этой работы. В любом случае Перон доволен их отказом. Предпринял он этот шаг только для сотрясения воздуха, лишь бы показать Эвите, до какой степени он привязан к ней. Картинный звонок по телефону в ее присутствии и не должен был иметь продолжение, а годился лишь для взгляда в сторону Эвиты: «Посмотри, как я забочусь о тебе... Хочу, чтобы в твою честь сняли замечательный фильм...»

Но это всего лишь погребальный фимиам. Эвита сама должна объявить по радио, что оставляет пост вице-президента.

Может быть, напустить толпу на вкрадчивого врага Перона, такого инертного и растерянного? Может быть, поднять, защищаясь, четыре миллиона аргентинских женщин, для которых она добилась избирательного права, чтобы они могли воспользоваться им ради выгоды своей благодетельницы?

Многие из ее мелких фаворитов ждут в тени, когда же Эвита объявит о своем уходе. Тогда, наконец-то, они смогут вздохнуть спокойно, показать свою неприязнь к этой женщине, которая пользовалась их услугами. Министры и генералы были простыми винтиками в ее окружении. Все эти люди значили для Эвиты не больше, чем трамплин, ступеньки для ее собственного прыжка вперед.

Что касается Хуана Перона, то он может спастись не иначе, как создав у армии впечатление одержанной ею важной победы над Эвитой. Хуан Доминго должен пожертвовать Эвитой, чтобы удержаться у власти. И он избавляется от нее с легким сердцем, поскольку одновременно снимает с шеи камень: раб освобождается от своих цепей, хотя нельзя даже сказать, что это были нежные узы. Ни на грош не было страсти в этом союзе. Когда Перона арестовали, чтобы отвезти на остров Мартин-Гарсия, он отвернулся от Эвиты, едва не бросился обнимать охранников. Перон-поработитель прежде всего исполнял волю Эвиты, лишь изредка позволяя себе выпад, жест, слово, не согласованное с нею, к которому она не приложила свою печать...

Но отнять у Эвиты вице-президентство — значило добить умирающего, и все это знали, начиная с Хуана Доминго. Отсюда избыток вежливости, галантные поклоны... Он заложил в ломбард живое существо. Отдал в залог собственной благонадежности свою властную, злобную половину и одним ударом поразил две цели. Перон жонглировал словами, которые убивали.

Эвита отбивалась в течение недели, недели слухов и неуверенности. Наконец, еле живая, она дотащилась до микрофона.

Эвита надела строгое черное платье. Уже сейчас она носит траур по своей славе. Голос ее дрожит.

— Я хочу сообщить моему народу о решительном и бесповоротном решении. Решении, которое я приняла сама...

Пауза, снова дрожь в приглушенном голосе.

— Решение касается отказа от высокой чести, которой я удостоилась на встрече 22 августа...

Теперь она уже рыдала:

— Я не отказываюсь от моей деятельности... Отказываюсь лишь от этой чести... Я остаюсь смиренной сотрудницей генерала Перона...

Потом закончила, все так же глотая слезы, заходясь в рыданиях, первых настоящих рыданиях, которые опустошали ее:

— Единственное, о чем я прошу: помните, что рядом с генералом Пероном женщина, раскрывающая перед ним надежды и нужды народа, и что эту женщину зовут Эвита.

Эвите нужно еще объяснить причины отказа, так, чтобы этот отказ выглядел действительно самоотверженным.

— Я отказываюсь, — говорит она, — потому что для конституции я слишком молода. Мне двадцать девять лет, а вице-президенту должно исполниться полных тридцать лет... Я не хочу, чтобы ради меня одной вносили изменения в конституцию.

Такой была благовидная причина ее поражения, что являлось явной ложью, так как Эвите в то время было не двадцать девять лет, а тридцать два года. Следовало все же прикрыть ужасную капитуляцию Эвиты. Перон самолично нашел эту благородную идею, сомнительное оправдание, идиотскую уловку...

Всеобщая конфедерация труда привратника Эспехо сразу же предложила отмечать каждый год

31 августа, день, когда новоявленная святая отклонила оказанную ей честь, а перонистская пресса немедленно принялась заходиться в восторгах по поводу поступка Эвиты. Кихано, уже удалившегося на отдых в небольшую загородную виллу, поспешно извлекли на поверхность и, несмотря на его преклонный возраст, торопливо назвали кандидатом вместо Эвиты.

Сам Перон вечером того дня, когда Эвита объявила об отзыве своей кандидатуры, сделал заявление, в котором сообщал, что глубоко тронут самопожертвованием Эвиты. Он немедленно решил, суетясь и все так же испытывая страх перед безучастной и разбитой Эвитой, что 18 октября будет праздноваться день Святой Эвиты.

Как еще заглушить безмолвный гнев этой женщины, если не предложить ей ореол в качестве компенсации за реальную власть? Лучше поместить Эвиту на страницу календаря, чем в кресло вице-президента. Став вице-президентом, она могла бы короноваться как императрица Аргентины и, кто знает, Латинской Америки: никогда нельзя было предвидеть размах ее демонической натуры.

Этот прозрачный листок календаря и есть отныне Эвита, дрожащая от малейшего ветерка. А медаль, выбитая в ее честь «за патриотизм, доказательство которого она явила», эта бронзовая медаль ничего не меняет для неровного биения сердца, все больше погружающегося в сумерки славы...

# 10

Эвита Перон не может больше скрывать и сдерживать болезнь, как регулировала свой успех, подчеркивая результаты. Теперь результаты определяет не Эвита, а болезнь. Болезнь выходит на сцену, и сценой отныне становится Эвита. Не актриса выходит на подмостки, а сами подмостки приходят к ней. Исторические речи не звучат, слова плохо выговариваются из-за бесконечных инъекций, которые должны помочь обрести покой этой женщине, всегда от покоя бежавшей.

Ходят самые невероятные слухи. Говорят, что Эвита пострадала от взрыва бомбы, спрятанной в раковине умывальника и предназначенной для Перона. Этот слух пустил сам Перон, используя в своих целях болезнь Эвиты. Эта бомба, пощадившая его, придумана, чтобы заставить поверить в его избранность, поверить, что удача сопутствует Перону и бросает вызов заговорам. И если Пласа де Майо должна снова заполниться людьми, нужно, чтобы они пришли только ради него. Великий народ не может выступить против родной армии, потому что Эвита в постели... Хоть бы больше не поднялась!

Почитатели Эвиты не берутся за оружие... Тоже шепчутся, как все остальные, ждут выздоровления Эвиты, чтобы узнать, чего она хочет... Эвиту окружают ореолом жалости... Уважение к болезни, которая никак не кончается, неблагоприятно для мифа... Неизлечимая болезнь внушает толпе страх...

Падение больной... Ее цвет лица, когда-то безупречный, теперь блекнет, глаза теряют блеск, волосы больше не стянуты на затылке. Эвита не покидает постели. А Перон не на Мартин-Гарсия, он все так же в Каса Росада. И враги Эвиты чувствуют себя все лучше и лучше. Полковник Merканте только что купил влиятельную газету «Эль Диа».

Жар тщеславия еще быстрее пожирает безоружную женщину, прикованную к постели. Перон наслаждается свободой. Теперь его положению не угрожает опасность. Он ждет не дождется, когда же ветер переменится и понесет навстречу ему мистический поток толп Эвиты. В ожидании Перон завтракает один, перед ним больше не сидит Эвита, озабоченная тем, как бы вознести свой памятник в бронзе повыше, чем памятник генерала-президента. Ему больше не нужно утруждать себя всякими ничего не значащими словами.

Эвита больше не живет любовью толпы... Она живет лишь благодаря переливанию крови. Эвита смертельно бледна, хотя вчера еще была полна энергии. У нее случались резкие всплески желтухи, но никто не осмеливался назвать ее болезнь...

От Эвиты исходило невообразимое напряжение. Теперь нет напряжения, нет даже неизменной улыбки на публику. Она не может одарить этим осколком милости даже врачей и медсестер. Вокруг нее больше не трепещут отблески приветственных лозунгов, вокруг витают только страшные, непонятные слова специалистов...

Объясняя свой отказ от вице-президентства, Эвита утверждала, что ее возраст не соответствует установленному в конституции. Но на больничной койке вдруг оказалось, что молодая Эвита исчезла, и вся старость мира бьется в ее глазах...

# Часть восьмая

## Статуи тоже умирают

### 1

**В** четверг 28 сентября 1951 года генерал Перон и его министры вторую половину дня проводят с героем Аннапурны французом Морисом Херцогом, которого Перон награждает медалью за заслуги в покорении Анд. Тем же вечером в нескольких клубах Буэнос-Айреса шушукались: «Завтра это боком выйдет генералу...»

В восемь тридцать утра на следующий день четыре самолета, используемые в основном для учений, пролетели на небольшой высоте в ясном небе Буэнос-Айреса, такие же грозные, как совы из папье-маше.

Через полчаса в казарме Кампо де Майо в двадцати восьми километрах от столицы узнают, что Перон, который должен был посетить казарму, отменил визит. Пятьдесят повстанцев, ожидавших его приезда, твердо решают идти на Буэнос-Айрес. Один капрал, слишком много болтавший, убит. Два танка начинают движение по направлению к столице. Пятьдесят смутьянов следуют пешим ходом двумя колоннами.

В девять с четвертью правительство приказывает блокировать все дороги, ведущие к Буэнос-Айресу, перегородив их автобусами со спущенными шинами. Аэродромы закрыты, корабли задержаны в портах.

Буржуа Буэнос-Айреса шепчутся между собой: «Внутренняя война...» Закрываются магазины, в первую очередь — ювелирные. Занятия в школах прекращены, на мостовые столицы высыпали взволнованные школьники. На улицах устраиваются футбольные матчи. Конфедерация труда объявила всеобщую стачку, чтобы рабочие имели возможность прийти на помощь властям. Но транспорт в основном продолжает работать. Без десяти десять радио объявляет между двумя танго «внутреннюю войну» на всей территории. Любой военный мятежник будет немедленно арестован. Генерал Перон произнесет речь на Пласа де Майо в половине четвертого. Полковник, которого остановила на улице бдительная толпа, кричит, подняв руки вверх: «Да здравствует Перон!» Оправдавшись таким образом, он беспрепятственно проходит.

Мятежников арестовывают возле баррикад из автобусов. Они не осмеливаются преодолеть это препятствие и сдаются. Шестьдесят мятежников, ожидавших в казармах результатов этой прогулки, не мешкая, бегут в Уругвай.

Генерал Перон гарцует на своей любимой лошади Криолло, белой в черных яблоках, выдрессированной специально для военных парадов. А газеты публикуют фотографию Эвиты, и создается впечатление, что она встала с постели. Но Эвита по-прежнему на больничной койке; она поправляет белокурый шиньон, смотрясь в ручное зеркальце, а на запястьях и на шее переливаются огнями бриллианты.

В одиннадцать часов люди взбираются на крыши в ожидании революционных парашютистов, но со стороны океана пролетают лишь две-три птицы. Проходит слух, что на Буэнос-Айрес движутся сотни полков. Полицейские кордоны окружают иностранные посольства, предположительно, чтобы помешать заговорщикам укрыться там.

В половине четвертого на Пласа де Майо собирается толпа перонистов. Фонари берут приступом. Стоя на грузовиках, рабочие нестройно скандируют, будто птицы, попавшие в силки: «Перон! Перон!» Наконец, генерал Перон появляется на балконе и старается взять реванш за ночь Эвиты 22 августа. Он объявляет:

— Все в порядке, возвращайтесь домой...

Конфедерация труда решает, несмотря на этот призыв, продлить день отдыха до утра следующего дня, чтобы не приглушать энтузиазм толпы. Революция — это хорошо, это дополнительный выходной день. Женщины бегают по улицам, размахивают бело-голубыми флагами и распевают гимны в честь Эвиты. Грузовики, полные рабочих, разъезжают по городу; рабочие восхваляют Перона, размахивая бумажными фонариками. Над головами крикунов проплывают вымпелы: «Перон — спаситель родины. Голосуйте за Перона. Кто не голосует за Перона, предает родину...»

Радио передает сообщение, записанное Эвитой, не встающей с постели. Она рыдает. Она говорит, что прижимает всю нацию к своему сердцу в одном большом объятии. Заканчивает такими словами:

— Любовь к Перону и к моему народу — самое большое чувство, которое я испытала... Нужно защитить Перона, потому что это великий человек... Его враги — враги народа...

Сам народ нисколько не обескуражен тем, что его подают под разными соусами. Народ согласен на великое объятие и утирает слезу. Эвита подвергается своему обычному переливанию крови. Врачи говорят о сильной анемии. Кончит ли она тем, что жадно выпьет всем своим измученным телом кровь своего народа до последней капли, чтобы продержаться еще один день, произнести еще одну речь, издать еще одно рыдание, которое на этот раз доносится издалека?

В полдень вновь открываются магазины, рестораны, бары, кинотеатры. Возобновляется прием иностранных самолетов в аэропорту. Авиакомпании заявляют, что посадки не производились по причине плохой погоды, между тем восхитительное солнце продолжает сиять над Буэнос-Айресом.

Перон потирает руки и деликатно склоняет голову, позируя перед фотографами. У него есть все основания для радости. Едва ли мелькает у него мысль о боливийской революции 1946 года, когда тело президента Жильберто Вильроэля толпа протащила по улицам Ла-Паса. Его повесили на фонаре перед президентским дворцом, и тело оставалось там три дня и три ночи.

Перон улыбается небольшому лесу микрофонов.

— Отношение трудящихся показывает, каким будет ответ народа на любую попытку мятежа...

И добавляет:

— Трусы не сделали ни одного выстрела, даже в самих себя...

Знамя, которое Перон должен был передать унтер-офицерам Кампо де Майо, осталось у него. Для Перона бунт пятидесяти заговорщиков при поддержке двух танков и четырех учебных самолетов — это отличная рекламная операция. Отныне пятница

28 сентября станет еще одним национальным праздником Аргентины!

Генерал не нуждается больше в постановках Эвиты, чтобы утвердиться и продлить срок своего правления. Он сам себе режиссер. Перон избавился от той, что помогла ему в 1945 году спастись и обрести устойчивое положение. С этих пор он сам себя поддерживает.

Что же в действительности произошло? Старый ультраконсерватор, чрезвычайно непопулярный генерал Менендес знал, что армия с нетерпением ждет своего часа, чтобы свергнуть Перона. Но Менендес не мог ждать вместе со всеми, его уже подстерегала смерть. Он решил ухватить свой кусочек счастья, взял на себя командование и двинулся слишком рано, надеясь, что этого марша будет достаточно для устрашения Перона. Такая дилетантская выходка привела его в тюрьму при всеобщем порицании.

Опереточный заговор, представленный рабочим как угроза их жизни, беспокойная толпа перед больницей, где лежала Эвита, — все это должно было создать благоприятную атмосферу для переизбрания Перона 11 ноября 1951 года. Эвита из своей больницы, находящейся в трудовом пригороде, могла обращаться к толпам рабочих, к этим людским океанам лишь на ультракоротких волнах. А Перон мог, наконец, созерцать ее толпы один на один. Это была его первая настоящая радость с тех пор, как он стал президентом...

Восстание, которое он сам фактически спровоцировал, устраивало Перона во многих отношениях. Он доказывал Эвите, прикованной к постели, что не солгал, убеждая ее оставить вице-президентство, потому что им обоим угрожала опасность.

Но где та огромная волна, что должна была смести с лица земли Перона и Эвиту, если бы она не уступила? Старый Менендес, пятьдесят человек, четыре жалких самолета и два танка!

Менендес забежал вперед, охваченный неодолимым зудом могущества, который неожиданно овладевает стариками, продолжающими носить военную форму поочередно с пижамой больного. Менендес больше не мог ждать. Он хотел получить свой праздник, свою часть карнавала. Армия была не прочь воспользоваться падением авторитета Перона у народа и церкви, чтобы вымести начисто Каса Росада, но не собиралась выбирать в качестве знаменосца бедного престарелого генерала.

Перон, будучи в курсе дела, позволил маленькому изголодавшемуся восстанию докатиться до Буэнос-Айреса, чтобы здесь самому театрально продемонстрировать силу. Он обезглавил не гидру, а весьма потрепанного цыпленка. Главный штаб Кампо де Майо беспрепятственно позволил двинуться вперед возбужденным юнцам и их дряхлому предводителю прежде всего, чтобы воспользоваться этим походом для проверки, а также потому, что это был самый гуманный способ избавиться от них.

И все-таки Перон боялся. Он хорошо знал, что любая армия находится в состоянии ожидания. Поразмыслив, он решил предоставить второй и самый значительный залог армии, с одним из самых важных представителей которой, генералом Лонарди, он тайно встречался. Перон не мог допустить, чтобы его маленькая двусмысленная комедия с мятежом навела армию на мысль, будто он хочет противопоставить себя ей.

Он дал указание министерству информации объявить, что Эвита страдает неизлечимой анемией. «Одному Богу известно, сколько времени ей остается жить...» — грубо уточнялось в сообщении.

Армия получила заверения, что Эвита Перон обречена. Наконец-то генерал получил возможность заниматься политикой по своему усмотрению, вместе с друзьями, не беспокоясь о том, что по сцене страны постоянно расхаживает уверенной поступью какая-то женщина с ее собачками, платьями, бриллиантами и с ее толпами.

Закончив жестокий торг, Перон отправляется на новые выборы в ореоле спасителя отечества, прикрываясь авторитетом умирающей женщины, работающим на этот раз исключительно на него...

## 2

На землю опускается прохлада. Маленькие индейские лошадки бредут в стойла. Персиковые и абрикосовые деревья превращают долину в цветущий букет. Маме Дуарте хорошо в кресле-качалке с легким шерстяным покрывалом-навахо на коленях и кружкой с грогом, сдобренным маслом и имбирем, рядом на столике.

Вечер четверга на страстной неделе. Высокие плато отбрасывают красноватые тени. В сумерках блуждает песня свирели, хрипловатая и монотонная. По склону поднимается процессия. Ведет ее человек в черной шляпе. Колючие кактусы усеивают его голый торс, грудь и спину. Штаны, закатанные до колен, открывают израненные ноги.

Процессия приближается к зарослям шалфея. Лица участников процессии красны от напряжения. Полуголый человек пытается поднять груз. Грубая веревка царапает его шею. Концы веревки привязаны к повозке, нагруженной камнями. В груде камней торчит чучело, изображающее смерть. С серпом в руках, в черной одежде, оно покачивается при каждом толчке, и улыбка этой фигуры кажется зияющей раной.

Перед повозкой идут пятеро носильщиков. Кающиеся в процессии наносят себе удары, некоторые даже используют при этом заржавленные штыки. Люди в процессии покрывают себя ранами, царапинами, порезами. Но гимн, который они поют, ранит еще больше.

«Покаяние, покаяние, Перестань грешить, несчастный...»

Они направляются в часовню, скрытую за кустарником. Градом сыплются удары, угрожающе звучит пение.

Повсюду цветут персиковые и абрикосовые деревья, а в соседней деревне парни играют на площади в футбол. Но один прячет под рубахой три свежих ссадины. Пение больше не тревожит природу. Большие камни с повозки сбросили в овраг, а чучело смерти спрятали в сарае до будущего года. Добровольно полученные раны тихо кровоточат, к ним прилипают рубахи. На шее у мужчины болтается амулет с фотографией Эвиты.

Повозка с заново закрепленной колесной осью снова смешивается с другими крестьянскими повозками. Театральное страдание оставило глубокие следы в плоти, вчера еще невредимой.

В то время как мама Дуарте плачет, сама не зная почему, в Буэнос-Айресе восемьдесят магазинов Фонда продолжают распродажу по сниженным ценам. Но в главной конторе раздача продуктов, денег и советов замедляется. Эвиты здесь больше нет, но профессиональные попрошайки, выстроившиеся в длинные очереди, этим нисколько не смущены.

11 ноября 1951 года. Перон получил шестьдесят процентов голосов. 1478372 голоса против 1211666 — так было в 1946 году. Теперь, в 1951, — 4652000 голосов против 2358000. Прибавку обеспечили женщины Эвиты, которые на этот раз голосовали за Перона. Хуан Доминго вовсе не против стать мало-помалу их идолом, заманить сумасшедших феминисток Эвиты в западню своей улыбки. Но эти покорные, давным-давно одомашненные женщины, используемые и презираемые мужчинами, могли ощутить свободу только в успехе одной из них, в победе такой женщины, как Эвита...

## 3

К ее иссиня-бледным губам подносят микрофон. Она живет теперь только для этого микрофона, за который она уцепилась на Радио-Бельграно после провала в Голливуде. С микрофоном в худой руке, как со свечой Апокалипсиса, Эвита шепчет, не в силах подняться:

— Сегодня, 18 октября, я встала с одра болезни, чтобы отдать долг благодарности Перону и трудящимся. Для меня не имеет значения, что заплачу я за эту честь остатками моей жизни...

Она читает текст как сомнамбула. Надеется ли она вновь обрести в этой словесной дребедени чудесное прошлое, время большого прыжка вперед?

Перон, поочередно мучимый апатией, безразличием или ощущением травли, на время повторных выборов объявил чрезвычайное положение. Он боялся собственной тени. Перон произнес всего четыре речи по радио. Это было почти гробовое молчание по сравнению с тем, что он прежде изливал в радиоволны по малейшему поводу. Перон продолжал усиленно заискивать перед армией. Он наградил тайного командующего тех людей, которые больше не хотели знаться с властью, генерала Анхеля Солари. Но сорок восемь часов спустя, опасаясь, как бы его поступок не сочли за проявление слабости, отправил его в отставку. Перон блуждал меж двух огней, не зная, какому святому молиться. Он уволил двадцать пять полковников, заподозренных в нелояльности, но в качестве предлога использовал их неприятие кандидатуры Эвиты. Перон надеялся таким образом не столько заглушить угрызения совести, сколько убедить в своей верности больную Эвиту, продолжавшую наводить на него ужас со своего страдальческого ложа. Следовало успокоить ее, усыпить...

С того момента, как Перон воздал жене должное, объявив 18 октября днем Святой Эвиты, он надеялся получить какую-нибудь передышку и упоминал об Эвите лишь вскользь, в сообщениях таких же туманных и расплывчатых, какой стала она сама в его жизни. Он заявил группе перонистов:

— Изнурительный труд подорвал хрупкое здоровье...

Это было месяц спустя после выдачи дипломатического паспорта доктору Джорджу Пэку, известному хирургу, оперировавшему раковых больных. Доктор Абель Каркано, самый крупный аргентинский специалист-онколог, отправился за ним в Нью-Йорк. Действительно, аргентинские медицинские светила ничего больше не могли сделать для спасения Эвиты.

4 ноября Эвита появилась в клинике президента Перона, и два дня спустя открыто заговорили об опухоли матки. Доктор Пэк попытался провести серию операций. Во время одной из таких операций какой-то человек открыл дверь операционной и бросил:

— Государственный контроль... Учтите, эту операцию провел доктор Альбертелли.

Альбертелли был аргентинцем. Один из иностранцев, которых не в первый и не в последний раз проклинали с балкона Каса Росада, не мог прооперировать королеву дескамисадос. Да и сама она так же часто выплескивала свою ненависть к американцам, предателям из Голливуда. Необходимо было дать понять это персоналу клиники.

Трюкачество пропитало всю жизнь Эвиты вплоть до ее тела... Эвита, разрезанная на кусочки «гангстером доллара»...

# 4

Эвиту ощупывают, растирают и мнут на процедурном столе, но руки медсестры, кажется, летают над нематериальным телом. Изоляция вредна Эвите. Она не может питаться воздухом и тишиной. Возрождается она лишь в тот момент, когда ей позволяют посредством радиоволн обратиться к своим дорогим жертвам социальной несправедливости.

Эвита откидывается на подушки, измученная, страдающая от того, что не слышит больше шума, производимого людским морем. Ей так хотелось расширить круг своей публики, убедить в своем величии людей за пределами Аргентины, весь мир...

Печаль и рак. Машина сходит с ума. Дурная кровь скапливается, образует в душе застойные болота, загрязненные реки. Иногда Эвита просит открыть дверь, чтобы понаблюдать за происходящим в больнице. Но от ее двери отгоняют людей. Иногда она слышит за этой дверью чьи-то судорожные рыдания: это ее женщины из когорты дескамисадос. Это ужасает и ободряет одновременно. Эвита гордится и испытывает счастье при мысли, что вызвала искренние слезы... Все-таки толпа ее любит.

Хуан Перон попросил Палату депутатов и Сенат предоставить ему шестимесячный отпуск. Поговаривали, что Эвита поедет за границу, может быть, в Швейцарию, на лечение, и что Перон будет ее сопровождать. Противники режима, нашедшие убежище в Уругвае, решили было, что Перон готовится к бегству. На самом деле ему действительно хотелось бы уехать в Швейцарию, пожить в снегах, но Эвита его удерживала. Прикованная к постели, она еще надеялась восстановить силы и заставить армию смириться. Улицу Флориды пестро расцветили неоновые огни, воспевающие добродетели славного Перона. Он наверстал упущенное в отношении своих плакатов. Наконец-то он один стоял на балконе Каса Росада, не дожидаясь с кривой улыбкой на губах, когда Эвита закончит свой сеанс публичной нежности.

В ноябре 1951 года, стремясь любой ценой приобрести новых друзей, Перон пригласил шестьдесят американских сенаторов посетить Аргентину. Он рассчитывал таким образом придать больший вес своей персоне теперь, когда Эвита освободила трон. А гвоздем освобождения Перона, ускользающего из-под гигантской, удушающей тени своей ложной половины, стала церемония переименования провинции Эль-Чако в провинцию президента Перона.

Церемонию провели в декабре 1951 года, приурочив ее к весельям по поводу праздника Рождества. Эвита, отбиваясь от процедур, которые каждый раз отнимали у нее крохи жизни, решила взять дело в свои руки, притормозить лихорадочное стремление Перона обожествить свою персону, не встречая никакого противодействия. Она потребовала дать ей возможность говорить из своего кабинета в Фонде, чтобы доказать необходимость считаться с собой. Но врачи запретили Эвите передвигаться. Тогда она заявила в микрофон с постели:

— Женщины Аргентины, я говорю с вами из моего кабинета в Фонде...

Перон меньше, чем когда-либо, творил историю. Он не переставал представлять себя под кнутом Эвиты. Великие приступы ярости на манер Муссолини испытывала Эвита, а не он. А Эвита утратила свою магическую силу, превращавшую государственных мужей в мальчиков на побегушках. Она больше не наряжалась танцовщицей, чтобы казаться грациозной, раскованной и милой об руку с министром-гитаристом. Ее больше не интересовали антикварные драгоценности, царские меха... Осталась только собачка Негрита, скулившая рядом с кроватью. Родных Эвита оттолкнула, чтобы уничтожить воспоминания детства, проклятого другими детьми в Чивилькое и Хунине.

Богачи видели в ней артистку кабаре, которая сделала себе из народа вульгарное украшение. Даже не вставая с постели, она продолжала слыть и в Аргентине, и во всем мире героиней истории любви, не существовавшей ни одного дня, ни одного часа. Эвита не несла отдохновение воину, она сама стала постоянной войной для воина, жаждавшего покоя. Она пользовалась Пероном, как символом битвы. Эвита, служившая не подушкой для плоти, а бичом для нервов, понятия не имела, что такое чувственное удовольствие. Ее удовольствием была фотография во всю стену, во весь город... Править в паре с кем-то она не могла.

Вынужденная диета, которой Эвита подвергала

себя в течение нескольких лет нищеты на задворках столицы, затем добровольная диета, которой она придерживалась, будучи президентшей, чтобы не превратиться в толстую матрону, какой стала ее мать в Хунине, в сочетании со сжигавшим Эвиту огнем, когда она стремилась к вершинам власти — все это усугубило тяжесть болезни, которая нацелилась теперь не на плоть, а на кости.

Тогда-то ее кровь и стала вдруг скудной. Хрупкое тело скрутила боль. Она шептала: «Я слишком слаба для стольких страданий...»

Однажды пальцы не удержали холодный стальной микрофон, отекшая рука свесилась с кровати, а собачка Негрита даже не успела лизнуть ее...

# 5

Решетчатые ворота перед резиденцией закрылись. Генерал Перон закончил смотр резервистов в день национального праздника 9 Июля. Отгремели последние военные марши, взорвались последние петарды. Садовники собирали сухие ветки у огромной виллы в центре почти пустынного парка.

В последний раз Эвита появилась на публике 4 июня. Она дрожала от холода в своем норковом манто. Три тысячи пятьсот храмов заполнились молящимися за нее. На Эвиту дождем лились слова, слова, лишенные смысла. На празднике 1 Мая она появилась с печатью болезни на лице. Эвита стояла рядом с мужем в открытой президентской машине и поднятием руки приветствовала народ.

В резиденции сквозь листву парка можно было разглядеть тусклый свет в окнах. Палата депутатов проголосовала за специальные кредиты для возведения памятника Эвите во всех больших городах. Она умирает, но ее агония чему-то служит. Такой трагический номер судьбы Эвита не может исполнять без аплодисментов. Ее страдание становится театром.

Аргентинская знать продолжает как ни в чем не бывало заниматься спортом, посещать концертные залы и ходить в гости не ради удовольствия, а как выполняют обязательную повинность, например, военную службу. Однако без Эвиты в Фонде царит паника. Исабель Эрнест, профсоюзная секретарша Эвиты, монотонно делится с иностранными журналистами своими воспоминаниями, как будто ее начальница уже мертва: «Эвита Перон никогда не соглашалась принять портфель министра, чтобы ни перед кем не отчитываться...» Непрерывно звонят телефоны. Фотографии и букеты цветов загромождают кабинеты. Но здесь нет Эвиты, чтобы дать указание унести их. Цветы скапливаются в Фонде, как на могиле.

Официальные сообщения противоречивы. Состояние больной то улучшается, то становится критическим. Непрерывные богослужения во спасение Эвиты поражают воображение. Ежедневные официальные извещения в начале июня становятся все короче. Никаких изменений. Ночь прошла спокойно. Но специалисты по раковым болезням — немцы, австрийцы, аргентинцы — постоянно проводят консилиумы. Они спорят, каждый раз говорят о каком-нибудь новом методе лечения. Появляется сообщение о том, что посол Франции отменил обычный праздник, который давал каждый год 14 июля для фрацузской общины Буэнос-Айреса. О состоянии Эвиты продолжают судить по косвенным признакам: Перона сегодня нет в кабинете, улицы в центре города перекрыты.

22 июля конфедерация труда проводит мессу на открытом воздухе. Над большой площадью Республики идет дождь, и все программы радиовещания пере-

дают шелест дождя, перекрывающий слова отца Бенитеса, который читает проповедь: «Бог, выбрав Эву Перон, выбрал нас, потому что ее страдания — наши страдания». Раздается гром аплодисментов, как в Сенате, где единодушно решили сделать книгу Эвиты «Смысл моей жизни» обязательной для изучения в школе в соответствии с законом. По всей стране рабочие на десять минут прекратили работу, чтобы послушать мессу, проходящую под шум дождя.

Полиция тем временем защищает резиденцию от притока любопытных. Только министры могут пройти через полицейский заслон. Толпу продолжают держать в напряжении — Эвите то лучше, то хуже...

Все транспортные маршруты, ведущие к резиденции, окончательно перекрыты, чтобы «создать тишину» для Эвиты, как сообщает коммюнике. В это же время пресса публикует фотографию-призрак, на котором Эвита похожа на заключенную Аушвица. Светлая коса, свисающая со впалого плеча, потухшие глаза во ввалившихся глазницах, мертвенная улыбка.

Эта фотография была опубликована 16 июля. Орден Святого Мартина послужил наградой ее агонии. Говорили, что у Эвиты было при этом одно-единственное видение, возвращавшее ее на ферму в Чивилькое: куры бродили и клевали пол по всей комнате, на кровати, на ее руках.

У нее случались моменты чрезвычайной слабости, вызванные, так сказать, «балконной экзальтацией». Эвита так и не понла природу своей болезни, потому что вопли толпы мешали ей осознавать действительность. Постоянное волнение преображало место действия, расширяло брешь. Эвиту раздирало одновременно и удовольствие, которое доставляла ей толпа, и физическая слабость.

Народ топчется на улице, с которой удалили шумный транспорт ради бывшей девушки из мюзик-холла. На втором этаже резиденции вдруг гаснет свет. Закрываются кафе, кинотеатры, вслед за ними театры. Публика рыдает на улицах. Все знаменитости, находящиеся на гастролях в Буэнос-Айресе, удаляются на цыпочках. Огни рампы погашены по приказу свыше.

Толпа вновь обретет свою Эвиту только на почтовых марках. Перед огромным портретом в двадцать часов двадцать пять минут погашены факелы толпы. Фехтовальщик, обосновавшийся в Каса Росада, остался один.

Повсюду Эвита. В самолетах, на окнах аэровокзала, под стеклом окошечек на почте, над расписаниями, на ветровых стеклах такси, на лесах строящихся зданий, по обе стороны от распятий в жилых домах и в конторах. Распутные женщины виснут на решетке ограды резиденции и плачут, призывая мертвую, словно хотят обнять ее.

## 6

В девять тридцать в саду президентской резиденции появляется процессия. Гроб несут Перон, Хуан Дуарте, секретарь министерства информации и глава Палаты депутатов.

Сколько времени продлится спектакль? Пока последний желающий не попрощается с Эвитой. Здание министерства труда стало временной гробницей для усопшей, пока не будет сооружен мавзолей, двадцать четыре копии которого появятся во всех крупнейших городах Аргентины.

Прикрыв от дождя головы раскрытыми газетами, люди ждут. Народ носит портреты Эвиты в медальонах на груди, на обратной стороне карманных зеркал, народ ее оплакивает. А тело Эвиты не перестает блуждать **между** зданиями конфедерации и министерства **труда,** путешествовать туда и обратно, рассекая **толпу. Каждому** хочется повернуть усопшую к себе к **своей** же выгоде. Хосе Эспехо и Хуан Перон оспаривают **друг** у друга привилегию нести угол гроба на **плече.**

Буэнос-Айрес погружается в траур. На шестах возле **трамвайных** путей висят ленточки крепа, уже два дня **как запрещена** продажа бензина. Больше не видно **машин.** Улицы свободны от автотранспорта. Проезжают **лишь** немногие привилегированные лица. В толпе **все чаще** случаются нервные срывы и расстройства. **Только** на одном пункте охраны за день пришлось **оказать** помощь двум тысячам человек. Машины **скорой** помощи непрерывно снуют по городу.

**Перед зданием** министерства труда громоздятся кучи **потерянных** вещей. Иногда рыдающие женщины **роются в** них, отыскивая потерянный плащ или сумку. **Быть** может, и нечестные люди пользуются случаем, **выуживая** себе что-нибудь из одежды. Никто не **обращает** на это внимания. Эта гора потерянных вещей — словно последний подарок умершей. Пусть **люди пользуются!**

Эвита **лежит** в гробу, руки сомкнуты на букете цветов, **на шее** ожерелье Освободителя. Над гробом аргентинский **флаг,** на котором выделяется огромное распятие, **кровавое** распятие колониальной эпохи. Министры **стоят в** карауле, сменяясь каждые два часа. В давке уже **задохнулись** восемь человек. Сотни раненых унесли **на** носилках. Умер генерал Ваккан, президент **военного** кружка. Все хотят подойти поближе, чтобы **увидеть** ее, открытую до пояса, в вечернем платье, **исхудавшую** и спокойную. Подходят женщины из толпы с букетиками фиалок, мужчины с черными нарукавными повязками. Повсюду множество цветов. Эспехо и конфедерация труда объявили месяц траура. В течение получаса раздаются гудки локомотивов в Тукумане, эти душераздирающие звуки должны выражать печаль тех, кто впервые выразил Эвите свое недовольство.

Повсюду развешивают большие фотографии, кутают в ткань светильники. Ночью в каждом окне горит свеча. Во всех школах портрет на стене украшают цветами перед началом занятий. Великое шествие продолжается.

Приехала мать Эвиты с двумя овдовевшими дочерьми. Они пробираются между грузовиками с бутербродами и бутылками с сидром, которые предлагаются людям в благодарность за их присутствие. По всему городу расставлены маленькие алтари с изображением Эвиты, а вокруг — пламя свечей, трепещущее под дождем. Цветы хлынули из домов на тротуары, и муниципальные мусороуборочные машины собирают по ночам тонны раздавленных, растоптанных букетов. Цветочные магазины опустошены. Они продали все запасы и закрылись.

Проходят представители всех конфессий, в том числе раввин Амарам Блум, предложивший в плакальщицы двенадцать юных девушек в белом. Каждые две минуты открываются двери министерства труда, первые ряды пропускают в часовню. Остальная толпа продолжает биться в закрытые двери. На подступах к министерству запрещено движение транспорта. Сотни тысяч людей в рабочей одежде, женщины в черных мантильях, многие со значками перонистской партии, все терпеливо ждут долгими часами.

Груды почтовых открыток лежат мертвым грузом в Фонде. Этими открытками Эвита отвечала на письма из Аргентины и из других стран мира. На открытках Эвита без украшений, с гладко причесанными волосами, со спокойным выражением лица. Единственная подпись: «Госпожа Эва Дуарте де Перон, защитница обездоленных...»

Людская река змеится по улицам, слышны громкие причитания. Женщины кричат: «Я бы сама умерла, лишь бы она жила!» Профсоюз работников пищевой промышленности, насчитывающий сто шестьдесят тысяч членов, посылает папе послание в ультимативной форме с требованием причислить Эвиту к лику святых. Миллионы зонтиков раскрываются и закрываются подобно печальным цветам, что расцветают и умирают. Вдоль очереди процветает маленький бизнес: остывший кофе, плохой шоколад, конфеты, твердые как камень, книга Эвиты.

В ожерелье Освободителя, украшающем шею покойницы, насчитывается семьсот пятьдесят три драгоценных камня. Вся Аргентина отдаст однодневный заработок на памятник стоимостью пятьдесят миллионов песо, который решили возвести в честь Эвиты за три недели до рокового исхода. Прибывают грузовики, нагруженные цветами, сорванными далеко от столицы. Даже пожарная машина мобилизована для перевозки цветов...

Люди продолжают рыться в хламе сложенных горой потерянных вещей...

Элиза де Арьета, Бланка де Альварес Перейа и Арминда де Бертолини, три сестры Эвиты, с недоумением взирают на эту толпу. Они украдкой проникают в мир, куда доступ им был запрещен. Только сегодня они узнают, что Эвита занимала в резиденции поочередно одну из пятнадцати комнат, чтобы дезориентировать возможного убийцу, в то время как убийца притаился в ней самой!

В начале октября 1951 года она заказала в Англии бронированную машину. Стекло толщиной четыре сантиметра прошло испытание на пуленепробиваемость. Этот автомобиль мог пройти целым и невредимым среди ожесточенной перестрелки и проехать девяносто километров без единого повреждения шин.

Вопреки всему, Эвита верила, что выздоровеет. Она получила новые платья от Диора. Она не могла подняться и заставляла горничную с такой же фигурой, как у нее, примерять эти платья, и та выполняла роль манекена у постели Эвиты. Однажды Эвита потребовала все свои украшения. Она разложила их на кровати, открыла коробочки и футляры.

— Я не оставлю ни одной из этих вещей матери или сестрам, — сказала она. — Хочу, чтобы все забрали в музей!

Тем временем примчался мюнхенский архитектор с макетом колоссального мавзолея. Архитектор Эберт нарисовал чудовищный колокол весом в пятьдесят тонн. Тридцать три ступеньки ведут к тридцати трем канделябрам, окружающим склеп. Мавзолей увенчан звездой, которая будет испускать сверкающие лучи. Это стальное сооружение высотой сорок метров с вмонтированным в нем колоколом будет автоматически звонить 26-го числа каждого месяца.

Потрясенный пышностью церемоний швейцарский пастор воскликнул:

— Как возмутительно видеть, что некая партия использует смерть человеческого существа! Смерть человека священна. Она не должна никому служить...

Армия не признает Эвиту, а народ ее обожествляет. Среди всего этого народного волнения только Перон и его министры хранят безмятежность. Они принимают соболезнования с безутешным видом, который временами напоминает опознавательный знак тайного общества: мужчины, спокойно вздохнувшие от радости, что так легко отделались, а бесконечная церемония не оставляет на их совести ни пылинки.

Ватикан поспешно призвал папского нунция Джузеппе Фиетта, дуайена дипломатического корпуса, который должен был рискнуть и взять на себя руководство похоронами этой похитительницы почитания и набожности.

## 7

Супруга президента покоилась в гробу под стеклянной крышкой. Люди наклонялись, чтобы запечатлеть поцелуй на стекле. Медсестра тотчас же стирала след поцелуя шелковым платочком. Затем следовал очередной поцелуй. Тысячи поцелуев мужчин, старых или молодых, женщин, красивых или уродливых, детей, веселых или грустных; никогда в истории человечества не получала женщина столько поцелуев, так быстро стираемых, таких же холодных, как стекло, таких отчаянных. Живая, она никогда не получала искреннего поцелуя. Мертвая, она покорно таяла, становясь все меньше и меньше под множеством поцелуев огромного количества людей, от дыхания которых лишь запотевало стекло.

Четыре кадета Военной школы стояли на часах при оружии перед гробом, не дрогнув перед множеством рыдающих людей.

Большое зимнее солнце поднялось над Буэнос-Айресом в субботу 9 августа. Солдатские мундиры пламенели алым цветом в заграждении вдоль Пласа де Майо. Гнетущая тишина нависла над толпой. В десять часов гроб спустили по лестницам министерства и водрузили на артиллерийский лафет, приподнятый таким образом, чтобы ящик из черного кедра, инкрустированный серебром, возвышался над толпой. На башенных часах стрелки так и показывали восемь часов двадцать пять минут, час смерти Эвиты. Кортеж тронулся.

Мотоциклисты, конные гвардейцы, оркестр кадетов. Погребальный лафет продвигался в зловещем ритме, увлекаемый вперед тридцатью рабочими в белых рубашках. Тройной заслон солдат, студентов и медсестер сопровождал эту людскую упряжку. Члены правительства шествовали в одном ряду по всей ширине проспекта. Перон был в светло-сером костюме с черным галстуком и простой креповой повязкой на левой руке. Справа от него шел брат Эвиты, Хуан Дуарте. Две тысячи гражданских лиц и высших армейских чинов замыкали шествие.

Толпа вслед за кортежем приблизилась к дворцу Конгрессов для последнего бдения. Полковники выстроились в ряд, протянув шпаги, как бы указывая Эвите, что дорога свободна...

На следующий день в воскресенье прошла еще одна процессия. Дорога все та же, но в обратном направлении. На этот раз Эвиту принимает дворец Профсоюзов, где для бдения у гроба зажжена огромная свеча конфедерации труда. В течение года Эвиту не будут тревожить. Только испанский специалист по бальзамированию Фернандо Ара будет делать свое дело, пока Эвиту не поместят в мавзолей.

Тогда снова начнется жизнь Эвиты на публике. Ее тело выставят в мавзолее, и там она будет принимать бедняков, а прошения, оставленные возле гроба, будут рассматриваться, как и раньше. Отныне Фонд будет вести прием в этом склепе. Она умерла в возрасте тридцати трех лет, в возрасте Христа, распятая рекламой и внезапным сбоем в подаче энергии в этой зловещей рекламе...

Шеф тайной полиции Веласко следовал за катафалком Эвиты вместе с остальными членами правительства. У Веласко была мания сопровождать катафалки своих жертв, противников Перона, угасавших под пытками. Он следовал за мертвым, как будто старался убедиться, что окончательно устранил его. Похоже, он побаивался, как бы дух мятежника не вырвался из катафалка и не зажег где-нибудь в стране неведомый пожар.

За катафалком Эвиты Веласко шел не таясь, нацепив парадный мундир с наградами в рядах армии, которая никогда не выходила из казарм в таком массовом порядке с тех пор, как была побеждена Эвитой в октябре 1945 года...

# 8

Снова вокруг Перона кружится хоровод женщин. Ему издавна приписывали заслуги покорителя сердец. Тайные советчицы любого возраста, любой национальности считали, что в ближайшее время он должен на одной из них жениться, хотя бы для того, чтобы подтвердить свою тайную репутацию. Сначала молва называет претенденткой Мариан Теран Вайс, подругу Эвиты, которая считалась одной из лучших теннисисток мира. Супруг Мариан недавно умер от лейкемии, и она добилась от Перона отмены женского турнира по теннису в Буэнос-Айресе. 18 марта 1953 года говорили, будто Эдда Чано, дочь дуче, несчастная вдова красавца Чано, должна выйти замуж за Перона. Все эти слухи будоражат фотографов Каса

Росада. Перон лучезарно улыбается, демонстрируя перед объективом пса Алекса, германского кузена Фаллы, любимой собаки президента Рузвельта.

Хуан Перон испытывает легкое головокружение от свободы и одиночества. Он вновь обрел свою значимость, но все-таки утратил радость, которую познал во времена ГОУ, когда пользовался тайной властью. Теперь вся масса ответственности камнем висит у него на шее. Эвита была помехой, но в то же время облегчала жизнь. Она делила с ним тоску, неизбежно сопутствующую власти. Хуан Перон лишился опоры, но зато может постоянно демонстрировать свою эффектную обаятельную улыбку.

Исчезла колдунья, что повелевала силами, бурлящими в обществе. Перон может притвориться, что стал единственным вдохновителем народов. На счет своего духовного влияния он относит боливийскую революцию в апреле 1952 года и успех Ибанеса в Чили. Перон думает о кино, что было бы невозможно при жизни Эвиты. У него возникла мысль о кинофестивале в Мар-дель-Плата, в четырехстах километрах от Буэнос-Айреса.

8 июля 1954 года представлен проект закона с предложением воздвигнуть триумфальную арку в честь президента Перона, «личности, блистающей в хаотическом мире». Где должна быть построена эта арка? Ну конечно же, в городе, который носит имя Эвы Перон, решает президент, будто желая наложить заклятие на ее память. Если он и отделался от Эвиты, которая формировала и озаряла его, то от ее легенды отделаться не так легко. Приходится привыкать к этому.

В Аргентине все дороги ведут к Эвите. Не счесть переименованных в ее честь городов, деревень, бульваров, улиц и площадей. Письма блуждают между разными «Эва-Перон-Вилль», с улицы на улицу Эвы Перон, прежде чем добраться до адресатов. На телефонных станциях девушки называют свой город: «Алло, говорит Эва-Перон...» Почтовым служащим запрещено ставить печати на марки с изображением Эвиты, чтобы не искажать ее портрет. В связи с тем, что марок этих слишком много, их погашение становится ювелирной работой.

Хуан Перон выглядит великолепно. Он привольно раскинулся за своим письменным столом и лениво передвигает пальцем миниатюрные модели тракторов. Президент любит давать прикуривать посетителям от своей золотой зажигалки. Кажется, на него снизошел покой.

— Я не могу удалиться от дел, чтобы жить, как принц, — говорит он. — Я не могу бросить моих бедняков. Я должен остаться президентом, чтобы их защищать. Если я уйду, богачи снимут последнюю рубашку с бедняков...

## 9

В особняке, который находится в Оливосе, кровать Эвиты остается на прежнем месте, все такая же величественная, утопающая в кружевах. Оливос — это пригородный район в английском стиле, где расположены колледжи, клубы и виллы, а по безлюдным чинным улицам время от времени проходят няни с детьми или прогуливают собак на поводке.

Генерал решил приспособить особняк для отдыха девушек из средних школ. Юные девушки будут гулять по огромному парку, возникая по утрам среди деревьев, цветов и статуй в коротких брючках или в купальниках.

Одну из этих девушек, Нелли Ривас, привела на

роскошную спортплощадку подруга. До сих пор Нелли проводила выходные дни в кино и иной раз смотрела до четырех фильмов подряд. Ее мать служила привратницей в рабочем квартале Сан-Тельмо, отец работал на сахарном заводе, и девочке всегда хотелось покинуть каморку под лестницей и пожить в настоящей комнате.

Генерал с готовностью выполнял малейшие желания школьниц Оливоса, а они прыгали от радости вокруг него. Перону нравилось проявлять таким образом свое могущество.

Прогуливаясь по парку, Перон раздавал конверты с деньгами ученицам, успешно сдавшим экзамены. Он уже приметил Нелли, когда однажды вручал конверты школьницам перед гаражом, где стояли мотороллеры. Тогда он поздоровался и поинтересовался, нравится ли ей в клубе. Нелли была ослеплена сердечностью генерала и покорена запахом его одеколона.

Перон подошел к Нелли, похлопал по своим карманам. Запас конвертов был исчерпан.

— Вы сдали экзамены? — спросил он.

— Да, — ответила Нелли.

— Ну, в таком случае, вы имеете право на награду. Я вручу ее вам попозже.

Несколько часов спустя Перон с улыбкой передал Нелли конверт в стороне от остальных девушек.

Позже Нелли благодарила его:

— Генерал, мой отец был болен. Я дала ему новенькую ассигнацию в пятьсот песо. Он попросил меня выразить вам благодарность.

В ноябре генерал уже звал ее по имени. Он часто приглашал нескольких девушек в столовую своего личного коттеджа. Во время одной из таких трапез, среди приятной и веселой болтовни, Перон с обаятельной улыбкой, которую приберегал для общения с девушками, повернулся к Нелли и спросил:

— Вам нравится кататься на мотороллере?

— Я не умею на нем ездить.

— Почему?

— У других девушек есть инструкторы, а я жду, когда вы, генерал, научите меня ездить на мотороллере!

Взгляд у Перона застыл, после долгой паузы он вздохнул:

— Какая чистота!

Он предложил Нелли встретиться в субботу утром до приезда остальных девушек, чтобы он смог поучить ее езде на мотороллере, не обижая при этом остальных.

— Если девушки узнают, что я вижусь с вами наедине, они могут расстроиться, — сказал он.

К рождественским праздникам был составлен список из двадцати девушек, которые должны представлять спортивный комитет на празднике у президента. Родители Нелли с удивлением узнали, что на этот раз их единственная дочь проведет Рождество не дома, как это было всегда, со дня ее рождения. Нелли объяснила им, что у Перона никого нет, и она не может обрекать его на одиночество.

Сбор был назначен в коттедже генерала. Девушки пришли в элегантных нарядах. У Нелли не нашлось ничего, кроме черной юбки и белой блузки. Перон появился в спортивном костюме и воскликнул:

— Какая элегантность! Нужно было меня предупредить. Я бы оделся иначе...

Он пригласил девушек к столу и в сутолоке усадил Нелли справа от себя. Среди собравшихся были двадцатилетние девушки, красивые и хорошо одетые.

Нелли немного смутил его выбор. Она выглядела совсем девочкой, правда, более развитой, чем ее сверстницы.

Под салфетками рядом с приборами для девушек были приготовлены подарки: браслеты, серьги, броши. После обеда показывали фильм «Мужчины предпочитают блондинок» с Мэрилин Монро. Затем генерал упомянул о многочисленных туалетах и бесчисленных украшениях «сеньоры». Перон никогда не называл иначе Эвиту. Он говорил о ней, как вышколенный мажордом о своей хозяйке, для него она осталась чем-то вроде далекого объекта почитания. Из блестящего наследства, оставшегося после Эвиты, он устроил своеобразный музей, который должен был произвести неизгладимое впечатление на юных девушек. Было решено, что группами по шесть человек, девушки посетят этот музей под руководством генерала-президента.

В одной комнате находилась спортивная одежда Эвиты: брюки, блузки, свитера. Другая была заполнена утренними туалетами, платьями для чая и коктейлей. В третьей размещались шляпы и обувь всех форм и цветов. Девушек поразил гигантский и потрясающий гардероб с вечерними нарядами. Меховые пелерины и манто из норки, накидки из горностая, бесконечная коллекция мехов, которой могло бы хватить на большой магазин.

Нелли воскликнула:

— И вы совсем один в таком большом доме!

## 10

Нелли организовала новогодний прием девушек Оливоса в честь генерала, чтобы поблагодарить его за доброту и участие.

Нелли произнесла приветствие:

— Генерал, вы были так добры к нам. Мы не хотим, чтобы вы оставались в одиночестве. Мы получили разрешение родителей...

— Вы знаете мою виллу Сан-Висенте? — спросил Перон. — Думаю, это лучшее место для нашей встречи.

Генерал послал машину, чтобы доставить обрадованных девушек в Сан-Висенте в двух часах езды от Буэнос-Айреса. Когда они приехали на виллу, генерал, слегка испачканный землей, как раз копался в саду. Прекрасное зрелище простоты и величия, хотя и несколько нарочитое.

— Добро пожаловать, — сказал он с широкой улыбкой.

Девушки устроили веселый хоровод, завладев его руками, и отправились на приготовленный для всей компании обед. Потом генерал покинул девушек, чтобы отдохнуть после обеда, а гости расположились вокруг бассейна и принялись разговаривать о всяких пустяках, болтая ногами в воде.

Позднее Нелли обратилась к генералу:

— Мы уже не сможем вернуться в Буэнос-Айрес сегодня вечером. Нельзя ли нам переночевать здесь?

— А что скажут ваши родители?

— Им можно позвонить.

— Вот только есть ли у вас ночные рубашки?

В полночь они поднимают бокалы в честь генерала. Девушки устраиваются на ночь по двое в комнате, только Нелли занимает отдельную комнату.

В первые три дня 1954 года генерал не показывается в клубе для девушек. Нелли отправляется в Каса Росада и ухитряется пробиться сквозь все преграды.

— В чем дело? — спрашивает Перон, увидев ее.

— Я думала, вы заболели. Вы так долго не приходили в клуб.

— У меня было много работы, — ответил он, смеясь. — Оставайтесь на обед.

С этих пор Нелли стала проводить послеобеденные часы, просматривая фильмы в личном кинозале Перона. Они ужинали вдвоем, и она возвращалась на ночь к родителям. Во время сеанса, где Нелли была единственной зрительницей, она держала на руках Монито, белую собачку с мягкой, курчавой шкуркой. Нелли попросила у Перона разрешения брать собаку вечером домой. Монито, счастливец, которому выпало на долю столько горячих ласк, без сомнения, единственных, уделявшихся когда-либо Эвитой живому существу, теперь спал в постели Нелли в привратницкой, где жили ее родители...

Однажды Монито простудился. Маленькая серебристо-дымчатая собачка Тинолита, любимица Эвиты, плакала, скучая по своему четвероногому другу. Нелли потребовала от отца, чтобы тот разрешил ей ночевать в резиденции генерала, потому что на здоровье Монито плохо влияли ежевечерние поездки в привратницкую и возвращения по утрам в резиденцию.

Папаша Ривас задрожал от справедливого негодования.

— Я думаю только о том, чтобы облегчить жизнь генералу, — сказала Нелли своим ровным детским голоском. — Я должна остаться с генералом. Это мой долг. Разве вы забыли, что генерал сделал для вас?

На следующий день Нелли сообщила Хуану Перону, что проведет ночь у него. По лицу ее блуждала торжествующе-скромная улыбка.

— Что думают об этом ваши родители?

— Отец согласен.

Мажордом позвонил Ривасам и, получив подтверждение, позволил себе добавить:

— Ваша дочь не пожалеет, что остается...

Перон дал указание мажордому Ренци обращаться с Нелли, как с почетной гостьей. Мажордом отвел ее на второй этаж и открыл дверь огромной комнаты. Нелли стремительно вошла, распахнула двустворчатые окна.

Вдали сверкали изумрудной зеленью лужайки парка Палермо. Нелли вошла в ванную комнату. Под ногами у нее путались весело прыгавшие собачки Эвиты. Девушка до краев наполнила ванну, насыпала разноцветных ароматических солей.

Нелли была для Перона подругой нежной и успокаивающей, полной противоположностью Эвите. Нелли держалась услужливо, в постоянной готовности подать кофе, сигареты или шлепанцы. Осмелилась даже приготовить ему цыпленка по-португальски. Вечером она приносила Перону газеты. Ревниво следила за кнопками телевизора.

Комнаты Нелли и Перона разделяло большое холодное помещение, которое всегда тщательно убиралось. Здесь Перон хранил свои награды, полученные от иностранных государств, а также многочисленные подарки самых разных размеров и сомнительной ценности. В своей тумбочке у кровати Перон держал только два предмета: шкатулку с фотографиями, где он был снят в полный рост, верхом на коне, в представительской машине, за работой, и флакон духов, подаренный Нелли.

Перон хотел превратить кинофестиваль в Мар-дель-Плата в подобие избирательной кампании. Он предвкушал, как будет расхаживать среди мировых знаменитостей и пожимать руки Чаплину, Джоан Фонтейн, Мэри Пикфорд, приглашенным за счет аргентинского правительства.

Нелли проявила большой энтузиазм по поводу затеи Перона и его кинематографического вольера. Ее привлекала в Мар-дель-Плата не жажда развлечений и не самое большое казино в мире, а возможность лицезреть золотую улыбку Эррола Флинна. Генерал немного опечалился, чувствуя, что Эррол Флинн заслоняет его в глазах Нелли. Он представил себе Нелли, пытающуюся прорвать полицейский кордон, защищающий Эррола Флинна от восторженной толпы. Картина показалась ему трогательной. Он предпочитал видеть Нелли именно такой, капризной и ребячливой.

Мягкий и миролюбивый характер Нелли никак не напоминал Перону Эвиту. Генерал почувствовал, что тает, когда она потребовала, впервые топнув ножкой, поездки на кинофестиваль.

— Мне так хочется посмотреть на знаменитостей, — всхлипывала она.

Покоренный Перон важно обронил:

— Тебе потребуется дюжина вечерних платьев!

Перон потащил Нелли в огромную гардеробную, где хранились платья Эвиты. Девочка была ослеплена открывшимся ее глазам зрелищем. Четыреста платьев от знаменитых парижских кутюрье, шестьсот других платьев попроще, сотни пар обуви, сотни шляп предстали ее взору. Это был главный склад нарядов. Перон уже показывал выставку этих чудес школьницам Оливоса, но никто из них не имел права притронуться к сокровищам.

Нелли подвели к этим богатствам так, будто она получала их в собственность. Святая святых Эвиты открылась, взгляд ребенка пробил первую брешь в сокровищнице. Нелли осторожно снимала платья с вешалки. Восторг охватывал ее от шуршания тканей, от прикосновения шелка к телу...

Платья были Нелли немного длинноваты и узки в груди. Перон приказал портному резиденции подогнать платья по фигуре Нелли. Потом добавил накидку из голубой норки и меховое манто, которые просто извлек из коллекции Эвиты. В довершение ко всему генерал протянул Нелли шкатулку с драгоценностями. Дрожа, словно в лихорадке, она скрылась со шкатулкой в своей комнате и там осыпала себя сокровищами Эвиты.

Так подручный войны, который так мучительно долго надеялся занять место завоевателя в разделе мира, предпринятом Гитлером, с опозданием отомстил женщине, придумавшей его и вытолкнувшей его на сцену.

## 11

Перон без конца пережевывал старую мечту ГОУ: вырвать Латинскую Америку из сферы влияния Соединенных Штатов.

Союз Аргентины с Чили, утверждал Перон, станет впоследствии ядром латиноамериканского союза, куда войдут такие страны, как Бразилия. Первым шагом к латиноамериканскому союзу станет таможенный союз, охватывающий Аргентину и Чили, который будет называться «Свободные Кордильеры». Союз обеспечит экономическую независимость этой части Америки, располагающей третью мирового производства олова и меди. В конце концов латиноамериканские страны займут подобающее место в мире, на которое дают им право их богатства.

Но призыв к американским инвесторам не нашел немедленного отклика. Маневры грядущего величия превращались в пустые хлопоты.

Продолжая усиленно эксплуатировать память об Эвите, Перон уволил шефа Всеобщей конфедерации труда Эспехо и заменил его малоизвестным руководителем профсоюза официантов кафе. Перон хотел помириться с прежними союзниками, военными и промышленниками, чтобы вернуться к ситуации 1943 года, начать жизнь заново с того момента, когда Эвита в нее вмешалась. В распоряжении Перона оставалась лишь каста бюрократии, созданная им, и остатки богатства страны, разбазаренного для поддержания этой касты.

Официально цена мяса составляла меньше одного песо за килограмм, а на черном рынке мясо продавалось по двадцать песо. Фермеры все чаще отказывались засевать поля и вести скот на бойню. Правительство Перона не могло отказаться от политики, заключавшейся в том, чтобы покупать пшеницу и мясо у своих производителей по заниженным ценам, а затем втридорога продавать за границу и финансировать таким образом экстравагантные расходы режима.

Перон пришел в ярость:

— Мы отправимся на фермы за скотом и пошлем быков на бойню вместе с их владельцами!

Потом пригрозил отставкой:

— Ко мне приходят люди и предлагают мне в девяноста пяти случаях из ста всякие подозрительные сделки. Я устал! Буду продолжать работу, только пока у меня будет поддержка народа. Не буду ждать, пока меня прогонят...

Промышленники и военные, более чем когдалибо недовольные Пероном, понимали, что могут легко свергнуть слабого президента. Но промышленники дорожили возможностью проворачивать темные делишки, а военные — заниматься своими излюбленными тайными маневрами. Их вторая натура пересилила желания...

Перон ищет спасательный круг. Кого же теперь убрать, чтобы получить шанс удержаться в Каса Росада?

Лихоимство Хуана Дуарте перешло всякие границы. Он брал огромные взятки за лицензии на импорт. Нет больше сестры, чтобы защищать распутного красавца, осыпать его поблажками. И все же скандальные делишки Хуана Дуарте получили огласку независимо от желания Перона.

Дуарте готов бежать за границу. Собирает чемоданы. В разгар сборов появляется Перон, бледный и насмешливый. Все входы и выходы блокированы тайной полицией. Он похлопывает Хуана по плечу. Говорит, что не желает зла своему секретарю. Он так же опечален, как и сам Дуарте. Речь идет о том, чтобы убедить его не пятнать своим бегством память сестры Эвиты и режим Перона.

Пятнадцать министров, делегированных ранее, чтобы убедить Дуарте в гигиенической необходимости покончить самоубийством, не добились успеха своей миссии. Хуан Дуарте отказался пустить себе пулю в лоб ради поддержания здоровья режима.

Теперь Перон лично явился сделать последнюю попытку.

Он здесь, в комнате Хуана Дуарте, элегантный, жизнерадостный покровитель девушек из Оливоса. Перон советует Хуану Дуарте самому решить вопрос, «по-благородному». Стиль великого фаталиста. Разумеется, красивый парень допустил ошибки, но, честно говоря, правильно делал, что пользовался благами жизни.

Дуарте остается один на один с Пероном. Нет больше Эвиты, чтобы поругать его и спасти одновременно. А Перон подталкивает его, подталкивает... Он во второй раз освободится от Эвиты посредством этого Дуарте, которого она когда-то приставила к генералу, чтобы контролировать каждый его шаг.

О смерти Хуана Дуарте сообщили, лишь убедившись, что в семействе Дуарте ведутся приготовления к похоронам. Он выстрелил себе в голову, информировали газеты. Предварительно Хуан Дуарте попросил освободить его от обязанностей секретаря президента, ссылаясь на плохое здоровье. Он оставил неоконченное прощальное письмо:

«Я пришел с Эвитой. Я ухожу с ней. Покидаю этот мир, полный ненависти к негодяю...»

Был также постскриптум:

«Я чист как белый снег. Никто не сможет доказать обратное. Мой последний поцелуй — матери. Извините за почерк. Простите за все».

В тот же день Перон произнес речь:

— Я заставлю соблюдать установленные максимальные цены на продовольствие с помощью войск, ударами прикладов!

## 12

10 апреля 1953 года Перон из осторожности заявил по радио, что Эвита как была, так и осталась бедной. По его словам, на момент смерти у нее были лишь какие-то крохи. На стенах по всему городу расклеили огромные плакаты, на которых Перон в синем рабочем комбинезоне прогонял старую ведьму с сумой, набитой долларами.

Перон вопил:

— Теперь остается лишь повесить на деревьях членов оппозиции!

И добавлял:

— Носите в карманах проволоку, чтобы задушить тех, кто нападает на меня и хочет меня оклеветать!

В разгаре кампания по расследованию хищений в администрации. Перон провел чистку аппарата, многих выгнал. Он отправил в отставку министра обороны, полковника Мерканте и троих депутатов. 15 апреля в своей очередной речи Перон объявил, что за одну ночь арестовано семьдесят пять спекулянтов. Не успел он закончить свою речь, как в сотне метров от правительственной трибуны взорвались две бомбы.

Государственный департамент прекратил выдачу кредитов, а рабочие требовали повышения оплаты труда, в то время как персонал Перона получал все в первую очередь, хотя занимался исключительно неумеренным восхвалением президента. И эти две бомбы взорвались, казалось, только ради развлечения, чтобы внести разнообразие в надоевшее всем славословие. Неизвестно, была ли это провокация или настоящее покушение, но паника, овладевшая толпой, перешла в ярость.

— Чего вы ждете? — кричал Перон. — Чего вы ждете? Громите их!

Группы перонистов увлекли народ за собой. Не прошло и двадцати минут после речи генерала, точку в которой поставили две бомбы, как здание Жокей-клуба загорелось вместе с картинами и предметами искусства. Штаб-квартиры остальных партий тоже подверглись нападениям. Загорелся Народный дом, в подвале которого находилась типография газеты социалистов, основанной в 1894 году. Несколько лет назад Перон уже закрывал эту газету, придравшись к какой-то мелочи. Теперь бомбы могли дорого обойтись тем, кому не в чем было себя упрекнуть.

Народный дом находился в девятистах метрах от полицейской префектуры. Полицейские прибыли, но только для того, чтобы помешать пожарникам тушить пожар и арестовать зрителей, попытавшихся погасить пламя...

Стало известно, что от взрыва двух небольших бомб погибло шесть человек. Жокей-клуб продолжал гореть. Прекрасные восточные ковры потрескивали в пламени, безрадостно стреляли пробки бутылок шампанского. Картины Гойи и Веласкеса разлетались на ветру хлопьями черного пепла.

Перон проводил парад своих войск перед Каса Росада. Они шли, печатая шаг, а толпа криками приветствовала военных. Слегка наклонившись вперед, Перон поднял руку.

Внезапно над толпой разлилась необыкновенная тишина. Раздался голос Эвиты. Голос звучал хрипло под иглой проигрывателя, воспроизводящего его с пластинки. В углу площади на башенных часах министерства труда стрелки все так же показывали восемь часов двадцать пять минут, час кончины Эвиты. Немедленного оцепенения масс удалось достичь без особого труда. Перон прибегал к призрачному голосу Эвиты, как Наполеон прибегал к своей гвардии.

Облака листовок опустились на толпу, гулявшую в парке Палермо. Продавцы содовой и бутербродов притихли, сознавая значительность момента. В рамках все той же мизансцены значительные полицейские силы сосредоточились вокруг агентств американской прессы.

Вдруг в громкоговорителях раздался дрожащий голос Перона, будто тот сдерживал волнение, вызванное потусторонним явлением:

— Я бы приказал арестовать собственного отца, если бы узнал, что он спекулирует на цене мяса...

Загремели аплодисменты.

— Я уйду со своего поста, когда вы перестанете поддерживать меня, мужественные люди, — продолжал Перон.

Снова разразились аплодисменты.

На следующий день Перон объявил, что за пожар в Жокей-клубе несут ответственность вандалы-социалисты. Однако месяц спустя изданный правительством декрет вошел в противоречие с этим утверждением, так как Жокей-клуб был распущен и государство завладело его участками и имуществом.

Перон вернулся в парк Оливоса, чтобы немного отдохнуть. Понаблюдал, как играют в баскетбол и плавают молодые девчушки. По-спортивному бросил портфель с бумагами среди стайки молодежи. У него появилась также привычка все чаще посещать асов спорта, богов стадиона. Перона побуждали к этому как личные вкусы, так и опасное желание слиться с национальными героями.

Да, Перон освободился от опеки Эвиты, но в решении насущных вопросов далеко не продвинулся, хотя пошел даже на то, чтобы публично обнять американского представителя Мильтона, приехавшего в Буэнос-Айрес. Государственный департамент США решил смягчить политику по отношению к диктаторам Южной Америки и принялся оказывать им помощь и изредка подкармливать, дабы обезопасить от русского влияния эти территории. Мильтон приехал помочь Перону наладить утраченные связи.

Желая покорить Мильтона, генерал вышел в холл своей резиденции без охраны, широко улыбаясь.

Потом, вполне удовлетворенный удивлением Мильтона, подхватил его под руку, усадил в машину, сам сел за руль и повез гостя на бейсбольный матч с единственной целью, чтобы пятьдесят тысяч зрителей устроили посланцу Америки овацию. Перон рассчитывал теперь только на американцев, лишь они могли спасти его. Мильтона он обхаживал так же любезно, так же нежно, как девчушек из Оливоса.

## 13

В 1943 году армия впервые не прислушалась к крупным землевладельцам, которые хотели позаботиться о будущем, держась подальше от нацистов, и захватила власть путем переворота, чтобы прочнее закрепиться в орбите нацистов. Одновременно военные постарались найти общий язык с церковью и отдалить ее таким образом от олигархии.

В июле 1943 года вокзал в городке Мерседес в провинции Коррьентес украсили красным бархатом. В этом зеленом краю, где летали огромные бабочки, почила Святая Дева Мерседес. В тот день мирную тишину городка нарушил мерный топот сапог. В медленном марше генералы открывали процессию. Следом за ними шли местные жители, в том числе и индейцы. Индейцы приняли католических святых так же легко, как и научились водить большие автомобили. Заправилы ГОУ задумали избрать Святую Деву Мерседес, национальную святыню со времен освободителя Сан-Мартина, покровительницей аргентинской армии и выделили значительные средства на поддержание ее культа.

В то время, как малыши на школьной скамье лепетали имя Эвиты, уподоблявшейся живой фее, в школах параллельно внедрялось и религиозное образование, объявленное обязательным с 1943 года. Мало-помалу произошел поворот к восхвалению и постоянному изучению жизни и деятельности одной-единственной личности — Хуана Перона. Церковь не могла больше широко поддерживать Перона, рискуя оказаться в двусмысленном положении, и начала постепенно отдаляться от него. Перон решил принять меры заранее, рассчитывая одновременно смутить церковь и отвлечь общественность от трудностей, с которыми пришлось столкнуться стране...

На улицах Буэнос-Айреса появились лозунги: «Да — Перону. Нет — священникам. Мы хотим иметь право на развод!» Напротив кардинальской резиденции, охраняемой полицией, а также на окрестных улицах появились другие лозунги, развешанные рассерженными священниками и восторженными молодыми людьми: «Аргентина — католическая страна. Пусть долгой будет жизнь папы».

Перон решил ответить на эту дерзость, граничащую с покушением на его величие. Декретом он упразднил обязательное религиозное образование в школах, другим декретом узаконил разводы, а еще одним, под предлогом заботы о здоровье граждан, узаконил проституцию, запрещенную еще восемнадцать лет назад.

Перед лицом этих жестких мер церковь выбрала Кордову в качестве цитадели сопротивления. Стремясь нанести еще больший удар своим врагам в сутанах, Перон решил отменить религиозные праздники. Он вырвал из календаря все католические праздники, и не только Страстную Пятницу, но и Рождество. Покончено было также с Богоявлением, Вознесением, Праздником Всех Святых и Непорочным Зачатием. Единственными национальными праздниками остались праздник Труда, день Революции 1810 года, день независимости Аргентины, и главное, две самые важные даты: день освобождения Хуана Перона в 1945 году и день смерти Эвиты.

Недели, последовавшие за первомайскими праздниками 1955 года, стали решающими. Перон запретил уличные процессии. И все-таки сто тысяч человек шли под июньским дождем. Это были не дескамисадос и не армейские части подавления беспорядков. Процессия состояла из армии католиков, вооруженных лишь хоругвями да псалмами. Они отмечали церковный праздник, демонстрируя явное пренебрежение декретами Перона. Два дня спустя Перон заявил, что церковь в стране ведет себя как волк в овчарне, а священников Мануэля Тато и Пабло Новоа обвинил в организации беспорядков, каковыми объявили религиозную процессию.

Священников посадили в самолет, отправлявшийся в Рим, не разрешив взять даже смену белья. По прибытии в Рим они заявили, что сеньора Эвита давно уже заняла место Божьей Матери в Аргентине, а Перон, в свою очередь, только и думает, как бы развенчать Христа. Вскоре после их появления в Ватикане Перон был отлучен от церкви.

Офицеры военно-морского флота давно уже отказались считать речи Перона обязательными для изучения в высшей школе. Они представляли католическое крыло буржуазии в армии и, воодушевившись отлучением Перона, решили перейти в атаку.

16 июня самолеты сбросили двенадцать бомб на Каса Росада. На близлежащих улицах погибли сотни людей, хотя единственной целью был Перон. За несколько минут до того, как бомбы упали на квартал, Перон покинул президентский дворец, направляясь в министерство обороны. За бомбардировкой должна была последовать наземная атака, но армия в Буэнос-Айресе хранила верность Перону.

Несомненно, инициатива нападения исходила от министерства военно-морского флота. Правительственные войска поспешили в министерство, чтобы захватить здание. Аэродромы, куда планировали приземлиться мятежники, уже были заняты. Некоторые армейские части, которым полагалось выйти на сцену после бомбардировки Каса Росада, не решились вступить в борьбу, испугавшись, что будут раздавлены натиском перонистов. Этим объяснялось поражение восстания моряков-католиков.

В полночь 16 июня Перон торжествовал победу на радио, а толпы перонистов бросились громить церкви и дома священников.

# 14

При малейшем колебании национального барометра «парни-перонисты» выбираются из трущоб, расправляя плечи конкистадоров. Они потрясают дубинками, флагами, железными палками, выворачивают камни из мостовой в центре города и с удовольствием бросают их в самые роскошные из проезжающих машин. В свои лачуги они возвращаются, сохраняя воодушевление до следующего призыва генерала. Так поддерживается в неприкосновенности фасад обязательного идолопоклонства.

— Громите! — говорит Перон.

— Громите! — скандирует толпа.

Мечутся флаги, дубинки и палки, потом толпа рассеивается, исчезает...

И вдруг появляется запрет собираться на улицах группами больше двух человек. На тех же самых улицах, которые только что были черным-черны от народа, дышали сотнями тысяч ртов...

Перед церквями выстраиваются полицейские. Священников, находившихся в тюрьме с 1953 года, выпускают на свободу.

Нелли прячется в Каса Росада, она сидит, забившись в кресло, с собачками Эвиты на коленях. Она испугана, но те, кто наживается на режиме, считают ее слишком незначительной персоной, чтобы претендовать на их львиную долю. Перон не дает о себе знать в течение трех недель. Никогда с ним такого не случалось, пока он находился у власти.

Наконец 4 июля государственное радиовещание объявляет, что Перон возьмет слово ровно в полдень. Что скажет он народу? Он освободил священников, позволил заключить в тюрьму семерых полицейских, обвиненных в убийстве средь бела дня. Что еще может он предложить?

Есть мнение, что на этот раз последует самый большой кусок: он отдаст все, что у него осталось, объявит о своей отставке, чтобы избежать второй пробы сил армии, которая может стоить ему жизни. Но выступление 4 июля откладывается.

Перон действительно мечется между желанием покоя и забвения и слабыми попытками к сопротивлению, но его прыжки и метания остаются пируэтами и не дают движения вперед.

Когда, наконец, он осторожно берет слово 5 июля, его речь не содержит ни единого слова, ни малейшего намека на возможную отставку. И все же он снисходителен. Дарует прощение всем своим противникам, кто бы это ни был... Настойчиво предлагает перемирие.

Перон обращается также к дескамисадос.

— Бдительность, — говорит он им, — постоянная бдительность!

Отныне его программа предполагает скромность, более чем миролюбивую. От домашнего очага на работу, с работы — к домашнему очагу. Это уже не великий диктатор, толкающий свой народ к вершинам, а смиренный уличный регулировщик.

Приторно-сладкий тон никого не успокоил. Привел, напротив, к разгулу оппозиции. Все оппоненты Перона в один голос ответили: никакого примирения без свободы.

Поврежден великолепный потолок в Каса Росада. Перон больше не распространяется о подавлении мятежа. Похоже, он всего лишь упрекает мятежников за отсутствие такта, за разрушение президентского потолка. Он живет себе тихо и не понимает, почему мешают его празднику. Ему явно не хватает прекрасного гнева Эвиты. Когда Перон принимал гостей в Каса Росада, он был в сто раз более любезен, чем Эвита; никто не мог бы поставить ему в вину жестокость: ни отец со своими сельскохозяйственными опытами в Патагонии, ни Эвита с ее вспышками мстительности. Перон проявлял жестокость, чтобы остаться верным образу великого человека действия, но эта истерическая жестокость не подчинялась ритму интимного танго. В августе 1955 года Перон был мягок и нежен безмерно. 15 августа, пытаясь вновь натянуть камзол генерала-пророка, он объявил о заговоре, применив легкое и с этих пор ставшее классическим средство драматизации событий, которое он использует, чтобы влить несколько капель энтузиазма в свои войска.

Старый приятель Перона, его бывший заместитель в военном министерстве, Марио Амедео, открыто призывает аргентинцев свергнуть диктатора, если они хотят спасти страну. Перон сердится, он не желает кровопролития, но и не хочет терять свою любимую игрушку. Он восстанавливает все свои полномочия, которыми обладал в 1946 году.

Одновременно Перон объявляет, что закончена его «революция», начатая пятнадцать лет назад. Он заявляет о намерении восстановить прежнюю конституцию. Фактически он пытается побыстрее сделать то же самое, что хотят совершить его враги. Опередив их, он сохранит свое место и лишит их почвы под ногами. Перон выходит из перонистской партии, чтобы остаться вне «политических пристрастий». 11 августа газета Перона «Ла Демократиа» объявила, что снова должны начаться репрессии против заговорщиков в сутанах. 31 августа с утра до полуночи Перон фабрикует спектакль, разыгранный верными войсками, где есть возможность блеснуть и дескамисадос.

Это представление начинается с ноты, прочитанной по радио одним из секретарей конфедерации труда. Он заявляет, что генерал Перон намеревается уйти в отставку со своего поста президента и цитирует слова самого Перона: «Я устал, как устает реформатор, закончивший свою работу. Не в моем характере претендовать на роль диктатора...» Конфедерация труда во всеуслышание, прямо и откровенно, отклоняет это предложение об отставке и отдает приказ о всеобщей забастовке. Верноподданные большой толпой собираются на Пласа де Майо. «Мы хотим Перона!» — скандирует толпа. На балконе остались следы бомбардировки, шрамы 16 июня, что еще больше подогревает негодование.

Перон разыгрывает комедию, изображая нерешительного начальника, который ждет от своих подчиненных требования спрятать подальше прошение об отставке. В 1945 году он посоветовал своим торжествующим дескамисадос идти отдыхать. Вечером 31 августа 1955 года Перон совершает вдруг крутой поворот, забирает прошение об отставке и ведет зажигательные речи. Толпа на площади наполняет его ощущением силы. Он зовет бедняков-дескамисадос на непримиримую борьбу. Кажется, на этот раз Эвита стоит у него за спиной. Она разжигает его ярость, заставляет быть жестким, твердо стоять на своем. Перон больше не хочет никому уступать свое место.

Перон требует:

— Уничтожьте моих врагов! Убивайте пятерых за одного нашего!

Такой приказ вполне мог бы вырваться из груди Эвиты, пылавшей жгучей ненавистью...

Эвита всегда распаляла страсти. Перон, который годился лишь на то, чтобы приподнимать фалды фрака, сегодня пытается вызвать в себе страсть, ненависть. Он копирует Эвиту, цепляясь за президентское кресло.

Впервые Перон говорит тоном униженной актрисы. Теперь 17 октября уже не день почитания Эвиты, а его собственный. И чтобы сохранить эту победу, он призывает к огню и кровопролитию тех самых людей, которых первой подняла Эвита.

## 15

16 сентября провинция Кордова взялась за оружие. Военные и священники собрались у общего солдатского котла под лозунгом спасения религии.

Каждые три минуты адмиральский корабль восставшего флота передавал по радиоволнам одно и то же заклинание: «Освободительная эскадра приближается к Буэнос-Айресу...» Перон отвечал с радиостанции Буэнос-Айреса: «Мятежники лгут... Мятежники лгут...» Обрывки европейской эпопеи продолжали блуждать по Аргентине с десятилетним опозданием, повсюду всплывали старые слова, в которые вдохнули вдруг обманчивую жизненную силу.

Тем не менее сирены в Буэнос-Айресе начинали реветь при малейшем шуме двигателей, который можно было уловить в тумане. Прожектора обшаривали ночное небо. С криками и топотом сапог город прочесывали патрули. Группы солдат в касках то появлялись, то исчезали. Бронированные автомобили ползли по бесконечным улицам в поисках врага, выдававшего себя гибельным шумом крыльев. Стволы пушек были направлены в небо.

Четыре миллиона жителей Буэнос-Айреса не отрывались от радиоприемников. Голова шла кругом от пересудов и молитв, доносящихся с одной стороны, немедленно встречаемых проклятиями с другой стороны.

Перон объявил Буэнос-Айрес открытым городом, тогда как столица оставалась цитаделью, битком набитой солдатами, оружием и портретами генерала-президента.

Непрерывно гремели пушки со стороны города Ла-Плата, который стал городом Эва-Перон. Только там не было Эвиты, чтобы полюбоваться на войну, которую она развязала. Фасад Каса Росада прикрывали кучи строительного мусора. На террасах зданий Костанеры, на берегу лимана, где простирались болота, разносившие заразу, толпились аргентинцы, наблюдавшие сквозь дымку тумана за верхушками мачт флота, качавшегося на волнах. Перон не хотел уступать до последней минуты. В двенадцать сорок пять государственная радиостанция пригласила революционное командование на переговоры в министерство обороны. Час спустя генерал Лусеро, подавивший восстание 16 июня, чтобы оказать услугу своему другу Перону, объявил, что Перон сложил с себя полномочия, но не преминул оставить следующее заявление: «Никто не может занять мое место. Не думаю, что в стране найдется человек, обладающий необходимыми качествами. Я мог бы подавить восстание. Инстинкт бойца зовет меня на борьбу. Я ему не подчинюсь. Я отказываюсь от моих интересов и страстей во избежание кровопролития...»

Люди Перона спускались по лестницам с флаконами генеральского одеколона. У входа стоял большой военный грузовик. В грузовик складывали бесчисленные флаконы, большие, маленькие, средние. Перон отправлялся в изгнание со своими запасами одеколона! Погрузив одеколон, его приспешники поместили в грузовик все статуэтки Эвиты, не потому что они более или менее верно воспроизводили ее черты, а потому что сделаны они были из чистого золота. Следовало соблюдать осторожность и ничего не забыть, несмотря на солидные резервы, тайно размещенные за границей.

Перон все-таки вынужден был оставить в Оливосе десять пар сапог, портрет с изображением Эвиты, плачущей на его плече, двести новых костюмов, восемьдесят три пары туфель и девяносто шляп.

В четырнадцать часов в большом зале резиденции депутаты-перонисты, не отрывавшиеся от телефонов и радиоприемников, прослушали хриплое сообщение своего поверженного хозяина и разошлись по коридорам небольшими группами, тихо переговариваясь, словно в комнате умершего. Они покорно ждали, когда придут за ними, чтобы убрать, как ненужных функционеров сверженного правительства, или арестовать «по приказу свыше».

Тем временем Перон уже выскользнул из резиденции Каса Росада, которую защищали баррикады из перевернутых автобусов. Всю ночь накануне

20 сентября, первого дня свободы Аргентины, Перон искал себе убежище, избегая тайных собраний генералов и адмиралов, которые в таинственном дыму сигар с неохотой приходили к выводу о необходимости его ареста. Перон забился в Теннис-клуб, находившийся в парке Палермо. Затем в два сорок пересек улицу, чтобы попросить убежища в американском посольстве у посла Нуфера, своего старинного знакомого. Нуфер ответил, что имеет право предоставить убежище простому гражданину, но не президенту республики. Перон вернулся в теннисный коттедж и уселся за стол в пустынном клубе, пропахшем резиной и мокрой землей. В Буэнос-Айресе лил сильный дождь.

Перон взял два своих саквояжа и несколько папок с документами. В мягкой шляпе, пестром галстуке и клетчатой рубашке он стал похож на немолодого студента. Сверху он набросил пальто из светлого твида. Оставался последний шанс попросить убежища в парагвайском посольстве, потому что между двумя странами существовала договоренность относительно подобных случаев. В своей личной машине посол Парагвая отвез Перона на борт крейсера, задержавшегося в порту Буэнос-Айреса для небольшого ремонта. Дождь не прекращался ни на минуту.

Четырнадцать дней оставался Перон на старой посудине «Парагвай» с бездействующими машинами. В первую свою ночь на борту он видел большое красное зарево над городом.

Горел штаб перонистов. В нем находилось несколько сот фанатиков во главе с генералом Гильермо Келли. Гильермо и его молодчиков узнавали по красным повязкам с черным орлом. Они отказались сдаться солдатам Лусеро, рассчитывая на докеров и других сторонников Перона, которые собирались перед штабом на перекрестке проспектов Сан-Мартин и Коррьентес.

Полиция держала под прицелом пулеметов все улицы вокруг этого здания. Осажденные ответили на ультиматум ураганным огнем. Они располагали большим количеством боеприпасов. Дуэль началась с оглушительных залпов, прерываемых необычайной тишиной. Темнота окутывала квартал. Осажденные попытались выйти из окружения, но вновь заговорили пушки. Потом начали взрываться боеприпасы, хранившиеся в здании. Люди выбирались из огня с поднятыми руками.

Келли и его фанатики предпочли погибнуть.

Несколько человек выбрались живыми из руин арсенала в три часа утра и нашли на тротуарах трупы докеров, расстрелянных из пулеметов. Докеры шли сюда, как зачарованные, чтобы позволить убить себя ради сохранения противоестественного союза, скрепленного Эвитой.

Пепел убийц-перонистов обильно сыпался вместе с дождем на гигантские портовые сооружения...

## 16

Победоносные войска генерала Лонарди прошли в торжественном марше перед потерпевшими поражение войсками Перона.

Адмиралы и генералы радовались, что вовремя узнали о готовящемся Пероном роспуске рекрутов. Он намеревался оставить кадровый состав без солдат. Конфедерация труда строила планы вооружить шесть миллионов рабочих с целью произвести впечатление на армию и предотвратить ее активные действия. Затем та же конфедерация внесла подозрительное предложение передать своих вооруженных рабочих армии, якобы для поддержания порядка. Все это лишь ускорило решение генералов и адмиралов перейти в наступление. Теперь улица принадлежала им. Улица стала пространством, где могли происходить только демонстрации военной мощи и религиозного почитания церкви, а не разнузданные уличные бои озлобленного народа. Генералы захватили и профсоюзы. Наконец-то они сбросили со своих эполет груз унизительной роли, которую до сих пор им приходилось играть. Они вновь обрели свою сцену с музыкой и цветами, принадлежавшими им по праву. Обширная страна лежала у их ног, и теперь они могли насладиться властью без всяких ограничений.

Нелли Ривас, больная от страха, легла спать в родительском доме. Собачки поместились в ногах ее кровати, а украшения она зажала в кулачке.

Когда ей пришлось в конце концов выйти на улицу, злобные мегеры накинулись на нее и безо всякой жалости к красивым локонам остригли их, как поступали в освобожденных городах Европы. Женщины Боки наказывали таким образом святотатство.

Нелли предала мадонну Эвиту, претендуя на дружбу Перона. Нелли прикоснулась к платьям Эвиты. Нелли позволила себе надеть на пальцы ее кольца. То был акт осквернения святыни, миф оказался запятнанным.

Лучший ученик Военной школы доволен. Скорцени, рослый эсэсовец со шрамом, не спустился с неба по приказу фюрера, чтобы спасти его, как спас Муссолини, запертого в горном отеле, покинутом туристами. Неважно, что этот самый Скорцени встречался с Пероном за несколько недель до тех событий под личиной скромного коммивояжера Круппа. Перон доволен, потому что победил притворную самоуспокоенность страны, назвавшей в качестве ущерба, нанесенного войной, чемодан дипломата, сгоревший в огне во время бомбардировки Берлина, да средства, пошедшие на кормежку моряков «Графа Шпее».

В краю виноградников, коз и мастериц Мендосы, издавна ткавших пончо, Перон когда-то собрал остатки ГОУ. Из этого самого города освободитель Сан-Мартин начал свою победоносную войну против испанцев под знаменами, вышитыми дамами из высшего общества, и с пушками, отлитыми благодаря их драгоценностям. Глядя на задымленный Буэнос-Айрес с борта крейсера, Перон не теряет уверенности своего предка-гаучо, который бросал горсть камней вместо семян, не сходя с коня.

В его немного усталой улыбке заключена слава всех замечательных людей, блиставших на портретах в Военной школе: легендарный всадник, доспехи которого выдерживали удары топора, Фридрих, знаменитый своими дерзкими и хитроумными озарениями, расчетливый Наполеон, фон Мольтке, доходивший до абсурда в своих рассуждениях о безграничных возможностях маневра, немецкие генералы, лихорадочно передвигавшие флажки на карте, превращая войну в непостижимый балет, Людендорф, щадивший гражданское население и безжалостно уничтожавший противника и, наконец, Гитлер, который добавлял в каждую шестеренку гигантского часового механизма войны таинственное зелье медиума.

Подмастерье войны из Буэнос-Айреса улыбается. Его страна познала веяния мужественности.

Перон больше ничем не рисковал. Он ждал на крейсере, облачившись в шелковую пижаму, устав не больше, чем после затянувшейся партии в теннис. Он наблюдал за своим «народом» в порту. Его фанатики превратились теперь в любопытствующих зевак.

Порт усиленно охранялся. Многие утверждали, что Перона вот-вот арестуют. Но другие знали, что крейсер скоро растворится в тумане вместе со своим живым и невредимым пассажиром. Ни у генералов, ни у священников не было намерения создавать Перону ореол мученика, превращать живого поверженного генерала в генерала мертвого и непобедимого.

Дым пожарищ еще устремлялся к небу, но будущее Перона он не омрачал. Наконец-то он совершит то замечательное путешествие, о котором так мечтал среди трудов. Но на покой он уйдет не так, как Эйзенхауэр со своим тромбозом коронарных сосудов; игра в гольф не излечила Эйзенхауэра от забот власти. Не упадет Перон и в кровавую лужу под проливным дождем, как Муссолини, окруженный поборниками справедливости, сбежавшимися со всех сторон, в том числе и из рядов фашистов.

Перон удаляется, засунув руки в карманы, с неизменной меланхолической улыбкой. Он выиграл и проиграл всего лишь богатые просторы пампы и наивную веру аргентинцев. Он выиграл и проиграл всего лишь два миллиарда долларов, которыми его страна обладала в конце войны. Он тянул на себя золотое одеяло, лишь жалкие крохи бросая народу.

Чудо было блистательно осуществлено Эвитой, а теперь остался лишь обаятельный диктатор, ожидающий, когда будут отремонтированы машины старого военного корабля. Диктатор, испивший до последней капли сладость власти и отряхнувший лишь немного известки с рукава, напоминание об ужасной дыре, проделанной авиационной бомбой во дворце, который он оставлял навсегда.

Священники карабкались на баррикады и мешки с песком, болтали на Пласа де Майо с часовыми и обнимались с прохожими. Перед отъездом в Буэнос-Айрес Лонарди причастился в Кордове. Студенты-католики носили по улицам хоругви, на фюзеляже самолета Лонарди красовался крест.

Дождь не прекращался.

Последние сторонники Эвиты лежали под руинами разрушенного штаба, а демонстранты с зонтиками рисовали на капотах машин цифру, обозначавшую время диктатуры: двенадцать лет. Десятки тысяч людей под зонтиками скандировали на улицах лозунги свободы. Облака разорванных листков разлетались из окон. Это были страницы, вырванные из книги Эвиты «Смысл моей жизни».

Людские реки Буэнос-Айреса стекались теперь не к Эвите, а к генералу Лонарди. Толпа ожидала прибытия генерала. Посетители кафе крутили в музыкальных автоматах пластинки с записью «Марсельезы». Столпотворение было таким же, как в лучшие времена Эвиты. Но ее статуи завесили черным, и приставные лестницы опирались о ее каменные бедра. Хрупкий силуэт, воплощенный в шестиметровую статую весом в двадцать тонн, прятал глаза под траурной вуалью. Хрупкая живая женщина, ставшая столь тяжеловесной после смерти, была продана с торгов в своем собственном городе.

Кое-где на стекле газового фонаря продолжал трепетать портрет Эвиты, который не успели разбить. Он походил на поблекшую вывеску ночного клуба, тщетно пытающегося привлечь клиентов. Изображения единственной и вездесущей знаменитости на оконных проемах аэропорта уничтожены. Портреты Эвиты исчезли с окон домов перонистов. Но в рабочих кварталах в глубине тщательно вскопанных садиков этот портрет остался на почетном месте. Тысячи людей в разгар рабочей смены на заводе еще складывали молитвенно руки, овеянные мифом, который остался роскошью слабых духом.

## 17

Стоя среди обезглавленных статуй и обломков на балконе Каса Росада, Лонарди бросил довольный взгляд на результаты разрушительной жатвы и запретил себе произносить имена Перона или Эвиты. Упомянул только о «свободе, вырванной у тирана», а потом пообещал беднякам заботиться о них не в пустой болтовне, а как отец и брат. И добавил, многозначительно и осторожно:

— Но не более, господа...

Залы дворца открылись для толпы. Сорок тысяч аргентинцев каждый день проникали за кулисы мистификации. Не был ли сам огромный президентский дворец этими кулисами?

Гараж представлял собой постоянно действующий салон автомобилей. На картинах в будуаре Эвиты сказочные обнаженные девушки играли на мандолинах или бегали по рощам. Среди этих мифологических фигур Эвита самолично расположила свои фотографии...

Повсюду стояли ларцы, украшенные сверкающими драгоценными камнями. Были здесь и картины, скульптуры, изделия из слоновой кости. Золотой соловей тихо щебетал рядом с телефонным аппаратом из этого же металла. Соловей заменял звонок. На большой карте мира из темного золота линии драгоценных камней обозначали континенты, крупные камни — столицы.

Когда закончили инвентаризацию всех припрятанных сокровищ, над личным баром Хуана Перона заметили надпись, представляющую собой следующее изречение: «Люди имеют привычку оскорблять смелого человека, который получает удовольствие там, где может».

Генерал смело получал удовольствие за счет нации. До самого конца Перон оставил неизменным размер своего содержания, установленный в самом начале: восемь тысяч песо в месяц. Президент словно желал доказать, что и он терпит лишения вместе с народом из-за девальвации, порожденной его же беспечностью. Но Перон с давних времен откладывал золотишко. Едва избрали его президентом, как он переправил в Швейцарию сто восемьдесят тысяч десятидолларовых золотых монет.

Народ изумленно таращил глаза на сокровища, обнаруженные в президентском дворце. Люди даже не возмущались. Они были просто ослеплены. Это зрелище произвело далеко не тот эффект, на который рассчитывало новое правительство, военно-церковная хунта генерала Лонарди. Да и в самом деле, как народ мог понять, что для Перона являлся всего лишь рычагом личного успеха, а для Эвиты — армией статистов, впавших в транс! Народ ходил в парк Палермо, как в храм.

Перон приказал проложить к своей спальне туннель, который мог служить ему бетонным укрытием, а также обеспечивал возможность бегства. Должно быть, Перон не воспользовался этим ходом из-за паники.

А как же Эвита? Пламя, горевшее в память об

Эвите в здании конгресса, было погашено. Два месяца спустя после бегства Перона военные обшаривали здания конфедерации труда, отыскивая и здесь следы мошенничества. Они обнаружили закрытую комнату с бронированной дверью и сорвали с нее запоры. Дверь скрывали плотные полотнища черных занавесей. В темноте комнаты, пропитанной ядами бальзамировщика, находился гроб, покрытый бело-голубым аргентинским флагом.

Лицо Эвы было спокойным, губы очень яркими, как губы актрисы второразрядного кабаре перед открытием занавеса. Тело снова накрыли и расправили складки флага на лице набальзамированного идола, ужасающего в своем молчании. Пришельцы закрыли комнату и привели в порядок засовы, словно стремясь замуровать навечно страшную улыбку.

В то время, когда все святые продавались толпе на календарях, конфедерация труда не изменила своей святой и заперла, чтобы не потерять ее.

## 18

2 октября Перон спрыгнул в лодку, подошедшую к борту крейсера. После долгих дождей наступила весна. Перон, в полотняных брюках и небесно-голубой куртке, забрался в гидросамолет и поднял обе руки в прощальном приветствии. Лишь несколько матросов ответили на этот заключительный жест плохого актера, который никак не хотел покидать подмостки.

Три часа спустя самолет опустился в четырнадцати километрах от Асунсьона, столицы Парагвая.

Было жарко и душно. Перон остановился в доме одного из своих старых друзей, крупного коммерсанта, торговавшего тканями. Несколько индейцев, рыбачивших с помощью примитивных удочек в мутных водах Рио, безразлично посмотрели на него. Новый двухэтажный дом охранялся четырьмя солдатами. Вокруг собралось десятка два журналистов, они обменивались шуточками и жевательной резинкой.

Перон сразу же заявил, что остается конституционным президентом Аргентины и что ему не в чем себя упрекнуть. В тот же момент перед домом остановился ослепительно-красный джип. Из машины вышел бармен с подносом, уставленным напитками.

Едва узнав о заявлении Перона, новый аргентинский парламент высказал протест Парагваю относительно того, что какой-то беглец осмеливается делать в этой стране политические заявления. Перон был довольно популярен в Парагвае. По дьявольской своей прозорливости за шесть месяцев до крушения он вернул этой стране все трофеи, захваченные Аргентиной во время войны за Чако, отправив сверх того три поезда игрушек для детей индейцев гуарани, никогда не имевших никаких игрушек.

Власти Парагвая принесли извинения за этот инцидент. Перону дали время отпраздновать в воскресенье 9 октября свой шестидесятый день рождения между двумя сиестами и чтением внушительной груды газет и журналов, где еще писали о нем. Потом ему предоставили резиденцию, более удаленную от границы. Но Перон все еще оставался в опасной близости от Аргентины. Президент Парагвая генерал Альфредо Стресснер посоветовал Перону отправиться в Никарагуа, где ему обеспечен дружеский прием. Для Парагвая было бы лучше, если бы Перон покинул эту «тропическую дыру», размерами равную Франции и с населением, не превышавшим полутора миллионов жителей.

Где бы Перон ни оказался, он всегда первым

делом доставал фотографию Эвиты и прикалывал ее к стене. Это стало любимым номером странствующего артиста. Из соображений рекламы ему не хотелось расставаться с Эвитой, более романтическим персонажем, чем он сам.

Оставалось только отколоть Эвиту от стены, и вот вечером 1 ноября Перон занял место в военном самолете, который переправил его в Каракас, где он вновь встретился с неизбежными журналистами, жующими резинку. С репортерами Перон разговаривал тоном старого товарища по профессии — разве не публиковал он регулярно статейки под надменным псевдонимом «Декарт» в своих перонистских газетах? Перон угощал журналистов несколькими плоскими шуточками о набожном Лонарди, сетовал, что аргентинские аристократы, укрывшиеся в свое время в Уругвае, строят против него козни. А разве не служит доказательством его доброты тот факт, что он позволил им улизнуть из страны?

Перон остался жить в Каракасе с тремя слугами и пятнадцатью преданными телохранителями, продолжающими создавать вокруг него атмосферу величия и вечности. Но 2 апреля 1958 года генералу пришлось покинуть Венесуэлу не по своей воле. Тридцать шесть часов длилось восстание, свергнувшее венесуэльского диктатора. По улицам Каракаса толпа триумфально пронесла свиную голову, на пятачке которой болтались разбитые очки Хименеса. Нужно было как можно быстрее сменить место жительства.

Европа, столь притягательная для любого аргентинца, оставалась недосягаемой. Хуан Перон позволил себе лишь краткий визит в Лиссабон. На какое-то время он затесался в общество коронованных в прошлом особ. Потом устроился в Доминиканской Республике у своего коллеги диктатора Трухильо.

Генерал Трухильо гордился тем, что родился мулатом, и запрещал своему народу ходить босиком и просить милостыню под его большими фотографиями, расклеенными в городе на каждом шагу. Трухильо проявлял милосердие к своим собратьям, потерпевшим крушение. После прибытия Перона в доминиканский рай, которым он управлял как своими личными владениями, Трухильо разорвал дипломатические отношения с Аргентиной.

Здесь Перон вновь встретился с Хименесом, еще одним свежеиспеченным проигравшимся шулером, накачивавшимся лимонадом с утра до вечера. Перон дал Хименесу забавный совет, поделившись с диктатором Венесуэлы своим богатым опытом, как с собратом по несчастью. Он посоветовал ему в случае всеобщей забастовки окатить демонстрантов окрашенной водой, чтобы потом их было легче разыскать.

Бывший прусский стратег давал теперь советы, достойные безумной домохозяйки.

## 19

В 1959 году кинофестиваль в городе Мар-дель-Плата начался со взрыва бомбы. Казалось, Эвита с того света продолжала мстить своим бывшим соперницам-кинозвездам.

Взрывом сорвало десять метров железнодорожных путей и вырвало десять шпал перед роскошным поездом, в котором ехали на аргентинский фестиваль знаменитости. Звезды мирового кино спаслись благодаря счастливой случайности: поезд шел с опозданием на десять минут. Фанатики Эвиты из маленького городка Хунина хотели таким образом заставить весь мир говорить о них.

Потом появились слухи о таком кино, что Эвита,

наверное, перевернулась в гробу... Кинокомпании Голливуда вознамерились снять фильм о Хуане Пероне, плейбое диктатуры. Нелли Ривас исполнилось восемнадцать лет. Она продолжала поддерживать отношения с бывшим диктатором и должна была играть саму себя. Нелли согласилась с радостью. Эта девочка с пухлыми губками, томными глазами и падающей на лоб челкой удивительно походила на мальчика, на этакого Элвиса Пресли на грани полов. Ее личность проявлялась лишь в неистовой любви к конфетам и булочкам с миндалем.

Тем временем в Италии скульптор Леоне Томази в течение нескольких лет работал вместе с группой помощников над гигантским памятником, заказанным Хуаном Пероном. Статуя должна была превзойти по размерам статую Свободы, что стоит в порту Нью-Йорка. Эту идею выдвинула Эвита с целью насолить американцам, а особенно — Голливуду. После конкурса, в котором соперничали скульпторы со всего света, заказ получил итальянец Томази, мечтавший о лаврах и славе знаменитого Бартольди.

Благодаря сложной системе лестниц посетители должны были иметь возможность подниматься внутрь памятника. Оттуда они могли бы восхищаться панорамой Буэнос-Айреса, глядя через глаза основной статуи. Эвита олицетворяла собой свободу, освещающую мир. Статую предполагалось установить на основании здания в серебряной впадине, постоянно освещаемой лучом света, падающим сверху. Настоящий апофеоз в духе грандиозных опер Вагнера.

Потребовалось привлечь шесть транспортных судов для перевозки памятника в Буэнос-Айрес. Томази рассчитал, что ему понадобится сорок три тысячи тонн каррарского мрамора для выполнения этой работы. Статуя Эвиты высотой восемнадцать метров была уже закончена, но однажды к Томази явился Эмилио Яуреги, аргентинский дипломат, одетый в черное, с приказом в кармане. Аргентинское правительство решило памятник разрушить.

Рабочие вскарабкались на статую. Под ударами молотов покатились вниз со страшным грохотом гигантские осколки головы. Потом динамитом разрушили остатки монумента. От архитектурного ансамбля, который должен был стать самым высоким в мире, осталось лишь то, что остается от мирской славы: груда камней, разрушенных так же быстро, как ревностно и благоговейно они воздвигались.

Никого на свете больше не интересовал этот аттракцион. Снова тень Эвиты шагала по тротуарам в поисках постамента, какой-нибудь сцены. Судьба Эвиты из камня оказалась еще печальнее, чем судьба Эвиты живой.

## 20

Тело Эвиты исчезло. Оно всюду, и его нет нигде. Правительство прячет труп. Мертвая, она может мобилизовать гораздо больше людей, чем делала это, будучи живой. Вычеркнутая из мира живых, она не является больше несовершенным существом, а становится великолепной мечтой, живущей в каждом человеке, вырывающейся из-под любого контроля. Почитание, объектом которого могло стать ее тело, представляло для властей серьезную опасность, превратившись в источник постоянного беспокойства.

Некоторые считают, что тело бросили в море или сожгли. Другие утверждают, что его поместили на остров Мартин-Гарсия, дьявольский остров аргентинских преступников, где антисоциальные элементы, замешанные в кровавых деяниях и пойманные на месте преступления, навсегда изолируются от общества.

Разоблачение ребяческих идиллий Хуана Перона, к которым добавляются еще другие, не такие невинные, совсем не вредит культу Эвиты. Дух Эвиты витает в муниципальном банке, куда отправили ее сокровища под наивными взорами молчаливой толпы людей. Можно разделить ее колье на двадцать семь частей, но призрак ее неделим.

Хуан Перон хвастливо заявляет, что, если потребуется, он вернется в Аргентину в 1958 году, сея смерть и разрушения. Спустя несколько месяцев он осторожно оговаривается:

— Я оставляю все на усмотрение моих лейтенантов. Они способны сами вести дела в лавочке. Политика, война и женщины не для пожилых людей...

Для него Аргентина остается лавочкой. Эвита проскользнула туда, как в свой храм. Собственные заявления забавляют Хуана Перона, когда он находит их в пачке газет за скучным завтраком. Но если он утверждает, что нужно бороться против монотонности жизни, то имеет в виду войну.

Постепенно самым главным для Перона становится не ступить снова на аргентинскую землю, а вырвать оттуда труп Эвиты. Эвита нужна ему больше, чем когда-либо. Этот труп с каждым днем, с каждым годом увеличивается в цене. Перон подает аргентинскому правосудию жалобу: он хочет получить тело страдалицы за народ и мадонны обездоленных.

Адвокат, который ведет дело и представляет Хуана Перона в Буэнос-Айресе, утверждает, что тело Эвиты находится на острове Мартин-Гарсия под охраной военно-морского флота. Он требует, чтобы перед судом предстал бывший президент временного правительства генерал Педро Арамбуру, а также несколько высших офицеров, чтобы установить с их помощью, кто отдал приказ спрятать гроб. Адвокат совершенно серьезно заявляет, что тело Эвиты принадлежит его клиенту. Это его собственное определение.

В случае, если суд откажется пойти навстречу пожеланиям изгнанника, адвокат предлагает вернуть тело матери, пожилой баскской служанке Хуане Дуарте, которая, без сомнения, согласится с намерениями Хуана Перона, высказанными им публично. С помощью покойницы Перон надеется развязать вторую «революцию», пользуясь испытанным магическим символом. Он готов приписать Эвите, которая рта не раскроет, все, что угодно. Что Перону четыреста сорок пять золотых слитков и тысяча шестьсот пятьдесят три бриллианта, рассованных по закромам? Воспоминания об Эвите, которые можно помуссировать в нужный момент, стоят гораздо больше.

Тем временем нарушитель спокойствия Хуан Доминго, устроившись у Трухильо, не нуждается даже в телохранителях. Разжиревший, с большим животом, он растерял почти все свое былое обаяние. В отеле «Пас» он пользуется льготным тарифом, предусмотренным для безработных диктаторов.

Каждое утро Хуан Перон, как всегда ухоженный, с довольной улыбкой выгуливает своих пуделей. Иногда он показывает журналистам свой револьвер, держа оружие двумя пальцами, как демонстрируют щенка. Время от времени, устав от прогулки с собаками, Перон разглагольствует о революции, которая снова вернет его в резиденцию Каса Росада. Он предполагает тайно отправиться на родину, чтобы встряхнуть тамошних людишек, заставить их поверить в его неисчерпаемые силы. Сторонники Перона в Аргентине запускают воздушные шары с его изображениями каждый раз, когда кто-нибудь из его последователей берет слово по поводу годовщины взятия власти. Все, что Перон может заставить взорваться в Аргентине, — это детские воздушные шары. Он частенько принимается уверять журналистов, что освободительное движение в Аргентине берет верх. Журналисты берут его слова на заметку и удаляются.

После обеда Хуана Перона часто встречают в белой спортивной фуражке и в тенниске. Он вихрем проносится на мотоцикле, а на заднем сиденье сидит растрепанная девчушка с иронической улыбкой на губах.

Знаете ли вы, что она непрерывно теребит у себя на шее то небрежным, то почтительным жестом? Это крупный кулон, ускользнувший от революций и от закромов. Прежде он украшал одну из весенних шляп Эвиты...

# Эпилог

## Снова Эвита

И все-таки это женщина. Ей сорок три года. И она возглавляет одну из самых значительных наций Латинской Америки: Аргентину. Одну из тех стран, что предназначены для «мачо», суперменов, для диктаторов на вершине власти.

Ее зовут Исабелита. Это — псевдоним, артистическое имя, потому что она бывшая балерина. Судьба ее не похожа ни на какую другую. Родилась она по ошибке, из-за сокрытия правды. Странная женщина, оказавшаяся на повороте истории во главе страны, которая принимает ее за другую. Каждый раз, когда она появляется на публике, к ней возносятся вздохи, призывы и невероятная экзальтация, истерия наивной толпы.

— Эвита... Эвита... Это она, ее можно почувствовать!

Появляется Исабелита, а взывают к мертвой, которую любят, ощущают через нее... Эвита Перон!

Этот необычный пост занимает Исабелита после смерти супруга — Хуана Перона. Другая женщина до самой своей кончины мечтала о нем и умерла от рака на самом пороге своей мечты. В тридцать три года она могла стать вице-президентом, потом президентом и, возможно, королевой Аргентины. Это даже не подлежит сомнению, потому что Эвита Перон и так была королевой без голубой крови и без короны. Тогда почему сегодня другая посягнула на ее место?

4 июля 1974 года. Только что умер Перон. Жители Буэнос-Айреса сливаются в стенающие толпы.

— Мы ее чувствуем... Эвита здесь! — раздаются крики.

Люди хотят Эвиту. Перон умер, а они снова брошены в объятия Эвиты, умершей двадцать два года тому назад. Огромные южноамериканские барабаны «бомбос» издают глухие звуки, словно бьется большое сердце, сердце народа, который был ореолом Эвиты.

Дождь льет над городом, обрушивается на крыши и мостовые. Снова армия на улицах. Все железные жалюзи магазинов опущены. Конфедерация труда, любимое детище Эвиты, объявило не национальный траур, а всеобщую забастовку, как в те времена, когда правительство отказывалось подчиняться ее капризам. Заводы затихли. Типографии будут печатать только траурные лозунги. В этом гигантском городе слышен только монотонный изнуряющий шум южного дождя и пронзительный звон машин скорой помощи, проносящихся по пустынным прямым проспектам с людьми, потерявшими сознание от чересчур усердных молитв о возвращении обожаемого призрака.

— Эвита, Эвита, мы ее чувствуем, это она, она здесь, — стенают толпы в начале июля 1974 года.

Что же делает здесь Исабелита?

Перон выставлен в зале Дворца конгрессов в

стеклянном гробу с руками, сложенными на животе, прикрытый аргентинским флагом и еще одним, парагвайским. Печальная вдова Исабелита проходит, овеваемая влажным ветром, который дует с Рио-де-Ла-Плата и колышет море цветов и венков, превративших зал в кладбище в центре города. Она приходит во второй раз к усопшему в сопровождении дипломатов и членов правительства. Наклоняется над гробом. Кажется, что она хочет поцеловать покойного, но довольствуется тем, что отряхивает его мундир, поправляет орденскую звезду, расправляет складку...

Она — «королева», а исполняет банальную роль домохозяйки, как будто собирает мужа на работу... Точно так же, говорят, она поправляла одежду Эвиты и заново причесывала ее легендарные волосы, когда после двадцати лет таинственных блужданий гроб мадонны оказался, наконец, за решеткой мадридской виллы Перона, находившегося тогда в изгнании.

Эвита вернется на родину. Так решила Исабель, привыкшая жить рядом с бальзамированными останками, хранившимися в Мадриде в помещении над комнатами, где жила она сама с мужем. И разве не справедливо, что Эвита соединится в вечности с человеком, которого она при жизни вознесла к славе?

Несомненно, это Эвита создала Перона из осколков, извлекла из тюрьмы, подняла аргентинский народ и будоражила его до тех пор, пока Перона не избрали президентом. Отныне Исабелита претендует на то, чтобы унаследовать авторитет Эвиты, ее народ, романтическую ауру ее жизни...

Из неудавшегося нацистского гауляйтера, которого поражение его хозяев в 1945 году могло бы превратить в аморфного политика и вялую личность, Эва Перон создала настоящего народного короля, неистового демократа, любезного и приторного до крайности. Бывшая комедиантка, истинная дочь своих родителей, крестьянина и эмигрантки, Эва мечтала сыграть Марию-Антуанетту или Екатерину Великую, очаровывать зрителей, чтобы такой ее узнали в Голливуде. Ей удалось воплотить эти роли в реальной жизни с такой убедительностью, что человек, которого она подняла к власти силой своей страсти, продолжал использовать после смерти Эвиты записи ее голоса. Не видя другого средства вновь обрести власть, он вынужден был во время долгого изгнания найти ей замену, дублершу.

Эвита-Исабелита... Исабелита-Эвита...

Может ли сегодня призрак Эвиты править страной, в четыре раза превышающей по территории Францию?

Ноябрь 1972 года. Перон, называющий себя «народным вожаком», прибывает на аргентинский аэродром в сорока двух километрах от столицы. Он покинул страну в сентябре 1955 года в спешке, преследуемый армией, под улюлюканье толпы, потерпев поражение после десяти лет правления, которым был обязан пламенной и душераздирающей комедии Эвиты. В течение восемнадцати лет он разыгрывал добродушного и скромного рантье в окрестностях Мадрида, мечтая лишь об одном: о сердце народа, тягу к которому навеки привила ему Эвита. Тогда-то и появилась Исабелита. Он встретился с ней во время одиноких прогулок изгнанника, в кабаре Колона в Панаме. Ее представил Перону бывший полицейский Лопес Рега, ставший его телохранителем, а затем тайным советником.

В тот ноябрьский день под мелким моросящим дождем Хуан Перон помолодел вдруг на восемнадцать лет. Он выдвинул на сцену ради завоевания сердца народа дублершу Эвиты, мадонну номер два.

Исабелиту наскоро преобразили в Эвиту: прическа с шиньоном в виде узла на затылке, волосы, выкрашенные в светлый цвет, и застывшая улыбка, правда, совсем не такая, какая была у Эвиты. Ослепительная улыбка Эвиты пока не очень получалась у скованной Исабель.

Великая Эвита, святая пролетариев, была усыпана драгоценностями, как церковная рака. Она любила повторять: «Я взяла драгоценности у богачей, я ношу их для вас...»

Женщины радостно приветствовали ее со слезами на глазах. Она воспевала народные нужды, голод народа, а народ плакал от радости. Эвита сделала из народа личность, торжествующую и победоносную, а не униженную и покорную... Она так увлеклась ролью, что это перестало быть игрой, это была уже она сама: Эвита-справедливость, Эвита-нищета, Эвита-надежда. И все дочери народа расцветали вдруг, как будто это они носили коллекцию драгоценностей, коллекцию платьев из Парижа, стоившие казне ежегодно сто миллионов.

Эвите номер два в 1972 году еще не удается встретиться с толпой. Она остается со своим мужем в международном отеле аэропорта Эйсеса. Рядом с целью, но все же в сорока двух километрах от парней, окруживших Розовый дом, резиденцию президентов. Ту самую резиденцию Каса Росада, где Перон прожил десять лет во время царствования, устроенного Эвитой.

Исабель делает Перона объектом почитания, этого достаточно. Обязанности, служба, церемонии, встречи — всем этим занимается она. Военные проглядели Исабелиту и упустили момент захвата и государственного деятеля, и государственной власти слабой женщиной. В ноябре 1972 года разгорается новая звезда на политическом небосклоне, а военные тщетно препятствуют союзу между Пероном, его тенью Исабелитой и народом.

Супругам все так же запрещено выезжать на магистраль, ведущую в столицу. Что же делать? Вооруженные силы мешают слиянию слегка померкшего мифа и народа, все такого же пылкого, объединенного в едином порыве. Двойной миф не пускают к народу, удерживают в отдалении от столицы.

Перонисты стараются добраться до аэропорта на грузовиках, чтобы забрать «мачо» и мадонну номер два. Улыбка Хуана Перона сохранила блеск, но улыбка Исабелиты остается натянутой, застывшей, скорбной, как у актрисы, которая больше всего на свете боится выхода на сцену. Требуется патетическое усилие всего ее существа, чтобы эта улыбка стала напоминанием о мертвой, о ее всемогуществе, о ее необыкновенном влиянии, до сих пор живущем в Аргентине...

Потоки воды по-прежнему падают с неба, создавая заграждение почти такое же плотное, как войска на страже. Юные паломники, вышедшие навстречу добродушному диктатору, не знали мистического и плотского чуда, каковым являлась Эва Перон, но они еще проникнуты духом воспоминаний своих родителей о счастливых временах.

Перон не может уснуть, его раздражает шум тропического дождя, военные, танки и далекие сторонники. Каждые два часа он появляется у окна отеля, поднимает руку и кричит:

— Товарищи... Товарищи...

Это слово должно восстановить сентиментальное согласие сообщества. И тогда Исабелита, желая смягчить тягостное впечатление от появления престарелого лидера, не знающего, как ему снова завоевать публику, тоже появляется у окна отеля.

Заговорит ли она, отважится ли на чудесные страстные тирады в стиле Эвиты? Проникнет ли она в чудо слова, идущего, несомненно, из глубины сердца, сможет ли вдохнуть жизнь в театральное действо? Нет, она просит у людей, издающих отчаянные крики, которые сливаются в один необычайный слепой вопль энтузиазма, она просит у них... минуту тишины ради Эвиты.

Превысит ли Исабелита эту минуту тишины, пойдет ли дальше и вырвется ли из-под власти призрака?

Наконец, Перон собирается с духом и шепчет в микрофон, нащупывая то знаменитое волнение, которое излучала Эвита:

— Дети мои...

Он тоже замолкает, опустошенный внутренним усилием. Сердце бьется тяжело и болезненно. Пьеса уже сыграна, и чтобы начать заново, нужно склеить декорации, подправить папье-маше интерьера.

— Дети мои, — повторяет Перон, обращаясь к этому народу вечных сирот, детей, околдованных Эвитой...

Хуан Перон вернулся в Аргентину после восемнадцати лет отсутствия не столько ради власти, сколько ради преодоления времени. А как возвратить былые времена, если нет рядом с ним Эвиты? Ведь Эвита лежит под стеклянной крышкой в своем гробу.

Наступает ночь, восторженные почитатели Эвиты, выкрикивавшие ее имя, засыпают в конце концов вдоль тротуаров прямо на камнях. Они видели лишь силуэт, образ, китайскую тень Эвиты... Они ждут зари, чтобы убедиться, вдруг мадонна и вправду воскресла...

С тех пор, как Хуан Перон был изгнан из Каса Росада в 1955 году всем народом, в том числе и военными, восемь президентов, шесть из которых были военными, занимали по очереди этот дворец. В гражданской одежде или в военной форме, эти президенты не смогли принести стране даже крупицу счастья или хотя бы стабильность. Аргентина, такая же обширная, как Индия, не знала благополучия, даже видимости процветания, несмотря на все свои богатства: скот, злаки, минералы. Все шло трудно, тяжко, иногда зловеще. Требовалось обращение к чуду, а чудо воплощала женщина, Эвита, мадонна бедняков. Мадридский изгнанник везет ее в своем багаже...

Исабелита рядом. Перон просит, а народ требует, чтобы она предъявила доказательства воскрешения Эвиты. Она подходит ближе, но этого недостаточно. Громкими криками толпа призывает чудо ее колдовства.

Как только массам предлагают чудо исцеления, они откликаются без малейшего колебания. Они сбегаются со своими страданиями, со своей болью, безбрежной, как сама пампа. Ничего не требуется, кроме божественного излучения, чтобы покорить девственные просторы души, затянутой инеем. Для этого должен вступить в действие источник транса под именем Эвита номер два. Перед ней стоит трудная задача: подключиться к потрясающему единению экзальтированной молодой женщины, дочери служанки с фермы, с этой страной тяжкого труда.

Любой согнулся бы под мифологической тяжестью роли... Двойник из плоти и крови, робкий и боязливый, не в силах перевесить призрачной, но бесспорной реальности мертвой женщины, Эвиты Перон. Дублершу выносит ветром на сцену, где политическая звезда Эвита подчиняла себе публику.

Эвита всегда была возвышенной, а все, что противостояло ее тщеславию, она считала посредственным. Народ в этой стране испытывал священный страх перед посредственным, то есть в конечном счете реальным, что и определяется уничижительным названием. Посредственной реальности противостояли возвышенные разглагольствования о любовных мечтаниях... Народ всей душой стремился проникнуть в легенду. Все остальные лидеры предлагали лишь решения проблем повседневной жизни, иногда даже полезные нововведения, но Эвита требовала абсолютной веры. Перон вернулся, чтобы потребовать от аргентинцев такого же самоотречения, той же лучезарной веры в миф о немедленном богатстве для бедняков. Песо падал все ниже и ниже. Вояки превратили полицию в национальное бедствие. Нужно убить шпика, чтобы сделать народ счастливым. Повсеместно происходили кровавые стычки с жертвами с обеих сторон и перемещениями войск.

Во времена Эвиты голытьба захватила сцену. Богач занял место бедняка, он прятался, опускал голову, он больше не выходил на подмостки, богатый стал посредственным, мелким, а бедный — возвышенным. Под покровительством мертвой и обожествленной Эвиты бывший диктатор надеялся возродить свою власть. Перон допустил ошибку, вступив в противоборство с церковью. Религиозный культ столкнулся с конкуренцией, и церковь перешла на сторону военных, также обворованных выходцем из своей же среды, претендовавшим на царствование именем святой Эвиты.

Перону потребовалось восемнадцать лет, чтобы

подготовить возвращение с Исабелитой. Сначала она считалась его официальным секретарем. Затем стала женой и впервые примерила форму «дублерши», повторяя роль в Мадриде в преддверии возможного возвращения Перона в Аргентину, возвращения, о котором он твердил все эти годы...

Первая попытка привести в действие план с Эвитой номер два была предпринята в 1964 году. Но бразильские власти отправили обратно удивительную пару по настоятельной просьбе Буэнос-Айреса. Исабелита, казалось, вовсе не была огорчена этим отступлением, а напротив, вздохнула почти с облегчением. Роль не давалась ей. И все-таки эта маленькая проба имела определенный успех. Международная пресса обратила внимание на Исабелиту. Многим она напоминала Эву Перон хотя бы тем, что тоже была артисткой, исполнительницей народных танцев. Быть может, она смогла бы помочь своему мужу вернуть утраченную власть.

Начало августа 1973 года. Хуан Перон — кандидат в президенты. Стены домов Буэнос-Айреса покрыты огромными плакатами, словно по волшебству вернулись золотые времена перонистов. Гигантские плакаты являют взору пару мистификаторов: «мачо» и его сексуальный и вдохновляющий символ.

На плакате люди видят пожилого, но с военной выправкой генерала. Рука его прижата к сердцу, он нежно склонился к лицу молодой светловолосой женщины с нежной, трагической улыбкой. Эвита номер два занимает на плакате место мифа. Идея этого трогательного сюжета, будто для сериала, принадлежит профсоюзным лидерам. Перон, Эвита и Исабелита должны остановить натиск террористов.

Для успешного соперничества с «лицом, излучающим счастье», Исабелите недостает убедительности.

Она не отвергнутая актриса, а балерина, сдержанная и дисциплинированная. Исабелита чувствует себя скованно, она нервничает...

Несомненно, Исабелита обладает обаянием, но этим летом 1973 года от нее требуется не собственное обаяние, а то, что необходимо по роли. Вся авантюра базируется в конечном счете на сильнейшем сентиментальном влиянии воспоминаний. Этот живой призрак — Исабелита — должен воскрешать в памяти энергичную и пылкую Эвиту.

Все здесь призрачно: Кампора избран президентом, но должен уступить свой пост Перону, который с нетерпением ждет возможности занять чужое место. Выбирают Эвиту, а позирует Исабелита... Все происходит очень быстро, ведь военные опять могут погубить блестящую затею.

Церемония назначена по странному совпадению в старом театре Буэнос-Айреса. Перон подталкивает Эвиту номер два вперед. Он все больше устает. Перон забыл, торопясь в Аргентину, что прошло уже восемнадцать лет, а годы скитаний сил ему не прибавили. Из Мадрида все виделось замечательно, но стоило оказаться во дворце, как начались трудности. Да и климат в этой стране остался таким же изнуряющим и неустойчивым.

24 сентября 1973 года Перон занял пост президента, набрав более шестидесяти процентов голосов.

— Я просто совершал турне, — заявил он.

Неуклюжая шутка, объясняющая его долгое отсутствие, возвращала всех на четверть века назад. Толпа простых людей ждала появления Эвиты, которая объявила бы о начале золотого века. Двадцать пять миллионов аргентинцев просили дать им помечтать еще десяток лет. Предвыборные панно возвещали по всему огромному городу, по всей стране: «Эвита у власти с Пероном и Исабель».

Вывод был ясен: править будет мертвая. Требовалось лишь присутствие дублерши, чтобы в людских сердцах свершилось призрачное замещение. В ожидании замерли все: крупная финансовая буржуазия, ничего не добившаяся от военных, стоявших у власти, молодежь, продолжавшая волноваться, Перон, обеспокоенный слишком большим хозяйством, свалившимся ему на плечи...

Первого мая 1974 года Перон резко порвал с молодежью, намеревавшейся нарушить его покой и мечту. На «молодых левых», вышедших на Пласа де Майо, обрушилась лавина оскорблений. Их было шестьдесят тысяч. Они молча свернули свои лозунги и знамена, повернулись спиной к тому, кто только что убил миф, и удалились в ужасающей тишине...

Осталась лишь возвышенная мечта — Эвита. Только она смогла бы удержать в повиновении мстительно оживившихся молодых бунтарей. Но не всяким покойником можно манипулировать подобным образом. Все было приготовлено для вечной жизни Эвиты еще то того, как она испустила последний вздох.

Когда более двадцати лет тому назад крупнейший американский специалист по раковым заболеваниям приехал в Буэнос-Айрес, чтобы срочно прооперировать Эвиту, его скальпель не смог помочь молодой тридцатитрехлетней женщине, но породил призрак для правительства. Всем было ясно: что-то надломилось в Эвите с тех пор, как ей пришлось отказаться от поста вице-президента и, возможно, от еще более блистательного будущего. В соседней комнате рядом с операционной уже приготовили сосуд с формалином. Тело Эвиты превратилось во всемогущий символ, который нужно было во что бы то ни стало сохранить, незамедлительно сотворить из него культ, как из Ленина или Сталина.

Миссия бальзамирования магического символа была доверена доктору Фернандо Аре, профессору анатомии университета Кордовы и испанскому атташе по культуре. Перон и Эвита были единственными, кто не бойкотировал Франко и посылал ему продовольствие. Испания отплатила добром и прислала своего лучшего специалиста.

После грандиозных похорон тело было поспешно возвращено на второй этаж здания конфедерации труда на улице Леандро Алема. Профессор в течение нескольких дней омывал тело в большом чане, наполненном раствором химикатов. Формулу этого зловещего коктейля вечности знал только профессор. Все эти кошмарные семь месяцев, рассказывал он позже родным, ему пришлось жить взаперти с останками блондинки и прикасаться к ней, проверяя степень отвердения, чаще, чем хотелось бы. Профессор занимался этим мрачным делом без свидетелей. Посещал его только Перон, которому не терпелось увидеть результат. Ленин и Сталин в набальзамированном виде казались желтоватыми и ничем не отличались от восковых манекенов. Тело Эвиты сохранило живые краски. Ее чудесные волосы остались такими же блестящими, как при жизни, благодаря искусству профессора.

Отправляясь на мессу в годовщину смерти Эвиты, Исабель облачалась в траурные одежды. Седьмая дочь банкира из бедной испанской провинции Риоха, Исабель всегда оставляла возле своей постели пачку фотографий Эвиты. Требовалось как можно больше приблизиться к сходству, готовиться к возвращению.

Все началось заново 3 сентября 1971 года. Тело Эвиты, эксгумированное из могилы в Италии, куда его вывезли тайком, было возвращено Перону в Мадриде послом Аргентины. Таким способом Перону дали понять, что в стране о нем помнят. Военные и деловые люди вдруг сошлись во мнении, что возвращение Перона могло бы возвестить о чуде, которого все они ждали...

Останки Эвиты находились в Мадриде. Исабель приняла эстафету. С первых же месяцев 1974 года стало ясно, что идиллическая связь между народом и Пероном окончательно разрушена. Исабель должна была вновь завоевать сердца людей из бедных кварталов, совершить, наконец, невозможное, как сделала это Эвита!

Первого мая после гневной речи, направленной против непокорной молодежи, Перон простудился и заболел. В июне бронхит усилился. Тогда-то и подтолкнул он вперед Исабелиту. Она выполняла роль «укротительницы», как заявляли во всеуслышание некоторые молодежные фракции. Но стоило Исабелите появиться на публике, как зеваки начинали вопить снова и снова:

— Эвита! Эвита!

Доктор Льотта, изобретатель искусственного сердца, срочно вызванный к Перону, подписал последний бюллетень состояния здоровья президента, который, по его словам, подхватил обычный грипп, не вызывающий тревоги. На самом деле он ждал подходящего момента, чтобы подключить свой чудесный аппарат к груди «мачо». Но не успел.

Первого июля 1974 года Исабелита в слезах, окруженная министрами и генералами, объявила о национальном несчастье. Перон умер... Смерть Перона означала, что появился шанс, великий и страшный шанс. Может быть теперь, когда нация в горе, Исабелита под черной вуалью найдет нужные слова, верный тон, перейдет со стадии экстравагантной копии к стадии оригинала?

Перон отказался от бальзамирования. То, что происходило с Эвитой, было его вынужденным кошмаром «ради будущего». Теперь он оставляет свои увядшие лавры, знамена и людское море, удаляясь навсегда... В три часа утра 4 июля военные рассеивают толпу, грузят гроб на лафет пушки, и он покидает аргентинский парламент, здание которого, судя по словам проектировщиков, похоже на рейхстаг с его большой лестницей с двойными выступами, с его грифонами и бронзовыми дверьми. Двери осторожно открывают, пропуская Перона в его последний путь. Гроб везут к резиденции в Оливосе под грохот бронированной техники, вой труб и топот лошадиных копыт по мокрой мостовой. Тело покоится в огромном прозрачном ящике из пластика, словно гигантский зародыш, ожидающий нового рождения.

Исабелита — президент Аргентины.

Эвита одержала бы победу там, где Исабелита в ужасе немеет, но держит сцену одним своим гипнотизмом. Она потрясена, ошеломлена стечением обстоятельств, не предусмотренных историей. Нужно подождать, пока все прояснится. Присутствующие настороженно наблюдают друг за другом, обмениваясь враждебными взглядами и не обращая внимания на Исабелиту. Им выгодно, чтобы она пока что заняла место, и она занимает его. Исабелита произносит скупые слова, это еще один образ, она подготовлена к этому. Она олицетворяет собой хрупкий силуэт скорби, траура, который еще продолжается. Исчезла соединительная черточка между именами двух женщин, нет больше Хуана Перона. Люди, пресса задерживают дыхание, но у Исабелиты есть только слова печали, никаких мыслей о будущем, что предначертали ей авгуры.

Статус-кво сохраняется во имя призрака, фантома. Как долго, спрашивают себя окружающие, продержится эта Исабелита, подчиненная автоматизму поведения призрака? Балерина уже и не знает, когда ей быть Клеопатрой, а когда Козеттой...

В тени продолжается противоборство группировок: произошло два политических убийства со времени смерти «мачо», один сотрудник тайной полиции ранен, социальный пакт между профсоюзами и владельцами предприятий скомпрометирован. Все отщипывают от лакомства со своей стороны.

Под первым же декретом она ставит не подпись Исабелиты, намекающую на Эвиту. Она подписывает декрет именем Мария-Эстелла, словно хочет отбросить навязанную ей роль, чтобы начать играть свою, не менее яркую. Исабель пытается порвать с Эвитой и ее мечтами. Но кто такая Мария-Эстелла Перон без тени Эвиты?

Я вновь вижу Марию-Эстеллу несколько месяцев спустя в блузке из шелкового крепа пастельного цвета, сдержанную, скромную, организованную и педантичную. Она кажется полной противоположностью Эвите, эксцентричной и ослепительной. Возникает ассоциация с метрономом, как будто он является символом жизни Марии-Эстеллы. Следуя метроному, она перемещается, развивается, живет. Красота и правильность движений танцовщицы классического балета безупречна. Она заменяет вдохновение на прилежание. Она ненавидит драгоценности, которые непринужденно цепляла на себя Эвита в непомерном количестве. Достаточно нескольких скромных украшений.

Когда Перон принимал журналистов в Мадриде, Исабель присутствовала, не вмешиваясь в разговор, и внимательно наблюдала. До своих политических успехов она повиновалась неукоснительным правилам танцевального ритма, жестким законам трудной профессии. В те времена она вынуждена была причесываться под Эвиту. Ей больше идут свои полудлинные волнистые волосы темно-золотистого цвета. Тогда она становится самой собой. Лицо Марии-Эстеллы не отличается тем внутренним светом, который озарял лицо Эвиты. Она все схватывает на лету, но не подавляет окружающих. В ней нет спонтанности, одевается она строго, без блеска, без горделивых изысков.

Мария-Эстелла проходит по залам Каса Росада, где смешались помпезные стили европейских монархий с колониальным барокко, словно пересекает сцену. В лице этой женщины я замечаю трогательную досаду: как жаль, что нельзя исполнить несколько балетных па на этой сцене. Мария-Эстелла больше не подражает никому. Она навсегда расстается с ролью Эвиты, легенды бедного люда, лишенного своей иконы во плоти.

Грабители могил в конце концов вскрыли гроб Перона, ожидавшего, как и Эвита, вечного покоя. Они отрезали руки у прославленного трупа и скрылись. Это вымороченное надругательство совершено ради отпечатков пальцев помпезного диктатора —

единственного средства получить **доступ** к шифру какого-нибудь европейского банка, **чтобы** захватить огромное припрятанное богатство.

По слухам, сокровища принадлежали эсэсовцам, укрывшимся в Аргентине в конце **мировой** войны, но не сумевшим вывезти с собой **награбленные** деньги — прибыль от холокоста, от Аушвица, от тех вещей, которые наивные жертвы **брали** с собой, думая, что звонкая мошна облегчит **им судьбу**, тогда как пропасть уже отделяла их от жизни.

Так разрушаются и превращаются в пыль пьянящие и оглушающие призраки мирской славы.

# Хронология

*7 мая 1919 года.* Рождение Эвы-Марии Дуарте, дочери дона Хуана Дуарте и доньи Хуаны Ибаргурен. Лос-Тольдос, аргентинская пампа.

*8 января 1924 года.* Смерть отца Эвы.

*1927—1929 годы.* Эва посещает школу в Лос-Тольдосе.

*1930—1933 годы.* Эва учится в школе Хунина, куда переезжает ее семья.

*Январь 1935 года.* В возрасте пятнадцати лет Эва отправляется в Буэнос-Айрес.

*28 марта.* Дебют Эвы в театре в труппе Эвы Франко в комедии под названием «Сеньора де Перес».

*Июнь-август.* Эва совершает турне по Аргентине в составе труппы.

*Март 1937 года.* Впервые снимается в кинофильме режиссера Кас де Круса.

*Август.* Эва впервые получает роль в радиопьесе Мануэля Феррандаса Кампоса.

*20 мая 1938 года.* Эва попадает на обложку журнала «Антена».

*19 марта 1941 года.* Выход фильма режиссера Луиса Байона Херреры, в котором Эва играет роль девочки-подростка из провинции.

*27 марта.* Фотопортрет Эвы появляется на обложке журнала «Сине Архентино».

*Март 1942 года.* Работает на радиостанции в театральной труппе.

*10 июня.* Журнал «Синфония» публикует о ней статью.

*3 августа 1943 года.* Основана ассоциация аргентинского радио. Эва работает диктором.

*16 октября.* Возвращается на радио после нескольких месяцев без работы с программой о знаменитых женщинах.

*19—22 января 1944 года.* Первые встречи Эвиты и полковника Хуана Перона.

*Апрель.* На Радио-Бельграно Эва рассказывает о жизни Сары Бернар.

*3 июня.* Портрет Эвы на обложке журнала «Радиоландия».

*Апрель 1945 года.* Эва исполняет главную роль в фильме режиссера Марио Соффичи.

*1 мая.* Портрет Эвы на обложке журнала «Синфония».

*13 октября.* Полковник Перон отправлен в тюрьму на остров Мартин-Гарсия.

*17 октября.* Огромная демонстрация требует его освобождения и возносит к власти.

*18 октября.* Эва снова встречается с Хуаном Пероном после его освобождения.

*22 октября.* Гражданская регистрация брака.

*10 декабря.* Религиозная церемония.

*Февраль 1946 года.* Эва сопровождает мужа через всю страну в рамках его предвыборной президентской кампании.

*Июнь.* После избрания Перона Эва занимает кабинет в Паласио дель Коррео, где принимает делегатов от профсоюзов.

*5 июля.* Организует кампанию в поддержку детей бедняков по всей Аргентине.

*11 сентября.* Работает в одном из бюро департамента труда и благосостояния.

*Июнь—август 1947 года.* Эва представляет Перона во время поездки по Европе. Прием в Ватикане.

*3 апреля 1948 года.* Эва объявляет об основании города Судад-Эвита, столицы провинции Буэнос-Айрес.

*12 января 1950 года.* Вследствие повторяющихся недомоганий врачи проводят обследование и устанавливают, что Эва больна раком.

*1 мая.* Эва произносит речь, прославляющую ее роль как «моста любви» между Пероном и народом.

*31 августа 1951 года.* Всеобщая конфедерация труда убеждает Эву выдвинуть свою кандидатуру на пост вице-президента. Эва вынуждена позднее сообщить по радио о своем отказе.

*15 октября.* Опубликована ее книга «Смысл моей жизни».

*4 июня 1952 года.* Вопреки советам врачей Эва находится рядом с Хуаном Пероном, который дает клятву после его переизбрания. Это ее последнее появление на публике.

*26 июля.* Эва умирает от рака после долгой агонии. Толпа потрясена грандиозными похоронами.

*Апрель 1955 года.* Смерть Хуана Дуарте, брата Эвы, при невыясненных обстоятельствах.

*Июнь 1955 года.* Самолеты мятежников бомбят президентский дворец и центр Буэнос-Айреса.

*Сентябрь 1955 года.* Восстание Военно-морского флота и части армии. Хуан Перон бежит в Парагвай.

*23 сентября 1973 года.* Перон вновь становится президентом.

*1 июля 1974 года.* Смерть Перона. Его жена Исабель занимает пост президента.

*17 ноября 1974 года.* Тело Эвы возвращают из Мадрида на родину.

*24 марта 1976 года.* Военная хунта под предводительством генерала Виделы свергает Исабель и устанавливает в стране диктаторский режим.

## ИЗДАТЕЛЬСТВО ‹РУСИЧ›

представляет новую книжную серию «Человек-легенда», которую открывают выходящие в 1998 году в свет биогрфии маркиза де Сада, Марлен Дитрих и Рудольфа Нуриева.

Предлагаем вниманию читателей отрывки из книги Отиса Стюарта «Рудольф Нуриев/Вечное движение» — жизнеописания знаменитого балетного танцовщика, три десятилетия безраздельно царствовавшего в мире классического танца.

# Глава 6

# Новая порода

Он никогда не был настолько горд,
чтобы отказаться от учебы.

Нинет де Валуа,
*интервью, Лондон*

Весь балетный мир замер и насторожился, когда Нуриев выступил в Лондоне в бенефисе Марго Фонтейн, состоявшемся в Королевской академии танца 2 ноября 1961 года. Лондонская «Уикенд ревю» написала:

«Это выглядело так, словно в гостиную запустили дикого зверя. Несмотря на просьбу Нуриева выступить партнером хозяйки бенефиса, Фонтейн приняла мудрое решение сначала посмотреть на него в паре с другой балериной. Поэтому Рудольф танцевал па-де-де Одиллии и Зигфрида из «Лебединого озера» с Розеллой Хайтауэр и «Трагическую поэму» — сольный номер, созданный специально для Нуриева ведущим хореографом Королевского балета Фредериком Аштоном на музыку Скрябина, выбранную самим танцовщиком. Все, кто присутствовал на концерте, в один голос заявляют, что впечатление от танца Нуриева, который в этом номере выступал до пояса обнаженным, было потрясающим».

«Нуриев метнулся на авансцену, — писал английский критик и биограф Нуриева Джон Персивал, — и завертелся в каскаде дьявольски стремительных пируэтов. Но неизгладимое впечатление осталось даже не от виртуозности танцовщика, а от его артистического темперамента и драматизма. Находились люди, замечавшие, что прыжок Нуриева иногда не был безукоризненно легким и абсолютно вертикальным, но никто не смог остаться равнодушным к горящему в его глазах пламени и к той невероятной энергии, которая обещала еще более волнующие впечатления».

Тридцать лет спустя, когда балетная техника достигла невероятных высот и публику невозможно уже чем-нибудь удивить, трудно понять, что же в искусстве Нуриева приводило Запад в такое неистовство. Если проанализировать его ранние фильмы, особенно с Фонтейн (па-де-де из «Сильфиды» и «Корсара» в «Вечерах с Королевским балетом», «Жизель», снятую Би-би-си, и «Ромео и Джульетту» Кеннета Макмиллана), а также послушать восторженные рассказы его друзей и поклонников, становится ясным одно: сила воздействия его искусства заключалась в том, что это был не просто танец. Несомненно, Нуриев обладал головокружительной техникой (достаточно вспомнить его взрывные жете, повисающие в воздухе, словно фейерверк; безумную ярость его фуэте). Но производимое впечатление заключалось не просто в том, что он делал на сцене. Мощь была в том, как он это делал. До сих пор поражает сложность его вариации из «Корсара», байроническая пылкость Альберта в «Жизели», страстная влюбленность Ромео. Даже самые первые рецензии на выступления Нуриева проникнуты настолько искренними восторгами, что становится ясным, до какой температуры накалялась атмосфера в зале. Эпитеты, характеризующие танец Нуриева, не употреблялись в отношении мужчин-танцовщиков со времен Нижинского: «возвышенный», «противоречивый», «напоминающий движения пантеры», «экзотический».

— Нуриев не использовал свое тело как тело, —

вспоминает французская балерина Виолет Верди, — оно становилось средством поэтической выразительности. Я больше никогда не встречала подобной открытости и ранимости. Сама красота артиста и то, как он умел ею управлять, как умел подчеркнуть свою физическую неотразимость, неизменно задевали самые нежные струны в душах зрителей.

— Руди на сцене всегда был дикарем, — говорит Елена Чернышева, работавшая вместе с ним в Ленинграде. — Он творил нечто сверхъестественное. Вполне понятно, что люди уходили из зала в глубоком шоке. На самом же деле Нуриев делал гораздо больше, чем просто шокировал своих зрителей. Он полностью парализовал их волю.

— Он выходил на сцену, словно на арену, — продолжает Верди. — Съедят его львы или нет? Подобный страх мы не переставали испытывать во время его выступления. Он танцевал так, словно балансировал на краю пропасти.

Раньше никто не видел ничего подобного. Нуриев появился на Западе подобно незнакомцу в змеиной коже у позднего Теннеси Уильямса — человек с прошлым, застенчивый, но вполне сознающий свою необыкновенность, вызывающий хаос одним своим появлением. На протяжении всей карьеры артиста публика ходила в театр не просто смотреть танец — она ждала потрясения. Через тридцать лет страшно сознавать, насколько часто для описания его творчества употреблялись слова «потусторонний» и «нечеловеческий». Вдобавок к его экзотической внешности — восточному строению лица, блеску глаз — личные качества артиста накладывали особый отпечаток на его танец. Это не были черты, традиционно ассоциируемые с мужским танцем. По словам раннего биографа артиста Дэвида Дениэла, со времен Ни-

403

жинского Нуриев стал первым танцовщиком, в творчестве которого не угасал элемент тайны, оттенок двойственности, сексуальной амбивалентности.

«В молодом Нуриеве всегда ощущалось что-то неуловимое, — пишет Дениэл. — Вы никогда не могли угадать, что он сделает в следующую минуту. Даже когда он выходил на поклоны. Он мог стоять перед занавесом и медленно, торжественно открывать объятия залу. А мог просто стремительно поклониться и улететь за кулисы, какими бы бурными ни были аплодисменты. Тайна окутывала каждое его движение и действие. Он рождал ощущение горящего разума, интеллекта настолько же живого и острого, каким было и его тело танцовщика».

Восхищенно и откровенно признает врожденную изысканность ума Нуриева Нинет де Валуа, основательница Королевского балета Великобритании и самоотверженная поклонница таланта артиста.

— Со сколькими людьми вы поговорили, прежде чем взяться за эту книгу? — поинтересовалась мадам де Валуа. — И сколько из них были танцовщиками? Были ли среди них умные люди?

Благодаря исключительности Нуриева характер мужского танца — не просто внешняя его сторона, но сама суть — изменился коренным образом. Нуриеву оказалось доступным то, что до него не делал никто. Он был бесстрашен. Он был сексуален. Минимум одежды и максимум грима (рассказывают, что однажды Нуриев пришел на утреннюю репетицию в бигуди). Обычно сам артист уклонялся от прямого разговора о том, к чему он стремится на сцене.

— Танцовщик должен уметь по-разному читать балеты — так же, как стихи, — сказал он в интервью лондонской «Таймс» вскоре после того, как поступил в труппу Королевского балета.

Марта Грэхем в своих воспоминаниях, озаглавленных «Память крови», постаралась проникнуть в суть одного из таких «стихотворений». Причем сделала она это в очень характерной для нее сугубо критической манере:

«Меня часто спрашивали, почему я поставила «Люцифера» с Рудольфом Нуриевым. Люцифер приносит свет. Когда он впал в немилость, он начал насмехаться над Богом. Стал полубогом-получеловеком. Как получеловеку, ему были знакомы людские страхи, боль и сомнения. Он стал богом света. Каждый художник несет свет. Вот почему я поставила балет для Нуриева».

Как бы ни были поэтичны его устремления, Нуриев внес в танец еще одну черту — немалую суету. Он оказался проницательным, словно ветеран водевиля. Мария Толчиф вспоминает репетицию, предшествующую американскому дебюту Нуриева — телепередаче «Час телефона Белла» в январе 1962 года. Во время репетиций Нуриев не произвел на партнершу особого впечатления.

— Он не поражал ни шагом, ни прыжком, и я не могла понять, чем он так всех восхищает. А поняла это во время выступления, когда он буквально летал по сцене. А дело, оказывается, заключалось в том, что в студии был бетонный пол и Рудольф просто берег себя. Он был в этом отношении очень хитрым и осторожным. Он прекрасно понимал, что нужно, чтобы завоевать аудиторию, и техника была только частью той силы, которая вынесла его на вершину успеха. Нуриев действительно стал тем мятежным поэтом, которого так ждал западный балет, но в то же время он был и шоу-мэном первой величины, человеком, подсознательно чувствующим, как добиться максимума успеха с минимальными затратами. Сочетание в его облике идеализма и театральности действовало неотразимо.

— Рудольф точно знал, чем покорить публику, — вспоминает Джон Уилсон, бывший менеджер агентства Юрока, — и точно знал, когда нужно ей улыбнуться. Он мог добиться всего, чего хотел.

А один из поклонников Нуриева выразился еще определеннее:

— Ни одна женщина в зале не сомневалась, что он танцует для нее, и только для нее. Это было подобно первому впечатлению от пения Фрэнка Синатры. Мурашки ползли по коже. И по крайней мере половина мужчин чувствовала то же самое. Мир, несомненно, знал и более сильных в техническом отношении танцовщиков, обладающих совершенными линиями. Среди них — Андре Эглевский, Игорь Юшкевич и Рой Фернандес в США; Эрик Брун в Дании. Но еще не появился ни один, хотя бы отдаленно напоминающий этого тонкого дикого Пана, который сумел развенчать в глазах публики привычного принца, вечно стоящего на «подхвате», и превратить его в звезду столь же яркую и сияющую, какими до него были лишь балерины.


Вполне понятно, что, эмигрировав, Нуриев сразу превратился в танцовщика, которого каждый на Западе должен был увидеть, а также узнать о его закулисной жизни. И какой бы громкой ни была слава Рудольфа, вне сцены он не мог спокойно относиться к вмешательству в свои личные дела. Традиция «двора», узкого круга преданных друзей, собиравшихся вокруг Нуриева, сложилась именно в первые шесть месяцев после его отказа вернуться в Советский Союз — как средство защиты от излишнего внимания. Это окружение сохранилось на всю жизнь, лишь усиливая тот ореол таинственности, который и без того веял над артистом. Люди с годами менялись (по мере того как Нуриев все более свободно продвигался по орбитам шоу-бизнеса, международного признания и «высшего света» геев). А в первые дни пребывания Нуриева на Западе над его головой, очевидно, светился тот же знак, который неизменно присутствует за кулисами в любом оперном театре мира: «Только для артистов. Посторонних просят не входить».

Даже когда окружение состояло только из коллег по классу и репетиционной студии, Нуриев умудрялся оставаться загадкой практически для всех. Он раскрывался перед людьми по-разному — так, как считал нужным. Из тех, кто впервые узнал Нуриева на Западе, каждый увидел его по-своему. Сдержанность, порожденная недоверием к незнакомым людям (не говоря уже о его «удобно-неустойчивом» владении английским), предоставила всем, кто лишь узнавал его, самим заполнять пробелы в информации. Поэтому воспоминания порой крайне противоречивы. Многие были очарованы тем, что видели, многие приходили от этого в ужас. Некоторым раскрывалось лишь обаяние, другим — только коварство. Кто-то, в особенности женщины, видел одинокого мужественного Адониса, тоскующего в странном для него новом мире. А кто-то (преимущественно мужчины) замечал лишь грубого, неотесанного, бестактного выскочку, искусно играющего роль премьера. Были же и такие, которые, подобно Марго Фонтейн, замечали обе стороны медали, но не обращали внимания на противоречия и на ту ярость, которая порой сквозила в выходках Нуриева.

— Да, я знаю, что это может быть ужасно, —

любила говорить Фонтейн, — но разве он того не стоит?

На первых порах, когда слава еще не затмила все остальное, на этот вопрос многие отвечали «нет». Известный британский критик Ричард Бакл считал Соловьева куда более сильным танцовщиком, а Нуриева называл «широко известным артистом». Главным из тех, кто считал Нуриева человеком, занимающим совершенно особое положение в обществе, стал ведущий балетный критик газеты «Нью-Йорк таймс» Джон Мартин — самый сильный среди своих собратьев по перу. В знаменитой рецензии на первое появление Нуриева в Америке в составе Королевского балета Великобритании он писал:

«Нуриев, несомненно, унаследовал хищнические черты старшего и, несомненно, до настоящего времени самого известного представителя своего народа — Чингисхана. Другими словами, он приходит и завоевывает».

Для Мартина Нуриев был «странным, ненадежным, подвластным настроениям, старающимся танцевать хорошо лишь тогда, когда ветер дует в нужном направлении». Даже Фонтейн не избежала насмешки: «Она отправилась на бал с жигало».

Поскольку Нуриев предоставил миру сразу такое количество поводов обратить на него внимание (эмиграция, высокомерие и приступы ярости, а также сексуальное обаяние, действующее даже на расстоянии пятисот шагов), его профессиональное совершенство оказалось в тени его личного магнетизма. Слава его вовсе не была основана на чистоте техники, несмотря на немедленное сравнение его с Нижинским теми критиками, которые Нижинского и не видели. А Тамара Карсавина, прима-балерина труппы Дягилева и партнерша Нижинского, считала Нуриева более сильным танцовщиком, чем ее всемирно знаменитый коллега, — причем не столько из-за достоинств техники, сколько благодаря непредсказуемости и дару партнерства. Возможно, в «Лауренсии» Нуриев поначалу и выступал как неопытный, не всегда надежный партнер, но со временем мастерство его достигло вершин.

— Вам повезло: у вас замечательный партнер, — сказала Карсавина Фонтейн в начале их совместной работы над балетом «Жизель». И добавила, грустно склонив голову: — А у меня был Нижинский.

Никто лучше самого Нуриева не понимал, как много ему еще предстояло сделать, чтобы стать тем, кем он мечтал стать, — благородным танцовщиком классической традиции, а не исполнителем характерных партий, к чему его толкали условия рождения и жизни. Именно стремление отточить техническое мастерство привело Нуриева в Копенгаген, где его и нашел телефонный звонок Марго Фонтейн, сыгравший столь решающую роль в его творческой судьбе. Нуриев заранее узнал, что в Копенгагене в составе Королевского балета Дании находится Эрик Брун; знал он также и еще кое-что: ни разу не видев «вживую», как танцует Брун, Рудольф был твердо уверен, что это единственный танцовщик, способный показать ему нечто, чего он сам до сих пор не знал. Когда Брун, великий классический танцовщик эпохи, выступал в 1960 году в Ленинграде с Американским театром балета, Нуриева отправили в Восточный Берлин на его первые гастроли. Однако незадолго до эмиграции Нуриев увидел короткий любительский фильм, в котором Брун во время этих гастролей исполняет «Тему с вариациями» Баланчина. Наконец-то Рудольф воочию увидел воплощение того образа идеального танцовщика, к которому стремился сам: не квадратного, приземистого, тяжелого каменщика, какими, как правило, были танцовщики советской эпохи, а изысканного, благородного аристократа, элегантно сложенного и выразительно двигающегося. Брун воплотил все, к чему изо всех сил стремился Нуриев в своем искусстве.

Предоставленный на Западе самому себе, с еще горячим гонораром от де Куэваса в кармане, Нуриев первым своим делом в новой жизни счел необходимость разыскать Бруна. Их познакомила Мария Толчиф, и первая встреча произошла в копенгагенском отеле «Англетер» осенью 1961 года. Она полностью перевернула жизнь обоих мужчин и на сцене, и вне ее. Соня Арова, популярная в то время балерина, вошла в небольшую гастрольную труппу, созданную Бруном и Нуриевым.

— Интерес, восхищение и уважение Руди к творчеству Эрика, — вспоминает она, — прочно скрепляли их отношения. Руди все время учился у своего друга. Что бы ни произошло в дальнейшем, началось все именно с этого.

Благодаря материальной поддержке Бруна Нуриев начал заниматься с Датской балетной труппой, а также брать уроки у Волковой. Так же, как и сам Нуриев, Вера Волкова происходила из России и была выпускницей Ленинградского хореографического училища — правда, тех времен, когда оно было еще Императорской балетной школой. Выйдя замуж за англичанина и уехав на Запад, она приобрела известность в качестве одного из самых авторитетных педагогов классического танца в Европе.

Вновь прибывший русский произвел сильное впечатление на пятнадцатилетнего ученика балетной школы Питера Мартинса:

— Руди подходил под наше определение «грязного» танцовщика. Нет чистоты, законченности исполнения. Неотшлифованный... хочется сказать «бриллиант», но это не будет самым подходящим словом. Руди потребовались годы усилий, чтобы отточить свою технику, чтобы обнаружить, что на самом деле в искусстве балета тайн гораздо больше, чем ему удалось познать в России. Всю свою жизнь он работал, чтобы стать столь же совершенным классическим танцовщиком, как Брун. Но он так и не смог стать мистером Совершенство.

Ни на сцене, ни за кулисами.

Так же, как и раньше в России, агрессивность Нуриева в обыденной жизни, его способность оскорбить, отсутствие манер не могли остаться незамеченными на Западе. Несмотря на его положение гостя Бруна, поведение Нуриева по отношению к датчанам вообще было, по воспоминаниям того же Мартинса, просто несносным:

— Сколько ему было лет? Двадцать два, от силы двадцать три. А он вел себя словно заправская звезда. Когда он появился в Копенгагене, я занимался со взрослыми, и у меня осталось впечатление, что он ужасно груб со всеми: с другими танцовщиками, с пианистами, с преподавателями — кроме самой Волковой. И Эрик все прощал ему, старался все превратить в шутку.

Разумеется, никому не становилось весело, а грубые и резкие манеры Нуриева стали истинной помехой ему самому, когда он покинул Копенгаген и начал искать работу. Хотя с расстояния в три десятка лет и кажется, что найти работу ему было вовсе не трудно, факты первого года его жизни на Западе свидетельствуют об обратном. Несмотря на явный успех дебюта на бенефисе Фонтейн в Королевской академии танца в Лондоне и сенсацию, произведенную первыми спектаклями «Жизели» в феврале и марте 1962 года, Нинет де Валуа еще почти в течение целого года колебалась, принять ли Нуриева в труппу на постоянной основе. Он сам тем временем искал работу повсюду — и безуспешно. Главным препятствием служил его чересчур острый язык. По предложению Бруна и вопреки негласному давлению со стороны советских властей, старающихся помешать тому, чтобы Нуриев нашел свой дом в Америке, Люсия Чейз, директор «Американ балле тиэтр», зимой 1962 года приняла Нуриева в свою труппу. Он там продержался неделю — до тех пор, пока не оскорбил свою работодательницу. Манеры Нуриева не приобрели глянца и после того, как Валуа предложила ему статус «постоянного гостя» в Лондоне. Он умудрился испортить отношения даже с главным хореографом труппы, великим Фредериком Аштоном.

— Как все русские, — признался Нуриев Анне Киссельго, балетному критику газеты «Нью-Йорк таймс», — я считал, что лучше всех разбираюсь в классике.

В конце концов Нуриев настолько разозлил Аштона, несмотря на успех выступления вместе с Фонтейн в «Маргарите и Арманде» в 1963 году, что прошло целых пять лет до той поры, когда балетмейстер вновь нашел в себе силы создать для артиста оригинальную роль.

Техническое несовершенство танца Нуриева и недостатки воспитания не имели ни малейшего значения во время выступления. Он оказался истинным воплощением новой породы танцовщиков. Он создал новый мир, и мужчинам пришлось осваивать неведомый им до той поры язык танца.

— Рудольф произвел переворот в области мужского танца, — поясняет Чернышева, — рядом с ним все остальные сразу становились похожими на водителей грузовиков.

До появления на Западе Нуриева танцовщик оставался повелителем лишь в одной области — в «царстве заднего плана». Знаменитый афоризм Баланчина: «Балет — это женщина» — стал большее чем точкой зрения. Он превратился в описание работы мужчины на балетной сцене: отнеси этого лебедя; подними эту сильфиду. Со смертью в 1929 году Сергея Дягилева, сумевшего в своих «Русских сезонах» вывести на сцену целую вереницу чудо-мальчиков: сначала Вацлава Нижинского, затем Леонида Мясина, Антона Долина и, наконец, Сержа Лифаря, — балетмейстеры полностью потеряли интерес к мужчинам, если, разумеется, они не ставили балеты для самих себя, как это делали Лифарь в Париже, Роберт Хелпмен в Лондоне или Вахтанг Чабукиани в Советском Союзе. Повсюду в центре внимания находились балерины. Аштон нашел свою музу в Марго Фонтейн, а в Соединенных Штатах Баланчин строил репертуар и формировал труппу во славу длинных ног и бесконечной энергии девочек всей Америки. А мужчина так и оставался в тени. Именно поэтому каждый талантливый артист двадцатого века в умах публики неизменно был связан с одной конкретной балериной: Долин — с Марковой, Фредерик Франклин — с Даниловой, Юшкевич — с Алисией Алонсо, Эглевский — с Марией Толчиф. Конечно, у Нуриева была Фонтейн, но его список партнерш можно озаглавить «Кто есть кто в балетной пачке». Это Соня Арова, Ивет Шовире, Ева Евдокимова, Карла Фраччи, Синтия Грегори, Сильви Гийем, Марсия Хайде, Розелла Хайтауэр, Патриция Мак-Брайд, Наталья Макарова, Мерл Парк, Ноэлла Понтуа, Линн Сеймур, Антуанетт

Сибли, Мария Толчиф, Гилен Тесмар, Мартина ван Хамел. Но, подобно Нижинскому, Нуриев умел оставаться на первом плане.

Нуриев положил конец восприятию танцовщика как вспомогательной персоны. Под его руководством артисты балета познали три вещи: они научились отпускать партнершу, выходить на первый план и давать сдачи. Его нововведения стали результатом поисков Грааля, наблюдения за непрекращающейся борьбой индивидуальностей, а также стремления усовершенствовать свое тело. Поговорка гласит, что артисту балета необходимы два фактора: хорошее тело и хорошие родители. С этим Нуриеву не очень-то повезло. Его родители лишь по ошибке способствовали его успеху. Мать всеми силами старалась привить своему младшему и любимому ребенку вкус к прекрасному, а отец пытался навязать сыну свое понимание будущего. Позиции эти создавали столь сильное трение, что оно вызвало пламя, поддерживающее ту несгибаемую уверенность в себе, которая отличала Нуриева на протяжении всей его жизни.

В отношении тела судьба тоже оказалась не слишком благосклонной. Нуриев вовсе не был высоким и широкоплечим, подобно Бруну. Рост его едва достигал пяти футов девяти дюймов. Он был легок: вес его колебался между 148-ю и 160-ю фунтами. Танцовщик не обладал никакими физическими особенностями, способствующими успеху артиста балета. Борьба Рудольфа за усовершенствование своего тела не прекращалась даже в последнюю, тяжелую декаду его карьеры, когда травмы постоянно мучили его (Нуриев пришел к заключению, что лучше всего он танцевал, когда чувствовал себя усталым и разбитым, и с этим вполне соглашались его партнерши). За исключением щедрого подарка судьбы — очень важной способности тела артиста занять определенное место в пространстве сцены, — такие врожденные, определяющие успех достоинства, как совершенные пропорции, естественная ровность линий, высокий подъем, у Нуриева просто отсутствовали. По словам его коллеги по Королевскому балету Джорджины Паркинсон, танец никогда не давался Рудольфу легко. Ему приходилось чрезвычайно упорно работать во имя того совершенства, которого он достигал. И он был готов проливать ради него кровавый пот.

Верди, знакомая с Рудольфом по труппе Куэваса, соглашается:

— Тело Руди вовсе не было легким в работе. В этом смысле он создал себя сам. Он сделал себе тело — тот инструмент, который был призван выразить его душу и талант. Он сам стал полем битвы, на котором с самого начала происходили бурные сражения.

Даже свои знаменитые взрывные прыжки Нуриев создал упорным трудом.

— Рудольф не имел врожденного, естественного прыжка, — поясняет Чернышева. — Он вовсе не походил на Мишу Барышникова, который появился на свет с потрясающей координацией (выбросьте его в окно — и он, подобно кошке, приземлится на ноги). Рудольф же сам себя научил прыгать. Цели были сформулированы в уме Рудольфа так же, как и критический настрой.

— Идиоты! — жаловался он Чернышевой после того, как в очередной раз был оставлен в классе отрабатывать нечисто исполняемые пируэты. — Они просто глупы! Неужели не понимают, что у меня просто неудачные пропорции: короткие ноги и длинное тело? Я просто должен делать это на высоких полупальцах, иначе буду выглядеть нелепо!

— Труппа ненавидела его во многом именно за это, — говорит Чернышева. — Он не был классичен. На сцене казался дикарем: танцевал на высоких полупальцах, имел большую растяжку. Все это противоречило принципам ленинградской школы. Но он осознавал, что именно будет при его фигуре хорошо смотреться.

Соня Арова придерживается того же мнения:

— Весь технический багаж Рудольф выработал сам. Он действительно трудился над прыжком, действительно трудился над своей головой и плечами тщательно и кропотливо. И хотел достичь совершенства в балете.

Создав себе высочайший эталон и придерживаясь его до конца жизни, Нуриев не желал снижать планку, хотя мог воспользоваться множеством профессиональных трюков. Его неприятие линии наименьшего сопротивления проявилось уже в фильме о Всесоюзном конкурсе 1958 года в Москве, на котором Нуриев исполнял вариацию из «Корсара». В кульминации номера, которая представляет собой сплошную череду танцевальных трюков, артист должен исполнить серию из трех прыжков с вращением по диагонали. Это были столь любимые в советском балете прыжки с поворотом в воздухе с вытянутыми, плотно сжатыми ногами. Танцовщик движется по своей диагонали назад, лицом к публике, — от просцениума к дальнему концу сцены. Он словно «закручивается» в воздухе, не позволяя себе ни на мгновение потерять контроль над вытянутыми до предела ногами. В фильме, снятом на конкурсе, видно, что первый прыжок не совсем удался молодому артисту. Но это ничуть не обескуражило его, напротив: следующий прыжок выше, резче, чище, а приземление практически безупречно.

Нуриев навсегда сохранил стремление к риску. На Западе, вместо того чтобы двигаться по уже проторенной дороге, он постоянно ставил себе безжалостно сложные технические задачи. Верди вспоминает, что Нуриев не знал снисхождения к себе. Те сольные номера, которые он сочинил в «Спящей красавице», никто другой не решился бы исполнить и в классе. Это лишний раз доказывает, что его сценическая карьера, хоть и была весьма прибыльной, но вовсе не представляла собой коммерческое предприятие. Нуриев делал то, что вовсе не обязан был делать.

Воспитанник русской школы мужского танца, основанного на силе и энергии, на Западе поставил перед собой цель освоить изысканно-утонченную хореографию датского балетмейстера девятнадцатого века Августа Бурнонвиля. Идеал хореографа, которому вполне соответствовал Эрик Брун, заключал в себе все, что не присуще русскому танцовщику: гибкость вместо резкости, точность вместо силы, выразительность вместо откровенности. Нуриеву вполне достаточно было лишь надеть гаремные шаровары, чтобы создать подобие требуемого образа, но он твердо решил освоить все тонкости техники Бурнонвиля. Когда в 1989 году его пригласили вновь — после многолетнего перерыва — выступить в Кировском театре, артист выбрал балет, подчеркивающий глубину его творческих устремлений — «Сильфиду» Бурнонвиля. Желание Нуриева танцевать как можно лучше перевернуло представление о возможности мужчины в балете.

— Что бы там ни говорили о Рудольфе, — заключает свой рассказ Питер Мартинс, — а я слышал всякое (даже то, что он мог вести себя просто низко), в конце концов, если бы ему пришлось выбирать между роскошной жизнью, деньгами, известностью и балетом, он наверняка выбрал бы балет. Я не сомневаюсь в этом.

Арлин Кросс писала в «Нью-йоркер» вскоре после смерти Нуриева, что в его время мужчины не танцевали так выворотно, как сейчас, и именно Нуриев изменил стиль. Когда он впервые появился на сцене, поставив ноги в положение часовых стрелок, показывающих девять часов пятнадцать минут, он выглядел почти абсурдно. Но он был полностью уверен в своей правоте. Даже в самых сложных прыжках он умудрялся с начала до конца сохранять пятую позицию. Причем поначалу все, кто пытался подражать ему, нередко теряли равновесие при приземлении, как и сам Нуриев на первых порах. Но со временем пришла уверенность, и сейчас такая техника принята всеми. Нуриев вставал в пятую позицию даже тогда, когда ему не предстояло сделать ничего особенного, а просто поддержать партнершу. Он принимал изысканную позу, гордо вскидывал голову и лишь тогда подавал балерине руку, словно говоря: «Мы должны сделать это красиво!»

Решимость Нуриева усовершенствовать свое мастерство изменила направление мужского танца. Едва он приобрел известность, все его усилия сконцентрировались на том, чтобы научиться у Бруна свойственной тому элегантности и точности исполнения.

— Рудольф был последним в череде танцовщиков, — поясняет артистка «Нью-Йорк сити балле» Хетер Уоттс, — кто мог бы позволить себе приземлиться не в пятую позицию, но тут же встать в нее. Он мог разрешить себе быть на сцене академичным, поскольку все у него прекрасно получалось.

Признанный и любимый во всем мире, Нуриев повсюду создал условия для признания стиля и эстетики Бруна. Сам он не достиг идеала, но указал путь к нему своим коллегам и последователям. Кроме того, он оставил потомкам свой неожиданный автопортрет — свои балеты.

Пытаться обнаружить автобиографичность в работе любого артиста — все равно, что пытаться сделать медузе Горгоне химическую завивку. В качестве хореографа Нуриев ставил и оригинальные балеты, и собственные версии классических произведений. Ни те, ни другие не приобрели шумной мировой известности. Постановки Нуриева скорее были ориентированы на поэтические или тематические задачи, чем на тонкости хореографии. Его версии работ Петипа оказались также весьма персонифицированными и проникнутыми всепоглощающей страстью к движению: каждой ноте соответствует па. Как балетмейстер Нуриев может служить иллюстрацией к теории Фрейда: что-то явно не в порядке с тем постановщиком, который превратил «Золушку» Прокофьева в ледяное эссе о цинизме и жадности.

Балеты Нуриева словно объясняют его публике. Первая его оригинальная работа, «Танкред», поставленная на сцене Венской оперы в 1966 году, задала тон. Нуриев оказался не только главным действующим лицом, но единственным героем спектакля. Все остальные танцовщики ограничились или ролью его отражения, или предстали в виде преследующих его демонов.

«Он особенно разрывается между любовью небесной и земной, — писал после премьеры Александр Блэнд. — После целой серии действий, граничащих с галлюцинациями, его личность фатально разделяется на две, и после решающего боя он возвращается обратно в первобытный хаос, из которого возник в начале балета».

Результат получился не более жизнерадостным, когда спустя пятнадцать лет Нуриев поставил балет по «Манфреду» Байрона для парижского театра «Гранд-опера». Сам он опять занял на сцене главное и центральное положение, а другим артистам остались примерно те же возможности, что и в «Танкреде». Постоянно преследуемая фигурами в масках байроническая личность в исполнении Нуриева предстает далеким, одиноким и непонятым изгнанником: в конце концов героя целиком поглощают волны синего шелкового моря.

При всей его искренней преданности чистому стилю Петипа та образность, которую Нуриев внес в традиционные классические балеты, лишь украсила их. Две постановки особенно красноречивы в этом смысле. Нинет де Валуа считала «Щелкунчика» Нуриева лучшим из всех виденных ею вариантов, и за четверть века, прошедшую после премьеры в Стокгольме, количество постановок версии Нуриева во всем мире превысило количество постановок других редакций этого балета. Нуриев внес в спектакль даже долю социологичности. Гости, прибывающие на Рождество, должны по дороге противостоять уличным хулиганам. Неожиданности становятся нормой для «Щелкунчика», в котором арабский танец исполняется в притоне, гости становятся вампирами, а маленькой героине дарят до неприличия большого щелкунчика. Противоречивая версия «Лебединого озера», поставленного Нуриевым для «Гранд-опера» в 1984 году, вполголоса говорит о том же. Все действие балета происходит в комнате, не имеющей выхода. Нуриев провел свою жизнь в дороге, но если принять во внимание его творческое наследие, то насыщенность его гастрольного графика начинает казаться криком человека, оказавшегося в западне.

# Глава 7

# Последняя балерина империи

Вся глубь небес и звезды все
В ее очах заключены.

*Дж. Гордон Байрон*

Каждый, кто пытается написать биографию Рудольфа Нуриева, рискует, словно прокладывает себе путь по минному полю. Половину написанного придется посвятить вопросам, о которых вряд ли удобно заговорить вслух в смешанной компании. Секс, деньги, насилие, страсти — от всего этого любая из сестер Бронте залилась бы краской. Первую половину жизни Нуриев провел в обществе, где скрытность была нормой, а вторую — среди людей, готовых говорить, но тут же предупреждающих:

— Только не цитируйте и не называйте моего имени!

Самая серьезная проблема заключена вовсе не в той паутине скрытности, которой вечное движение Нуриева оплело его жизнь. Ее представляет богиня, словно вырезанная из кости и ожившая, — в девичестве Пегги Хукен, ставшая под именем Марго Фонтейн путеводной звездой Нуриева и освещавшая ему и профессиональный, и человеческий небосклон. Жизнь и карьера самой Фонтейн были не менее драматичны, чем судьба Рудольфа. Нуриев сумел прорваться сквозь железный занавес. Марго была выслана из Панамы за контрабанду оружия. Все бесконечные рассуждения об отношениях между «изящной статуэткой из слоновой кости», украшавшей Королевский балет Великобритании, и «татарским тигром» обходят стороной самый важный вопрос: в чем заключается причина союза этих двух художников и людей разных, словно ночь и день? Фонтейн и Нуриев на самом деле были вариациями на одну тему. Пытаясь проникнуть в суть их совместных выступлений во время расцвета романа, очень трудно заставить себя следить за Нуриевым. И дело вовсе не в том, что он танцевал менее вдохновенно, например в том же «Корсаре», «Ромео и Джульетте», «Жизели» или даже в такой слабой работе, как «Маргарита и Арман» Аштона. Причина заключается в разнице между жаром и светом. Фонтейн в балете — чистый свет. Попробуйте отвести от нее взгляд. Нуриев вам этого не позволит, потому что и сам не может этого сделать.

Телефонный звонок Фонтейн Вере Соколовой осенью 1961 года положил начало долгим и сложным взаимоотношениям двух очень серьезных профессионалов. Несмотря на свой вопрос, где найти русского парня, Марго на самом деле прекрасно знала, где он находился в ту минуту. Балетный мир тесен. Сплетни распространяются моментально. Фонтейн была самой могущественной женщиной в европейском балете после Нинет де Валуа, а кроме того, она была женой дипломата. Ее муж, Роберто де Ариас, был отпрыском панамской семьи, занимавшей видное место на политическом небосклоне, и в период, о котором идет речь, являлся послом Панамы в Великобритании. Прекрасно понимая, сколько денег и чести принесет участие Нуриева в ее бенефисе, Фонтейн вовсе не искала себе нового партнера, когда предлагала Нуриеву шанс дебюта в Лондоне, который незадолго до этого не состоялся из-за отказа Нуриева от советского гражданства. Ее карьерные планы были направлены совсем в другую сторону. После гастролей Королевского балета в России в июле 1961 года

Майкл **Сомс**, бывший партнером Марго в течение пятнадцати лет, объявил о своем уходе. Сама Фонтейн, **которой** тогда исполнилось сорок два года, незадолго **до появления** Нуриева «попрощалась с публикой» в «Лебедином озере» — одном из своих коронных балетов.

**Фонтейн** была настолько далека от мысли о новом партнере, что когда Нуриев, как всегда, желавший несбыточного, попросил ее выступить вместе с ним, она **отказала**, предпочтя исполнить ни к чему не обязывающую роль сомнамбулической героини в «Видении розы» Фокина в паре с великим английским танцовщиком Джоном Гилпином. Настойчивость Нуриева в **стремлении** танцевать вместе с Фонтейн во время своего дебюта — а Волкова сказала Марго, что он твердо **решил** добиться этого, — произвела, скорее, отрицательное впечатление.

— **Чем больше** я о нем слышу, — делилась Фонтейн с **подругой**, — тем меньше он мне нравится. Я не имею **в виду** его качества артиста, но почему ему вздумалось **танцевать** именно со мной, когда ему всего лишь **двадцать** три года и я даже ни разу его не видела? Он мне надоел!

Нуриев **принял** во внимание настроение примадонны, но **тем** не менее под чужим именем, чтобы остаться **как** можно более незаметным для прессы, вылетел в Лондон на репетиции. Будущие партнеры встретились за чашкой чая в доме Фонтейн в первый же вечер **после** его прибытия. Поначалу беседа текла ровно, **вежливо** и вяло — до тех пор, пока, как пишет Марго в **автобиографии**, она не сказала что-то легкое и незамысловатое. Рудольф рассмеялся, и лицо его моментально **изменилось**: оно утратило настороженность и **напряженность**, улыбка стала щедрой и притягательной. Фонтейн воскликнула:

— Ну, слава Богу! Я и не знала, что русские умеют смеяться!

Несмотря на это благоприятное впечатление, балерина все еще сомневалась, танцевать ли с этим «русским парнем», а Нинет де Валуа уже пригласила его выступить в «Жизели» в Королевском балете в начале 1962 года. Сама Валуа позже призналась, что приняла это решение в тот самый момент, когда публика вызывала Рудольфа на «бис» во время бенефиса Марго Фонтейн.

— Он обвел рукой зал, — вспоминает она, — и я тут же увидела его в «Жизели».

Трезво мыслящий профессионал, Фонтейн попросила дать ей время, чтобы обдумать предложение работать с этим чудо-мальчиком.

«Я тут же подумала, что ему двадцать три, а мне сорок два. Не покажусь ли я молодящейся старушкой? Поэтому ответила, что должна подумать. Думала-думала и наконец решила, что он должен стать сенсацией сезона. И если меня не будет рядом, то я окажусь в полнейшем забвении, потому что все бросятся на спектакли Нуриева, а с ним будет танцевать кто-то еще. Поэтому я собрала все свое мужество и ответила, что согласна».

Сотрудничество началось со спектаклей в «Ковент-Гарден» 21 февраля, 1 и 6 марта 1962 года. По словам Валуа, они удивили всех и каждого. Сами эти спектакли явились сюрпризом для многих артистов труппы. Были торжественно объявлены гастроли Эрика Бруна, который готовился выступить вместе с Надей Нериной в «Лебедином озере». И именно Брун должен был стать первым зарубежным партнером примы Королевского театра.

По требованию Фонтейн ее выступления с Нуриевым были внесены в заранее спланированный график спектаклей за десять дней до лондонского дебюта Бруна. Несмотря на всеобщее любопытство по поводу этого дуэта, вряд ли кто-то ожидал от него результатов более серьезных, чем возможное зарождение личных отношений между артистами. Двадцатилетняя разница в возрасте и пропасть в профессиональном отношении не обещали радужных перспектив. Трудно было найти двух более различных артистов — и по темпераменту, и по отношению к творчеству, и по месту, занимаемому в балетном мире. Фонтейн была кристальной классической танцовщицей — изысканной, сдержанной, безупречной — в буквальном смысле до кончиков ногтей (по словам одной из артисток кордебалета, ее тщательно ухоженные руки с маникюром стали эталоном для всех балерин театра). Нуриев же казался Бахусом в балетном трико. Фонтейн отличалась тем, что никогда и ни на что не жаловалась. Нрав Нуриева стал частью его легенды. После многих лет, проведенных на вершине мастерства («В Королевском балете не столько верили в «Спящую красавицу», — писала критик Арлин Кросс о коронной роли Марго, принцессе Авроре, — сколько в саму Марго»), балерину вовсе нельзя было назвать привычной к расспросам. Нуриев же постоянно о чем-то спрашивал. Первые репетиции оказались нервными и гнетущими — до тех пор, пока Марго не начала доверять своему новому партнеру. Ну а все остальное уже стало историей. Фонтейн больше ни разу не заговаривала об уходе со сцены.

Оба артиста изменились необычайно.

— Для создания хорошей пары необходимо, чтобы каждый неосознанно что-то сделал для другого, — объясняет Нинет де Валуа. — Именно это случилось и с ними. Он внес в ее танец ту яркость, которой прежде не было; она же, несомненно, вызвала к жизни поэтическую сторону его творческой натуры.

Английский критик Клемент Крисп высказался еще более определенно:

— Это был роман двух артистов, и проходил он на глазах у публики. Романтика, заключенная во всем этом (наполовину в духе Барбары Картлэнд, наполовину в стиле Джойс Кэрол Оутс), берет свое начало в характерах героев. Женщина старше, мужчина моложе. Светская дама и провинциальный мальчик. Эмили Пост и Дикарь Марлона Брандо.

Ко времени их встречи Фонтейн уже в течение двух десятилетий была самой знаменитой балериной Европы. Одна из любимых легенд в мире балета гласит, что Валуа впервые увидела четырнадцатилетнюю Пегги Хукен в балетном классе школы «Вик-Уэллс».

«Кто эта маленькая китаянка вон там, в углу?» — спросила она у педагога. Блестящие черные волосы девочки ввели Валуа в заблуждение относительно национальности Пегги, но талант не вызывал сомнений. Фонтейн дебютировала на сцене в пятнадцать лет в роли снежинки в «Щелкунчике» в труппе «Вик-Уэллс» (позже эта труппа получила название балета «Сэдлерс-Уэллс», а в 1956 году стала Королевским балетом), а в роли Одетты-Одиллии в «Лебедином озере» впервые выступила в год рождения Нуриева. Когда прима-балерина Алисия Маркова покинула труппу, чтобы основать свой собственный балет, Фонтейн заняла на сцене центральное место и в течение тридцати лет безраздельно царствовала.

Ко времени встречи с Нуриевым Фонтейн не просто купалась в лучах славы. Она уже превратилась в явление, данность. Это была горная вершина по имени Марго, идеал художественного совершенства в европейском балете.

«Ни одна балерина не может сравниться с Фонтейн в простом искусстве линии и движения, — писал в 1956 году английский критик Александр Блэнд о роли принцессы Авроры в «Спящей красавице», которую Марго танцевала уже семнадцать лет. — А сейчас она к этому добавила чисто театральное возбуждение, свет танца ради самого танца, тот внутренний восторг, который приводит в такой энтузиазм зрительный зал».

Прейскурант цен на спектакли театра «Ковент-Гарден» включал билеты на дневные, вечерние спектакли, спектакли по выходным и — отдельно — спектакли с участием Марго Фонтейн. Едва Марго начала выступать вместе с Нуриевым, ее танец действительно приобрел новое совершенство — балетный вариант Монтсеррат Кабалье или Ареты Франклин, неожиданно обнаруживших новые краски своего голоса на вершине славы. Спектакли, раньше не входившие в число побед, неожиданно стали ими — так случилось, например, с «Жизелью» — даже техника балерины приобрела новое совершенство.

— На протяжении всей своей карьеры Марго не славилась прыжком, — вспоминает одна из ее коллег, — но вот приходит Рудольф — и неожиданно у нее появляется замечательный высокий прыжок.

Ее танец приобрел новые краски.

— Партнерство с Руди возродило ее, — поясняет Надя Нерина. — Впервые она танцевала поистине женственно, все ее движения приобрели чувственную силу. В ней раскрылась женская душа. Без сомнения, она была в него влюблена, и это придало ее танцу теплоту и мягкость.

Сам же Нуриев однажды так определил влияние на него Фонтейн:

— Первое, чему она научила меня, — это высокий профессионализм, сам стиль работы. Она очень тщательно работала. Выходи. Делай. Делай хорошо и получай удовольствие от своей работы. Не ленись и не раскисай. Все время двигайся вперед.

По словам «Тайм», они стали самой «горячей» командой в мире шоу-бизнеса — увлеченные талантом друг друга и стремящиеся ко все новым высотам.

— Публика была захвачена, — рассказывал позднее Нуриев. — Думаю, потому что мы сами были захвачены своей работой и своим партнерством.

Соперничество оказалось смягченным той радостью, которую оба получали от общения. Известны их традиционные шутливые гримасы: они сжимали губы, словно говоря: «О! Здорово! Мы неплохо танцуем сегодня!» Или же закатывали глаза, что означало: «Что это за па было сейчас?»

Эта пара стала художественным и чисто человеческим феноменом, который придал балету невиданную ранее притягательность. Публика сходила с ума.

— Я видел истерию и раньше, — говорит Джон Уилсон, один из ведущих сотрудников концертного бюро Юрока, организовавшего гастроли Королевского балета в Америке, — но я никогда не встречал ничего подобного. Люди разбивали палатки напротив «Метрополитен-опера» и по три дня дежурили, чтобы купить билеты. А те, для кого раньше не было проблем попасть в театр, сейчас просили и умоляли, обещая любую услугу в ответ на эту. Марго и Рудольф в определенном отношении испортили нам продажу билетов. Раньше мы «продавали» весь Королевский балет, а на сей раз нам удалось «продать» лишь их двоих. Я помню, что во время каких-то гастролей в Нью-Йорке на дневной спектакль билеты на «Жизель» совсем не расходились. Когда я сообщил об этом господину Юроку, он посоветовал: «Измените афишу. Напишите: «Жизель». Фонтейн, Нуриев». Действительно, билеты были распроданы за несколько часов.

Разумеется, встает вопрос: каким образом две такие различные и мощные индивидуальности могли столь плодотворно существовать вместе? Первый ответ заключен в том, как Нуриев с самого начала вел себя с Фонтейн. Известно, что еще со школьных времен в Уфе он был мастером зажигать вокруг себя «красный свет». А по словам датской балерины Мартины ван Хамел, он был чрезвычайно восприимчив и моментально понимал настроения и мотивы поступков людей. Судил очень проницательно, особенно когда ощущал корысть.

Соня Арова соглашается:

— Руди обладал критическим умом и держался настороже до тех пор, пока не уяснял, идет ли к нему человек с дружбой или хочет от него что-то получить. Он славился также своей способностью извлекать из всего выгоду и даже в первые недели в Копенгагене вместе с Бруном, по воспоминаниям Питера Мартинса, постоянно приглядывался, что полезного можно получить в той ситуации, в которой он оказался. Эта позиция сохранилась и через двадцать лет. Лаура Янг, балерина Бостонского театра, три года работавшая с Нуриевым, вспоминает его как человека, который «постоянно прощупывал почву».

— Нельзя было проявлять ни страха, ни неуверенности. Если он чувствовал, что обретает над вами какую-то власть, то мог схватить и за горло, — говорит она.

С Фонтейн ничего подобного никогда не случалось. Он сразу понял, какая это крупная личность. Удивляет его смирение в ответ на отказ Фонтейн танцевать с ним вместе на первом концерте в Лондоне: впервые со времени его появления на Западе он не получал мгновенно того, чего хотел. Его готовность работать вместе с Фонтейн на репетициях «Жизели» — еще одна попытка доказать свою профессиональную состоятельность — показывает, насколько настойчиво он добивался своей цели.

— Они ладили между собой так же хорошо, как и танцевали вместе, — вспоминает французская балерина Гилен Тесмар, — потому что впервые в жизни Рудольф мог получить столько же, сколько давал сам.

Можно предположить, что при первой встрече Фонтейн произнесла про себя:

— Ах, молодой человек, какой же вы у меня по счету?

А Нуриев воскликнул мысленно:

— Боже, она же видит меня насквозь!

Фонтейн сказала несколько слов в интервью для документального фильма о Нуриеве, снятом Патрицией Фой в 1991 году:

— Первое, о чем я подумала, — это то, что он выглядит бледным и неуверенным. Я почему-то этого не ожидала. Можно сказать, что некоторое время мы просто разглядывали друг друга, стараясь оценить. А вскоре состоялась его пресс-конференция и телевизионное интервью. Я подумала: «Пойду-ка посмотрю; может быть, ему надо помочь». Но после того как он ответил на пару вопросов, я поняла, что никакая помощь ему не нужна. Он прекрасно знает, что хочет сказать. Он всегда умел попасть в точку.

Нуриев однажды подытожил сдержанное здраво-мыслие Марго. Вскоре после первого представления «Жизели» Фонтейн пригласила его выступить вместе с ней в Лондоне в «Лебедином озере». Нуриев пришел в гримерную звезды, исполненный должного благоговения и твердо уверенный, что только нарушит хрупкое совершенство танца Фонтейн.

— Это не мое место, — сказал он, — я лишь все испорчу.

Фонтейн посмотрела ему прямо в глаза:

— Ты хотя бы попробуй!

Они оказались достойны друг друга. Фонтейн быстро распознала в работе Нуриева метод, поскольку (по-своему и спокойно) она делала то же самое уже тогда, когда Нуриев лишь появился на свет. Как это ни странно, в их творческих судьбах много общего. Фонтейн, конечно, не была бунтаркой, подобно Нуриеву — ни вспышек раздражения, ни, тем более, скандалов и поломанной мебели. Но она не была и покорной, пассивной ученицей с лучистыми глазами. Когда мать взяла шестилетнюю Марго на спектакль Анны Павловой, девочка вовсе не пришла в восторг. К этому времени она уже два года брала уроки танца и подумала, что и сама может станцевать не хуже, особенно свою любимую ирландскую жигу.

— Я не очень высоко ценила классический балет, поскольку он казался мне застывшим, неживым и скучным. Я любила танцы, где можно было бить в бубен и топать каблуками. Ритм и движение — вот что привлекало меня.

Дочь преуспевающего и известного бизнесмена, Марго провела детство в достатке и комфорте и, разумеется, была очень далека от уральской нищеты Нуриева; но и на ее ранние годы выпало много дорог. В восемь лет она увидела Шанхай, отправившись вместе с отцом в Азию. До той поры, как она подростком поступила в лондонскую школу «Вик-Уэллс», детство Фонтейн прошло в постоянных переездах между Лондоном и Китаем, поскольку мать никак не могла решить, действительно ли ее черноглазая дочка имеет данные для профессиональных занятий балетом.

Словно предвосхищая историю Нуриева, самая талантливая в школе девочка вовсе не желала идти традиционным путем. Говоря о подрастающей Фонтейн, и Валуа, и Аштон упорно возвращаются к определениям «упрямая» и «своевольная». Да и сама балерина согласна с этими оценками.

«Меня считали упрямым маленьким дьяволом, — пишет она в своей автобиографии. — Однако, проведя некоторое время в школе, я заметила, что для мадам де Валуа все ученицы делились на две категории: первая — «она милый ребенок», а вторая — «она абсолютно несносна, но талантлива». Надо заметить, что успех обычно выпадал на долю представительниц второй группы. Я очень старалась быть «милым ребенком», хотя и чувствовала в глубине души, что это комплимент сомнительного свойства».

Аштон позднее поведал «страшную» историю о том, к каким средствам ему приходилось прибегать, чтобы совладать с новой звездой, впоследствии ставшей его музой:

— Я не мог с ней поладить. Все, что она делала, мне казалось неправильным, и в то же время я замечал в ней какое-то высокомерие по отношению к себе, которое, естественно, не могло мне понравиться. Да еще это упрямство! На репетициях «Поцелуя феи» (первого балета, поставленного Аштоном для Фонтейн) я еще и еще раз заставлял ее отрабатывать отдельные элементы, постоянно критикуя. Она постоянно сражалась со своим самолюбием и наконец разразилась слезами. Подбежала ко мне и, обняв, пробормотала: «Прости меня! Я делаю все, что могу, стараюсь изо всех сил! У меня ничего не получается!» Именно тогда я понял, что она наконец-то приняла мои принципы и, скорее всего, мы сможем работать вместе.

Ирландка по национальности, де Валуа вполне свободно чувствовала себя в силовом поле личности Фонтейн — так же, как впоследствии рядом с Нуриевым:

— Я ни разу не встречала большого артиста, который не имел бы сложностей в характере. Иначе, наверное, они и не добились бы всего того, чего смогли достичь. Ведь истинный артист должен ясно понимать, к чему он стремится в той или иной роли. Истинная или ошибочная, но идея остается идеей. Она несет в себе творческий заряд. Я скорее соглашусь мучительно отговаривать артиста от неправильной, по моему мнению, мысли, чем буду работать с тем, у кого в голове не рождаются собственные образы. Вы знаете, что в жилах Фонтейн текла кровь выходцев из Южной Америки. И ирландская кровь в ней тоже была. Она ни в коем случае не чистая англичанка.

Фонтейн привлекал в Нуриеве его талант занимать определенную, твердую позицию. Роднило их и первоклассное чувство юмора: трико, в которое одета Барбара Стрейзанд в имитации «Лебединого озера» в фильме «Смешная девчонка» («Что ты собираешься делать? Стрелять лебедей?»), ей подарила Фонтейн.

Несмотря на безупречное сияние ее сценического образа, не все то общее, что она имела со своим новым партнером, вызывало у людей восхищение.

— Взгляните на историю Королевского балета, —

объясняет одна опытная балерина с мировым именем, — начиная с того момента, как Фонтейн заменила Маркову, и в течение последующих, скажем, тридцати пяти лет. Назовите в этой труппе еще хоть одну балерину, которая танцевала бы так же много и была бы столь известна. Думаете, это случайность? Конечно, нет! Эта женщина была вовсе не глупа!

Ключевой фигурой в этой загадке, несомненно, была Валуа. Незадолго до того, как Королевский балет (тогда еще балет «Сэдлерс-Уэллс») совершил свой триумфальный дебют в Нью-Йорке в октябре 1949 года, импресарио Сол Юрок, организующий тур, спросил Валуа, кого он должен рекламировать в качестве прима-балерины труппы. Несмотря на то, что Мойра Ширер была исключительно популярна в США благодаря успеху фильма «Красные башмачки», вышедшего на экраны на год раньше, Де Валуа назвала Марго Фонтейн (в Чикаго зрители, мечтавшие увидеть на сцене рыжеволосую женщину из фильма, приобретали билеты специально на выступления Ширер). Юрок поместил фотографию Фонтейн на обложке «Тайм». «Ньюсуик» на той же неделе последовала его примеру — и первенство Фонтейн было узаконено. На первом представлении «Спящей красавицы» балерину вызвали тридцать пять раз.

Фонтейн оказалась в центре внимания и была счастлива. Ее честолюбие не уступало честолюбию Нуриева; меньше чем за два года совместной работы они станцевали почти двести спектаклей. К этому времени Фонтейн уже два десятилетия сохраняла свое положение на вершине славы, причем делала это с проницательностью и мудростью нешуточного профессионала: когда Карсавина начала готовить с Марго «Жар-птицу» Фокина, в класс, по настоянию Фонтейн, не пускали никого из артистов труппы.

Подобно Нуриеву, Фонтейн знала, как завоевать публику — даже во время репетиции.

— Несомненно, Фонтейн очень помогла атмосфера той труппы, где она выросла, — заметил критик Клайв Барнз, отдавая дань уважения балерине вскоре после ее смерти. — На нее повлияла роль музы великого хореографа Фредерика Аштона. Но слишком часто она впадала в чересчур сильные амбиции... На людях она была очень скромна. Но подозреваю, что в душе она вовсе не отличалась скромностью, а напротив, была охвачена гордыней. Так же, как появление Нуриева в Королевском балете заметно ухудшило положение ведущих танцовщиков-мужчин, первое место, столь упорно удерживаемое Фонтейн, не могло не оказать резко отрицательного воздействия на балерин театра: часто они имели лишь один спектакль в шесть недель. В 1953 году, когда балерине Королевского балета Берил Грей удалось завоевать огромный успех в своих выступлениях в Шведском оперном театре, главный администратор лондонского театра «Ковент-Гарден» Дэвид Уэбстер счел себя обязанным написать письмо протеста редактору шведской газеты «News Chronicle»:

«В статье, озаглавленной «Виолетта Элвин покорила нас» («Violetta Elvin to Get a Break in Us», от 22 апреля), высказывается предположение, что во время предстоящих гастролей в Америке балета «Сэдлерс-Уэллс» роль прима-балерины поделят между собой Марго Фонтейн и Виолетта Элвин. Это не так. Мисс Фонтейн является звездой труппы, и равных ей нет. В труппе работают три балерины. Мы называем их в алфавитном порядке: Виолетта Элвин, Берил Грей и Надя Нерина».

К середине пятидесятых годов Ширер, Элвин и

Грей (все они едва достигли возраста тридцати лет) покинули театр в поисках лучшей доли.

«Никто не сомневается, что Фонтейн заслужила славу и положение прима-балерины, — пишет биограф Грей Дэвид Гиллард, — но она до такой степени завладела британской балетной сценой, что сделала практически невозможным существование рядом других артисток».

Все они с самого детства, проведенного в школе «Вик-Уэллс», росли в тени Фонтейн. И с годами эта тень становилась все обширнее и гуще. Даже следующее поколение британских танцовщиц во главе с Антуанетт Сибли нередко ощущало давящее величие легенды Фонтейн. Весьма красноречив тот факт, что в своей книге «Мастер балета», охватывающей историю танца двадцатого века от Нижинского до Линкольна Кёрстайна, Мойра Ширер ни разу не упомянула имя Фонтейн.

Фонтейн и Нуриев абсолютно по-разному решали задачу взаимоотношений с театральным коллективом: Марго — с Королевским балетом Великобритании, Рудольф — сначала с ним же, затем — с Национальным балетом Канады и, наконец, с парижской труппой «Гранд-опера». Высокомерие — только так можно определить утверждение Нуриева, что единственный из живых, кто понимает в балете больше, чем он сам в его двадцать три года, — это Эрик Брун. Подобное ни в коей мере не было свойственно Фонтейн. Первые годы работы в театре она снимала квартиру вместе с двумя другими артистками (что, разумеется, вовсе не характерно для примадонны). Позднее, особенно после замужества и превращения в жену посла Панамы, она, конечно, уже не была больше «одной из девочек», но определенная дистанция (между нею и другими артистами) возникла как жизненная реальность, а не как следствие ее возросшего самомнения. Она присутствовала на всех собраниях труппы, пикниках, встречах и вечеринках. Если же она получала светское приглашение как артистка Королевского балета, то принимала его лишь в том случае, если приглашали и остальных танцовщиков.

— У Марго было правило, — поясняет Хью Пиккетт, ее коллега и приятель, — или вся труппа, или никто.

Она определяла атмосферу в театре.

— Если прима-балерина не задирает нос, — продолжает Пиккетт, — то как же могут сделать это другие?

Фонтейн очень рано запомнила тот урок, который Нуриев так и не захотел (или не нашел времени) выучить. Она была настолько же общительна, насколько он колюч, и прекрасно понимала, что скрипящее колесо быстро начинает действовать на нервы. Наделенная терпимостью, она позволяла другим улаживать проблемы и за свою долгую карьеру умудрилась почти не нажить врагов (хотя и существует легенда о репортере, потерявшем немалый кусок своего фотоаппарата, неосторожно приблизившись к балерине, когда та завязывала пуанты перед ответственной репетицией). Танцовщик Джой Браун, друживший с Фонтейн больше тридцати лет, вспоминает, как он навещал Марго во время одной из трудных репетиций:

— Было тяжело, и все устали. А во время перерыва она сказала, что в подобных случаях никогда не спешит ни на что жаловаться: ни на костюмы, ни на свет, — потому что и так кто-нибудь обязательно все заметит и исправит. Если же все-таки что-то останется неисправленным, она скажет об этом в конце, и таким образом окажется, что жалуется она лишь на что-то одно, а не на дюжину неполадок сразу.

Фонтейн познакомилась со своим мужем, которого друзья называли Тито, во время гастролей, в тридцатых годах. Карьерные соображения не давали ни одному из них отклониться от собственной орбиты в течение двадцати лет, и соединились они лишь в середине пятидесятых. Свадьба их состоялась в Париже и стала сенсацией для прессы и публики, падкой на любовные истории представителей высшего света, да вдобавок и с интернациональным оттенком (фильмы, снятые на этой свадьбе, представляют собой единственное свидетельство недовольства Фонтейн, ибо она была категорически против нашествия репортеров). А примерно через два года Марго Фонтейн, образец спокойствия и безмятежности, оказалась в самом эпицентре политического циклона. Во время своих «балетных каникул» она навестила мужа в Центральной Америке, желая посвятить несколько дней отдыха на море и удовольствиям. Эти каникулы совпали по времени с заговором, который Ариас и его политические сторонники организовывали с целью свергнуть существующее правительство Панамы. Яхты, принадлежащие Марго, использовали для контрабандных перевозок оружия. Если кому-то нужно доказательство полнейшего бесстрашия этой женщины, то оно заключено в любительских фильмах, снятых во время этих каникул (она ведь знала, что яхты эти снабжены двойным дном и напичканы оружием и боеприпасами). Операция провалилась, и правительственные войска окружили заговорщиков. Под прицелом самолетов Фонтейн и Ариас направились каждый на своей яхте в противоположные стороны. Марго отвлекла на себя внимание полиции и тем самым дала мужу возможность исчезнуть. Ее арестовали, продержали ночь в тюрьме, а потом выслали в Майами.

Искусство Фонтейн сохранилось в фильмах, которых было снято немало. Помимо мастерства танцовщицы, эти картины ярко демонстрируют ее недюжинный драматический талант (в балете Аштона «Маргарита и Арман» в роли Камиллы она показала себя единственной соперницей Греты Гарбо). Но ничто не может сравниться с тем спектаклем, который она устроила по возвращении в Нью-Йорк после того, как ее вышвырнули из Панамы. Подбородок не дрогнул, улыбка ни на минуту не поблекла — даже тогда, когда одна из корреспонденток сунула ей в лицо микрофон, требуя ответить на вопрос, как чувствовала себя балерина за решеткой. С ловкостью выйдя из ситуации, которая вполне могла испортить карьеру более слабонервной артистки, Фонтейн не сказала прессе ни слова.

— Что именно вы хотите от меня услышать? — со смешком обратилась она к настойчивой журналистке. — Скажите прямо, а я отвечу, смогу ли это произнести. Вы явно что-то вынюхиваете, но непонятно, что именно.

Политические неудачи Ариаса в конце концов привели к катастрофе — и для него самого, и для его жены. В июне 1964 года, когда Марго заканчивала репетиции «Раймонды» в постановке Нуриева (премьера должна была состояться на фестивале в Сполетто), Ариас был тяжело ранен во время события, описанного как «террористический акт». Несмотря на упорные слухи о близящемся разводе супругов из-за чрезмерного увлечения Ариаса женщинами, Фонтейн немедленно направилась к постели больного, где ей предстояло провести ближайшие двадцать пять лет. По словам самой Марго, ее муж перенес температуру в 108 градусов (по Фаренгейту), а раны оказались настолько серьезными, что привели к полному параличу. Астрономическая стоимость его лечения стала таким же важным фактором необыкновенно длительной артистической карьеры балерины (сорок пять лет), как и восхождение на ее творческом горизонте звезды Нуриева. Ее преданность мужу оказалась непоколебимой. В документальном фильме «Марго Фонтейн», снятом в 1989 году, Ида Бромли, врач английской клиники Сток-Мэндевил, куда Ариаса поместили для лечения и реабилитации, рассказывает, насколько внимательно Фонтейн ухаживала за мужем:

— Когда подобный пациент (со столь значительными нарушениями) возвращается домой, семье приходится решать массу проблем. Например, каждую ночь кто-то должен несколько раз вставать и переворачивать больного. Но состояние все-таки должно медленно меняться — от полной беспомощности до определенной приспособленности к жизни; и заслуга в том, что Тито сейчас, через двадцать пять лет, полон оптимизма, может управлять своим поместьем и даже путешествовать по всему миру, целиком принадлежит его несгибаемой воле и заботам Марго.

Когда Фонтейн не зарабатывала деньги на жизнь, она по ночам переворачивала парализованного мужа. И делала это, несмотря на тот секрет, который тщательно хранили ее ближайшие друзья: на самом деле Ариас пострадал вовсе не в результате террористического акта — на него напал не политический противник, а ревнивый муж одной из его любовниц. Личность стрелявшего так и не установили, и никто не был осужден за преступление. Существует версия, что его ранил собственный шофер — из-за адюльтера Ариаса с его женой, горничной. Вторая версия, изложенная Питером Уотсоном в его книге «Нуриев: биография», считает виновным одного из коллег Ариаса, оскорбленного изменой жены. По словам того же Уотсона, Марго лишь еще больше запутала ситуацию своей непосредственной реакцией на новость. Когда друг сообщил ей, что нападавший был старым знакомым ее мужа, она эмоционально воскликнула:

— Нет! Вы неправильно поняли!

Дэвид Дениэл говорит, что Фонтейн представляла собой сочетание тепла и ледникового холода.

— Она была самым тактичным человеком, какого я когда-либо встречала, — вспоминает балерина «Нью-Йорк сити балле» Хетер Уоттс. — Я пришла к ней домой, и меня представили ее мужу. Мне в то время было лет семнадцать, и у меня хватило ума протянуть ему руку для пожатия. А она просто взяла его руку и вложила в мою. Загладила мою оплошность. Представьте себе глупого ребенка, протягивающего руку совершенно парализованному человеку! Она же моментально нашла выход из положения.

Были ли Нуриев и Фонтейн любовниками? Некоторые утверждают, что были, некоторые — что не были. А близкие друзья говорят, что Фонтейн даже носила его ребенка, но потеряла его из-за выкидыша. По словам Питера Уотсона, это было своего рода везение, потому что Марго было уже сорок пять лет и она собиралась делать аборт. А таким образом она избежала унизительной необходимости консультироваться с врачами, убеждать их в необходимости операции. Она не сказала Нуриеву о своей беременности, пока все не закончилось. Нуриев мог похвастаться очень внушительным для многообещающего гомосексуалиста списком гетеросексуальных побед. В России у него была связь с женой его педагога Пушкина, а Мария Толчиф не смогла отрицать по меньшей мере флирта в первые месяцы пребывания артиста в Париже. Фонтейн же оказалась в отношении Нуриева весьма цепкой особой.

— Марго практически не выпускала Руди из виду, — вспоминает ее коллега по Королевскому балету. — Больше того, она делала для Нуриева то, что ни для кого другого делать не стала бы; в частности — наводила порядок и чистоту в его гримерной. Однажды вечером, после спектакля в Ванкувере, Хью Пиккетт проходил мимо открытой двери гримерной Рудольфа и увидел там Марго. Она собирала трико, туфли, гамаши Нуриева, складывая все в сумку.

Другой случай еще более красноречив. В середине шестидесятых, когда Нуриев начал работать с Соломоном Юроком, Фонтейн оказалась между двух огней, в центре принципиального разногласия этих столь крупных фигур. Когда ссора достигла высшей точки, она получила приглашение на званый обед, на котором, по просьбе Нуриева, Юрок не должен был присутствовать. Фонтейн являлась особой в высшей степени порядочной, а Юроку она была обязана многим. Он не только сделал ее звездой международного класса во время первых гастролей Королевского балета в Нью-Йорке, но и вообще всячески ее поддерживал и баловал. В честь каждого нью-йоркского дебюта он дарил ей дорогой подарок: после «Спящей красавицы» это было кольцо с коралловой розой, после «Лебединого озера» — корона с жемчугами, после «Баядерки» — бриллиантовая подвеска в виде капли росы. Но когда ей пришлось сделать выбор между Юроком и Нуриевым, она выбрала Нуриева. Она приняла упомянутое выше приглашение на званый обед, несмотря на то, что Юрока демонстративно проигнорировали.

Нуриев, похоже, не так высоко ценил дружбу с Фонтейн.

— На репетициях с Марго, — вспоминает одна из балерин, — Руди нередко валял дурака. Мог презрительно с ней обходиться, грубить и даже порой демонстративно подчеркнуть свое превосходство в их отношениях, к немалому смущению членов труппы, которым ничего не оставалось, как сделать вид, будто они не заметили, как он унижает ее.

Надя Нерина вспоминает склонность артиста к созданию скользких ситуаций:

— Забавный инцидент произошел однажды в Париже, на воскресном ланче. Труппа выступала в помещении «Балета Елисейских полей». Ланч этот придумала Марго. На нем присутствовали мой муж Чарльз Гордон, я, Ив Сен-Лоран со своей главной «продавщицей», Марго с Тито, Руди и Клер Мот (французская балерина). В разгар трапезы метрдотель позвал Руди к телефону. Через несколько минут Нуриев вернулся и объявил: «Я пока еще не мистер Фонтейн». И, повернувшись к Тито, продолжил: «Это тебя». Атмосфера накалилась. Ив почти залез под стол. Тито, ни слова не говоря, направился к телефону. Руди молча сел на свое место. Он понимал, что хватил через край. Но, как всегда, не собирался признавать и исправлять свою ошибку. Видя, что Марго взглядом просит поддержки у Чарльза, он набросился на него: «Ну что, Чарлик, ты считаешь меня вонючим плясуном, правда?» — «Не просто вонючим, Руди, а очень вонючим», — ни секунды не сомневаясь, парировал Чарльз. Руди расхохотался, и Марго немножко расслабилась. Ив появился из-под стола. Тито вернулся с улыбкой (в конце концов, он был опытным дипломатом), и ланч продолжился даже весело.

В фильме «Вечер с Королевским балетом» есть один момент — в самом конце адажио из «Корсара» в исполнении Фонтейн и Нуриева. Короткое, не самое важное па. Несмотря на слаженность их танца, они все еще представляют собой неожиданную пару: он в восточных шароварах и с золотыми браслетами на руках, она — в пачке. Остановившись в глубине сцены, готовые к следующим па, они делают шаг вперед и охватывают пространство широким пор-де-бра. Опускаясь, их руки непроизвольно, сами собой, соединяются, а пальцы переплетаются. Нуриев поднимает Фонтейн ввысь, а затем склоняется у ее ног. Вот они, Марго Фонтейн и Рудольф Нуриев: демон выпущен на свободу и поклоняется белому ангелу!

*Литературно-художественное издание*

**Райнер С.**
Эвита. Подлинная жизнь Эвы Перон

Художественный редактор *А. Шашкевич*
Технический редактор *В. Иванова*
Корректор *Н. Поташко*

Подписано в печать 25.02.98. Формат 84×108¹/₃₂. Бумага газетная.
Печать офсетная. Гарнитура «Балтика». Усл. печ. л. 23,94.
Уч.-изд. л. 17,36. Тираж 21 000 экз. Заказ 357.

Фирма «Русич». Лицензия ЛР 040432.
214016, Смоленск, ул. Соболева, 7.

Издание выпущено при участии ООО «Сервег».
Лицензия ЛВ 34 от 29.08.97.
220013, Минск, ул. Сурганова, д. 1, корп. 2.

Отпечатано с готовых диапозитивов заказчика
в типографии издательства «Белорусский Дом печати».
220013, Минск, пр. Ф. Скорины, 79.

# ИЗДАТЕЛЬСТВО «РУСИЧ» ПРЕДСТАВЛЯЕТ НОВУЮ КНИЖНУЮ СЕРИЮ

## «ЧЕЛОВЕК–ЛЕГЕНДА»

Твердый целлофанированный переплет, формат (84x108, 1/32),
в среднем объем одной книги 400–600 стр.

*О всемирно известных знаменитостях, ставших мифами,
легендами и феноменами своих эпох читайте
на страницах книг из этой серии.*

### Д. ТОМАС «МАРКИЗ ДЕ САД»

Книга Дональда Томаса рассказывает о жизни и творчестве маркиза де Сада – противоречивой и одиозной личности, чье имя стало нарицательным и дало название одному из направлений психопатологии. Его произведения считали литературным курьезом и явлением сексуальной патологии в девятнадцатом веке, его объявили апостолом анархического своеволия и предтечей сюрреализма – в двадцатом.

Автор рассматривает де Сада в контексте эпохи Великой французской революции и его книг, являвшихся зеркальным отражением причудливого и извращенного воображения легендарного маркиза.

### О. СТЮАРТ «РУДОЛЬФ НУРИЕВ»

Книга Отиса Стюарта – подробное и увлекательное жизнеописание Рудольфа Нуриева, целых три десятилетия безраздельно царствовавшего в мире классического танца. Этого блистательного балетного танцовщика неизменно отличали жажда жизни, вечное стремление к свободе творчества и артистического самовыражения, экстравагантность и любовь к роскоши. Перед читателем предстают наиболее значимые и драматические события жизни Нуриева – нищее детство, первые годы работы в Кировском театре, бегство на Запад, стремительный взлет к вершине всемирной славы.

### Д. СПОТО «ГОЛУБОЙ АНГЕЛ»

Марлен Дитрих по праву считается самой шикарной женщиной XX столетия. За свою шестидесятилетнюю артистическую карьеру она создала на экране неповторимый образ женской загадочной чувственности и неземной красоты. Книга Дональда Спото рисует правдивый портрет этой очаровательной кинозвезды и рассказывает о малоизвестных эпизодах ее биографии. Читатель перенесется из космополитического Берлина двадцатых годов на съемочные площадки Голливуда, с фронтов II мировой войны на эстрадные подмостки Европы и Америки послевоенных десятилетий.

# ИЗДАТЕЛЬСТВО «РУСИЧ» ПРЕДСТАВЛЯЕТ КНИЖНУЮ СЕРИЮ

## «ЖЕНЩИНА-МИФ»

**Твердый целлофанированный переплет, формат (84x108, 1/32), в среднем объем одной книги 450–640 стр.**

### Д. Щеглов «Любовь и маска»

Одна из первых «звезд» советского киноэкрана – Любовь Орлова много лет была символом успеха, счастья и удачи «великой эпохи», ее олицетворением и мифом. Но что таилось за ослепительной улыбкой вечно молодой женщины, чем пришлось ей заплатить за свою «звездную» жизнь, чем пожертвовать?

О легендарной жизни первой «синтетической звезды» и яркой судьбе самой любимой актрисы Сталина рассказывает эта книга.

### А. Уолкер «Вивьен Ли»

Недолгая, но яркая жизнь Вивьен Ли вместила очень многое: любовь близких, обожание поклонников, богатство и мировую славу. В книге известного британского кинокритика А. Уолкера рассказывается о судьбе этой блистательной актрисы, создавшей на экране удивительные, незабываемые женские образы. Ее героини из фильмов, ставших классикой мирового кинематографа, – «Унесенные ветром», «Леди Гамильтон», «Мост Ватерлоо», – до сих пор волнуют зрителей неповторимым своеобразием артистической индивидуальности актрисы.

### П. Дюкло, Ж. Мартен «Эдит Пиаф»

Потрясающий природный дар, успех, достигнутый безо всяких усилий, тиранический характер, бесчисленные любовные связи, скандалы, алкоголь, наркотики – все это неразрывно связано с именем Эдит Пиаф в расхожих представлениях обывателей. Где граница между правдой и вымыслом? Это и пытаются определить авторы первой полной и объективной биографии певицы, основанной на достоверных фактах и документальных материалах.

---

По вопросам приобретения книг, сотрудничества, а также с пожеланиями и предложениями обращаться:

**Офис издательства в Смоленске:** 214016, ул. Соболева, д. 7, **"Книга – почтой", фирма «Русич»** тел.: (0812) 51-41-00, 51-46-98, 51-40-87, 51-41-27 (редакция), факс: (08122) 3-75-55. Магазин-бибколлектор – тел.: (08122) 9-15-96.

**Санкт-Петербург: фирма «Русич-Сан»** тел: (812) 589-12-23.

**Москва:** 129626, 3-я Мытищинская улица, д. 16, корп. 47, 9 этаж, тел.: (095) 284-10-54, тел./факс: (095) 284-10-56.

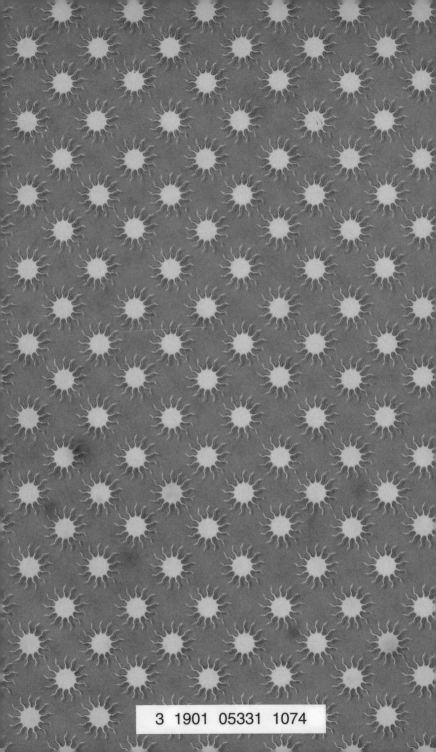